福建師範大學文學院百年學術論叢　第五輯

出入之間

——當代戲劇研究

林婷　著

本成果受「開明慈善基金會」資助

第五輯

總序

　　光陰似箭，歲月如流。從西元二〇一四年福建師範大學文學院與臺北萬卷樓圖書公司合作刊印「百年學術論叢」第一輯，至今已經走過了五個年頭，眼下論叢第五輯又將奉獻給學術界。

　　回顧已刊四輯，前兩輯的作者，大多數為德高望重的老先生；後兩輯，約有一半是中青年學者。由此，我們一方面看到老輩宿師攘袂引領的篤實風範，另一方面感受到年輕後學齊頭並進的強勁步武。再看第五輯，則幾乎全是清一色中青年英彥的論著。長江後浪推前浪，我們的學術梯隊已經明顯呈現出可持續發展的勢頭。

　　略覽本輯諸書，所沁發出的學術氣息，足以令人精神一振，耳目一新：陳穎《中國戰爭小說綜論》，宏觀與微觀交替，闡述中國戰爭小說發展史跡及文化意義，並比較評析海峽兩岸抗日小說創作；郭洪雷《小說修辭研究論稿》，綜括小說修辭研究史及中國小說修辭意識的發展現狀，力圖喚醒此中被遺忘的文學意識；黃科安《現代中國隨筆探賾》，梳理現代中國隨筆的發展歷程及其對中外隨筆傳統的傳承與創新，總結隨筆創作的經驗教訓；陳衛《聞一多詩學論》，以意象、幻象、情感、格律、技巧為核心，展開對聞一多詩學與詩歌的論述；林婷《出入之間──當代戲劇研究》，結合入乎其內、出乎其外兩種研究思路，為中國當代戲劇研究獻一家之言；黃鍵《京派文學批評研究（修訂版）》，考察中國現代文學史上「京派」的文學批評成就，發掘其對當代中國現代文藝批評的啟示性意義；李詮林《臺灣現代文學史稿》，從文本創譯用語的角度構建臺灣現代文學史，研究臺

灣現代文學進程中獨特的語言轉換現象；劉海燕《從民間到經典——
關羽形象與關羽崇拜生成演變史論》，研究關羽崇拜及關羽形象塑造
的宗教接受，深入闡釋關羽形象的文學生成與宗教生成；高偉光《神
人共娛——西方宗教文化與西方文學的宗教言說》，以宗教派別之外
的視角審視西方宗教文化內涵及其發展軌跡，用理智言說一部宗教文
化；王進安《明代韻書《韻學集成》研究》，將《韻學集成》與相關
韻書比較，探尋其間的傳承或改易情實，為明代早期韻書的研究添磚
加瓦。凡此十種專著，無論是學術觀點之獨到，還是研究方法之新
穎，均讓我們刮目相看。

　　讓我尤感欣喜的是，本論叢各輯的持續推出，不斷獲得兩岸學
界、教育界的良好評價與真誠祝願。他們的讚許，是激發我們學術進
步的一大鞭勵，也是兩岸學術交流互動的美瞻見證。我堅碻不移地認
為：在當今自由開放的學術環境中，兩岸文化溝通日趨融暢，我們的
學術途程必將越走越寬闊久遠。

汪文頂

西元二〇一九年歲在己亥春日序於福州

目次

一　形式探微

二　作者尋踪

三　戲裡春秋

四　劇場內外

一　形式探微

經典的背後
──再論《茶館》

　　二十世紀五、六十年代的話劇作品如今絕大部分已經不再演出，但《茶館》卻是例外。一九五七年創作至今，經歷了北京人民藝術劇院兩班人馬的五次排演，其間除了非正常年代的政治因素干擾外，觀眾對《茶館》的熱情有增無減，它因此成為經典匱乏年代遺留下來的奇蹟。

　　當人們興味盎然地品評《茶館》作為藝術精品的醇厚時，知情者卻不無僥倖地回憶起經典誕生過程中諸多因素的促成作用。老舍長子舒乙在〈由手稿看《茶館》劇本的創作〉中透露了一則史料：老舍創作《茶館》之前曾寫過一個劇本《秦氏三兄弟》[1]。此劇以秦家三兄弟的人生軌跡串聯起四個年代：戊戌政變、辛亥革命、一九二七年北伐戰爭和一九四六年到一九四九年的解放戰爭。階級鬥爭、家國衝突、新舊對立，那個時代應該有的衝突意識它都具備，缺少的是鮮活扎實的生活內容，人物因此成為觀念的象徵體，看得出是「主題先行」的產物。第一幕中寫茶館的一場戲卻是個例外。在這一場戲中，舊時代的生活橫向展開，老北京的氣息撲面而來，作家用簡練的筆墨再現了清末戊戌年間各個階層的存在狀態。此劇交北京人藝決定是否排演時，「大家對第一幕第二場興趣最大，最後，形成統一意見，乾脆請老舍先生按第二場的路子重寫一個以茶館為中心的戲，可能效果

1　老舍的劇本《秦氏三兄弟》經舒乙發現後，發表於《十月》1986年第3期。

更好」[2]。這才有了後來的經典——《茶館》。

　　老舍在〈答覆有關《茶館》的幾個問題〉中說道:「我不熟悉政治舞臺上的高官大人,沒法子正面描寫他們的促進與促退。我也不十分懂政治。」[3]如果知道了,作者試圖在《秦氏三兄弟》中通過直接演繹秦家長子秦伯仁的政治理想抱負來表達主題,就能聽得出此番話的感慨之意。此外,老舍並不善於營造貫穿全局的衝突,秦氏三兄弟經常處於各自為營的狀態,有衝突也只限於思想觀念的交鋒,無法進入人物深層情感世界,在這一點上,老舍與曹禺顯然是兩類不同的寫作者。因此,在人藝同仁的建議下,老舍很樂意揚長避短地照著《秦氏三兄弟》第一幕第二場的風格寫出了三幕劇《茶館》。舒乙稱《秦氏三兄弟》為「前《茶館》」,稱後來寫成的《茶館》為「後《茶館》」,說:「看『前《茶館》』第一幕第二場老舍先生手稿的手跡,發現字跡潦草,完全是一副快筆疾書、文思澎湃、一氣呵成的氣勢。」[4]「後《茶館》」的第一幕便在此基礎上寫成,老舍先生在改寫的過程中未花多少功夫。第二幕和第三幕「從手稿的演革變化來看,同樣是一氣呵成,幾乎是一揮而就」[5]。顯然,找到了自己擅長的題材與寫法,老舍創作起《茶館》舉重若輕。這在於作家,本是順理成章,但在那個年代,卻殊非易事。

　　「一個衝突、兩股勢力、三個回合」是五、六十年代劇本創作的基本模式,緊張、激烈的戲劇衝突本來是利用人與人之間意志交鋒的尖銳性以檢驗人類情感的深度,但到了五、六十年代話劇中,衝突模式被階級鬥爭所利用,個體意志的交鋒被置換成「以階級鬥爭為綱」統領下的新與舊、正與邪、先進與落後、光明與黑暗的簡單對立,再

2　舒乙:〈由手稿看《茶館》劇本的創作〉,《十月》1986年第3期。

3　老舍:〈答覆有關《茶館》的幾個問題〉,《老舍論劇》(北京市:中國戲劇出版社,
　　1981年)。

4　舒乙:〈由手稿看《茶館》劇本的創作〉,《十月》1986年第3期。

5　舒乙:〈由手稿看《茶館》劇本的創作〉,《十月》1986年第3期。

經由機械三段思維的改造，形成話劇中僵化、板滯的結構模式。而這種形式在長期的使用中，逐漸具有了先於內容的規定性，也就是說內容在進入這個形式之後，它的面目就被形式悄悄改寫，細緻微妙的生活原色調被統一為紅與黑的斬截對比，不妨將這種現象稱為「結構內自動化效應」。它對五、六十年代話劇千篇一律、千人一面的創作局面具有不可小視的影響力。

　　《茶館》採用了完全異於同期話劇的結構方式。人物眾多，沒有中心人物，事件叢生，沒有主導事件，來茶館喝茶的人三教九流，事件發生是隨機的，插曲式的，普遍性大於特殊性，常態過於非常態，作家利用平鋪直敘的小說寫法提供了一幅世景概覽，在這樣的結構形式之下，二元對立衝突模式弱化，人物之間的關係呈現出多元分布。可以發現，《茶館》中戲劇性的營造更多採用對照，而非衝突。同是商人的王利發與秦仲義，同是旗人的常四爺與松二爺，同樣從事非正當職業的唐鐵嘴與劉麻子，同樣賣兒賣女的康六與鄉婦，形成同類間的對照；靠產業吃飯的秦二爺與靠清廷吃飯的龐太監，鴿子事件與賣牙籤的老頭，為吃飯而賣兒賣女的農民與為裝點門面而娶妻的太監，形成異類間的對照。相互對照的寫法避開了當時流行的二元對立結構模式，使場面生活化，意義也在相互映射之中增值，收到筆少意多的效果。當然，《茶館》也寫到了人與人的正面衝突，秦二爺與龐太監的鬥嘴就很精彩，一個有財、一個有勢，姿態都很高，話也說得高明，自始至終含而不發，又自始至終針鋒相對，多麼符合各自的身分、德性！而二德子與常四爺的交鋒就直接得多，一個是不講理的流氓，一個是有血性的旗人，三言兩語不和之後就動起了手。這兩場衝突形成了《茶館》第一幕的高潮，但它們與茶館中發生的眾多事件一樣，僅作為插曲出現，並非全劇主導性衝突，作家寫的時候也就不必考慮更多的導向、主題等問題，沒有思想負擔，據實寫來，筆墨也隨之而生動。這樣，老舍「不叫一個套子套住」的寫作個性使《茶館》

衝出「結構內自動化」的強大效應場，呈現出生活固有的形態。

　　已成定論的是，《茶館》經典地位主要由第一幕奠定。此時清王朝氣數將盡，卻也是茶館鼎盛時期，不僅「裕泰」一家如此，各家都是，屬於一種奇特的歷史文化景觀。泡茶館的人多，事兒也就跟著多。三教九流，聲形各異，色調也因之而豐富，再加上作者縱橫自如的鋪排功夫，左一下，右一下，看似散漫的手筆都在與時代發生關聯，在此，我們欣賞到了老舍潑得出、收得攏的大手筆。隨著時代的變化，茶館文化漸趨沒落。第二幕中，「裕泰」作為碩果僅存的幾家茶館之一勉力支撐著，昔日濟濟一堂的紅火場面不見了，人物、事件自身呈現的方式也逐漸被敘述與議論所替代，寫得好的人物都是第一幕就有的，由於作家遵循了性格一致性原則，這些人物仍然具有光彩。到了第三幕，基本上已經抱定一件事情來寫，寫茶館如何被霸占，因此失去了第一幕中不動聲色的寫實態度，出現了諷刺與醜化，人物的語言由簡練的寫照變成了傾訴。如果說第一幕還原的是一種生活，第三幕還原的卻是政治時局及作者的寫作意圖，各種人物的言行舉止為這些目的所拘束，而不是從本身出發，因而多少顯得牽強。作為串珠型結構的三幕，每一幕都要靠自身的光澤而發亮，從第一幕到第三幕我們看到了光澤的逐漸黯淡。

　　出現這種現象首先可從老舍對三個時代素材積累的差異中尋找原因。第一幕中的事件發生於一八九八年，與老舍的出生時間（1899）只隔一年，也就是說，當時的人物風貌、社會情狀在老舍的童年時代還可聽到見到。「老舍說過，大凡幼時所熟悉的地方景物，即一木一石，當追想起來，都足以引起熱烈的情感，這種熱烈的情感使作家能信筆寫來，頭頭是道，因為這種記憶是準確的，特定的，親切的，連那裡空氣中所含的一點特別味道都能閉眼還想像地聞到。老舍很重視這種追憶，他的一個文藝創作思想就是認為這種熱烈的追憶往往會變

成作家的創作動機之一，而且往往因此而寫出絕妙的傳世之作！」[6]
三幕之中，最能引發老舍「熱烈的追憶」的自然是第一幕，且第一幕
的構思在老舍心中沉澱已達十年之久（一九四六至一九四九年在美國
期間就有構思），寫起來如探囊取物。第二、三幕是協調第一幕的風
格，為使之成為一齣戲而寫，不能說全無生活根據，但積澱不如第一
幕深厚卻是實情，而公認為最少寫實色彩的第三幕，如老舍自己坦
言：「希望大家幫助，尤其是第三幕反映的年代，我當時不在國內，
對情況不甚熟悉，更需大家幫助出主意。」[7]除了素材積累的問題，
還應當注意到作為滿族子民，老舍對這三個時代的情感是有區別的。
對於運命垂危的清王朝，如果說常四爺的情感基調中有老舍的投影，
應當不算一種附會。常四爺說：「鬧來鬧去，大清國到底是亡了，該
亡！我是旗人，可是我得說公道話！」[8]可他依然有難與人言的悲
哀：「二哥，走！找個地方喝兩盅去！一醉解千愁！」[9]正是滿人的身
分使老舍寫起那一時代的亡國情狀像寫自家事，別有一番滋味在心
頭，不動聲色中隱藏了一種悲憫與批判。這種情緒調和著幾十年的記
憶，庶幾可作為老舍創作《茶館》第一幕的心理動因。到了第二、三
幕，軍閥混戰年代與國民黨統治時代的黑暗現實在作家情緒記憶中統
之為「烏煙瘴氣」，批判由內隱轉而外發，劇中多用了諷刺筆法，由
諷刺進而控訴，三個老人變成了劇作家的代言人，老舍不由自主脫離
了不動聲色的寫實態度，也因而失去藝術上的含蓄。儘管如此，三個
年代還是形成一個不可分割的整體，三幕在藝術色調上日趨黯淡與茶
館每況愈下的處境保持一致，竟也產生了奇妙的調和感。

6　舒乙：〈老舍作品中的北京城〉，孟廣來等編：《老舍研究論文集》（濟南市：山東人
　　民出版社，1983年）。
7　陳徒手：〈老舍：花開花落有幾回〉，《人有病　天知否》（北京市：人民文學出版
　　社，2000年）。
8　老舍：《茶館》，《老舍全集》（北京市：人民文學出版社，1999年），卷11。
9　老舍：《茶館》，《老舍全集》（北京市：人民文學出版社，1999年），卷11。

　　《茶館》一反當時話劇新舊對照的慣常寫法，它只寫了三個舊的時代。這樣的寫法，老舍在當時也是有顧慮的，據老作家康濯回憶：「老舍先生說，在美國時就考慮寫一個北京的茶館，寫一個時代。他描述了第一幕情節，大家一聽叫好，第二幕寫了民國、國民黨時代。老舍發愁的是怎麼寫下去：『最大的問題是解放後的茶館怎麼寫？現在茶館少了，沒有生活了。想去四川看看，但不能把四川搬到北京來。戲拿不出來呢？』我們說：『老舍先生，別寫這一幕了。』他很驚訝：『不寫可以嗎？』『當然可以。』『不寫就不寫。』他把手杖一立，起身說：『走，解放了我一個問題，我要回去寫了。』」[10]

　　《茶館》寫的不僅是三個舊時代，而且是三個黯淡的舊時代。如果說歷史是一條波瀾起伏的河流，那麼老舍挑選的是浪谷，而不是波峰，因此，它發表、演出之後就被指責為「調子太灰」、「懷舊傷感」、「缺少正面形象」。這期間，還有這樣一個插曲：「記得，在看『後《茶館》』彩排之後，周恩來總理曾對焦菊隱、夏淳和幾位主要演員說，他認為《茶館》（指「後《茶館》」，筆者注。）的時代背景選取得不夠典型，應該寫辛亥革命、五四運動、二七年北伐、抗日戰爭和解放戰爭。談完這個意見之後，周恩來總理特別叮嚀了一句：『不過，請先不要告訴老舍先生這個意見。要說，還是我自己跟他說，我恐怕別人代說，說不清楚，耽誤事情。』後來，導演們還是向老舍先生傳達了周總理的意見。他聽了微微一笑。其實，他心裡想，我已經試驗過一次了。」[11]

　　「試驗過一次」指《秦氏三兄弟》中選取的就是典型歷史時期。一旦選取這些時期，「進步」形象就替代了「平民」形象登上歷史前臺，這樣的寫法在《秦氏三兄弟》中已經失敗過一次了，這次，老舍

---

10 陳徒手：〈老舍：花開花落有幾回〉，《人有病　天知否》（北京市：人民文學出版社，2000年）。

11 舒乙：〈由手稿看《茶館》劇本的創作〉，《十月》1986年第3期。

堅持住沒有改。《茶館》裡還是他選取的三個時期──戊戌政變失敗
之後，一九一九年的軍閥混戰和抗戰後的國民黨統治時期。不但周總
理的意見老舍有保留，後來排練中，有人認為《茶館》缺乏紅線，建
議以康大力參加革命為主線結構劇本，老舍也婉言謝絕了。解放後的
老舍向來不憚於表明自己為配合形勢而創作，為了此目的，甚至不惜
藝術上的犧牲。以老舍與周總理的私人交情，以及老舍對自己劇作向
來采取的「廣開言路」的傾聽態度，何以在《茶館》的修改上如此固
執己見？我們不妨這樣設想，寫出了像〈春華秋實〉、〈青年突擊
隊〉、〈西望長安〉這樣為配合形勢宣傳而作並無多少藝術價值作品的
老舍，此時，在他內心深處，忽然產生了一種因不滿足於現有作品而
迫切渴望創造經典的願望，這種願望又恰好逢上「雙百方針」提出後
的一段相對寬鬆的創作氛圍，再加上朋友的支持、同行的促成，因而
更為堅定。當初老舍傾聽了人藝同行的意見，決定寫作《茶館》之
時，說了一句「那就配合不上了」。[12]正因為「配合不上」，《茶館》實
現了五十年代創作中極難實現的作者的主體意識。

　　在此基礎上，對《茶館》主題就可以進行重新分析。近年來的研
究成果表明：末世人的心態及早年的貧苦生活凝定成老舍沉鬱的個性
氣質及相伴而生的心理、行為與文化理想的憂患精神。[13]〈離婚〉、
〈月牙兒〉、〈駱駝祥子〉、〈四世同堂〉等系列經典作品中可見到這種
心理氣質的隱形顯現。之所以它沒有在解放後大多數作品中得以延
伸，不難從老舍一九四九年之後受到的冠蓋群首的禮遇及相應而生的
配合形勢的創作心態中得到解釋。但在《茶館》中，我們卻發現了老
舍以沉鬱與憂患為基調的心理結構的又一次呈現。有德行的人回天無
力、每況愈下，無德行的人世代繁衍、甚囂塵上，歷史並非遵循進化

---

12 陳徒手：〈老舍：花開花落有幾回〉，《人有病　天知否》（北京市：人民文學出版
　社，2000年）。

13 參看吳小美、古世倉：〈老舍個性氣質論〉，《文學評論》1999年第1期。

論的軌跡前行，可怕的循環像鬼影一樣逡巡於三個時代，算命、拐賣、特務、流氓這些職業的世襲因而成為一種象徵。三個時代雖然已被統稱為舊時代，但在當時相較於前一個時代還是新時代，在此，舊與新構成了惡性循環，新不過是舊的重演，而且新更將舊的惡因子發揮得淋漓盡致，直至它的毀滅。在這種循環結構的制約下，三幕之間並不構成一種後浪推前浪的氣勢。而在歷史循環論的陰影下，避開寫一九四九年後的新時代從作品基調上看也是必然，因為新中國流行的新舊斷裂論與此劇中的新舊循環論顯然無法吻合。老舍相信這種斷裂的存在，相信新時代不會成為舊時代的重演，因此，將新時代拒於這個精神系統之外，使舊的三個時代自成一體，讓它在三個老人的控訴中，在群醜們的叫囂聲中漸漸地淪落。在此，我們必須注意作者對劇作尾音的定調。許多人認為三個老人對時代的控訴是本劇的高潮，按此邏輯，王利發的死就是有力的收場，加強了控訴的力量，而沈處長的幾個「蒿」因此成為「畫蛇添足」、「狗尾續貂」，因而在人藝的幾次排演中，都被斬斷。從人道主義立場看，個體的死亡是重要的事件，具有震撼力，因為生命只有一次。但在沈處長之流看來，王利發作為無足輕重的小人物，有也可以，沒有更好，所以「蒿」。這樣，在死之重與死之輕具有諷刺性的比照中再次呈現老舍以沉鬱為基調的心理結構。死本來就是失敗心理所致，而死的無足輕重更將失敗感往深裡推進一層。然而卻不能不死，因為生之尊嚴已經喪失殆盡，十年之後，老舍自投太平湖可以視為這種心理主調的又一次呈現。因此，採用三個黯淡時代的循環，從深層結構來看，乃是與作者心靈同構，「通過埋葬三個時代以歌頌新時代」這樣的主題包含在其中，卻也不足以概括《茶館》作為經典存在的全部內涵。

　　五十年代的老作家都不同程度地出現筆涸現象，他們寫得少了，寫得不如從前好了，老舍作為一九四九年後老作家中成果最豐的一位，也僅有《茶館》被公認為經典。而《茶館》並非沒有與那個年代

相契的因素，從創作的角度來看，五十年代產生得了《茶館》卻產生不了《雷雨》，《茶館》作為史詩型的戲劇作品面向的是外部世界，而《雷雨》挖掘的更多的是人物的心靈世界。西方觀眾觀看了《茶館》之後，就曾評論：「擺在我們面前的誠然是一部文學作品，但它更是一部社會學的文獻。」[14]這部「社會學文獻」式的作品在五十年代產生，它既契合了那一時代文學普遍的面向社會、解釋歷史的趨勢，而老舍寫實的態度與技巧以及作品別開生面的結構方式又使它在最大程度上免於那個時代的圖解之弊，這二者之間的某種微妙的平衡使它既是時代的產物，又能在一定程度上超越它的時代，成為後世承認的經典。然而偉大的作品從來不僅僅只是對於現實的反映，它更是作家心靈結構的藝術呈現，《茶館》面向外部世界，卻經過了主體心靈化的過程，這種心靈化的痕跡因其存在，作品曾遭惡意地攻擊，因其隱蔽，也曾被善意地誤解。然而正是這種心靈化的過程，使《茶館》區別於老舍一九四九年之後創作的其他作品，也區別於其他老作家們創作的不乏技巧但卻已無法再現個體心靈結構的作品，《茶館》因此成為經典匱乏年代碩果僅存的奇蹟。

　　　　　　　　──本文原刊於《文藝爭鳴》二○○三年第四期

---

14 〔法〕皮埃爾·馬卡布魯：〈富有戲劇性，更富有社會性〉，〔德〕烏葦·克勞德編：《東方舞臺上的奇跡──《茶館》在西歐》（北京市：文化藝術出版社，1983年）。

儀式對當代戲劇藝術空間的拓展

──以賴聲川《如夢之夢》為例

　　亞里士多德在《詩學》中給出「悲劇起源於狄蘇朗勃斯歌隊領隊的即興口誦」[1]的線索，但亞里士多德式的理性卻又使西方戲劇距離儀式的源頭越來越遠。在法國戲劇家阿爾托看來，這是現代戲劇墮落的根源。他認為，「本質戲劇原是一切大崇拜儀式的基礎，後來它與創世紀的第二時期結合，與困難及重影的時期，物質及理念稠化的時期相結合。」[2]他通過《殘酷戲劇──戲劇及其重影》一書，闡述戲劇如何再創現代精神儀式。在阿爾托的啟示下，二十世紀西方劇場實踐中，「儀式」頻繁顯現，面貌豐富多彩。戲劇家們或借助演員身體潛能的開發，使戲劇表演變成儀式表演，重創現代人失落的精神儀式；或收集各原始部落的儀式錄音，創造跨文化的世界語與神話劇場；或混同戲劇與現實，營造儀式的逼真效果，激進地發揮戲劇介入現實的功能。借助「儀式」，現代戲劇產生了與古老戲劇的宗教功能相類同的精神價值，而其內涵更為豐富，也更具現代色彩。但西方現代劇場的「儀式」實踐對於我們中的大多數來說，不僅難以親睹，而且隔著一層文化的面紗。要想真正理解儀式對現代戲劇藝術空間的拓展，藝術感受的真切、文化特質的熟悉、時代環境的親歷，都是不可或缺卻

1　〔古希臘〕亞里士多德撰，陳中梅譯：《詩學》（北京市：商務印書館，1996年），頁48。

2　〔法〕安托南・阿爾托撰，桂裕芳譯：《殘酷戲劇──戲劇及其重影》（北京市：中國戲劇出版社，1993年），頁45-46。

又難以兼得的條件，但巧合的運氣不是沒有。二〇一三年在北京、上海、深圳等地巡演的一齣戲提供了儀式建構當代戲劇的典型範例。

　　作為華人劇壇影響力深廣的戲劇導演，賴聲川所創作的眾多獲得讚譽的作品中，《如夢之夢》是最特別的一齣。該劇長達八個小時（實際演出時間為七個半小時），採用了演員四面環繞觀眾的演出形式，但這齣戲的意義不僅在於它的演出長度、劇場空間形態、表演形式的特別，它還標誌著賴聲川戲劇創作的重要轉向。二十世紀九十年代後期，賴聲川敏感地意識到，政治諷刺的邊界已被電視、報紙等媒體擴張到極致，戲劇中的政治議題在社會引發的反響已難續輝煌，劇場何去何從？二〇〇〇年創作的《如夢之夢》在賴聲川的戲劇創作生涯中標誌著一個新的方向，政治議題在其戲劇中淡去，心靈命題得到進一步發展。這與《如夢之夢》所顯現的儀式因素密切相關。本文擬以該劇為例，從動作、覺知、場能三個層面探討儀式對當代戲劇藝術空間的拓展。

一　動作

　　亞里士多德為悲劇所下的定義是：「悲劇是對一個嚴肅、完整、有一定長度的行動的摹仿，……」[3]此處譯為「行動」（羅念生、陳中梅譯本相同）的希臘語為「praxis」。我國最早的《詩學》譯本[4]將該詞譯為「動作」，「『動作』一詞的普遍採用，大概和這個譯本有關係」。[5]據羅念生辨析，在《詩學》中，表示「動作」的詞除了「行動」之外，尚有兩種意思：其一為「表演」，其二為「形體動作」。[6]

3　〔古希臘〕亞里士多德：《詩學》，陳中梅譯：（北京市：商務印書館，1996年），頁63。

4　該譯本由傅東華翻譯（北京市：商務印書館，1926年）。

5　羅念生：〈行動與動作釋義〉，《戲劇報》，1962年6月30日。

6　羅念生：〈行動與動作釋義〉，《戲劇報》，1962年6月30日。

翻譯家為準確起見，對籠統稱為「動作」的概念進行細化分解，有其
學術價值。筆者認為，鑑於「動作」概念在我國戲劇理論界流傳之
廣，不妨存留，但使用這一概念卻必須區分其不同層面，以下分別從
形體、情節、場景三個方面闡析儀式對戲劇動作的建構。

　　賴聲川曾經談到在印度菩提迦葉古老的舍利塔下，信徒們的繞塔
儀式如何賦予他創作的靈感，「時間流逝著，我留意到有些人繞完
塔，走了，也有新的人進來，還有人繼續地繞，像生命一樣，也像我
正在架構的這一齣戲。……如果把觀眾當做神聖的塔，讓故事、演員
環繞著觀眾，是不是有可能將劇場還原成一個更屬心靈的場所？」[7]
仔細觀察，可以看到繞塔儀式如何融入《如夢之夢》的藝術建構中。

　　該劇舞臺呈四方形環繞結構，正好與舍利塔下信徒的空間分布形
態相同，處於舍利塔位置的是劇場中的觀眾。[8]劇情的展開基本沿順
時針方向推移，相同於佛教徒繞塔的方向，戲一開場，導演就通過全
體演員的「繞場」在觀眾心中建立起該劇的基本意象。

　　　　所有表演者進入劇場的時候，表情彷彿不太知道自己在哪裡。
　　　　他們一邊看著環境，一邊緩緩上場，開始依順時鐘方向，在主
　　　　觀眾席四周圍繞著觀眾走。
　　　　不知不覺的，其中一兩位演員動作開始急促，好像在人群中趕
　　　　時間。他們在行人之中穿梭，造成一種不安的氣氛。無形中，
　　　　好像是潛意識的作用，其他演員也跟著急促起來，步伐越來越
　　　　快，甚至有的開始跑步。整個隊伍形成一種忙亂、躁動的樣子。
　　　　全部人在跑，互相推擠，拼命超越，但表情仍然木訥。
　　　　也不知為什麼，整個隊伍漸漸開始又緩慢下來。原來奔跑的人

7　賴聲川：《賴聲川的創意學》（北京市：中信出版社，2006年），頁36。
8　在臺灣首演時，觀眾席只設在舞臺的中央凹池裡，後來的演出為了容納更多的觀
　　眾，除了在舞臺中央設置觀眾區，還在舞臺之外設置另一觀眾區。

也不知道什麼理由，已經不那麼匆忙了。隊伍恢復原先步調，表演者表情始終木訥。[9]

行走是日常形體動作，導演賦之以繞場的形式、步調的變化、表情的演繹，就神奇地實現日常與藝術的轉換，一個簡單的形體動作轉換為象徵人類總體存在狀態的戲劇動作。進入到劇場中的觀眾，在對劇情毫無所知的情況之下，通過「繞場行走」這一戲劇動作的引導，進入到戲劇情境中去。如果說，佛教信徒繞塔時虔誠而專注，視塔如佛，而這些環繞觀眾行走的人群為世俗人生的各種目的而奔忙，與信徒專注的修行恰成諷刺性的比照。之後，演員的「繞場行走」反覆出現，貫串始終，成為內涵豐富的意象式基礎動作。

劇中，五號病人、妻子、顧香蘭、伯爵、王德寶等人在其人生故事展開之前，就已陸續在舞臺上默默轉繞，他們與周邊發生的一切並沒有牽連，當故事展開到他們的段落，才以劇中角色的身分進入具體的情境。在研究者看來，「演員的『繞場』表示『時空軌道中的存在』。他在必要的時候就會加入演出，變成真實的影像」[10]。雖然「繞場」不介入情節的進行中，但如果結合角色各自的命運軌跡，「繞」便不單只是「存在」的顯現，而且呈現其特定的意義向度。深入來看，該劇中的每一個人都輪迴在自己的「道」中，伯爵不斷地獵奇，不斷地為異域風情而傾心；顧香蘭不斷地迎來送往，與嫖客上演真真假假的愛情；王德寶不斷地在人生中尋找傾情之愛；五號病人與其妻子難以走出命運的怪圈，「繞」這種簡單而充滿象徵色彩的動作昭顯著劇中人物共通的生命形態。

9　賴聲川：《如夢之夢》（臺北市：遠流出版事業公司，2001年），頁39-40。（以下出自該劇的引文不另注。）

10　林鶴宜：〈浮生何如？——談《如夢之夢》的時空構想和生命觀照〉，楊慧儀編：《香港戲劇學刊第五期：十年建樹（1993-2003）華文戲劇作品研討會》（香港：香港中文大學，2005年）。

　　「繞塔」儀式構造了該劇形體動作的基礎模式,「說——聽故事」儀式則搭建起該劇情節連接的基本框架。在人類漫長的歷史中,「說——聽故事」具有文化傳承、族群認同、個人娛樂、神靈啟示等多種功能。印刷術的發明使故事脫離口耳相傳的傳播形態,電子傳媒的發展使「說——聽」故事可以脫離現場隔空進行,而劇場始終忠實於故事傳播的原始形態,即真人面對面地「你說(演)我聽」。「說——聽故事」原不能算做儀式,但在該劇中被賦予儀式的形式與內涵。開場不久,全體演員以接龍的形式講述莊如夢的故事。演員圍場而立、輪番接續的述說方式,開始、結束時的搖鈴提示,都使「說——聽故事」帶上儀式的隆重色彩。五號病人向醫生嚴小梅說故事,顧香蘭向五號病人說故事,以點蠟儀式開啟,顯得莊重而神聖。不僅如此,「說——聽故事」在該劇中還具有特定的功能。劇中,從尼泊爾朝聖回來的堂妹(臺灣版為堂弟)向醫生嚴小梅建議:「一個人在生命末期的處境是很獨特的,如果能夠讓他有機會說自己的故事,然後你在旁邊安靜的聽,等於是給他一個機會無形中整理他一生的一切,可能會從中冒出他自己都想不到的智慧。」借助「說——聽故事」,顧香蘭與五號病人整理了自己的一生,獲得精神的解脫,安然辭世。「說——聽故事」因所具有的淨化功能而真正成為一種儀式。賴聲川在其《創意學》一書的「世界觀」部分引用一行法師說明《心經》的一段話,得出這樣一個結論:「事物之間通過相互關聯,將生成各種可能性。從一張紙開始,到最後天地萬物成為一個『互為彼此』的網絡。」[11]藉「說——聽故事」,嚴小梅與五號病人、五號病人與顧香蘭,這些本無交集的生命同樣呈現出「互為彼此」的連接關係。而如果將它與劇場中反覆呈現的「繞場」儀式相映照,這種「互為彼此」的生命關係與兜兜轉轉中相遇——分離的循環節奏也產生了內在的契合。

---

11 賴聲川:《賴聲川的創意學》(北京市:中信出版社,2006年),頁113。

　　研究儀式的英國著名學者哈里森（Jane Ellen Harrison）認為，希臘戲劇中的儀式因素表現為：「一直縈繞於戲劇的各個環節，作為一種潛移默運的節奏，引導著戲劇劇情的推進和戲劇語言的展開。」[12]《如夢之夢》中，無論是「說——聽故事」還是「繞場」，也作為一種「潛移默運的節奏」，引導劇情前進。如果說在希臘戲劇中，「這個儀式框架、這種潛在的節奏……，原本有一種活的精神貫注其中，並塑造成形，這就是對於食物和生命的渴望，對於帶來豐穰和生命的季節的期盼」[13]。在以上闡述中可以發現，《如夢之夢》中的儀式框架同樣具有「活的精神」，它使儀式在戲劇中的存在不是作為空洞的能指，而是與劇中人的生命存在形式、與藝術家的世界觀構成了共生關係。

　　在《如夢之夢》情節展開過程中，各種民間儀式層出迭現，出嫁時的遮傘儀式、妓院見客的奉茶儀式、從良時的脫衣儀式、辟邪時的埋物儀式、新千年的祈福儀式，等等。這些儀式既結合戲劇的情境成為情節的有機組成部分，又創造劇場表現中濃墨重彩的瞬間。二〇一三年大陸版中，由譚卓扮演的青年顧香蘭（又稱顧香蘭 B）在舞臺北區告別天仙閣的姐妹們，準備遠渡法國，依從妓院的規矩將身上所有的首飾與衣物脫掉，只著一件褻衣，緩緩走過橫貫於觀眾席的甬道，另一端，由許晴扮演的盛年顧香蘭（又稱顧香蘭 C）正站在舞臺南區等她，二人交接，顧香蘭 C 接替顧香蘭 B 走向舞臺深處。音樂響起，透明的紗幕落下，燈光打在顧香蘭的背上，拉出一個比她更長、更大的背影。相似的場景再一次出現在法國的巴黎。為報復顧香蘭的出軌，倖存於車禍的伯爵不告而別，沒有給她留下任何遺產。顧香蘭賣掉城堡，處理完債務，將剩下一點錢分散給傭人，脫下身上衣物，

12　〔英〕簡·艾倫·哈里森撰，劉宗迪譯：《古代藝術與儀式》（北京市：生活·讀書·新知三聯書店，2008年），頁89。

13　〔英〕簡·艾倫·哈里森撰，劉宗迪譯：《古代藝術與儀式》（北京市：生活·讀書·新知三聯書店，2008年），頁89-90。

僅著一件貼身褻衣,離開城堡,經過的仍然是橫貫於觀眾席的那條甬道。兩處人生場景通過一樣的形式得以完成,其性質相通於法國人類學家范‧根納普所言的「通過儀禮」,「從一個群體到另一個群體之間的過渡和從一種社會地位到下一種社會地位的過渡,……這些事件中的每一個都有典禮,典禮的基本目的就是使個體能夠從一個明確的社會地位到達另一個界定同樣十分明確的社會地位」。范‧根納普認為:「一個通過儀禮完整的模式理論上應包括前閾限儀式(分離儀式)、閾限儀式(過渡儀式)和後閾限儀式(融入儀式)。」[14]從以上的描述可以看到,導演通過橫貫於觀眾席中心的甬道的設置將這三個儀式階段在劇場中表現得格外清晰。「通過儀式」在此如同放大鏡,使人生不同階段的成長及所伴隨的情感纖毫畢現。如果說,第一次顧香蘭遵從妓院的規矩,自憐中帶著對未來的憧憬,第二次卻是自主的選擇,淒涼中不無狠下心與生活做搏鬥的強悍。當觀眾在儀式所構造的動作場景中得到這樣的感知時,升騰起的劇場感動是不言而喻的。

　　儀式中包含著人類存在形態的原型模式,因此成為戲劇家完成藝術構形的重要靈感來源。而它對戲劇的建構不僅止於此,當儀式所伴隨的特定覺知進入到戲劇中,戲劇的精神疆域也將因此得到進一步拓展。

二　覺知

　　在現實生活中,儀式總是伴隨著特定的覺知,抽去覺知的內核,儀式就只是無生命的文化投影。戲劇中的儀式同樣如此,就《如夢之夢》而言,如果不是基於某一特定的覺知,無論是顧香蘭的故事,還是五號病人的故事,都只是通俗人生的重複唱段;七個半小時的演出

---

14 〔法〕范‧根納普撰,岳永逸譯:〈通過儀禮　第一章　儀式的類型〉,《民俗研究》2008年第1期。

時長與「一千零一夜」式的機械累積沒什麼兩樣；各種新穎炫目的舞臺形式也就成為沒有靈魂的技藝殘骸。因此，考察儀式的覺知內核在《如夢之夢》中是否存在、如何顯現，是檢驗《如夢之夢》精神質地的必要途徑。

　　在佛教中，「障礙」乃煩惱之別稱，煩惱指「能夠擾亂眾生身心，使之發生迷惑、煩惱，因而不得寂靜的一切思想觀念和精神情緒」[15]。《如夢之夢》中的人物皆有煩惱。五號病人結婚後，先是剛出生的兒子得了莫名其妙的病而夭折，隨後發現妻子是個同性戀者，很快就不告而別離開了他，自己又得了查不出病因卻日趨衰竭的病，一系列的人生打擊令五號病人無法接受。顧香蘭年輕時作為妓院裡的花魁征服過無數男人的心，她隨著伯爵遠渡法國，進入到人際關係更為開放的法蘭西上流社會，盡情施展「才華」，周旋於眾多男人之間。當伯爵以提走所有存款不告而別的方式作為報復時，顧香蘭的人生遭受了最大的挫折，對伯爵的恨相伴餘生。江紅與男友一起從中國大陸偷渡到法國，男友因蛇頭忘記開底艙的透氣口而被活活憋死，這段記憶一直纏繞著她，使她來到法國後有意疏離一切能喚起苦痛記憶的中國人事。這些人生命中的傷痛讓他們無法接受、不願正視或心懷怨憤，成為擾亂身心安寧之煩惱。而到了本劇結束時，劇中人都不同程度地獲得精神上的解脫，如此看來，劇場中的「繞場」與佛教中的繞塔儀式一樣具有「清除障礙」的效力。但戲劇中的儀式畢竟不能等同於宗教中的儀式，在覺知層面上，劇中人煩惱的清除不是像佛教徒一樣光靠「信」的力量而實現，導演找到了一條更能與現代理性相溝通的覺知通道來展現他們的解脫之路。

　　在藏傳佛教中，有一種修習慈悲的方法——施受法。施受法分成幾類，其中為他人而修的施受法，「想像有個與你很親近的人正在受

15　任繼愈主編：《佛教大辭典》（南京市：江蘇古籍出版社，2002年），頁1041。

苦。當你吸氣時，想像你的慈悲吸進他的病苦；當你呼氣時，想像你把你的溫暖、治療、愛心、喜悅和快樂流向他」[16]。《如夢之夢》中，堂妹向醫生嚴小梅介紹的「自他交換」即是此法。如果說，這種靠著呼吸、觀想而實現的自他交換多少具有宗教的神秘色彩，那麼，「說──聽故事」中呈現的「自他交換」則更能為現代理性所接受。對於說故事者，不僅只是述說，對於聽故事者，也不僅只是傾聽，「說與聽」會產生交互的作用力，一個生命由此進入到另一個生命中。

初入醫門的實習醫生嚴小梅在第一天上班遭遇的四個病人相繼死亡使她精神瀕臨崩潰，此時，堂妹所建議的聽病人講故事就成為嚴小梅與病人之間建立心靈連接的儀式。藉由嚴小梅誠懇地聽，五號病人在「說」中梳理了自己的一生，這成為他最終安然辭世的重要原因。而五號病人的故事同樣影響了嚴小梅，在五號辭世後，「每天看無數的病人，經常被推到麻痺的邊緣。在這個時候，我就會想起，每一個病人背後都有這麼一個故事。」通過「自他交換」，不論是呼吸的觀想，還是故事的分享，五號病人與醫生嚴小梅的生命相互給予，最終完成了障礙的清除，心靈的淨化。

五號病人與江紅、顧香蘭的關係同樣如此。五號病人在法國認識了江紅，江紅的心結如果不是因為五號病人的到來，永遠難以打開。在江紅向五號述說自己的人生故事時，她已經初具解開心結的可能性。接著她陪同五號病人去杜象城堡尋找其人生的線索，在這個過程中，江紅有了與五號病人分享哀樂的心。雖然江紅沒有隨他回到大陸，但是在五號重新回到巴黎來找她時，那封信已經表明了她的解脫：「我決定改變。我覺得，讓那一剎那的時間擴大成永恆不散的記憶，還不如滿滿地活在那一剎那之中，就好了。」

---

16 索甲仁波切，鄭振煌譯：《西藏生死書》（杭州市：浙江大學出版社，2011年），頁237。

　　而當五號順著杜象城堡中發現的線索，來到上海，找到病床上垂危的顧香蘭時，他傾聽了顧香蘭的人生故事。這不僅使顧香蘭理清一生的線索，同時也讓五號獲得了自己一生的重要線索。「說——聽故事」再次使完全不同的人生相互交融，讓兩個時空裡的人相互找到彼此間的關聯。一生糾纏於愛恨情仇的顧香蘭在回顧完自己的人生之後，產生中斷情緒鏈條的決心，「所有這些你對我做的，還有我對你做的，你欠我的，我欠你的，就不要再緊緊捉住不放了吧！」而她的故事所隱含的線索——五號病人可能是亨利的轉世——亦使五號病人看清世間施與受的輪迴模式，從而對此生的遭際有了接受的可能，「這個世界，我們的身體，是我們自己一磚一瓦蓋起來的，我們是自己的建築師，蓋了自己的房子。這次這個房子沒有蓋好，希望以後有機會蓋得更好」。在該劇中，「說——聽故事」建立起重要的覺知通道，借由這條通道，劇中人獲得了對生命、對他人、對心的覺知，人生的智慧也因此而獲得。正是在這個意義上，超出常規的敘述時長獲得存在的合理性，通俗的故事模式內含對生命真相的追尋。

　　人生的夢幻性質是佛教哲學的重要基礎，「悉達多將我們在這個世界的經驗視如一場夢，他發現我們的習性執著於此夢幻般相對世界的顯現，認為它是真實存在的，因而落入痛苦和焦慮的無盡循環之中。我們深陷於睡眠之中，如同桑蠶在繭中冬眠，依據我們的投射、想像、期待、恐懼和迷惑，編織出一個現實。我們的繭變得非常堅實而綿密。我們的想像對自己來說是如此真實，因而困在繭中，無法脫身。然而，只要了知這一切都是我們的想像，就能讓自己解脫」[17]。該劇名為「如夢之夢」，「在一個故事裡，有人做了一個夢；在那個夢裡，有人說了一個故事」，這樣的楔子不僅彰顯本劇的套疊式結構，同時給出索解本劇眾多故事之間深層聯繫的線索。兩千多年前的莊如

17　〔不丹〕宗薩蔣揚欽哲仁波切撰，姚仁喜譯：《正見：佛陀的證悟》（北京市：中國友誼出版公司，2006年），頁84。

夢，應當是莊子精神的形象化身，當他受到外界環境的壓迫時，逃向自己的夢境，在夢中另建一個世界，到秦始皇要殺他時，他夢中的世界已經建好了，就「悄悄地消失到他自己創造的夢中世界，不再回來」。莊如夢的故事呈現《如夢之夢》心靈主題的寓言模式，內心的自由使莊如夢得以掙脫現實的束縛，再創夢中另一世界。這個世界並不比現實世界更加虛幻。反之，現實的世界也不比夢中世界更為真實。對於顧香蘭來說，不論是上海的天仙閣，還是法國的上流社會，從回憶的角度，都是一場夢。顧香蘭在講述完人生的故事之後，領悟到「其實我們一輩子就好像一齣戲，這齣戲是我們自己編的，戲中誰是好人，誰是壞人，是我們自己在決定。到後來，時間久了，也都不重要。等戲演完了，落幕了，我們可以走出劇場了」。這與佛教中的人生如夢，外物是心之顯現，其理一致。顧香蘭在人世困於個人的情緒與欲望，當解脫的時刻到來，誰說她不是如莊如夢一般獲得心靈的真正自由？

　　從儀式的層面來看，佛教中沙曼陀羅[18]的繪製與毀損也許最能顯現無常與幻夢的覺知。僧侶們用五彩細沙繪製出美輪美奐的佛國世界，而後瞬間將這個世界抹掉，回歸空無。《如夢之夢》的劇場不論靜態還是動態都與沙曼陀羅有相似之處。從靜態來看，曼陀羅意為「壇城」，「曼陀羅的布局，一般在中央繪製本尊佛，在四方八隅繪製諸菩薩（中院），在外圍再繪製一二層菩薩及護法神」。[19]《如夢之夢》以觀眾為中心，舞臺呈方形四圍展開，極像曼陀羅的布局。從動態來看，沙曼陀羅的繪製從中心先開始，一圈一圈向外展開，又從四圍開始，向中心毀損，直至空無所有。《如夢之夢》的演出也是中心觀眾區先到位坐滿，當演出開始之後，劇情一幕一幕地沿方形舞臺輪

18 曼陀羅（梵文Mandala），用形象表現佛智與道果功德，是密教的特色。沙曼陀羅指的是用彩色細沙繪砌而成的曼陀羅。

19 任繼愈主編：《佛教大辭典》（南京市：江蘇古籍出版社，2002年），頁1001。

番上演,而當劇情結束,先是四圍的演員退場,再是中心的觀眾退場,直到整個劇場空無所有。如果說沙曼陀羅的啟示是無限繁華,不過一掬細沙,那麼《如夢之夢》的劇場形態或許亦包含此寓意。該劇以五號臨終前的一首詩做結,「有沒有誰到過這個地方?有沒有誰,看見過我的臉?我可能記得,我可能忘了,你曾經在我夢裡徘徊;我可能記得,我可能忘了,我曾在你的故事裡歌唱;我可能記得,我可能忘了。」五號病人已經故去,這首詩以畫外音形式響起,似真若幻,似夢非夢。這個儀式般的結尾包含著對如幻人生的超越性覺知,由此回觀全劇,人與人關係的如夢性質,人生際遇的如夢性質也便在一個更深的層面顯現出來。

當儀式的覺知內核進入戲劇,戲劇中的世俗人生便具有可供超越審思的可能性,而《如夢之夢》亦實現了賴聲川戲劇從「社會論壇」向「心靈修持」的功能轉向。

三　場

東西方戲劇共同起源於民間歌舞和宗教儀式。在這類蘊含戲劇因素的演出活動中,觀演融合成為一體,觀眾參與大部分演出活動,他既是觀者也是演者。西方戲劇在繼之往後的發展中,觀眾與演員逐漸分離,各司其職。近代以來,隨著宗教文化的衰弱,戲劇的審美功能被強調,鏡框型舞臺也隨之形成。這一舞臺形式以對觀眾注意力的高度聚焦,實現了對戲劇內容的靜觀式欣賞,觀眾已純化為藝術品的消費者。二十世紀以來,由於電子傳媒發展所帶來的巨大挑戰,也由於現代生活的散亂所生成的精神渙散,劇場的交流面臨嚴峻的考驗。當代劇場實踐中,藝術家開始積極探索觀演交流的各種形式,力圖恢復觀演不分的火熾的劇場氛圍。戲劇的宗教、儀式、治療等功能被重新強調,觀眾作為戲劇合作者的身分被再次確認。《如夢之夢》讓我們

看到，當儀式進入到戲劇之後，如何產生劇場的場能效應，從而促進觀演之間的有效交流。

《如夢之夢》通過四面舞臺的空間推移來展開故事，表演人生，周而復始的旋轉帶來綿延不絕的人在天地間的旅程感，從而打破鏡框式舞臺固定於一隅的鏡面複製。觀眾席設在劇場中心，被四周的演區所包圍，此時，觀眾對戲劇不僅只是向外投射地欣賞，四面舞臺所產生的席捲效力會自外而內作用於觀眾，使他們不由自主地成為這場劇場儀式的參與者，並生成儀式特有的心靈覺知感。在《如夢之夢》大陸版中飾演伯爵的臺灣演員金士傑談到第一次在蓮花池中看這部戲的感受，「好像是我走進了從未進入過的廟宇，有一點心驚，還會突然想到『人生』這種字眼，完全消化掉之前想和賴聲川抬槓的心情。尤其演員圍繞在我身邊，我將椅子旋轉的過程中，我體會到那種『儀式的美麗』，好像我是全世界的主角和中心，自己成為幸福的大爺」[20]。拋開劇情層面，金士傑所談及的「儀式的美麗」與該劇特殊的劇場形態所營造的場效應是分不開的。這就可以理解，為什麼在臺灣和香港的演出中，有的觀眾開場就看哭了[21]。

除了四面舞臺的設置，導演還在觀眾區中間設置了一條橫貫南北的甬道。當故事中的主人公從這條甬道上通過時，觀眾以近在咫尺的距離觸摸到人物情緒的脈動。顧香蘭生命中的兩次離開都在這條甬道上發生，此時，觀眾是觀劇者，也是一場成長儀式的見證者。這裡還發生過兩次「看湖」。第一次在顧香蘭與亨利初來城堡的那個晚上，第二次是五號病人與江紅光臨城堡的頭個晚上。他們站在湖的此岸，往彼岸眺望，有的看見未來的自己，有的看見過去的自己，有的看見前世的自己，究其實質，都是看見心中的自己。在二○○二年香港的演出中，燈光打在場中觀眾身上，創造出湖水氤氳的視覺效果，觀眾就

---

20 和璐璐、金士傑：〈觀眾幸福得像大爺〉，《北京晨報》，2013年1月17日。
21 陳熙涵：〈這個時代，我們需要劇場史詩〉，《文匯報》，2013年1月16日。

像浸漫在湖水中的見證者，徹底捲入這場「看見自己」的儀式中。如果說，戲劇中的儀式與現實生活中的儀式並不能等同，因為觀眾對戲劇儀式的參與並不帶有現實目的，但賴聲川通過劇場場能的創造，最大程度地激發起觀眾在超越現實目的的前提下對戲劇的現場融入感。

「對於人類學者來說，儀式是屬同一種文化的特殊成員的間或行為。」[22]就《如夢之夢》而言，儀式不僅構造戲劇的動作，傳遞特定的覺知，增強觀劇的融入感，同時由於這些儀式內含某一區域成員所共有的文化心理，儀式就成為「文化的貯存器」和「記憶的識別物」[23]，在劇場內發揮著特定的文化交流功能。

顧香蘭前半生的故事發生在上海。上海作為國際性都市，以其時尚、精緻、多元融合的文化特質成就海內外華人共同的思慕。將顧香蘭前半生的故事置於上海來呈現，賴聲川面臨如何展示上海文化的難題。《如夢之夢》利用劇場的特性，將妓女與嫖客之間的人情往來提煉為「儀式」，從而實現對老上海妓院文化，擴而展之為上海文化的戲劇式展呈。文化最深刻的內涵落實於人情世故。天仙閣的妓女與嫖客之間存在著許多被顧香蘭稱為「愛情」的儀式：客人看上哪位妓女，便會接過她奉上的茶，如果看不上，則不會接受；客人要討得妓女的歡心，便會在她房裡連續做東請客，直到打動她為止；妓女願意留客了，會藏匿起嫖客的鞋子與外衣，愛情的遊戲做足之後，才真正開始肉體的交歡；未開苞的妓女在第一次接客時，室內還會點上一支白蠟。這些愛情儀式在老上海的時空背景之下，恍如一場場文化秀，透露出內在的精緻與圓熟。通過妓院生活的儀式化呈現，上海文化以活的形態重現於劇場，從文化交流的角度來看，這些儀式中儲存的信

---

22 〔英〕埃德蒙‧R‧利奇撰：〈從概念及社會的發展看人的儀式化〉，陳觀勝譯，史宗主編：《二十世紀西方人類宗教學文選》（上海市：上海三聯書店，1995年），下冊，頁504。

23 彭兆榮：《文學與儀式：文學人類學的一個文化視野——酒神及其祭祀儀式的發生學原理》（北京市：北京大學出版社，2004年），頁12。

息以最有效的形式將同一文化群的觀眾聯繫在了一起。

　　該劇中有一場千禧年消災祈福儀式。諾曼底城堡附近的村民們把所有不想帶到新千年的東西包括各種病菌、戰爭、窮苦、不平等等，放在小船，同樣從觀眾席中間的甬道經過，放逐到對面小島上。[24]「典型的千禧年運動無論怎樣說都只是（或差不多只是）出現在受猶太──基督教傳播影響的國家」[25]，但借助電視、網絡的大力傳播，「千禧年」這一概念早已廣泛植入非基督教信仰的人群之中，也許他們不會進行與「千年至福說」相關的消災祈福儀式，卻也能接受這種儀式中的文化信息。此時，「千禧年」與其說是特定文化群內的概念，不如說是特定時間節點內的概念。該劇首演於二〇〇〇年，當劇場出現這樣的儀式時，戲劇接通了時代文化生態場，劇場與社會在儀式的信息波中得以交融。

　　在《如夢之夢》演出時段的選擇上，賴聲川曾表達過這樣的願望：做一次午夜場，大約八點入場，看到早上六點，中間吃宵夜：「我覺得八小時也就像是一個晚上的睡眠，像是一個晚上的夢，看完，醒來，走出劇場，看日出，看著清晨的都市，從一個遙遠的心靈境界直接回歸到生活中……」[26]如果真有這樣的演出場次，《如夢之夢》的觀劇經驗就將發生質的轉化。觀眾在清晨走出劇場，如同經歷過一場穿越夢境的真實儀式，戲劇的審美此岸就有可能被連接到更為深廣的宗教彼岸。

　　　　　　　　　　──本文原刊於《戲劇藝術》二〇一五年第一期

---

24 每個版本表現不一樣，在二〇〇一年臺北出版的劇本《如夢之夢》中這樣描述：工人在觀眾席中搭一座橋，村民們上橋，將滿載著帶人們的各種不願意攜帶到新千年東西的箱子傳遞過湖，然後在島上生起大火燒掉，之後再從島上回來。

25 〔英〕埃里克・霍布斯鮑姆撰：《千年至福說》，陳志平譯，史宗主編：《二十世紀西方人類宗教學文選》（上海市：上海三聯書店，1995年），下冊，頁953。

26 楊楊、賴聲川：〈想做午夜場　散場看日出〉，《京華時報》，2013年4月2日。

瑣碎而嚴謹地勾勒出生命的流程

——賴聲川《紅色的天空》的組織原則

　　在大陸，賴聲川《紅色的天空》這齣戲的知名度不如《暗戀桃花源》，但對於他而言，該劇卻具有特殊的意義。這是他與大陸演員合作的第一齣戲[1]，旋即被觀眾譽為：「無論從導演手法還是演員舞臺表演上說，都是成功並堪稱二十世紀末話劇舞臺典範之作的。」[2]而在二○○六年《暗戀桃花源》巡演大陸之前，《紅色的天空》曾是表演工作坊正式演出場次最多的戲[3]。二○○七年，它與《暗戀桃花源》一起被收入在大陸出版的《賴聲川：劇場》第一輯中，可見這齣戲在導演心目中的地位堪與《暗》劇比肩。

　　該劇對於賴聲川還有另一種意義。它在臺灣誕生於一九九四年，正是由賴聲川擔任藝術總監的表演工作坊正式成立十周年的時間。賴聲川回到臺灣之後長期運用的集體即興創作方法師承自荷蘭阿姆斯特丹工作劇團的靈魂人物雪雲‧史卓克（Shireen Strooker），這種方法在賴聲川長期的戲劇實踐中已經漸漸呈現不同於雪雲‧史卓克的另一

1　《紅色的天空》大陸版由賴聲川執導，由大陸演員林連昆、唐紀琛、韓靜如、鮑占元、嚴帆帆等於一九九八年十二月二十四日在北京首演，之後在北京、上海、天津等市共演出四十四場，後回到臺灣演出。

2　袁鴻：〈大型話劇《紅色的天空》在京召開研討會〉，《文藝理論與批評》1999年第2期。

3　該劇在臺灣、大陸、香港共演出九十六場，據《賴聲川歷年演出資料》統計，陶慶梅、侯淑儀編著：《剎那中——賴聲川的劇場藝術》（臺北市：時報文化出版，2003年）。

種質地，也即：比起乃師，賴導在集體即興創作中的規劃性、引導性
更強，而《紅色的天空》作為「表演工作坊」十周年的紀念演出，賴
聲川的想法是：「在『表坊』的十歲生日，要回歸到他的根，也就是
不預設劇情、也不預設架構的即興創作」[4]，除此之外，「根」還意指
本劇將雪雲‧史卓克的一齣戲《黃昏》作為創作的出發點，作為靈感
的激發與創意的源頭。如此，《紅色的天空》在賴聲川的創作歷程中
便具有回歸與再出發的雙重意義。

　　從該劇零零碎碎的生活片斷組合中，你可以窺見集體即興創作方
法的特質所在，即：「在即興創作之中引用『天馬行空』的隨機原
理，刻意不去預設結構和內容，把整個創作過程視為一種有機的探索
和發現，最後才到達演出形式和內容。」[5]在這種方法的刺激下，演
員在排練中往往奉獻出他們最真切的人生觀察與體驗，這也成就了賴
聲川戲劇特有的「真情實感」與「兼容並蓄」的特質。但只有零零碎
碎的真實體驗，固然可以感人，卻難以達到一個藝術作品應有的完整
與深度。這齣戲不同於《暗戀桃花源》的地方在於：導演在排演之前
沒有作完整的情節規劃，最後呈現的結構是根據演員所提供的許許多
多生活片斷來創造出的一件外衣。如果說，《暗戀桃花源》是賴聲川
戲劇作品中結構最精巧的一齣，這並不等於說，《紅色的天空》是最
散漫的一齣。二者的結構形態完全不同，但各有各的原理依據。事實
上，我們會看到，《紅色的天空》是一齣合體裁衣的戲劇，其瑣碎與
嚴謹均恰到好處。

　　該劇一共有十八個片斷，從一群老人的離家始，以一個老人的離
世終，展示了老人院生活的許多側面。劇首與劇尾分設「月臺」片

4　陶慶梅、侯淑儀編著：《剎那中──賴聲川的劇場藝術》（臺北市：時報文化出版企
　　業公司，2003年），頁100。

5　陶慶梅、侯淑儀編著：《剎那中──賴聲川的劇場藝術》（臺北市：時報文化出版企
　　業公司，2003年），頁32。

斷，一開始，「八位演員側身坐在上舞臺八張椅子上，像是火車車廂上的乘客，他們正視前方，臉上表情好像非常遙遠。他們背後有一棵枯樹」[6]。劇尾結束時，「八人坐月臺上，側著身子，呆望前方。……後方的那一棵樹已經長滿葉子，在光中燦爛的、茂密的」。月臺是人生出發點也是目的地，首尾圓合呈現出的是一整個人生的儀式過程，然而這個過程並非一次性，月臺的椅子到最後已經掉了個頭，再配合著那棵從枝葉光禿到枝繁葉茂的樹，生命的不斷循環就成為本劇的延伸之旨。老人院裡的許多生活瞬間被導演規劃進春夏秋冬四個季節段。四季的變化吻合老人院的日常時間步伐，但四季流轉如果沒有更深切的蘊意，就成為流水帳的生活記錄。在該劇中，春夏秋冬不僅只是季節的變換，還暗合著生命的階段性進程。

「春」的時段包括：小丁與小鄧的以「嚴俊」為主題的鬥嘴；陳太對年輕時與張家小子約會的回憶；李太與老金對各自戀人往事的回顧；陳太因大腳而失去戀人的傷痛記憶。「情愛」是春天這個季節時段的關鍵詞。

「夏」的時段包括：比痛、太陽天、跳舞、訪問。「比痛」展示每個老人或肉體或心靈的各種有形無形的傷痛；「訪問」中「生命是什麼」的感言是每個老人對人生或苦痛或溫美或若有所悟的體驗與總結；夏日曬被子，夏夜乘涼跳舞本是人生難得的歡娛瞬間，卻很快轉成不堪其熱或不歡而散。歸入夏的這幾個片斷從人物情緒來看，暗合著夏天鬱熱、波動的情調，而就整個人生而言，人生之痛苦正如夏之酷熱，人生之歡欣亦只是陽光之下的小曬片刻或夏日夜晚的短暫歡娛。

「秋」的時段包括：非禮、唱戲、雨天、兒子。小丁與老金的一場性行為將早年被損害的性心理與晚年兩廂情願的性行為融為一體，時間正是中秋夜；而老李與二馬互不搭調的拉琴唱戲，鄧太對樓上有

6　根據收入《賴聲川：劇場4》的該劇版本（臺北市：元尊文化企業公司，1999年），以下同。

什麼東西滴下來的不斷詢問構成怪誕的場景，其中傳達的也正是老年
人各懷心事的孤獨感；下雨了，老人們趕收被子在秋天這個時段裡轉
成某種隱喻；人生至老，靈骨塔推銷員來訪也就見慣不怪；多年不來
看望父母的老李兒子終於來了，目的卻是為了支取父母養老保險的
錢，這顯然是對已至老年的父母的最大打擊。以上諸片斷共同展示人
生行至老年這個階段的種種況味。

　　「冬」的時段包括：同樂會、臨終與月臺。同樂會裡每個老人對
人生都做了一次回眸，以說、唱、演的不同形式道出自己人生最感懷
的瞬間或體驗，老麥拒絕當眾演唱亦成為最好的演唱；老金在陳太陪
同下走完了人生最後一程；之後，兩個老人攙扶著蹣跚走上月臺，完
成了人生的謝幕儀式。

　　不同的季節既是人生各個時期的隱喻，同時還呈現出情調的起伏
變化。每個季節的生活片斷看似隨機散漫，事實上無不被導演精密地
編織成一張似斷實連的網。李漁在《閒情偶記》裡，對戲劇的針線做
過這樣的闡述：「每編一折，必須前顧數折，後顧數折。顧前者，欲
其照映，顧後者，便於埋伏。」[7]《紅色的天空》並不同於傳統的有
著明晰情節線索的戲劇，但同樣重視結構的嚴密，例如「春」的幾個
片斷的連接。

　　「春」包含：〔1〕月臺、〔2〕離家、〔3〕入院、〔過場〕小丁的
日記（一）、〔4〕嚴俊、〔過場〕老麥的演員會（一）、〔5〕健忘、
〔6〕火車。第一個片斷「月臺」以火車車廂的形式展示八個老人在
人生的旅程上。第二個片斷「離家」呈現五個老人（老金、老麥、陳
太、老李、李太）離開家，準備去老人院的情形。除了這五個老人，
還有三個年輕人，分別是陳太之子、老麥之女與社區員工。這樣，該
劇的八個演員事實上都已上場，而三個扮演年輕人的演員在下一個片

7　〔清〕李漁：《閒情偶記》（上海市：上海古籍出版社，2000年），頁36。

斷「入院」裡，將轉演另三個老人。扮演陳太兒子的演員在下一場將變成老人院裡的二馮（姓馮的老年人），而社區的年輕員工變成老人院裡的小鄧（姓鄧的老年人），老麥的女兒則變成小丁（姓丁的老年人）。此時這些年輕人對老年人的漠然、不耐、敷衍也在他們轉成老年人之後隱顯不一地身受著，對照在其中產生了。

　　「入院」這一片斷中，李太與老李的關係順延「離家」時的表現，即為任何一件生活小事都可能爭吵不休；而老李對老麥的調侃「你不是什麼都不要了嗎？」又順接著「離家」時老麥對子女的錢財饋贈；陳太堅持要送包修女的人情味與「離家」時等待王伯伯來送行的行為也一脈相承。從「離家」到「入院」，人物經歷、個性的順承與發展使它們天然地黏合在一起。接下來是一段過場戲「小丁寫日記」。小丁的日記點出小鄧最不能忍受黑暗，與「入院」中小鄧在停電時的驚慌失措相呼應；「編個話題消磨消磨時間」又預告了二人接下來以「嚴俊」為話題的鬥嘴。二人圍繞著「嚴俊」各自將自己編排進與之相關的風流韻事，藉此爭強鬥勝。二人鬥嘴時，李太始終坐在椅子上做針線；而陳太則搬了張椅子慢慢地挪動腳步。這兩個人的在場都為後續的情節片斷預埋了由頭。陳太看起來茫然無覺，陷入老年痴呆的混沌狀態中，但若從接下來陳太對年輕情事的回憶來看，此時的茫然無覺又變為若有所思。而始終坐在椅子上做針線的李太，在接下來與老金以「雙聲部」的形式回憶往事，亦可視為被「嚴俊」話題所觸動。在陳太回憶往事時，小鄧與老李在場。老李是一個只知經國大業，不屑身邊小事的行伍之人，而在這一節中，老李反常地圍著兩個老太太轉了許久，這也為李太後來回憶年輕時與老李的情事做了鋪墊，年輕時候的老李也有過風花雪月的情懷。一向不在人前唱歌的老麥在自己的空間中動情地唱起年輕時聽過的歌曲，他在歌中唱到的杜鵑花與之後陳太回憶的「一朵花」相承，而歌裡所唱的像杜鵑花般的年輕容顏又與陳太年輕時像紅蘋果一樣的臉相呼應。由此，我們可以看到導演

在片斷連接中對「針線」的細密處置。正是這些針線的存在，使得看起來自由散漫的片斷彼此呼應，相互連接，形成了一個整體。

　　雖是老人院生活片斷的展現，導演卻力圖在片斷中展示人的完整一生及其生存狀態的由來與生成。以老李為例，在開場的「離家」中，透過老李對裡長的咒罵，與妻子的爭吵，對兒子不來送的憤怒，已經可以窺見這個人的身分與基本性格：一個性情暴躁的國民黨退伍老兵。在「入院」中，由觀棋帶出的牢騷話又點出了這個人因愛發議論被小兵告發而坐過三年牢的經歷，這也為他的半生不得志做了一個注腳。而老李年輕時與李太曾有的浪漫情懷又反襯出人生經歷對於人心與人性的損傷。中學生詢問每個老人對生命的感言，老李的感言是：「生命他媽的就是我操他媽的，我操他媽的，我操。」人生的種種失意與憤懣都濃縮於這句髒話中。而老李人生失意的原因何在？既是被關三年的經歷所致，也有自身的性格原因。老李從一開始就表示要寫一本回憶錄，但時間過去這麼久，如小丁日記記載：「老李要借我的日記看，可是他自己的回憶錄連一個字都沒寫。」其實這也是他人生失意的真正原因，好立志卻乏行動。老李的個性影響到了他的兒子，兒子同樣屢屢立志最終卻一事無成，不僅如此，還有老李的暴躁。兒子說：「人家說我有暴力，我暴力，我哪來的暴力？」賴聲川的戲劇常常借這樣的雙向互審揭示人與人之間的相互影響並賦予觀眾看問題的多重視角。李太在同樂會上唱的那首「金縷衣」──「勸君莫惜金縷衣，勸君惜取少年時，花開堪折直須折，莫待無花空折枝」顯然是對老李好高騖遠的一種提醒，但此時，老李卻不想聽、也聽不下去，走掉了。正是基於對人的完整一生及其性格樣式的全面把握，該劇所展現的老人院的生活片斷便能以斑窺豹地反映出一整個生命流程。

　　僅有細密的針線以及人生片斷所反映的完整性，整齣戲還是欠缺能在舞臺上立住的必要框架，或者說是結構。基於這一考慮，導演在劇中安排了小丁的日記與老麥的演唱會，嵌入戲的各個部分，使整齣

戲呈現出鮮明的骨架。小丁的日記與老麥的演員會各有三段，小丁日記（一）的時間是三月二十五日，日記（二）的時間是八月二十日，日記（三）的時間是十月三十日，分別對應於春夏秋三個季節段。小丁在日記中抒發了對季節、對人生的感受，而老麥的演唱會與小丁的日記形成呼應，同樣抒發對人生各個階段的感受。演唱會（一）對杜鵑花、對年輕容顏的禮讚，呼應著春的主題；演唱會（二）對年輕時不懂得珍惜身邊人的痛悔，吻合夏季這一時段既熱烈又嚴酷的情調；演唱會（三）對秋天也即人生老年階段的禮讚，與小丁悲秋的感受形成了鮮明的對比。

對於全劇來說，小丁的日記與老麥的演員會像是界標，標明了這齣戲的構架與肌理，而對於上下承接的劇情，它們又起到「糨糊」的作用。前文論及小丁的日記（一）與老麥的演唱會（一）在「春」中的連接作用，此處不贅。在「夏」的日記中，小丁寫道「這是個曬棉被的好日子」，於是就有了接下來的「太陽天曬棉被」片斷；在「秋」的日記裡小丁抒發秋的感傷與之前的推銷員兜售靈骨塔在情緒上順延，而她所記錄的「老李要借我的日記看，可是他自己的回憶錄連一個字都沒寫」，與後面的「兒子」一場戲中，老李兒子老想做大生意而不肯踏踏實實地做點小事情又直接呼應，在好高鶩遠上，父子個性相承。老麥的演唱會（二）緊接在「夏」中的「比痛」之後，一曲「初戀女」有對少不更事，逝不可追的悔，亦是一種「痛」。在「秋」中的「收被子」一段，陳太對夕陽西下的天空有「多漂亮」的讚語，而緊接而來的老麥的「演唱會」（三）則有對落葉的讚歌。這樣，無論是小丁的日記還是老麥的演唱會都成為全劇重要的「糨糊」之所在。

如果沒有一種核心精神的引領，《紅色的天空》儘管有規劃井然的整體格局與嚴謹細密的針線設置，也只能是一件精巧卻沒有生命感的百衲衣。之所以這齣戲能成為一個有機的生命體，原因在於，它始

終圍繞著對「生命是什麼」這一精神命題的探索與追尋。在這一精神命題的磁聚之下，雖是表現老年人的生活，卻能窺見完整的生命流程；雖是展呈老人院的一隅，卻能反觀整個社會生存空間；雖是反映個體的生命流程，卻通往宇宙生生不息的運轉過程。

《冬之旅》：兩岸劇藝的化合

　　如今說起賴聲川，絕不能僅僅將他定位為中國臺灣戲劇導演，自二〇〇六年他的《暗戀桃花源》在大陸巡演以來，隨著不下十部戲陸續登上大陸舞臺，他業已成為大陸劇場界不可或缺的組成部分。在上演於大陸舞臺的賴氏戲劇中，二〇一五年一月十六日首演於北京的《冬之旅》是非常特別的一齣。賴聲川導演的戲多為其團隊成員集體即興創作的原創作品，也有少量經典劇作家如莎士比亞、貝克特、契訶夫等的作品，卻很少導演同時代他人編創之作。《冬之旅》（原名為《懺悔》，獲二〇一四年「老舍文學獎」優秀戲劇劇本獎）由萬方編劇，是賴聲川導演的極少數幾個由同時代人編創的作品之一。賴聲川接受排演這個作品，我想不僅僅因為萬方是曹禺女兒的原因，看過戲的人會發現一個有趣的現象：劇中某些像極了賴氏戲劇的橋段，事實上是萬方劇本原來就有的。比如該劇中，記者對老金的採訪，很像賴聲川作品《紅色的天空》中，中學生對老人院的採訪。而賴聲川曾說：「舒伯特這樣的角色簡直就像是我會寫的。」[1]在其作品《如影隨行》中，「YEA」經常出現在真真的幻想中，這和「舒伯特」出現在老金幻想中，不正異曲同工？當然，藝術手法相似而產生的親切感仍然不是賴聲川選擇《冬之旅》的主要原因。賴聲川的原創戲劇常能相接於時代，對各個時期的社會文化神經有著非常敏銳的感應。《冬之旅》中的「文革道歉」是大陸近幾年的社會熱點，萬方沒有明言她的創作是否受此影響，但演出之後觀眾卻不約而同地將該劇與這一社會

1　賴聲川於二〇一五年五月二十九日《冬之旅》演出完後與福州觀眾的分享會上所言。

熱點連接起來。萬方不願觀眾作過分切近實事的解讀，她一直強調：
「我的出發點其實不是寫『文革』，最初只是想寫兩個老人的戲。」[2]
而賴聲川最擅長的是，透過社會熱點問題，觀照人心、人性底質。這
應該可以看成賴聲川接受排演《冬之旅》的一個重要原因。

　　從表面上看，《冬之旅》講的是接受不接受道歉的問題，這是兩
個人之間的事；而深入來看，它講的其實是心之解脫的問題，也即一
個人的事。老金不願意原諒陳其驤，他就無法真正獲得內心的平靜。
只要他一天不原諒陳其驤，後者當年對他的傷害就仍將傷害到他。這
也就是為什麼陳其驤一而再地上門道歉示好，老金反而覺得他一直還
在傷害他的原因。而對陳其驤來說，他做過對不住老金的事，可以選
擇刻意遺忘此事，不去揭這塊瘡疤，但他過不了自己這一關。於是，
陳其驤上門了，道歉了，在回憶錄裡還和盤托出當年對老金做過的
事。他將自己該做的都做了，感到「欣慰」。然而，當老金看到陳其
驤因回憶錄而暴得大名，剛剛平復的心情再次被打亂，憤恨中寫下一
封控訴信，此時，老金的不肯原諒繼續地傷害到他自己。陳其驤沒有
勇氣面對這封信，如果從心理學角度來解讀，他最後的老年痴呆症亦
可視為一種自我保護，通過遁入遺忘的硬殼以對抗老金的不原諒。而
劇終時，老金終於原諒了陳其驤，這也迎來他一生最好的時期，他獲
得了真正的內心平靜，儘管，此時的陳其驤已經不認得他了。該劇的
弔詭之處在於：當陳其驤健康時，他的道歉沒有獲得老金的原諒；當
老金原諒了陳其驤，對他說出「我愛你」時，陳其驤卻記不起他是
誰。這裡的「道歉」和「原諒」都失去了接收者，但對行為的發出者
來說，是否獲得對象的接收已不再重要，重要的是發出者自己因這行
為得到了心靈解脫。基於這一認知，劇中的「如果犯罪的人是不可饒
恕的，那麼不肯饒恕是否也是犯罪？」「不要凝視深淵，深淵會向你

2　〈賴聲川&萬方解讀《冬之旅》〉，《新京報》2015年1月20日。

回望」就有了可供深味的含義。在賴聲川的《暗戀桃花源》、《如夢之夢》、《如影隨行》、《水中之書》等作品中都含有心之解脫的命題，我以為，這是賴聲川會接手排演萬方這個劇本的更為內在的原因。

萬方寫劇繼承了父親曹禺的衣鉢，擅寫人與人之間愛怨交縛的情感關係，常在家庭或少數幾個人之間展開心靈的衝突與交鋒。《冬之旅》是一齣正劇，主要是兩個人的對話戲，以展示心靈衝突見長，沒有外部情節的波瀾起伏，從劇本來看，留給舞臺再創造的空間似乎不大。而賴聲川作品的慣有風格是悲喜交融，形式創新感很強，舞臺效果強烈，與萬方這齣戲的風格大相逕庭。萬方認為：《冬之旅》的舞臺呈現超出了她的想像，而賴聲川卻說：沒有動過什麼。那麼，在編劇與導演之間，兩種迥然不同的藝術風格是如何實現化合的？

萬方創作的該劇原名《懺悔》，懺悔雖與本劇的內容切合，但也給人以過於拘泥實事的感覺。賴聲川從原作中舒伯特這一角色的設置發展出以舒伯特的「冬之旅」組曲來結構全劇的構思，劇名也相應改為《冬之旅》。這一改名無疑擴展了原劇的意義範域。萬方在該劇的訪談中這樣說：「說到底，我們每個人都想乾淨地活著，但我們能不能乾淨地活著呢？」[3]「冬之旅」這一劇名昇華出了該劇關於兩個老人的心靈之旅這一核心精神命題。當舒伯特的「冬之旅」組曲進入到該劇之後，原劇中靠對話來呈現的人物情感起伏被樂音的情感曲線更加感性地勾勒出來，而「冬之旅」的歌詞亦通過幻燈投影在紗布上帶來了該作品的原敘事背景，賴聲川又一次使用他所擅長的「連接」之道，使萬方的原作順暢地超越實事層面，進入到更為闊大、幽遠的人生之境。

反觀萬方之前創作的《有一種毒藥》、《關係》、《報警者》的舞臺呈現，雖然情感的交鋒、心靈的層次都被演繹得很精彩，但總覺得舞

3　萬方：〈《冬之旅》創作談〉，《藝術評論》2015年第3期。

臺上就那麼幾個人跳來跳去，格局未免狹小、侷促了些。然而這齣戲卻蘊含一種詩的意境。當然，這首先得歸功於原劇本的詩化追求。且不說劇中頻繁出現的如詩一般的警句與格言，單是老金對一日三餐的訴說，平淡中不無老來之境的苦澀與淡遠。老金說自己愛吃豆腐，這一點和瞿秋白一樣，又於平實中別具風骨。賴聲川在舞臺呈現中將萬方原作的詩意種子加以培育、醞釀成瀰散全劇的情境氛圍。除了「冬之旅」組曲作為本劇的結構性線索而生成的詩意之外，賴聲川特別邀請的舞美設計（美國舊金山藝術學院美術系的 Sandra Joyce Woodall）為該劇設計的紗幕亦產生強大的舞臺表現力。「冬之旅」的歌詞投射在紗幕上，成為人物內心外化的形式，而冬季蕭條的樹影印在紗幕上，則構成潔淨且韻味悠長的視覺景觀。紗幕的升起、降落創造出如舞臺轉檯般分割幕場的效果，而起起落落既可表現時間的推移，亦可傳達人事的變化與人物心境的起伏。若從接受心理而言，紗幕的存在有一種類似於電影鏡頭般被推遠的效果，它產生了有距離感的心理回味空間。如果說，舒伯特的「冬之旅」為該劇帶來了一首聽覺的詩，那麼，紗幕成就的則是一首視覺的詩。

《冬之旅》中，老金與陳其驤支撐起了一整臺戲。老金的扮演者是北京人藝的元老級表演藝術家藍天野，陳其驤的扮演者李立群則是臺灣舞臺劇中的頂級演員。他們雖然都是舞臺上的天之驕子，但大陸與臺灣的舞臺表演風格畢竟不太一樣，二人的搭戲是否會產生違和感？這是看戲之前觀眾心底難免會有的疑慮。賴聲川選擇李立群來扮演陳其驤，除了李立群自身的演藝水平之外，當有另外一種考量。李立群在四十多年前，曾經將老版《茶館》的錄像帶看過三十多遍，劇中每個角色的臺詞與表演他都能模仿，這就使得在這齣戲的合作之前，李立群對藍天野的表演就已經建立起足夠的了解。這種了解也為賴聲川解決兩岸演員在表演風格、方法、節奏上的磨合問題奠定了良好的基礎。演員在舞臺上是否能夠和諧地配戲，首要在於節奏。在這

一方面，我們看到藍天野與李立群搭上了。他們兩個從聲調，到形體，到語速的配搭，不僅不漏拍，而且形成抑揚錯落的舞臺節奏，不可謂不精彩。這種配搭的節奏符合劇中人的心氣特點。老金得理不饒人，心有怨憤，故氣勢很盛；陳其驤夾著尾巴，賠著小心，氣勢自然要弱一些。一強一弱是劇中人心氣的底色，配合著劇情的發展，二人或針鋒相對，或握手言和，或重生嫌隙，或恩怨俱泯，此起彼伏，錯落有致。更可貴的是，兩個演員在此時態的關係情狀中演出了彼時態。這是一種不可言說的感覺，他們讓觀眾覺得，他們果然是曾經的鐵哥們，那麼知心，那麼熟悉。這靠的是什麼？自然是兩個演員之間的一種默契感。當然，藍天野與李立群的表演還是不一樣，藍天野的一語一行有著發自內在的充盈的情緒體驗，這與北京人藝的「體驗派」演劇傳統密切相關，而李立群的一招一式有著鮮明的舞臺形式感，這與他多年在秀場、電視綜藝、舞臺劇表演中積累的深厚經驗有關。就如同劇作家史航所言，二人的表演是「寫意」與「工筆」[4]的區別，但他們兩個居然就「很協調地混搭在了一起」[5]。

　　《冬之旅》在兩岸戲劇人的合作歷史上並非首例，但它的意義卻非同尋常。這並非緣於編劇、導演、兩位演員的身分都很「大牌」，而是我們看到：大陸戲劇的嚴肅性經過臺灣劇場大師的點染，脫盡沉悶之氣，詩的幽遠品格得到發揚。詩的品格源於兩岸戲劇人對於心靈問題的共同關注，也得益於中西藝術超越古今的完美化合。兩岸演員的合作則在劇場的表現上產生內隱與外顯，散淡與精雕的相得益彰。正如劇終時老金迎著一束光走向側臺達至人生的圓滿，這齣戲的完成亦象徵著兩岸戲劇合作的一種圓滿。

　　　　　　──本文原刊於《中國社會科學報》二〇一六年七月十八日

4　史航：〈寫出了艱難，就是寫出了一切〉，《文匯報》，2015年1月20日。

5　蒼淑珺：〈李立群：寬恕是永恆的主題〉，《南京日報》，2015年5月26日。

《雷雨》：舊題新論

　　關於《雷雨》的主題、結構、語言已有許多人做過文章，因此本文的論題並不新鮮，但同樣的題每個人做的文章各不一樣，筆者根據多年以來閱讀《雷雨》的心得，試圖在舊題上作一點新的文章，也許在有識之士看來仍舊是「陳言」，如果真是如此，那就速朽吧。錄於此，供讀者檢驗。

一　主題

　　階級主題、命運主題是對《雷雨》主題的兩種最通行的闡釋，在今天的接受語境之下，《雷雨》的主題有沒有他種闡釋的可能性？探討這一問題是有意義的，因為它可以幫我們檢驗《雷雨》自身的豐富程度如何，以及它對當代精神生活是否還具有意義。

　　我們發現，在《雷雨》中，任何兩個人都面臨著理解的危機：侍萍與周樸園、周樸園與蘩漪、蘩漪與周萍、周萍與四鳳、四鳳與周沖、周沖與自己的父母、四鳳與自己的父母、周萍與自己的父母、魯大海與自己的父母。他們都無法真正了解對方，實現真正的精神溝通。

　　周樸園所懷念的那個侍萍是他自己臆想出來的，溫柔的、年輕的、美麗的、沒有威脅力的，是作為他寂寞孤冷的現實生活的一種慰藉品。所以當他認出眼前的魯媽即侍萍之時，第一反應是：你來幹什麼？他以為她是來找他討債的，他做出以金錢來了斷的舉動，卻被侍萍一把撕掉了支票。現實中的侍萍既不是周樸園懷想中的那個年輕、溫柔、美麗的小綿羊，也不是來向他討債的，他們之間相隔如重山。

　　蘩漪愛周萍，這看起來是毋庸置疑的。然而蘩漪並不清楚周萍此時心中所想的到底是什麼。她不清楚他們之間的關係在周萍心裡留下多大的恐懼，她甚至也不清楚，周萍當初的「愛」和她的性質並不一樣。周萍當初愛蘩漪是帶著「復仇」的情緒，復周樸園二十幾年將他驅逐出家門的仇，而不是像蘩漪那樣，將愛當做沙漠中的水源來渴求。如果說，周萍剛剛回到這個家時，還帶著鄉野的拙樸，容易為蘩漪身上「精緻的憂鬱」所吸引，而現階段，他在這個家中生活了幾年，對父親的敬畏早就驅散了早先那種仇恨情緒，他甚至欣賞他父親作為社會成功人士的冷酷，而對蘩漪的精緻與憂鬱也早已視同尋常了，因他身上也漸漸染上了這個階層，這個家的特點。那麼，此時他需要的就是一種直接的、單純的生命力，即四鳳這種類型的女孩，來驅逐內心的恐慌與肉體的寂寞。周萍內心的變化並不為蘩漪所洞察，這使得她的愛與追逐變得徒勞無功，只會招來周萍愈來愈深的仇恨與厭惡。而周萍也不知道蘩漪是個怎樣的人，他用了父親來威脅她，用了母親身分來提醒她，用了四鳳來趕開她，然而這些都不奏效，最後當他驚恐萬分地喊出：「你真是一個瘋子」時，大概是離真相最近的時候。

　　而周萍對四鳳，四鳳對周萍又怎樣？四鳳不了解她的大少爺到底是個怎樣的人，不了解他內心的恐懼。她害怕自己的事被家裡人知道，害怕周萍不要她，而她的大少爺只顧擺脫自己的困擾，他問四鳳：「關於我，你沒有聽見什麼」，卻無視四鳳的煩惱與恐懼。周萍要四鳳年輕的肉體來驅逐他的恐慌與寂寞，而對四鳳要的承諾與依靠，無力或者說並不願給出，因此覺得四鳳反覆要承諾是可笑的。

　　而周沖呢？他在第一幕中不斷地向四鳳表白愛意，但在對四鳳的描述中，我們可以看出他在做孩子氣的美化。當最後一幕蘩漪要他留住四鳳時，他終於意識到：「我好像我並不是真愛四鳳，以前——我，我，我——大概是胡鬧。」蘩漪不能理解兒子這番話，她說：

「你不是我的兒子，你不像我，你──你簡直是死豬！」而蘩漪的瘋狂也徹底顛覆了曾經將她視為「天底下最聰明、最善解人意的母親」的周沖的認知，他難過地說：「媽，我最愛的媽，你這是怎麼回事？」

　　魯貴對自己女兒說出的話讓四鳳質問：「你是父親麼？父親有跟女兒這樣說話的麼？」四鳳對魯大海說：「你的話我有點不懂，你好像──有點像二少爺說話似的。」魯侍萍在自己的親生兒女面前說出這樣的話：「我是在做夢。我的兒女，我自己生的兒女，三十年工夫──哦，天啦，你們走吧，我不認得你們。」更不用說，蘩漪與周樸園、周樸園與魯大海、魯大海與魯貴之間的關係了。於是，我們看到：在《雷雨》中，任何兩個人之間均相隔如重山，他們既無法相知，也無法真正相愛。這恐怕是比命運主題，比階級鬥爭主題更具有悲涼況味，也更富於現代色彩的了。這也是在今天這個時代，《雷雨》仍然在我們的精神生活保留它的意義，喚起強烈共鳴的原因所在。

二　結構

　　結構是戲劇形式諸要素的核心，一齣戲能不能成立，靠的是結構，在結構的嚴謹、精巧、縝密上，中國現代戲劇未有超過《雷雨》者。《雷雨》包含兩個時態的悲劇：過去時態是周樸園與侍萍的情愛悲劇，現在時態是蘩漪、周萍、四鳳之間的亂倫悲劇。一個長達三十餘年涉及兩代人的故事要在不足一天的舞臺時間內演繹完，這需要高度的剪裁技巧。第一幕一開場，我們就可以感受到曹禺的匠心獨運。魯貴與四鳳的談話看來像父女間的家常閒聊，卻包含了許多重要的信息：不僅包括他們各自的身分、地位與習性，還揭示出劇中主要人物間的關係，四鳳與周萍的情愛、周萍與蘩漪的曖昧、蘩漪對四鳳的敵意等，對於舞臺上正面展開的情節，這是近前因；而談話同時透露了魯侍萍要來周家這個重要的規定情境，為揭開現時態悲劇的遠前因埋

下伏筆。之間再穿插進周沖來客廳尋找四鳳、魯大海來周家見周樸園這樣的過場戲，將周沖對四鳳的愛慕、魯大海對周家的仇恨也展現出來。至此為止，劇中主要人物之間的關係已經基本明朗，按下不表的只有魯侍萍與周家的關係，它將作為後面情節發展中必不可少的推動力量而存留。

如何使事態在一天之內迅速到達悲劇的終點？曹禺巧妙地利用了現在時態與過去時態交織而成的合力製造情節發展的動能。舞臺上正面展開的是悲劇的現在時態，而在現在時態的展開中適時引入悲劇的過去時態，從而產生了推動情節發展的新動力。蘩漪為支走四鳳，叫來魯侍萍，導致三十年前的悲劇顯影：侍萍認出周樸園和親生兒子周萍，這為後來她發現兄妹間的亂倫關係做了鋪墊；蘩漪尾隨周萍到魯家目睹他與四鳳的幽會，絕望中將周萍的退路堵住，致使二人關係暴露，侍萍發現了兄妹間的亂倫關係，攔住狂怒的魯大海，放走周萍；萍、鳳先後回到周家，就在他們徵得侍萍同意準備遠走時，蘩漪叫來周樸園，導致血親關係及亂倫真相的大曝光。最後，發現與突轉的適時運用使情節急轉直下，迅速抵達毀滅的結局。

《雷雨》中每一個場景都是情節進程中的有機組成部分，而場景本身又包含著飽滿的戲劇性。戲劇性可以體現於外部的行為衝突，也可以體現於內部的心理衝突。《雷雨》中的戲劇場面融二者於一體。在周樸園逼蘩漪吃藥這場戲中，衝突的雙方是周樸園與蘩漪。這場衝突圍繞著「吃藥」這個可視性極強的外部動作，經歷了三個回合的鬥爭：周樸園強迫蘩漪喝藥，蘩漪抗拒；周沖替蘩漪說情失敗，只好依從父命勸母親喝藥，蘩漪把藥拿起又放下；周樸園讓周萍跪下來勸後母喝藥，蘩漪搶在他跪之前，忍著憤恨把藥喝了。在樸蘩二人「命令——反抗」的衝突模式中，周沖與周萍的加入使衝突複雜化，周樸園利用兩個兒子強化他的家長意志，周沖、周萍與蘩漪的特殊關係使得蘩漪抵抗意志削弱，最後屈服於周樸園的意願。三個回合中，周樸

園的家長意志控制著家庭中的每個成員，周沖、周萍、蘩漪先後屈服
於周樸園的權威卻有著各不相同的心理基礎：周沖的屈服裡有對母親
的同情與對父親的反感；周萍的屈服裡有對父親的畏懼與自己的難
堪；蘩漪的屈服裡有對周萍的不忍與對周樸園的憤恨，人物間簡短的
對話亮出了各自靈魂的底色。而如果從情節發展的角度來看，這場衝
突不僅提供了之前情節的心理成因——繼母與兒子的亂倫關係在這個
家庭裡何以會產生；而且提供了之後情節的心理動因，蘩漪拼命抓住
情感沙漠中的最後一個水源，而周萍卻在父親權威的籠罩之下避之唯
恐不及，兩個人之間的關係成為悲劇推進的情節動能。在這一場戲
中，我們看到了曹禺如何將寫人與寫戲完美地融合於一體。

　　《雷雨》的序幕與尾聲在演出中通常被刪掉，以致許多人不知道
它們的存在。在序幕、尾聲中，時間已經過去十年，昔日窒息身心的
周公館改建成了醫治身心的教堂醫院，如箭在弦的戲劇衝突隨著那場
雷雨的歇止也代之以平靜，舞臺上他人的閒談與教堂彌撒的鐘聲創造
出寧靜、和平、肅穆的氣氛。序幕、尾聲的舒緩與本事的緊張形成強
烈的對比，如果說本事如夏日午後一段離奇撼人的夢，對於觀眾，序
幕與尾聲恰好起到了導入夢境與導出夢境的作用。為了不使人們對作
品做過分切近實事的理解，曹禺將《雷雨》表述成「一首詩」，而運
用序幕與尾聲的深義也在於此，「我不願這樣戛然而止，我要流蕩在
人們中間的還有詩樣的情懷。『序幕』與『尾聲』在這種用意下，彷
彿有希臘悲劇 Chorus（合唱隊，筆者注）一部分的功能，導引觀眾的
情緒入於更寬闊的沉思的海。」[1]

　　在結構的嚴謹、精巧與縝密上，中國話劇至今罕有超過《雷雨》
者，而當時曹禺不過是一名二十三歲的初出茅廬的寫劇者，令人不得
不嘆服於天才的偉大。

1　曹禺：〈序〉，《雷雨》（北京市：人民文學出版社，1994年），頁187。

三　語言的劇場性

戲劇是劇場的藝術。案頭劇是指可供案頭閱讀，卻不適合於舞臺演出的劇本，曹禺的戲劇非案頭劇，它能讀又能演。為什麼能演，而且演出的效果特別好？人物性格豐富、戲劇性強、語言精彩等都是原因，但這些仍未見得真正從劇場的角度來解讀，那麼，什麼才是曹禺戲劇適合於舞臺演出的真正原因？本文試圖從《雷雨》語言所蘊含的劇場性來探究這一問題，所舉例子是第二幕中周樸園、魯侍萍相認的片斷。

（一）語言的動作性

就表現人物心理內容而言，戲劇與小說的區別在於，小說可以直接進入人物心靈空間，通過大段的分析性文字對人的多種心理內容進行揭示，戲劇則一般不用這種方式。戲劇是動作的藝術，也即主體在發出動作的過程中使心理內容逐一呈示。我國早期話劇師法莎劇的寫法，在表現人物心理內容時好使用抒情性獨白，然而卻難做到像莎劇那樣結合著戲劇行動的發展對人物心理內容洞燭幽微，這樣的獨白與戲的行進相脫節，使劇場節奏拖沓、遲滯，嚴重影響了戲劇的表現效果。曹禺的戲很少使用長篇抒情獨白，他擅長在戲劇行動的發展中，通過恰如其分的語言逐一揭示出人物的心理內容，使戲劇行為始終處於發展、變化、行進的態勢，從而增強了戲劇的動作性。

在周樸園、魯侍萍相認的這一片斷，周樸園對魯侍萍有四次的問，這四問層層遞進、交替展開二人的心理發展變化過程。

第一次是在魯媽關窗後：

周樸園（看她關好窗門，忽然覺得她很奇怪。）你站一站，（魯媽停）你

　　——你貴姓？

　　魯侍萍　我姓魯。

　　第二次，周樸園向魯媽打聽起侍萍的事，魯媽揭穿：她不是小姐，她是無錫周公館梅媽的女兒，她叫侍萍。

　　周樸園（抬起頭來）你姓什麼？

　　魯侍萍　我姓魯，老爺。

　　第三次，魯媽說起侍萍又被救活了，一個人在外鄉活著，那個小孩也活著。

　　周樸園（忽然立起）你是誰？

　　魯侍萍　我是這兒四鳳的媽，老爺。

　　第四次，侍萍說起襯衣上的梅花和萍字。

　　周樸園（徐徐立起）哦，你，你，你是——

　　魯侍萍　我是從前伺候過老爺的下人。

　　第一次周樸園問魯侍萍是疑惑，眼前這個背影，這個動作多麼熟悉！問是似曾相識而產生的奇怪而驚愕的反應。而後面兩次突然質問魯媽的身分，透露出周樸園內心的緊張與恐慌。他對過去那件事情有愧於心，拋棄侍萍是他不體面的記憶，又因他對年輕的侍萍確懷有感情，因此多年來耿耿於懷。他一直打聽是否有知道這件事的人，既是對目前名譽完全度的測試，也是借此機會來緬懷或祭奠過往的時與事。而眼前的魯媽對這件事的真相知道得那麼詳細，顯然讓周樸園覺

察到了威脅，由此心生懷疑，馬上警覺起來：你是誰。最後當魯媽說出襯衣的細節時，身分不言自明，此時周樸園說出：「哦，你，你，你是──」，雖未點出侍萍之名，卻正透示其內心被擊垮的真相。通過周樸園不斷地追問魯媽的身分，我們可以把握到周樸園情感發展與變化的清晰線索。這條線索其實還體現在舞臺提示中，第一次問是坐著，第二次是抬起頭來，第三次是忽然立起，第四次是徐徐立起。這些動作變化顯示出周樸園內心情緒的逐步緊張，最後崩潰於真相面前。曹禺對人的內在心理變化體察得細緻入微，在表達時，又深諳戲劇之道，也即將這些心理內容呈現為相互作用、交替發展的行為過程，從而形成戲劇的動作性。

從劇場接受的角度看，富於動作性的戲劇語言能將觀眾自始至終地捲入戲的進程中。這幾個「問」對於觀眾注意力的抓獲太重要了。對於已經覺察到魯媽可能與周公館有特殊關係的觀眾來說，第一次的「問」喚起了一種期待心理。我們想知道一些已有信息之外的東西，但魯媽只說，我姓魯。於是一種期待心理被暫時壓抑了，而這種壓抑事實上是留下更大的期待。第二次問的時候，是魯媽在講梅侍萍的故事，而周樸園問她，你姓什麼？這裡作者借著周樸園的口再次提醒觀眾注意到眼前這個魯媽的身分（姓是身分的關鍵）。第三次，講到那個被侍萍帶去的小孩，周樸園為眼前這個魯媽竟然知道這麼多細節而驚愕，所以他問：你是誰？而不再是「你姓什麼」？「姓什麼」還具有一種客氣、試探的意味，而「你是誰」更具有質問的色彩，從中可見周樸園內心緊張感的增強。魯媽只是就勢回答：我是這兒四鳳的媽，老爺。這時，魯媽的身分雖還未揭曉，但，一問一答所瀰散出的情緒氣氛卻已經使這個身分的謎底呼之欲出了。最後，當魯媽說出襯衫的細節時，周樸園徐徐立起，觀眾心中也水到渠成地完成了對魯媽身分的認知。這四個「問」引領著觀眾一步一步完成了「發現」的過

程，由於它是動態向前的，觀眾的專注力也就自始至終地被席捲在其中，從而產生了良好的劇場效果。

（二）「聽得出」的語言

戲劇語言在劇場中經由演員聲音的演繹被觀眾所感知，劇作家在寫劇時必須充分考慮到戲劇的這一特性。在中國古典戲劇理論中，王驥德的《曲律》對戲劇語言的音韻格律做了嚴格的限定，因現代戲劇語言與現實口語高度相似，在戲劇寫作中對音韻格律再做嚴格要求已經不切實際。但現代戲劇畢竟還是場上之劇，觀眾聽聲而會意，那麼在「可聽性」方面是否還有可為的空間？曹禺在這一方面作出自己的探索。

我們發現，在周樸園與侍萍相認這一段落，曹禺使用語氣助詞的頻繁程度為全劇之最。讀者讀劇本的時候可能不太注意這些語氣詞。他們接收到的往往是語氣詞之外的那些實詞所傳遞出的明確信息。但看戲與讀戲不同的是，觀眾在劇場中通過聽聲看形來會意，此時，語氣助詞在劇場中的重要性就等同於乃至超過那些有明確意義的實詞。周樸園在聽魯媽說起三十年前那件事的時候，他情緒上產生強烈的反應包括疑惑、震驚、惶恐等，然而防禦性極強而又老於世故的性格使他不會把這種反應直接暴露在下人魯媽面前，這種有觸動卻不願暴露的情緒就被曹禺轉化成頻頻出現的語氣詞。在這一段中，經由周樸園之口說出的「哦」字有十四次之多，它是周樸園對魯媽說話的一種應答。曹禺替「哦」字加上的符號有句號、逗號、問號、感嘆號，應答的語調變化造就了該詞非常豐富的情感內容，再結合著每一句的語境，「哦」字所產生的表意效果絕不亞於那些有著明確語言信息的實詞。設想由一位有著卓越的舞臺表現力而又深刻理解周樸園的演員來演繹這些語氣詞，那麼，其舞臺效果一定是精彩非凡的。這樣，曹禺通過小小的語氣助詞的精心設計，使人物的情感得到精準而又含蓄的

表達。現代戲劇語言失卻傳統戲曲的音樂性表現特長，卻亦能借助語氣助詞的使用實現口語表達的幽微豐富，在劇場的「聽覺」系統中，可謂失之東隅，收之桑榆。

　　自然，現代戲劇語言的「可聽性」不只落實在單個詞彙語氣音調的呈現上，在劇場中，細心聆聽人物語言流程中的節奏變化，亦能領會其情感的潮汐起伏。在周、魯二人的這場戲中，一開始周樸園向魯媽打聽三十年前梅侍萍的事時，是一個盤詢者的角色，姿態是居高臨下的，語氣是從容不迫的，侍萍的語量少，而周樸園的語量多。到侍萍拆穿了姓梅小姐的真實身分時，二人的情勢發生變化，侍萍變成一個質詢者，而周樸園成了一個應對者，侍萍的語量多，而周樸園的語量少。二人說話的對答速度（可以想像地）快了起來，氣氛情勢跟著緊張起來。到周樸園認出侍萍的身分時，周樸園的防衛意識加強，心理又漸漸強勢，二人之間呈現出的是一種勢均力敵的對抗之勢。到周樸園提出用錢來彌補，魯侍萍撕掉支票時，戲劇衝突到達一個沸點，同時又是一個靜點，接下去如何發展？魯大海的到來使戲別開一生面，周魯之間外部靜態，卻飽含內部張力的對抗轉成了語言充滿火藥味，形體動作激烈的外部衝突。魯大海一上臺就以其暴烈的脾氣對周樸園進行指責與咒罵，以至於周萍伸手打魯大海，魯大海還手，僕人們一起打大海。這時全場已經鬧得不可開交，魯侍萍面對自己的親生兒子周萍，正想衝口叫出他的名字，最後卻轉成了「你是萍，……憑什麼打我的兒子？」曹禺通過「萍」到「憑」的同音轉換，巧妙地實現戲劇情勢的逆轉，將即刻要潑出去的水戛然收住，這一場戲以魯大海與魯媽退出周家為收煞。在這短短十來分鐘的戲裡，撇開語彙的實在意義，光光從語流的張弛收放也能感知到場上人物間關係情感的變化，這樣的語言效果自然是劇場中的觀眾能夠「聽得出」的。

(三)「形象」的語言

劇場以形象饗賜觀眾，觀眾飽餐形象的盛宴之後完成對戲劇意義的接受，如此，教與樂方能合璧。劇場形象可以借助演員的音容形體，配合以燈光、布景、音響等劇場設施完成，而戲劇語言所喚起的形象聯想亦是重要手段。莎士比亞深諳此理，他以源源不絕的想像力在戲劇中驅遣各種比喻，「或喻於聲，或方於貌，或擬於心，或譬於事」（《文心雕龍》〈比興〉），這些比喻雖無法在劇場中直接現形，卻能在觀眾的想像中綻放成異彩紛呈的感知形象。曹禺的《雷雨》雖不像莎劇那樣盡情使用比喻，但在戲劇語言如何生成感知形象這點上，卻可見出同心一理。

周樸園要出門，叫繁漪給他拿雨衣，繁漪叫四鳳拿了三件雨衣，周樸園卻不要新的，要舊的。為什麼要引入雨衣？為的是讓周樸園到這個客廳來有了緣由，這是其一；通過周樸園「要舊不要新」揭示出他戀舊（懷念侍萍）的特定心理，這是其二；而第三個理由，我們可從劇場形象的創造這一特定角度來認知。雨衣的舊與新經由周樸園之口說出，以具體的形象感知於觀眾的頭腦，從而達成對周樸園性格心理的認知。這種方式是具象可感的，而非抽象化的。與「關窗戶」這個細節相比，二者都可生成劇場形象，關窗戶是現諸舞臺表演，而新／舊雨衣的形象則需借助觀眾的想像來完成。雨衣雖置於桌上，但周樸園的一句「不對，不對，這都是新的。我要我的舊雨衣」才使觀眾真正在腦海裡展開雨衣的「新」／「舊」形象，從而完成對其特定心理內容的認知。同樣的例子還見於以下二人交談中提到的「舊襯衣上的梅花，繡著的萍字」。就情節功能而言，這個細節使周樸園知曉了侍萍的身分，從而推動了戲劇情節的發展；而從劇場認知的角度來看，語言展開的這些極具畫面感的細節生動地複現了周梅二人的年輕時光與生活場景。當觀眾在劇場中聽到這些話的時候，自然而然就

「看到」了他們的年輕時候，從而理解了周樸園這麼多年以來為什麼對侍萍一直難以忘懷。

劇場語言所創造的形象一則可生成生動的畫面感，二則可與切身經驗相連接。劇中，侍萍說：「三十多年前呢，那時候我記得我們還沒有用洋火呢！」作為一個轉繞於灶臺的下人，將三十年前的時間記憶定格於沒有用上洋火（生火必備）是自然而然的。而對於坐在劇場中的觀眾而言，時間是抽象的，哪怕說出「三十多年」這個具體數字也還是一種抽象，而「用洋火」則調動了觀眾對「時間」的切身體驗。此時洋火已經是大眾生活中無處不見的必需品，借助於切身經驗，抽象的「三十多年前」被還原成了「還沒用上洋火」的感性認知。這與《茶館》中王利發的一句話，「好容易有了花生米，可全嚼不動！」可謂異曲同工。對人生，對世道的喟嘆，因連接於觀眾的日常經驗而引發深切的共鳴。

曹禺是一位熟諳劇場之道的戲劇大師，以上從劇場性角度解讀其名劇《雷雨》的語言藝術，雖只是管窺蠡測，亦可藉此一瞥其戲劇世界的又一勝景。

「合」的奧妙
——賴聲川戲劇的拼貼結構

　　在賴聲川戲劇創作中，人們很難看到沿著單一情節脈絡發展的作品。他的戲劇或呈現眾多生活片斷的組合，如早期的《我們都是這樣長大的》、《摘星》，後來的《紅色的天空》、《亂民全講》等；或由更大視野內的社會、歷史現象的斷面組接而成，如相聲劇系列、《寶島一村》等；或由看起來互不相關的幾條情節交錯發展而成，如《暗戀桃花源》、《回頭是彼岸》、《西遊記》等。它們都不遵循傳統戲劇所要求的「情節一致」原則，也不依靠「線性邏輯」來組接各部分。這些相異於傳統戲劇的結構方法共同呈現出「拼貼」的特質。那麼，在賴聲川戲劇中，部分組成整體依據的是怎樣的原理，呈現出怎樣的形貌？賴聲川在戲劇中頻繁運用「拼貼」手法，其背後是否有特定世界觀與藝術觀的支持？通過拼貼，戲劇是否獲得與傳統結構方式不一樣的表現力？這些都是本篇文章試圖探討的。

一

　　一九八三年，當賴聲川從美國柏克萊大學取得戲劇博士學位後回到臺灣時，臺灣的小劇場運動已給沉寂的劇場界帶來創意與活力，但基本上還處於藝術界內部的交流，無法發生輻射面寬廣的社會影響。賴聲川將雪雲・史卓克傳授的集體即興創作方法運用於戲劇創作。「集體即興創作方法」指的是創作者在產生出一個創作理念之後，通

過與演員的互動關係來創作。賴聲川認為，「即興技巧背後的哲學是說透過即興，演員個人內在的關懷可以被提煉出來，而經過正確的指導，個人的關懷可以幫助塑造集體的關懷」[1]。如果將戲劇作品視為集體意志的聚合體，那麼，在集體即興創作中，每一個體對這一聚合體所產生的能動效力增強了，因為，參與戲劇創作的每一個人（導演、演員、各技術部門人員）其個體情感與意志自始至終地幫助了戲劇的塑形。因此，戲劇最後的形成體現著每一參與個體的人生關懷及藝術理解。當集體即興中的個人以源自生活的個體關懷相互撞擊、化合，最後形成的集體關懷也便具有了更強的生活質感與更深的源自心靈的真誠，從而使戲劇某種程度地避免淪入個人的自說自話，向生活伸延出深廣的根鬚。這便是賴聲川在其創作經歷中一而再地使用這一創作方式的原因所在。

　　在賴聲川創作的初期，集體即興創作的自由度是相當高的，相應地，「結構」的方法便成為「在即興創作之中引用『天馬行空』的隨機原理，刻意不去預設結構和內容，把整個創作過程視為一種有機的探索和發現，最後才到達演出形式和內容」[2]。作為集體即興創作的刺激者，導演的任務在於設置每一角色在戲劇中的位置以及他所面臨的狀況。他為演員設置狀況，而每一演員在每一狀況下的表現都有可能溢出他的設計之外，他要隨時讓戲劇包容、適應這些溢出的內容，因此就不能嚴絲合縫地設置一種完全合邏輯的、向心力極強的結構形式，而須應用具有更強包容性的開放的結構形式，以利於激發、容納演員可貴的自內而外的即興表演。以自由連接為基礎原則的「拼貼」便成為與集體即興創作方法相適合的結構方法。它賦予戲劇可感知的

1　陶慶梅、侯淑儀編著：《剎那中──賴聲川的劇場藝術》（臺北市：時報文化出版企業公司，2003年），頁179。

2　陶慶梅、侯淑儀編著：《剎那中──賴聲川的劇場藝術》（臺北市：時報文化出版企業公司，2003年），頁32。

形式，又最大限度地保留了它的開放性。

　　在賴聲川的作品中，拼貼並不意味著絕對自由，不需要規則。他欣賞爵士樂手路易斯‧阿姆斯特朗對爵士樂演奏原理的闡釋：「他們隨興演奏，只要『合』（fits）就行。」[3]他認為，通過集體即興創作方法形成戲劇作品的原理同樣如此，但問題是「什麼叫做『合』，合於什麼才行」[4]，這一層的秘密，也許只有創作者內心最清楚，但作為研究者，卻仍然希望通過已經成形的作品的外貌，返溯「合」之原理所在，找到部分在整體中的位置，以及整體之所以得以成立的理由。

　　在這些天馬行空組織起來的作品中，有時其表現對象是有特定身分歸屬的一類人，《我們都是這樣長大的》的對象是十五名二十歲左右的青年，《摘星》表現的是一群智障兒童，《紅色的天空》聚焦於老人院裡的八個老人；有時則是一群沒有特定身分歸屬的人，《變奏巴哈》、《亂民全講》截取都市裡芸芸眾生的千相百態。深入觀察，這些作品中看似自由散漫的片斷實際上都內聚著某一精神精華。《我們都是這樣長大的》在「成長的困惑與傷痛」這一點上，素材之間產生諧振；《摘星》呈現他們（智障人）的世界與我們（正常人）的世界的差異與碰撞；《紅色的天空》在老年階段生活內容的展現中，貫穿著對一整個生命流程的思考；《亂民全講》揭示出當代人的生存亂象與精神迷局。僅僅在內在精神上達到「合」尚不能滿足戲劇欣賞所需求的完整與清晰，賴聲川同時還努力使素材在外部形式上具有一種整體感與可為觀眾感知的規範性，這是藝術作品完整性的重要示現，同時也是進一步增強作品內部有機性的必要手段。

　　在《我們都是這樣長大的》一劇中，「對稱」的使用給人留下深刻的印象。這齣戲一共十五個片斷，各個片斷的安排順序是：（1）全

3　賴聲川：《賴聲川的創意學》（北京市：中信出版社，2006年），頁167。

4　賴聲川：《賴聲川的創意學》（北京市：中信出版社，2006年），頁167。

體（一）；（2）聯考（一）；（3）尋父（一）；（4）萬華；（5）家教
（一）；（6）離婚；（7）分手（一）；（8）舞廳；（9）分手（二）；
（10）破產；（11）家教（二）；（12）驚魂；（13）尋父（二）；（14）
聯考（二）；（15）全體（二）。這十五個片斷的布局以（8）為中點，
兩邊對稱地展開故事，同一主題的兩個部分被安放在與中軸點等距離
的位置上，呈現出的是規則的幾何分布。而那些主題不相同的兩個部
分，如（4）與（12），（6）與（10）則呈現內容上的相關性，前兩個
片斷表現校園學子在窺見社會陰影時的震駭，後兩個片斷則展示家庭
變故對青少年的影響。在賴聲川的精心組織之下，這些成長片斷就不
是雜亂無章，而是自由又有機地組合在一起，具有相類於巴哈音樂的
形式感。在全體（一）與全體（二）中，全體演員輪流訴說一兩句
話，映射著日常生活遺留於心靈的片影。這種形式使人聯想到電視劇
或電影的片頭與片尾，而在這齣戲裡，則像劇情散射出的吉光片羽。

　　「對稱」的結構方法在《摘星》中得到延續。該劇也有十五個片
斷，以「（8）獨木橋」為中心。「獨木橋」這個片斷創造出意蘊深長
的畫面，兩名智能不足的兒童各從獨木橋的一邊走上，不懂得相讓，
僵持在橋中。該畫面在「獨木橋」中共出現兩次，給人留下深刻的印
象。這個行為符合智能不足兒童的特性，而它被置於全劇的結構中
點，又在聚集交會的形象寓意上使形式與內容相映成趣。中點兩端的
情節內容可對照著來看，「（2）教室」是老師啟發智障兒學習，
「（14）同樂會」是智障兒把日常所接受的各種資源搬上臺表演；
「（3）相親」與「（13）葬禮」，都是深入到一個家庭內部，表現智障
兒童對家庭的影響；「（4）吃飯」與「（12）脫衣服」透過智障兒的日
常生活行為捕捉其性格與心理；「（5）懼高」與「（11）美術館」都是
富於詩意的瞬間，阿修站在滑梯上開始「手可摘星辰」的詩人幻想，
阿寶和妹妹闖入美術館內以其無意的行為與現代藝術相互生發；
「（6）畫畫」與「（10）傘」中，智障兒童創造的畫面予人以聯翩的

聯想；「（7）戲院」與「（9）訪問」的聯繫則隱秘得多，「戲院」是一個智障兒對正常人世界的搗亂，而「訪問」則是正常人世界對智障兒的避諱。經過精心組織，這十五個片斷呈現出與《我們都是這樣長大的》相似的「對稱」感，而後一齣戲的組織難度比前一個戲更大，因為對稱兩部分的內在聯繫更為隱秘。

《圓環物語》運用「循環曲式」結構，具有強烈的形式感。一開始七個演員敘述圓環的故事，看起來與下面展開的情節並無多大關聯，但實際上內含著各個層面的呼應。首先，七個故事中的主人公關係呈現接龍的形式，而故事也一環接一環的延伸開去，第七個故事中出現的男主人公又與第一個故事中的女性衍生出關係，因此，人物關係結構形似「圓環」。在七個故事中，婚外戀至少出現三次，小賈與以樂，炳忠對阿丁，己欣與耕偉，以及可能再次發生的耕偉與以樂。始亂終棄也有兩次，炳忠當年對阿丁的媽媽是一次，造成了阿丁的私生子身分；小悟與己欣又是一次，造成了己欣的墮落。而不論小悟對阿丁，還是炳忠對阿丁都顯示了男人心中根深蒂固的「處女情結」。這樣，從情節上看，《圓環物語》呈現為總體上不斷延伸，實質上不斷循環、往復、糾結的樣式。「圓環」的結構形象也就成為當代社會男女關係之亂象的象徵，如果再將它與臺北圓環的歷史生成及重建時的布局設計聯繫起來，就可以更深刻地體味到：當代社會在愛情、婚姻上的亂象與作為臺北縮影的「圓環」中秩序的喪失、生態的紊亂實際是一種同構性的關係。

此外，賴聲川的《田園生活》通過上下左右相鄰的四戶公寓人家展開現代社會四種不同的生活樣式，其共同的精神主題是「田園之家」（和諧生態）的喪失。《寶島一村》以重門疊窗，一字排開的三戶人家展現臺灣眷村的社會史與心靈史。這些各不相同的結構形式共同體現一種結構原則：將片斷的生活內容，圍繞某一精神精華連綴成戲。賴聲川以對素材的深刻把握及對形式的高度創造力使這種以拼貼

為基礎原則的結構呈現出豐富多彩的樣貌。

　　賴聲川曾反覆強調，結構是建立在內容之上，完全清楚你要表達的思想內容之後，結構便會相應而生。我們以相聲劇的結構設計來闡析這一組織原理。《那一夜，我們說相聲》由五個段子組合而成，其順序是：臺北之戀、電視與我、防空記、記性與忘性、終點站。時空座標依次為：二十世紀八十年代的臺北、六十年代的臺北、四十年代的重慶、二十年代的北平以及一九○○年的北京。隨著時間的逆向推移，為人熟悉或已然陌生卻存留於意識深處的各個時代的人事風貌一一重現。觀眾在年代愈益久遠的一幕幕場景中共同感受「逝去」這一主題。這齣戲的創作動機源於賴聲川的察覺：相聲在短短幾年之內，不僅在臺灣的文化市場上消失，而且在人們的意識中也漸漸隱沒。除了相聲，還有多少東西是在無聲無息地消失呢？正是出於對「無聲逝去」的文化現象的困惑、嘆挽，賴聲川開始創作這齣戲，也正是這一情感的灌注，催生出以「時間逆行」來組織不同年代的相聲段子這一構思。

　　《千禧夜，我們說相聲》的組織原理同樣如此。追求「民主」是百年之前的夢想，沿著這條路走了一百年的中國，在號稱最為「民主」的臺灣，「民主」真的生成了嗎？在這一思考推動之下，賴聲川構思出相隔百年的世紀末最後一天的兩場相聲演出，這兩場演出都受到了闖入者的干擾。二十世紀的最後一天，曾立偉在臺灣任意搶奪舞臺，恣肆闡說其建黨理念，而在演說之後又目中無人地拆除舞臺，以備下次演說之用，這與十九世紀的最後一天，貝勒爺來到「千年茶園」，強制兩個相聲演員分別和他說相聲，後又以言論罪隨意抓走皮不笑的行為，沒有什麼本質分別。從一九○○到二○○○年，看似民主的進程推進了，專制政體已經被民主政體所取代，但事實上，民主的實質並沒有生成，歷史的「循環」感從中而生，而兩幕的結構完美地體現了這一主旨。顯然，賴聲川化用了《等待戈多》的結構，但表

現的素材與表演的形式卻完全是中國化的。《等待戈多》兩幕時間相隔僅為一天，而《千禧夜，我們說相聲》則為百年，但時間長度並不改變其重複、循環的本質。從內容中自然生發出來的結構完美地容納了內容，彰顯了題義。

　　正像賴聲川的學生，也是其創作團隊的重要成員陳立華所說：賴聲川「不會只是為了要講述一個故事而去找一個形式，或者說他想到一個形式，再找一個故事來填塞，他往往是把這兩個都想透了之後一起產生的。」[5]這可以解釋為什麼賴聲川的作品有強烈的形式感，同時又不至於陷入「形式」的陷阱中。因為，他知道形式不只是一個套子，形式是有靈魂的，明確自己究竟要說什麼，說的動機夠清楚，夠強烈，自然而然地，就會相遇形式中的那個靈魂，從而找到形式。值得一提的是，賴聲川既有對一個作品大結構的清晰把握與從容駕馭，又非常注重在小結構上不斷地支持、回應大結構，甚至通過情節的設置、某一場景的呈現來呼應大結構，從而使其作品既有清晰的骨架，又有精巧的紋理。《千禧夜，我們說相聲》第一幕中，皮不笑在說相聲前，遭遇了雷擊，其夢中所見景象呼應著第二幕的人事；而第二幕中的沈京炳，在後臺做了一個夢，亦呼應著第一幕中的景象。這樣的細節呼應，使得二幕結構的循環之義更加顯豁。最後，當二○○○年的那場相聲演完之後，又回到百年之前皮不笑與樂翻天講相聲的場景，循環之意不言而喻。

　　正是能夠將看似零散的相聲段子容納進一個具有強大表意能力的結構中，賴聲川在發揮相聲靈活開放的表達特性的同時，又能夠在深層意蘊上使之得到深化與累積，從而使相聲劇一躍成為臺灣「精緻藝術與大眾文化」結合的典範。

5　陶慶梅、侯淑儀編著：《剎那中──賴聲川的劇場藝術》（臺北市：時報文化出版企業公司，2003年），頁161。

　　拼貼的原則是「相異的組接」，但賴聲川仕「拼貼」結構中，並不排斥「線性發展」的傳統戲劇手段。《我們都是這樣長大的》中，聯考、尋父、家教、分手都有兩個片斷，同一主題的變奏與發展增強了複沓的韻律感，也深化了觀眾對劇中人物命運、情感的體認。而在《亂民全講》中，賴聲川將同一主題的不同片斷置於劇中的不同位置，在形成規則感的同時，更使整體的表意趨於深化。四個「Identity」片斷從不同的層面揭示現代臺灣個體與群體在身分認知上的迷亂；而三場的「Democratization」，四場的「小林」都通過「發展」這一戲劇手段，使現象內存的荒誕性不斷累積，最後得以曝光。如果說「拼貼」帶給戲劇自由與豐富，線性的連續則增強了理解的便利與意蘊的深刻。

　　賴聲川經過十幾年的劇場探索，在《紅色的天空》中，再次使用「不預設劇情、也不預設架構的即興創作」[6]，對於自由中的規則的探索走得更遠。這齣戲分成春夏秋冬四個時段，通過季節的遞嬗來呈現老人院的日常生活流程。小丁的日記標示出時間的行進，老麥的演唱會呼應著季節的變化，嵌入戲的各個部分，使整齣戲呈現出鮮明的骨架。四季的生活內容生成全劇情調的起伏變化，同時也隱含著人生各個時期的象徵，「春」以「青春情愛」為關鍵詞；「夏」情緒鬱熱而波動，如同人生；「秋」展示人生至老的種種境況；而「冬」則成了人生的回眸與告別。因此，這齣戲雖是表現老年人的生活，卻能窺見完整的生命流程。「拼貼」不是片斷的生硬組接，在片斷與片斷之間，成熟的導演非常注重內在針線的緊密。李漁在《閒情偶記》裡，對戲劇的針線做過這樣的闡述：「每編一折，必須前顧數折，後顧數折。顧前者，欲其照映，顧後者，便於埋伏。」[7]《紅色的天空》不

6　陶慶梅、侯淑儀編著：《剎那中——賴聲川的劇場藝術》（臺北市：時報文化出版企業公司，2003年），頁100。

7　李漁：《閒情偶記》（上海市：上海古籍出版社，2000年），頁36。

同於傳統的有著連貫劇情的戲劇，但同樣重視針線的緊密，例如「春」的幾個片斷的連接。小丁在「春天」寫的日記裡點出小鄧最不能忍受黑暗，與之前小鄧在停電時的驚慌失措相呼應；「編個話題消磨消磨時間」又預告了二人接下來以「嚴俊」為話題的鬥嘴。一向不在人前唱歌的老麥在自己的空間中動情地唱起年輕時聽過的歌曲，他在歌中唱到的杜鵑花與之後陳太回憶的「一朵花」相承，而歌裡所唱的像杜鵑花般的年輕容顏又與陳太年輕時像紅蘋果一樣的臉相呼應。這就可以看出導演在片斷連接中對針線的細密設置。正是這些針線的存在，使得看起來自由散漫的片斷彼此呼應，相互連接，形成了一個整體。

除此之外，尚不可忽視「音樂」在拼貼結構的整體性上所產生的重要作用，除了最早的《我們都是這樣長大的》沒有用到音樂，這之後的《摘星》、《變奏巴哈》、《田園生活》、《圓環物語》、《紅色的天空》、《亂民全講》，以及新近的同樣以此原則組織起來的《寶島一村》，等等，對音樂的運用越來越自覺。如果說結構是一劇的骨骼，而情節內容是其肌肉，那麼，音樂則相當於血液，有了血液，戲劇質地豐盈，脈絡貫通，尤其在不依靠因果邏輯關係來組織的作品中，音樂能產生特殊的連接效力，有了音樂，被拼貼起來的段落與段落之間的縫隙被填平，跳躍感或連接的生硬感降低，全劇獲得行雲流水般的和諧。

二

在賴聲川的創作中，既有像《我們都是這樣長大的》、《摘星》、《紅色的天空》、《亂民全講》這樣「不預設劇情、不預設架構」的集體即興創作，也有像《暗戀桃花源》、《西遊記》、《回頭是彼岸》、《我和我和他和他》這樣具有高度規劃嚮導性的有控制的集體即興創作。

在後一類型的作品中，導演會設置幾條不同層面的情節線索，通過演員的集體即興創作使之成形。不同的情節線索在導演的調度之下，相互交錯，相互指涉，最後完成對一個思想理念的表達。《暗戀桃花源》由「暗戀」與「桃花源」一古一今、一現實一傳奇兩條截然不同的劇情連綴成戲；《回頭是彼岸》由武俠故事、兩岸探親、婚外戀三條情節線索複合而成；《西遊記》裡三個西遊故事相互映照；《我和我和他和他》中相隔九年之久的兩個故事中的主人公作為我、另身，他、另身的關係同時出現於舞臺，演繹兩個故事的進程。這類作品中的情節往往有完整的形態，而與一般的戲劇不同的是，它並非只有一條情節線索，或可以被整合在同一情節框架下的兩條情節線索，而是由內容完全不同的兩條以上的情節線索複合而成。在通常認知中，風馬牛不相及的內容卻能在賴聲川的戲劇框架之內得到組合、連接。

　　賴聲川在《創意學》這本書的「世界觀」部分引用一行法師說明《心經》的一段話，得出這樣一個認識，「事物之間通過相互關聯，將生成各種可能性。從一張紙開始，到最後天地萬物成為一個『互為彼此』的網絡」。[8]「拼貼」所依據的正是「互為彼此」的世界觀。不同於傳統戲劇的在線性因果邏輯上建立事物的聯繫，賴聲川力圖通過類同於世界本有秩序的多元共生格局看清事物的前因後果、相互關聯。因此，拼貼各部分的選擇絕非隨機的，毫無關聯的，而是內蘊著導演對於某種關係的思索與闡發。當然，這既需要有敏銳地看清事物內在聯繫的洞察力，還需要有創造性地加以組合，使其相互生發的藝術組織力。還是以《暗戀桃花源》這部傳播最廣的戲來說明這一創作原理。

　　陶淵明的〈桃花源記〉喻指武陵人（即世人）對理想之世的想像與追尋，在篇末又以劉子驥「聞之，欣然規往。未果，尋病終」解

8　賴聲川：《賴聲川的創意學》（北京市：中信出版社，2006年），頁113。

構了「桃花源」的實在性。賴聲川在對這則寓言的改編中，現實與桃花源的關係命題並未改變，而且通過三個人物及其關係的演繹使得這一關係命題更加明確與深化，這不能不說是賴氏的神來之舉。老陶、春花、袁老闆三人之間的糾葛內含著現實與桃花源極富辯證性的關係命題。老陶來到「桃花源」看到的那一對神仙眷侶長得像極了武陵的春花與袁老闆，鏡像式的人物設置意味深長。首先，老陶在武陵遭遇情感挫折後負氣出走，所遇見的桃花源景象可視為他之經歷與情感的投射；其次，白衣男女的生活就像春花與袁老闆在偷情階段所幻想的「明天」景象，這與之後的武陵現實生活形成鮮明的對照，現實與桃花源這一關係命題從中得到凸現。沒有春花的桃花源未能成為老陶真正的桃花源，而回到了武陵，老陶既帶不走春花，也未能看到已經結合成夫妻的一對能幸福地生活。有袁老闆，老陶的桃花源難以建立，沒有老陶，春花與袁老闆的桃花源依然難以建立。那麼老陶的桃花源何在？春花與袁老闆的桃花源又何在？這樣，「桃花源」一劇就成為超乎「三角」而關乎「何為桃花源」的追問。老陶最後找不到回桃花源的路，不僅只是解構桃花源作為地點的實在性，而且也是世俗之人在尋找「理想之境」過程中經常迷失之象徵。這正是「桃花源」一劇的哲思所在。當它被並置於「暗戀」身旁時，它的哲思照亮了「暗戀」中存在卻並不顯豁的「桃花源」與「現實」的關係命題，並使全劇的主題趨於深化。

　　「暗戀」中，雲之凡這個山茶花般的女子成為江濱柳一生暗戀的「桃花源」，當然，還包括和雲之凡有關的一段上海生活，擴而展之也可指在大陸的年輕時代。缺少雲之凡，江濱柳的現實人生就難以再建桃花源。而反諷的是，雲之凡早已來到臺灣，她形象中的經典標誌──長辮子也在來臺後的第二年就剪掉了，而且她很滿足於現在的生活。這樣，雲之凡所指代的「桃花源」就面臨著被架空的可能。最後江濱柳問：「之凡，這麼多年，你有想過我嗎？」這句話當然可以

以人之常情來理解，在江濱柳想念雲之凡的這麼多年中，應有過「雲之凡有著和他對等的情感」這一幻想，這也是他的「桃花源」之基石所在。但雲之凡的回答卻顯示了和他完全不同的人生態度，即：不去徒勞地追憶懷想，全心享受並感激現實所擁有的，從而進入了她的「桃花源」。劇終，江濱柳從拒絕江太太的「擺手」轉成向江太太尋求撫慰的「伸手」，讓人看到在「桃花源」驟然幻滅之後，江濱柳重新「擁抱」一直被他所拒絕的身邊現實。

　　如前所論，「暗戀」一劇中的「現實」與「桃花源」的關係命題是被「桃花源」一劇所照亮而得以彰顯，沒有作為原典的〈桃花源記〉的意義輻射，沒有導演如此通俗而又別致地通過三角關係來演繹現實與桃花源的關係，那麼「暗戀」中的桃花源與現實的這一關係命題極有可能被淹沒於悲情的淚水中，被掩蓋於通俗的表層劇情下。而還需反向追問的是：「暗戀」為「桃花源」帶來了什麼？「暗戀」所提供的現實質感，使得「桃花源」中的種種讖語、噱頭富於深義，同時也為「桃花源」與「現實」這一哲學命題提供了切身經驗的理解基礎，其凝重情調中和了「桃花源」的嬉鬧與戲謔。這樣，當「暗戀」與「桃花源」並置時，相互打開了各自封存的多重密碼，就像舞臺上支起兩面鏡子，相互折射出無限豐富的層次。

　　這樣的藝術構造在賴聲川的戲劇創作中並非妙手偶得，而是一種有意識、自覺使用的藝術創作思維。《回頭是彼岸》的劇名反用佛典「回頭是岸」，通過武俠傳奇，婚外戀與兩岸探親三個故事層面探討了文化、身分、婚戀中的常與變、現實與想像等命題。「彼岸」是雲俠求取武林秘笈的那個「彼岸」，也是與臺灣一水之隔的大陸彼岸，還是之行掙脫婚姻樊籠，尋求真愛的精神彼岸。在共通的意義上，「彼岸」是指此在的個體所嚮往的理想之境，也正是在這一點上，三條劇情線索實現了互通而獲得了連接之合理性。然而我們看到，在時間流逝中，「彼岸」都與主體的構想產生差異。雲俠思慕彼岸的武林

乾法，然嗣後到達彼岸，「明月山莊」已毀，乾法似有若無，這場求拜之旅也難以竟成；之行愛戀作家明月，然明月早已不是雕琢於象牙塔的文藝女青年，而轉成干預社會的激進文學鬥士，他們的情愛關係隨之終結；雨虹來臺灣探親，但她既不是之行父親所掛念的那個女兒，而之行也不是雨虹所掛念的那個弟弟。賴聲川以武俠世界為之行所創造，而雨虹來探親又是之行家中發生之事這樣的設計使得這三個故事渾然交織成一體，之行的小說創作自然而然地揉進了他的感情生活與對飽含著政治感興的「探親」事件的思考。探親故事的現實背景與武俠故事的抽象寓意及情愛故事的常態性質產生了化合，這三個故事就改變了單一的質地，相互生發出自身所未有的意義內涵。

《西遊記》在「向西遊歷」的共同方向與行為上，使神話《西遊記》中孫猴子西渡以求長生不老之術，與清末留學生唐三藏向西方求取真知以富國強民，以及七十年代臺灣青年阿奘出國謀求幸福生活連接成為一體。三者象徵著人類發展自我，改造世界的三種不同境界，然而這三者都在不同層面存在著「捨本求末、南轅北轍」的問題。孫猴子的長生之術未能使他免於被壓「五行山」的命運，西方先進的文明難以救治古老的中國，物質條件的改善不能換取精神的幸福。這樣，三條情節線索獲得了意義上的相通與相生。同時，導演也在細節上使之渾然一體，劇中清末留學生的名字為唐三藏，當代臺灣留學生的名字是王玄奘，此二名為《西遊記》中唐僧的法號與賜號，這二人均有「西遊」之行，因此與《西遊記》中的唐僧西天取經相互呼應。在此劇中，王玄奘剛出現時是一個整天只知背書應付聯考的中學生，他所背誦的內容無論是《論語》還是清末火燒圓明園的目擊記錄都與第二個故事中唐三藏的心胸志向與所處的時代背景產生呼應，同時作者還通過這種連接給出了一個深刻的諷刺，不論是彰顯儒家士子胸懷抱負的《論語》，還是顯現一個時代一個民族所遭遇的重創的「火燒圓明園」事件，都只成為當代學子應付考試的機械「考料」。在劇終

時，一心向西方求取先進政治體制與科學技術的唐三藏最後在一片有
著後現代荒蕪之感的「五行山」遇到了孫悟空，後者願做個徒弟保他
上西天取經。在這樣的情節連接中，時間與情節的界限被打破，而意
義亦脫離原初的上下文，碰撞出新的向度。

　　賴聲川這一類型的創作往往以某一宏觀命意為內核，通過拼貼，
把觀眾切切實實感知的現實生活，與反差度極大的神話、傳奇故事，
或時空久遠的世相相連接，從而上升到一個更深的層面上探究社會、
歷史、人心的諸多命題。而幾條不同的情節內容，除了總體寓意上的
相互指涉，還需使人物關係、情節次序合乎表意的需求，這都體現著
導演的藝術匠心。

　　「拼貼」原是現代先鋒藝術的一種結構手法，通過相異各部分的
「參照」彰顯意義，然其意義的顯示有時並不明晰或具有不確定性，
因此這種結構形式容易產生解意的困難。但在賴聲川的創作中，「結
構的玄妙，隱喻的深刻都不會讓普通觀眾裹足不前」[9]，其原因除了
集體即興創作所激發出的演員個體真切的人生體驗極容易引發觀眾的
共鳴，還在於賴聲川對於拼貼結構的運用尚有另一種講究，即消除
「拼貼」的生硬與機械感。《暗戀桃花源》的「拼貼」被巧妙地設計
為兩個劇團爭搶舞臺；《回頭是彼岸》三個層面的情節通過小說家之
行的生活與寫作得以融匯；《千禧夜，我們說相聲》以百年之前與百
年之後的兩場相聲演出互為夢境實現連接；《紅色的天空》以四季的
流轉直喻人生的歷程。除此之外，更重要的是賴聲川在使用拼貼手段
結構劇情時，做了非常嚴謹的規劃，這無疑有利於解意路徑的清晰
化。以《暗戀桃花源》為例，「暗戀」中的江濱柳、雲之凡、江太太
與「桃花源」中的老陶、春花、袁老闆都暗含著三角關係，使得兩部

9　陶慶梅、侯淑儀編著：《剎那中──賴聲川的劇場藝術》（臺北市：時報文化出版企
　　業公司，2003年），頁17。

分劇情能夠在「現實與桃花源」的關係命題上產生碰撞。同時，賴聲川將這兩個故事的三段情節加以交錯，其次序是：「暗戀」中的「上海相戀」；「桃花源」中的「武陵三角」；「暗戀」中的「臺北病房」；「桃花源」中的「誤入桃花源」；兩劇同臺演出；「桃花源」中的「回到武陵」；「暗戀」中的「病房重逢」。在這樣的情節布局與拼貼次序中，首先展示出來的是「變化」：江濱柳與雲之凡因時代的大變動而分離，老陶與春花因第三者插足，夫妻失諧而分離；繼而呈現由境遇變化而生成的心境──對桃花源的追尋：江濱柳身在病房卻在幻覺中回到了當年的上海，桃花源中的白衣男女既是老陶心境之投射，也是袁老闆與春花的幻想之投射；最後展示在觀眾面前的是現實與幻想的差異：待到再重逢時，老陶所看到的春花與袁老闆已成為一對怨偶，江濱柳戀戀難忘的雲之凡原來早已來到臺北，安於現實，心滿意足。在這樣的嚴謹規劃之下，「暗戀」與「桃花源」相互依存，相互指涉，相互拆解，相互深化，衍生出無限豐富的意義內涵。除此之外，導演還注重兩部分在細節上的相互交融。當兩個劇組同臺演出時，臺詞彼此呼應，這種效果的創造看似為了搞笑、逗樂，但因江濱柳與老陶心中同懷著對另一個人的思念，因此，臺詞之間的呼應與銜接是合理自然的，其究竟目的是為了強化「暗戀」與「桃花源」在題旨層面的相關性。

　　賴聲川總能在看起來毫不相關的事物中看到聯繫之所在，「拼貼」是建立這種聯繫的藝術手段。在匆忙、繁雜，多種信息、現象交疊的當代社會，當日常的干擾已成常態，《暗戀桃花源》中的「搶舞臺」在觀眾看來就不顯得蹊蹺；當人們已經熟悉了電視上「主播報的是一則新聞，畫面放的是另一則，標題寫的又是另一則，跑馬燈跑的還是另一則！」[10]《亂民全講》的快速跳躍就不是欣賞的障礙。現代

---

10 賴聲川：《賴聲川的創意學》（北京市：中信出版社，2006年），頁6。

人頭緒繁雜的生活常態，使他們在注意力的分配上，已經遠超過十九世紀的人。有了這樣的基礎，當賴聲川通過「拼貼」手法展示多情節線索的共生，斷面的跳躍式組接，就不再引起人們接受上的不適應，不習慣。從時代文化潮流走向來看，賴聲川使用的拼貼式戲劇結構與西方後現代主義文化大潮合流，但賴聲川的作品又具有不同於後現代的自有特質。如果說後現代主義藝術的拼貼著力於主流話語與深層意義模式的消解，那麼，賴聲川對於拼貼的運用則著力於關係與意義的重新建立。透過他的戲劇，人們可以觀見生活的內部聯繫，文化的深廣根鬚，歷史的縱深維度，因此他的戲顯得「大」，這得歸功於「拼貼」所具有的強大的伸延能力，而賴聲川的特出之處在於他不會讓「伸延」漫漬無度，始終有一個強大的內聚力在控制著伸延出的各個部分。拼貼式結構在賴聲川的運用中幻化出豐富多彩的藝術相貌，這些結構形式呈現不同於傳統戲劇的風貌，卻貼切地表達著一個當代的戲劇創作者對社會、歷史、人心的感受與思考。

——本文原刊於《戲劇藝術》二〇一一年第六期

《海鷗》：從賴聲川看契訶夫

　　由賴聲川導演的契訶夫名劇《海鷗》[1]，自二〇一四年三月十六日北京保利劇院首演以來，在全國各地巡演至今，引發媒體熱議，觀眾的評價呈現兩極分化。有人認為，賴版《海鷗》與契訶夫原作相比無異於「雞同鴨講」，「充其量是舊喜劇式的把人物的缺陷放大，隨之將人物類型化、漫畫化，於是，觀眾笑女瘋子和小男人，笑男文藝青年和過氣女演員，笑卑鄙作家和崇拜卑鄙作家的蠢姑娘，笑爭風吃醋的半老徐娘，笑戴了綠帽子還威風凜凜的丈夫，種種笑料滿足了觀眾的優越感，這也是喜劇，但絕不是契訶夫的喜劇！」[2]也有人認為，賴聲川的這次改編與契訶夫是「平起平坐」，「在賴聲川的《海鷗》中，我感受到導演完全帶著一顆平常心對劇本進行詮釋，他不俯視，也不仰視，他既不是『先瘋了』的先鋒派──一心要推翻一切，也不是俄羅斯的腦殘粉對莊園風景有著無休止的感懷傷逝，更不是戲劇課堂上的乖乖學生對契訶夫還似懂非懂就人云亦云地要捧上神壇，他大膽地與契訶夫平起平坐，勾肩搭背，直視劇中的故事與靈魂。而正因為這顆平常心，我第一次在舞臺上感受到了喜劇的憂傷。」[3]

　　否定者認為賴聲川的喜劇處理失掉了契訶夫的含蓄與分寸感，肯

1　《海鷗》，契訶夫著，賴聲川導演，北京保利劇院二〇一四年三月十六日首演。劇中主要人物及演員：蘇以玲（阿爾卡基娜）：劇雪（飾），康丁（特里波列夫）：閆楠（飾），果陵（特里果林），孫強（飾），妮娜：郭曉婷（飾）。本文所論根據二〇一六年十一月十九日《海鷗》福州演出版。

2　郭晨子：〈觀眾笑了，但這不是《海鷗》〉，《東方早報》A26-27版，2014年4月16日。

3　押沙龍在1966：〈賴聲川版話劇《海鷗》：與契訶夫平視〉，《東方早報》A26-27版，2014年4月16日。

定者則認為沒必要對契訶夫亦步亦趨，演出其喜劇靈魂就已成功。這大致也可代表網絡上毀譽兩派意見。究竟哪種觀點更符合實際情況？問題似乎無解，「一千個觀眾有一千個哈姆雷特」。那麼，是否因此失去評說賴版《海鷗》的意義與標準？也許我們可以換個角度討論問題：賴聲川為什麼要排《海鷗》？為什麼要將《海鷗》處理成鬧劇形式？如何理解賴版《海鷗》與契訶夫原著的差異？探討這些問題，雖仍無法簡單給賴版《海鷗》下一個是非成敗的定評，但至少有助於理解該劇舞臺呈現的依據之所在。

一　為什麼是《海鷗》？

在契訶夫的經典名劇中，賴聲川為什麼會選擇《海鷗》？「《海鷗》是我最早接觸他的戲，也是透過《海鷗》才開始真正理解契訶夫，所以有一種特別親切的感覺。」[4]導演宣說的理由看起來足夠充分，但並不意味著沒有可再深入探究的空間。

契訶夫自述，《海鷗》中的愛情「有五個普特之多」[5]。小學教師麥德維堅科愛上管家女兒瑪莎，瑪莎愛上特里波列夫，管家妻子波琳娜愛上醫生多爾恩，多爾恩鍾情於演員阿爾卡基娜，特里波列夫愛上妮娜，妮娜愛上作家特里果林，特里果林一度流連於年輕的妮娜，最終又回到阿爾卡基娜身邊。《海鷗》的愛情確實多，足以冠契訶夫作品之首。但如賴聲川所言，契訶夫最善於寫的不過是「淡淡的生命痕跡」，「而在那其中，可能存在的東西比任何劇情高潮還要深刻和複

4　木葉：〈把「生命」搬上舞臺：和賴聲川聊契訶夫及《海鷗》〉，《上海戲劇》2014年第3期。

5　〔俄〕契訶夫撰，汝龍譯：〈寫給阿·謝·蘇沃陵〉（1895年10月21日），《契訶夫論文學》（合肥市：安徽文藝出版社，1997年），頁215。

雜。」[6]愛情不過是「痕跡」，那隱藏在愛情背後契訶夫真正要表達的東西又是什麼？要回答這個問題先得看看劇中這些人為什麼而愛。

　　麥德維堅科為什麼愛上管家的女兒瑪莎？瑪莎代表著他所嚮往的小康生活應當是原因之一，「你身體很好，你的父親雖然沒有很多財產，可也還富足。我的生活比你困難多了。」[7]瑪莎為什麼愛上特里波列夫？生活小康的她認為「金錢並不就是幸福。一個人即使貧窮也能幸福」，特里波列夫雖然窮，可是會寫詩，會寫劇，靈魂放飛在幻想的天空，所以瑪莎愛上他。波琳娜的丈夫眼裡只有錢與農活，「你天天得跟他鬧誤會。你不知道這叫我多麼痛苦啊。」而醫生多爾恩談吐風雅，極有女人緣，所以波琳娜愛上他。多爾恩醫術不錯，在小城尊享名利並贏得許多女人的芳心，但這一切並不能滿足他，「你知道我以往的生活，是多種多樣的，我有鑑別力。我很滿足了。但是，如果能夠叫我感受到藝術家在創作時的那種鼓舞著他的力量，我認為我會藐視我的物質生活，藐視一切與它有關的東西。我會拋開這個世界，去追求更高的高度。」這就可以理解多爾恩為何會愛上著名女演員阿爾卡基娜。特里波列夫窮，沒有名氣，一事無成，被人瞧不起，他讓妮娜演他的戲，他對宇宙、人生的理解經由妮娜之口宣示，「他們的靈魂也要在今天晚上共同創造一個藝術形象的努力中結合起來了。」妮娜的青春與美彌補了特里波列夫的日常匱乏，其處境——一個受盡父親與繼母欺凌的可憐人，更使他獲得患難與共的平衡感，所以他愛上了妮娜。但妮娜對特里波列夫的感情卻只是青春期的短暫幻夢，真正能夠激起她狂熱愛戀的是特里果林。她對特里果林說：「可我還真想變成你呢！」「好領會領會成為你這樣一個著名的天才作

6　木葉：〈把「生命」搬上舞臺：和賴聲川聊契訶夫及《海鷗》〉，《上海戲劇》2014年第3期。

7　〔俄〕契訶夫撰，焦菊隱譯：《海鷗》（上海市：上海三聯書店，2015年），頁101。以下該劇的引文均出自同一版本，不另注。

家，是怎麼一種感覺呀。成名給人怎樣一種感覺呢？成名叫你都感覺到什麼呀？」「你可不知道我有多麼羨慕你呀！人的命運多麼不同啊！有些人的生活是單調的、暗淡的，幾乎拖都拖不下去；他們都一樣，都是不幸的。又有些人呢，比如像你吧——這是一百萬人裡才有一個的——就享受著一個有趣的、光明的、充滿了意義的……生活。你真幸福……」特里果林成為妮娜低到泥裡的生活所能望見的天堂，所以她愛上了他。而特里果林呢？特里果林獲得世俗的名聲卻陷入另一種痛苦，被創作欲綁架的痛苦與聲名不逮的焦慮，前者使他渴望獲得創作之外的休憩與娛樂，後者使他需要一種心理及現實的保障。與妮娜愛情的開始源於她可以暫時緩解創作的焦慮——「只有甜美的，詩意的、青年的愛，那個把人領進夢的世界的愛，才能給人那樣的幸福啊！」但特里果林終究更需要阿爾卡基娜，只有她才能給他某種「保障」。「你明白，只有我才真正知道你的價值，只有我」，在鄉下莊園，阿爾卡基娜用這種諂媚輕易讓特里果林投降，這也預示了特里果林最終會離開妮娜，重新回到她身邊。而阿爾卡基娜緊緊抓住特里果林也基於相似的原因，她已經四十三歲，站在眼前的兒子無時不在提醒這個事實。她用各種手段來維持青春，其中之一就是特里果林的追隨，「你是我生命的最後一頁！（跪下）我的愉快，我的驕傲，我的幸福……（緊抱住他的膝蓋）如果你拋棄了我，哪怕只是一小時，我也活不下去，我就會瘋的啊……。」恰如特里果林離不開阿爾卡基娜，阿爾卡基娜同樣離不開特里果林。

　　契訶夫是在寫愛情，但愛情只是痕跡，其背後是日常的匱乏。富裕的生活、優雅的風度、漂浮在幻想天空的詩歌、煊赫的名望、羅曼蒂克的藝術、青春的愛戀、情人的追隨，都是每個人企圖救渡自己超越貧乏日常的彼岸，愛成了救渡之舟。如此可見，《海鷗》中每個人愛上的不過是自己的欲望，日常有多匱乏，愛就有多熱烈。但每個人匱乏的東西不太一樣，愛情也就具有不對等性，「愛而不得」在《海

鷗》中比比皆是。也正因為每個人愛上的不過是自己的欲望，愛就具有「幻像」性質，也即所愛之人並非如愛者所想像。《海鷗》中，每個人所愛的對象都癱陷於自己的日常難以自救，因此，愛的火苗即使在彼此間燃起，最終不過是濕木點火，一轉眼就熄滅，正如妮娜與特里果林。契訶夫果然是醫生，在他筆下，人人都是病人，他清清楚楚地寫出他們的症狀與病因。

看清《海鷗》中的愛情表達，再來看賴聲川自己的作品，就會發現，選擇《海鷗》既如賴導所言，這部戲讓他開始理解契訶夫，亦可說，這部戲契合了賴聲川對人性的理解。賴版《海鷗》最早演出於一九九〇年的臺北，在那之前，賴聲川創作了表現都市男女愛情亂相的《圓環物語》，於一九八七年在臺北首演。稍作比照，就能看到兩部作品在人性理解上的相通之處。

《圓環物語》結構取自「二十世紀初奧地利作家史尼茲勒（Arthur Schnitzler, 1862-1931）結構性導向強烈的劇作《循環曲》（La Ronde）」[8]。但這並非唯一的影響源。創作《圓環物語》之前，賴聲川就已經在柏克萊大學接觸過契訶夫劇作，那麼，《圓環物語》的情節與結構是否受到作為前文本的《海鷗》的影響？《圓環物語》中，每個人受自己的欲望驅使，追逐他者，他者亦追逐另一個他者，其人物關係、故事發展呈現一環接一環延宕開來的形態，甲與乙，乙與丙，丙與丁，丁與戊，戊與己，己與庚，最後又暗示了庚與乙可能發生的關係。來看《海鷗》，麥德維堅科愛上瑪莎，瑪莎愛上特里波列夫，特里波列夫愛上妮娜，妮娜愛上特里果林，特里果林離不開阿爾卡基娜，管家的妻子波琳娜愛上醫生多爾恩，多爾恩愛的又是阿爾卡基娜，人物關係與《圓環物語》可謂神似。因此，我們有理由認為，《海鷗》對人性的洞察對賴聲川有一定的啟發，而這也成為《圓環物語》情節、結構

8　陶慶梅、侯淑儀編著：《剎那中──賴聲川的劇場藝術》（臺北市：時報文化出版企業公司，2003年），頁72。

生成的助力之一。當年在臺北演出《圓環物語》不久之後的賴聲川即選擇《海鷗》來作舞臺展演，就是想借此來呈示某種精神序列吧！就象現在，《海鷗》還在全國巡演，而重排的《圓環物語》[9]又在上劇場出爐了。然而，這還不是問題的最終答案，作為一個佛教徒，賴聲川幾乎所有的作品都呈現出基於佛教理念與視角的人性觀察，沒有看到這一點，也就不能真正理解賴聲川為什麼選擇《海鷗》來打開契訶夫的藝術世界。

在佛教理念中，「眾生是由稱為五蘊的五組連續現象所組成」[10]「五蘊的本質為空性，因此，當人說『我』的時候，他所指的是沒有真實基礎的東西。」[11]「『自我』是根本無明，它是被誤認為真實的一種幻覺。」[12]儘管如此，因襲於習性，人們還是覺得「自我」是真實存在的，因為有了「自我」，即使最冠冕堂皇的「愛」亦常常是「自我欲望」的一種偽裝，實際上，「愛只是『自我』尋求證明自己的另一種方法。『自我』只愛自己不愛他人，它充滿著自己，根本沒有空間留下來愛別人。」[13]「自我」遮蔽對真相的認知，「依照佛法，我們從來沒有真正看到任何事物的真相，只看到了自己的成見——我們誤把所收集的一大堆照片當成了實物。」[14]

從賴聲川作品系列來看，《圓環物語》中，甲乙丙丁戊己庚之間

9　大陸版《圓環物語》於二〇一六年十月七日在位於上海美羅城五樓的上劇場首演。

10　〔不丹〕宗薩欽哲仁波切撰，馬君美、楊憶祖、陳冠中譯：《佛教的見地與修道》（蘭州市：甘肅民族出版社，2006年），頁17。

11　〔不丹〕宗薩欽哲仁波切撰，馬君美、楊憶祖、陳冠中譯：《佛教的見地與修道》（蘭州市：甘肅民族出版社，2006年），頁18。

12　〔不丹〕宗薩欽哲仁波切撰，馬君美、楊憶祖、陳冠中譯：《佛教的見地與修道》（蘭州市：甘肅民族出版社，2006年），頁18。

13　〔不丹〕宗薩欽哲仁波切撰，馬君美、楊憶祖、陳冠中譯：《佛教的見地與修道》（蘭州市：甘肅民族出版社，2006年），頁19。

14　〔不丹〕宗薩欽哲仁波切撰，馬君美、楊憶祖、陳冠中譯：《佛教的見地與修道》（蘭州市：甘肅民族出版社，2006年），頁25。

的環套式追逐；《暗戀桃花源》中，春花與袁老闆始於歡愛，終於怨
懟；《十三角關係》中，花香蘭與蔡六木各把對方的假身當作真愛來
追求；《如影隨行》中，夢如臆造了一個並不存在的情人──浩帆，
無一不是展演「欲望」如何製造「幻覺」，「真相」如何揭穿「愛情」
面具的種種「五毒」[15]大片。其實，賴聲川在一次訪談中就將《海
鷗》與佛法聯繫到一起談，「我覺得佛法真的蠻深，深到可以超越契
訶夫的深，所以看不懂契訶夫又怎麼看得懂佛法？」[16]這樣就不難理
解，《海鷗》為什麼會進入賴聲川的藝術視野了。

二　為何喜劇，如何喜劇？

契訶夫將《海鷗》劇本標為「四幕喜劇」，令許多人不解。劇中
的愛情無一例外地失敗，特里波列夫最後還自殺了，從其境遇來說，
完全是一齣悲劇啊！賴聲川認為，自己是「少數非常理解契訶夫在幹
什麼的」。[17]他說：「如果你非常近距離地看這些人，看到他們錯誤的
生命選擇，你絕對會認為那是悲劇。可是如果你能拉開到比較遠的觀
點，看待這一個眾生相，這一張大合照，或許你會對這些人產生一種
悲憫，而在那悲憫之中，他們一切的愚蠢，會被原諒。」[18]

看來，《海鷗》是悲劇還是喜劇是一個視角問題。當你只是近距
離地看人物的遭遇──愛的失敗，生命的毀滅，它就只能是悲劇；當
你超越其上地看到，在失敗、毀滅的背後，每個人為自己的情緒、欲

15　佛教所講的「貪、嗔、痴、疑、慢」。

16　張涵予採寫：〈賴聲川　丁乃竺：愛的進化論〉（http://www.xintansuo.com/post/2613.
　　html）。

17　木葉：〈把「生命」搬上舞臺：和賴聲川聊契訶夫及《海鷗》〉，《上海戲劇》2014年
　　第3期。

18　木葉：〈把「生命」搬上舞臺：和賴聲川聊契訶夫及《海鷗》〉，《上海戲劇》2014年
　　第3期。

望所困，像猴子撈月一樣執虛為實，像貓捉尾巴一樣玩一場永遠不可能取勝的遊戲，你就看到了喜劇。

　　儘管契訶夫特地標明是喜劇，但還是有很多導演將它演繹成悲劇，其中就包括他同時代的斯坦尼斯拉夫斯基，這其中原因何在？你可以說導演／演員誤解了契訶夫，但也可以說，契訶夫容易讓人發生誤解。「我要與眾不同：不描寫一個壞蛋，也不描寫一個天使（不過我捨不得丟掉小丑），不斥責什麼人，也不袒護什麼人。」[19]契訶夫特有的客觀與分寸感使作者隱藏在人事背後的「笑」變得含蓄而隱微。看看作者同時代的批評，就可以體會到這種真實與含蓄給接受者造成多大的困惑，「某些劇中人物的性格刻畫是不清晰的（例如康斯坦丁・特里勃列夫，他在某些地方是一個喜劇人物，但在某些地方，又使觀眾對他抱有嚴肅的、同情的態度——或者說至少作者的企圖是這樣。）」[20]當你對特里波列夫抱有嚴肅的、同情的態度時，怎能將他看成是喜劇人物？契訶夫的寫法有時讓你難以做出價值判斷，比如特里波列夫寫的戲到底是好還是不好？劇中有人不屑，有人讚賞，有人不解，哪一種才是契訶夫的態度？很難界定。賴聲川這樣說，「妮娜說康丁的劇本中『沒有活著的人』，那你可以解讀康丁的作品是上等的先鋒作品，你也可以解讀這部『二十萬年之後』的作品是一部不知天高地厚的拙劣作品。你怎麼決定就會決定你對《海鷗》的詮釋。對我來說如果答案是前者，康丁就變成一個懷才不遇的大藝術家。這樣很難走向『喜劇』。」[21]

　　而契訶夫《海鷗》中許多細節背後的真實含義也顯得曖昧不明，

19 〔俄〕契訶夫撰，汝龍譯：〈寫給亞・巴・契訶夫〉（1887年10月24日），《契訶夫論文學》（合肥市：安徽文藝出版社，1997年），頁48。

20 〔蘇聯〕С.Д.巴羅哈蒂撰，黃鳴野、李莊藩譯：〈《海鷗》在莫斯科藝術劇院的演出〉，《《海鷗》導演計劃》（北京市：中國電影出版社，1982年），頁6。

21 木葉：〈把「生命」搬上舞臺：和賴聲川聊契訶夫及《海鷗》〉，《上海戲劇》2014年第3期。

以至遭到批評家這樣的指責，「作者對某幾個劇中人物所進行的細緻的性格刻畫也很平庸，並且，這些細緻的性格刻畫是完全不必要的，它們還可能造成與作者的原來意圖相反的效果，例如瑪霞聞鼻煙和飲酒的習慣。」[22]當作者賦予人物或細節的表現意圖難以被把握時，就會出現這樣的結果：導演與演員的理解一旦偏離契訶夫的「原意」，整齣戲所表現的就是另一個故事或另一類人物了。契訶夫自己也意識到這個問題，「我很怕那些可能造成混亂的細節會把整個劇本弄成一團糟。」[23]日常生活很難在舞臺上複製，因為它如此幽微；即使能夠複製，在表意上也要冒很大的風險，因為它如此曖昧。日常的存在狀態不像傳統敘事作品那樣有著清晰的意義序列，它混亂、零散、無序，因此其意義也全然開放，具有多種理解／闡釋的可能，而契訶夫卻固執地做著讓戲劇模仿日常的實驗，這當然是先鋒的，卻也是冒險的。對於導演／演員來說，只要在人物與細節的調性上稍微偏差一點，就足以使悲喜完全轉換，這就是理解／表現契訶夫的困難與挑戰之所在。

　　「說實話我也不完全贊成它是一部喜劇。但如果二選一，悲或喜，選悲，對於導演來講會陷入一個無解；如果選喜，它就有機會變成一個非常豐富有意思的作品。」[24]賴聲川為《海鷗》做出的選擇是，將它變成一齣地地道道的喜劇，甚至「鬧劇」。「喜劇的目的是和人必須力求達到的最高目的一致的，這就是使人從激情中解放出來，對自己的周圍和自己的存在永遠進行明晰和冷靜的觀察，到處都比發現命運更多地發現偶然事件，比起對邪惡發怒或者為邪惡哭泣更多地

22　〔蘇聯〕С.Д. 巴羅哈蒂撰，黃鳴野、李莊藩譯：〈《海鷗》在莫斯科藝術劇院的演出〉，《《海鷗》導演計劃》（北京市：中國電影出版社，1982年），頁7。

23　〔蘇聯〕С.Д. 巴羅哈蒂撰，黃鳴野、李莊藩譯：〈《海鷗》在莫斯科藝術劇院的演出〉，《《海鷗》導演計劃》（北京市：中國電影出版社，1982年），頁9。

24　張涵予採寫：〈賴聲川　丁乃竺：愛的進化論〉（http://www.xintansuo.com/post/2613.html）。

嘲笑荒謬。」[25]魯迅關於喜劇的定義更加簡潔明瞭，喜劇是「將那無價值的東西撕破給人看」[26]。為了突出喜劇性，賴聲川緊緊抓住人物言行的「荒謬」與「無價值」，將之盡情放大。通過確立喜劇之魂，賴版《海鷗》使契訶夫原著中在價值性上看起來模稜兩可的人物行為，在必要性上看起來可有可無的場景細節，被整合進一個清晰、完整的意義序列之中。

舞臺上，康丁（特里波列夫）被演繹成一個有著狂熱表現欲卻又異常脆弱的人。第一幕中，他像一隻蓄勢已久的小公雞，在舞臺上走來走去，指手劃腳，一刻都停不下來。康丁迫切想要在晚上的演出中一鳴驚人，然而妮娜誇張、機械的表演卻暴露了其作品的空洞與矯揉，母親的譏諷更是一下摧毀他脆弱的自信。之後，遭受母親再次打擊的康丁一屁股坐到地上，像孩子一樣號淘大哭，引發全場爆笑。演員閻楠將康丁的狂躁與脆弱表現得既誇張又真切。

在妮娜眼裡，果陵（特里果林）風度翩翩、才華橫溢、聲名顯赫，然而在孫強的演繹中，「他的動作都是軟的，身形是軟的，語言是軟的。」[27]而這種「軟」正暴露出果陵的內心狀態，受困於寫作欲望、受累於聲名焦慮，受制於阿爾卡基娜，無力擺脫。當果陵向妮娜表白作為一個作家的難處時，滔滔不絕的演說近乎一場狂熱的獨角戲表演，果陵在妮娜面前釋放著自己，也撫摸著自己。而果陵向蘇以玲（阿爾卡基娜）攤牌自己愛上妮娜時，兩個人都趴到地上，犬伏蛇行、歇斯底里。這些表演都是誇張的，但通過誇張，觀眾很容易看到導演／演員的「觀點」：不論是果陵對於妮娜的愛，還是蘇以玲對於果陵的愛，都是基於「自我需求」，需求「被愛」。喜劇因此得以成立。

---

25 〔德〕席勒撰，張玉能譯：〈素樸的詩和感傷的詩〉，《秀美與尊嚴──席勒藝術和美學文集》（北京市：文化藝術出版社，1996年），頁294。

26 魯迅：〈再論雷峰塔的倒掉〉，《墳》（北京市：人民文學出版社，1973年），頁159。

27 溫方伊：〈賴聲川的契訶夫：看連臺戲《海鷗》《讓我牽著你的手……》〉，《上海戲劇》2014年第5期。

　　演員劇雪在賴版《海鷗》中演繹的蘇以玲是一個自私虛偽、矯揉造作的女演員，這對劇雪以往賢淑貞靜的螢幕形象是一次徹底顛覆。劇雪沒有按照「內心體驗」的路子來演，事實上，她一直難以理解蘇以玲為什麼會是這樣的人，還曾擔心自己是否演「過」了。[28]劇雪用一種特定的腔調──混合著自我欣賞、忽略年齡的天真與愛嬌、長期進行戲劇演出的某種舞臺腔，再輔以特定的形體動作如扭臀擺胯、搖小扇子、擺弄頭髮等，突出蘇以玲的性格特質。這與其說是斯坦尼斯拉夫斯基派的表演，毋寧說更接近於中國傳統戲曲裡「女丑」的表演方法。舞臺上的這個蘇以玲讓觀眾一下子把握住其性格的特質，從而把握住了《海鷗》的喜劇本質。

　　從某種意義上說，「體驗派」的表演不容易演出喜劇況味。「體驗派」表演可以把人物的喜怒哀樂演得非常真實，也可以把契訶夫式的「半音」[29]情調演得非常動人，這很容易讓觀眾與人物的處境發生「共鳴」，也即「同情」，「當我們開始對戲中人物表示同情時，我們就完全喪失了笑的精神。」[30]要看到契訶夫隱藏在「真實感」背後的「笑」，顯然需要一種超離的心態。領會不到「笑」，也就不容易看清契訶夫表現人物一言一行的真實用意之所在。從這個意義上說，要演出契訶夫的喜劇性，不僅需要斯坦尼斯拉夫斯基「體驗派」的真實，同樣需要布萊希特「表現派」的「間離」。「對一個事件或一個人物進行陌生化，首先很簡單，把事件或人物那些不言自明的，為人熟知的和一目了然的東西剝去，使人對之產生驚訝和好奇心。」[31]事實上，

28　張瑩琦：〈賴聲川的契訶夫〉，《南都周刊》2014年第16期。

29　莫斯科藝術劇院的導演丹欽科認為契訶夫的《海鷗》是用「半音」寫的，見J.L.斯泰恩《現代戲劇理論與實踐》（北京市：中國戲劇出版社，2002年），頁106。

30　〔英〕阿‧尼柯爾撰，徐士瑚譯：《西歐戲劇理論》（北京市：中國戲劇出版社，1985年），頁240。

31　〔德〕布萊希特撰，丁揚忠譯：〈論實驗戲劇〉，《布萊希特論戲劇》（北京市：中國戲劇出版社，1990年），頁62。

契訶夫在劇本的表現中，對人物言行舉止運用了許多令人「驚訝」的
細節，但對這些細節如何演繹，卻將產生截然不同的效果。可以對比
北京人民藝術劇院版的《海鷗》[32]與賴版在處理同一個細節上的差
別：康丁在確認母親是否愛他時，一邊手撕花瓣，一邊念念有辭：愛
我，不愛；愛我，不愛；愛我，不愛——「你看，我母親不愛我。」
這是契訶夫原劇的細節。在人藝版中，這個細節表演得像日常生活一
樣平常，並未引起觀眾特別的注意。而在賴版這裡，閻楠走一步念一
句，配以語氣的患得患失，恍若為康丁的心態加上著重號，這個細節
一下子抓獲了觀眾的注意，並引爆全場的笑聲。

　　賴版《海鷗》緊緊抓住「喜劇」之魂，而在形上，毋寧說做了一
次漫畫式的處理。據研究，契訶夫《海鷗》中的人物、情節大都具有
「戲仿」性質，「《海鷗》中幾乎所有的戲劇人物身上都存在著戲仿之
痕跡。」[33]契訶夫塑造阿爾卡基娜，「借助於對傳統文學中典型人物性
格的豐滿性和多面性的戲仿來實現對該人物的戲謔化表現」，她和特
里波列夫的矛盾對立則「正是對《哈姆雷特》的戲擬」[34]。特里波列夫
的獨白也包含了對「梅列日科夫斯基的作品文字的戲仿。」[35]甚至連
特里果林，這位在言論中與契訶夫本人有很多相似感想的人物，作者
也對他運用了「戲仿」，其結果是「契訶夫用一種幽默的喜劇情境使
他與特里戈林分開了」[36]。這種「戲仿」所產生的表達效果類似於巴
赫金對陀思妥耶夫斯基「諷擬體」語言的闡析：「作者要賦予這個他
人語言一種意向，並且同那人原來的意向完全相反。隱匿在他人語言

32　北京人民藝術劇院於一九九一年邀請前蘇聯莫斯科藝術劇院的總導演奧列格‧葉甫
　　列莫夫（Oleg Efremov）前來執導《海鷗》。

33　董曉：〈契訶夫戲劇的喜劇本質論〉（北京市：北京大學出版社，2016年），頁156。

34　董曉：〈契訶夫戲劇的喜劇本質論〉（北京市：北京大學出版社，2016年），頁156。

35　董曉：〈契訶夫戲劇的喜劇本質論〉（北京市：北京大學出版社，2016年），頁156。

36　蘇聯研究者布羅茨卡婭的觀點，轉引自董曉：《契訶夫戲劇的喜劇本質論》（北京
　　市：北京大學出版社，2016年），頁155。

中的第二個聲音，在裡面同原來的主人相牴牾，發生了衝突」。[37]如果說，「戲仿」使看起來「客觀」的細節帶上了契訶夫的評價，這種評價與原來情境中語言或行為的價值完全相反，那麼誇張的、漫畫式的表演方法則代表了演員對人物言行的一種「評價」，用布萊希特的話說，「因為演員同他所表演的人物並不是一致的，所以他可以選擇一種對待人物的特定立場，表達出對於人物的意見，並且要求觀眾對被表演的人物進行批判，因為他們本來也不是被邀請來達到一致的。」[38]

三　如何理解差異？

賴版《海鷗》跟契訶夫原著相比，顯然存在差異，這不僅在於賴聲川將十九世紀俄羅斯莊園的背景換成二十世紀三十年代的上海鄉下，而且，賴版《海鷗》在表演方法、劇作內涵、人物形象的定位上，與契訶夫都不太一樣，如他所言：「我在為契訶夫服務，我是他忠誠的僕人！但是給了僕人自由，僕人也會搞幾下吧。」[39]契訶夫是有著非常明晰且自覺的美學觀念的創作者，對舞臺表演亦有自己的理解與要求。一八八八年四月在寫給編輯普萊史捷耶夫的信中說，「一定要擺脫不自然與虛假，無論它們怎樣表現出來。」[40]對聖彼得堡亞歷山大劇院演員所演的《海鷗》的評價是「他們表演得過火。」[41]斯

---

37 〔蘇聯〕巴赫金撰，白春仁、顧亞鈴等譯：〈陀思妥耶夫斯基詩學問題〉，《巴赫金全集》（石家莊市：河北教育出版社，1998年），卷5，頁246。

38 〔德〕布萊希特撰，張黎譯：〈簡述產生陌生化效果的表演藝術新技巧〉，《布萊希特論戲劇》（北京市：中國戲劇出版社，1990年），頁212。

39 王曉溪：〈賴聲川：我是契訶夫忠實的僕人〉，《北京青年報》B15版，2014年3月18日。

40 〔英〕J.L. 斯泰恩撰，劉國彬等譯：《現代戲劇理論與實踐》（1）（北京市：中國戲劇出版社，2002年），頁118。

41 〔英〕J.L. 斯泰恩撰，劉國彬等譯：《現代戲劇理論與實踐》（1）（北京市：中國戲劇出版社，2002年），頁116。

坦尼斯拉夫斯基版《海鷗》中，當演員把妮娜演成「提高了嗓子，啜泣個不停」，把特里果林演成「在走路和說話的時候就像是得了癱瘓病似的」[42]，契訶夫幾乎勃然大怒了。他在書信中曾經談及，「痛苦應當照它在生活裡所表現的那樣去表現，也就是不用胳膊不用腿，只用口氣和眼神，不用手勢，而用優雅。知識分子所固有的細緻的精神活動應當即使在外在形式上也表演得細緻。」[43]賴版《海鷗》中的人物表演顯然不是優雅的，而是帶有鬧劇式的誇張。那麼，賴聲川的這種演繹與契訶夫原作相比，是否真的是「雞同鴨講」？

　　以上分析過，這種表演方法如何傳達出契訶夫原作的「戲仿」效果，而其表現效力還不僅止於此。契訶夫的喜劇性如果演成完全自然寫實的風格，也許能夠體現作家的含蓄與悲憫，但對於觀眾特別對於中國觀眾，卻不那麼容易領會。沒有比較就沒有鑑別，可與北京人民藝術劇院一九九一年版的《海鷗》進行對比。導演葉甫列莫夫是斯坦尼斯拉夫斯基的信徒，雖然在意象的呈現、手法的使用、場次的調換上作了一些自己的處理，但在表演方法上仍是努力以斯坦尼斯拉夫斯基式的「體驗派」來營造一種真實感。但我們發現，這種「忠臣」式的現實主義所產生的效果卻不盡如人意，它導致觀眾欣賞焦點的喪失，興奮感的缺乏，整齣戲顯得很悶，看不到人物所行所言的動機，也看不出它為何是一齣「喜劇」。如果只看這個演出，我們會以為這就是契訶夫，契訶夫的戲只能是這樣子，但有了賴導的處理，頓時有一種從會議廳轉到俱樂部的感覺，契訶夫的戲完全變了，成了一齣亮點時出、笑點頻繁的通俗好看的戲劇。那麼，為什麼在甲「沉悶」在乙卻那麼「好看」？賴導的魔術棒藏在哪裡？我以為就在於他通過一

42　〔蘇聯〕С.Д. 巴羅哈蒂撰，黃鳴野、李莊藩譯：〈《海鷗》在莫斯科藝術劇院的演出〉，《《海鷗》導演計劃》（北京市：中國電影出版社，1982年），頁65。

43　〔俄〕契訶夫撰，汝龍譯：〈寫給奧・列・克尼碧爾〉（1900年1月2日），《契訶夫論文學》（合肥市：安徽文藝出版社，1997年），頁256。

定的舞臺誇張使喜劇性變得鮮明，借助這種誇張讓我們看到契訶夫的「用意」。

　　中國戲劇的審美大傳統是濃郁、鮮明，價值評判涇渭分明，這使我們很難體會契訶夫那種「半音」式的情調。曹禺儘管心折於平淡含蓄的契訶夫戲劇，但也認為，契訶夫的戲「中國人演也演不出來。就是演得出，也沒人看」[44]。賴聲川將契訶夫戲劇裡表達得很微妙的生活的不幸、情境的荒誕作了誇張式處理，使觀眾「鮮明」地感知比讓觀眾「細緻」地體驗，也許是一種更為明智的選擇。就比如，原劇中訴諸嗅覺的「硫磺」在賴版中變成一片白霧的乾冰效果，顯然使康丁的矯揉造作變得更加顯豁，也更容易創造出劇場笑點。而契訶夫《海鷗》中有許多長篇大段的臺詞，如果不加以正確的舞臺處理，極可能會變成冗贅，在聖彼得堡的演出中，就曾被大量刪節。[45]而賴聲川認為：「《海鷗》裡有很多長段的臺詞，……是他（指契訶夫，引者注。）精心地設計了每一句話產生的每一個效果。」[46]賴導在處理時特別突出大段臺詞之間的「落差性」，讓人物情緒的起伏脈動通過演員聲調、節奏的變化鮮明地傳達出來。當觀眾真切地聽出這種變化，也就理解了契訶夫賦予人物的情感曲線。對於中國大多數觀眾，鮮明是必要的。

　　當然，不必諱言，這種「鮮明」也導致契訶夫原著中「不確定性」與「豐富性」的弱化。作為十九到二十世紀之交的現代作家，傳統秩序的崩潰、行動相較思想的無力、何去何從的迷惘，這些主題在契訶夫劇作中一以貫之，投射於戲劇創造的意識背景，產生了人物形

---

44 田本相、劉一軍：《苦悶的靈魂——曹禺訪談錄》（南京市：江蘇教育出版社，2001年），頁148。

45 〔蘇聯〕С.Д. 巴羅哈蒂撰，黃鳴野、李莊藩譯：〈《海鷗》在莫斯科藝術劇院的演出〉，《《海鷗》導演計劃》（北京市：中國電影出版社，1982年），頁17。

46 王曉溪：〈賴聲川：我是契訶夫忠實的僕人〉，《北京青年報》B15版，2014年3月18日。

象、思想意蘊的不確定性，或者說曖昧性。儘管作家本人也許有著明晰的歷史方向與價值取向，但並不意味著他筆下的世界也是如此。而在賴版的表現中，隨著喜劇性的突顯，不確定性或曖昧性被弱化了，康丁、蘇以玲，果陵等人物身上較多地呈現丑角的特性，以至在某些接受者看來，這「絕不是契訶夫的喜劇」。[47]

　　賴聲川的舞臺處理也有溢出契訶夫原作的地方。在原作中，僕人的角色並不突出，而在賴版中，僕人雖然沒有加重戲份，但他們的存在感得到強調。他們搬椅子、整行李，旁觀主人的行徑，應答主人的需求，是整個人群的構成部分，有自己的觀點與態度。僕人並沒有多少話，如何演出他們的觀點與態度？我們看到，在僕人們的表情、動作與做事的節奏中，隱含著他們對主子的態度與評價。如果你對賴聲川足夠熟悉，就會聯想到這是他早年在美國餐館打工時，觀察來來往往就餐客人時的經歷投射。對於該劇來說，僕人視角的突顯，使主子們的喜怒哀樂更增添了一層悖謬的色彩。

　　與契訶夫的如生活般平靜自然的風格相比，賴聲川在導演中運用了一些更富於間離感的手法。劇中屢次出現照相機按下快門的聲音與瞬間的閃亮，恍若隱私被驟然曝光，在現場產生「驚詫」效果。觀眾對這種手法會有點不習慣，因為它打斷、干擾了欣賞慣性，但也許這正是賴聲川所要的效果，一種對流水般日常慣性的生硬打斷，讓人被迫於打斷的瞬間去反觀這個日常。

　　除此之外，賴聲川還非常擅長將《海鷗》中原來就有但中國觀眾未必能明確感知的笑料進行微加工，使之更符合中國人笑的心理。梅福登（麥德維堅科）對莎莎（瑪莎）說，「我每天來回走四里路來，走四里路回去，就是來這邊看你戴孝的樣子。」著重號部分為賴版添加，呼應之前莎莎所說的「我在為我的生活戴孝」，此語一出，頓時

---

47 郭晨子：〈觀眾笑了，但這不是《海鷗》〉，《東方早報》A26-27版，2014年4月16日。

引發全場笑聲。果陵這邊和妮娜談情說愛，那邊又不能拒絕蘇以玲要走的要求，左顧右盼間聽到蘇以玲的召喚，一句心不在焉的「怎麼說？」同樣引起觀眾大笑。該句在汝龍與焦菊隱譯本中均為「什麼事？」童道明譯本為「有什麼事？」顯然都產生不了這樣的效果。雖是小細節，卻也說明賴聲川[48]對中國觀眾喜劇趣好的適應有其過人之處，當然它對人物的表現同樣有所助益。賴版《海鷗》將契訶夫的「隱微」、「含蓄」、「俄羅斯風」轉換成「鮮明」、「濃郁」、「中國風」，「好不好」另說，但「好看」卻是無疑的。

　　在《賴聲川的創意學》一書中，賴聲川總結出「去標籤」的創意原理。他的原創作品就常常出現對經典的借用與改寫，抓住經典中能夠表達其現實感興的某一層面，而對經典的其他面向，或捨棄、或改寫、或發展，完全不拘泥於原有形式，如《暗戀桃花源》對陶淵明原著的改寫。而在重排經典名劇時，他也不是亦步亦趨。二○○一年，賴聲川將貝克特的《等待戈多》翻譯成《等待狗頭》，用兩個女演員飾演埃斯特拉岡與弗拉基米爾，其劇情亦穿插進當代臺灣的若干素材。這些都可視為「去標籤」創意思維的體現。而能夠自如地對經典進行「去標籤」，很大程度應歸功於其跨文化身分所生成的差異性視角，這使他能順利掙脫經典所從屬的某一文化系統的規約，對經典進行重審並去除標籤。這一次，賴聲川重排契訶夫的《海鷗》，同樣是抓住契訶夫的喜劇之魂，其他則不拘泥。他不要俄羅斯風味，毫不客氣地將十九世紀末的俄羅斯莊園改換成二十世紀三十年代的上海鄉下，他甚至不要契訶夫的情調，將那種半音式的曖昧用濃墨重彩的誇張勾勒出來。因此，賴聲川的《海鷗》與契訶夫是「不一」的，但在人性的愚蠢又可憐，生活的自欺又無奈這一點上，他的表達與契訶夫又是「不異」的。如果穿越時空，契訶夫看到賴聲川版的《海鷗》會

---

48 賴聲川擅長通過集體即興方法激發演員創作靈感，這些地方也可能是演員貢獻的創意，因未能確定，暫時都歸於賴聲川名下。

作何評價？「我只能用幻想的方式，如果他今天在，他會贊同我對他的詮釋，這是我的願望。」[49]實際上能否得到契訶夫的贊同並不重要，劇場本來就不能夠忠實再現劇作家的創作意圖。不要說聖彼得堡亞歷山大劇院把契訶夫的戲劇演成了通俗情節劇，讓契訶夫逃離聖彼得堡，發誓再也不為劇院寫戲；就是號稱最懂得契訶夫的莫斯科藝術劇院的演繹，同樣讓契訶夫有極為不滿的地方。因此，賴聲川所謂的得到契訶夫的「贊同」也只能是一個願望。而檢驗賴版《海鷗》是否成功更為重要的標準是，它能否和中國當下的精神生態接軌。對此，賴聲川有著明確的認知，「我除了忠誠地做他的僕人之外，也要讓他的戲在這個時代更有共鳴。」[50]

其實，契訶夫《海鷗》中本來就存在能與當下接軌的成分，妮娜的境遇相通於當下年輕女性的「傍大款」潮流，康丁的自我表現讓人想到先鋒派們的任性撒野，而醫生或莎莎的煩惱一如中產階級的精神貧血，契訶夫超越時空的人性洞察使《海鷗》的中國化旅程變得順利。而蘇以玲對劇雪往昔藝術形象的徹底顛覆，僕人的冷眼旁觀所隱含的解構傾向，誇張、漫畫式的表演創造出的劇場狂歡，相片曝光式的舞臺手法產生的驚詫效果，不都反映著當下文化的某些面影？「一切歷史都是當代史」，套用克羅齊的邏輯，對經典的演繹不可能是複刻原貌，而必然是也應該是根植於當下、此在的一次再創作。在這一點上，賴聲川的《海鷗》做到了。

——本文原刊於《圓桌》（北京市：人民出版社，二〇一八年），

二〇一六秋冬卷

---

49 王曉溪：〈賴聲川：我是契訶夫忠實的僕人〉，《北京青年報》B15版，2014年3月18日。

50 王曉溪：〈賴聲川：我是契訶夫忠實的僕人〉，《北京青年報》B15版，2014年3月18日。

田沁鑫戲劇時空藝術探微
──以話劇《紅玫瑰與白玫瑰》為例

　　在當代劇壇活躍著的眾多戲劇導演中，田沁鑫這個名字絕對不可繞過。從一九九七年的《斷腕》到二〇一三年的《青蛇》，她已有十六年的戲劇導演生涯。她的戲劇有著鮮明的個人風格，不僅在藝術上得到各界認可，更在當今話劇市場中創造了票房神話。二〇〇八年的《紅玫瑰與白玫瑰》作為國家話劇院紀念中國話劇百年活動的收官之作以及國家大劇院國際演出季中唯一一個新創話劇劇目在二〇〇八年全國巡演中票房火爆，幾度發生票房售罄的局面。該版《紅玫瑰與白玫瑰》對張愛玲原小說有了一種全新的解讀：活潑、可愛、聰明、真實，甚至有點黑色幽默的成分，一改觀眾往日對改編張愛玲小說的話劇或電影的苛責。此外田沁鑫所有的話劇作品都是經她自己親自操刀改編搬於舞臺，換而言之，她的戲劇文本與舞臺表現是一脈相承的，都集中體現其個人化的藝術思想。鑑於此，本文以《紅玫瑰與白玫瑰》的舞臺時空表現為例，深度探尋這種自由的舞臺時空藝術蘊藏著怎樣的個人話語。

一　電影符號化剪輯的舞臺置換

　　《紅玫瑰與白玫瑰》中，兩個佟振保周旋於過去時空──紅玫瑰與現在時空──白玫瑰的情感漩渦之中，內心經歷世俗和情感的幾度徘徊、掙扎，觀眾也直觀形象地看到一個男人的情感從興奮走向蒼涼

的殘酷圖景。舞臺之上，處於過去時空的紅玫瑰與處於現在時空的白玫瑰其家庭瑣事、情感生活都同時同步地並置於舞臺之上，觀眾不用進行任何視覺轉換就可同時看到兩個不同時空中的人以「一牆之隔」在舞臺之上各自訴說心事。這種同時並置的舞臺講述模式一直持續到劇的近結尾處，讓觀眾備感新奇的同時又一覽無餘地洞曉舞臺之上所有靈魂的情感掙扎，開啟了一種另類的時空表現方式。時空並置的敘述模式無疑借鑑了電影蒙太奇的剪輯手法，將兩個不同時空的場景通過「剪輯」在舞臺上平行展開，間或交叉敘述。戲劇開場的紅白玫瑰各自衵露不同的生活習慣與情感過往，不同時空的她們同時向著觀眾娓娓道來。當劇中那個掙扎於紅白玫瑰之間的佟振保出現時，分別扮演佟振保真我與本我的兩個演員穿梭於四個扮演紅白玫瑰的女人之間，相互交叉糾纏在一起，打破了舞臺時空的阻隔，此時的舞臺時空表現也呈現出交叉並置的狀態。

　　田沁鑫在與戴錦華的一次交談中曾經毫不掩飾地表明自己受到電影剪輯藝術的影響：「我的戲結構文本也很像電影的結構方式。兩部電影對我有影響，《黑色追緝令》和《羅拉快跑》，所以我的舞臺上會有插敘、倒敘、平行蒙太奇出現，觀眾也看懂了。」[1]電影的剪輯方式通常稱做蒙太奇，這在電影藝術中是非常常見的技術手段，而田沁鑫的舞臺時空表現形式吸收了這種剪輯方法轉換在舞臺之上，則使她的戲劇敘述呈現出非常個人化的風格。通常意義上來講，電影的蒙太奇剪輯經由膠片的組合，在時空的播映方式上是縱向的，觀眾去看每一場景之時，都會在這種膠片組合的操縱之下經歷一個短暫的時間差。在電影的畫面播映方式上還存在一種情況，就是將兩組甚至多組不同時空的畫面並置在一個鏡頭之中，即「銀幕分割」（譬如《羅拉快跑》），但鮮少做到將兩組完全不同時空的完整場景從頭到尾一直並

1　張瑩瑩：〈田沁鑫VS戴錦華〉，《名匯書刊》2011年第21期。

置處理在一個鏡頭之中完成播映。田沁鑫就是從後者之中獲取靈感，將原有電影播映中不同時空的畫面並置剪輯轉換到了她的舞臺時空表現之中，以便觀眾即時看到兩組不同時空的場景平行、交叉地順延直到劇尾，這無疑是電影剪輯藝術被田沁鑫巧妙運用到舞臺之上的神來之筆。不同時空場景即時的舞臺展現打破了時空界限，更有利於人物內心情感舒放自如地展現。

二　多層次空間表達

　　除了借鑑電影剪輯方式，田沁鑫的戲劇時空藝術還雜糅著其他藝術手段。在《紅玫瑰與白玫瑰》的舞臺呈現中，借鑑戲曲時空的寫意性，借助演員富有想像力、誇張激情的肢體動作所營造出的舞臺空間無疑具有非常個性化的表達風格。

（一）戲曲時空寫意性的折射

　　田沁鑫的京劇刀馬旦出身使其戲劇的舞臺呈現潛移默化地受到了戲曲時空藝術寫意性的影響。中國傳統戲曲並沒有明確的時空概念，因其高度的假定性，使得「景隨人行，以人帶景」的空間變換無需任何舞臺布景更替便可讓觀眾接受。基於此，戲曲舞臺的布景都採用極簡的設置，亦有著高度的象徵性。以槳代船，以鞭代馬，以布代城，以旗代車，以桌代朝，僅以道具的變更就完成了快速的空間置換。田沁鑫戲劇的舞臺呈現一直採用這種極簡的舞臺布景方式，從《生死場》到《紅玫瑰與白玫瑰》都盡可能地做到舞臺的放空，賦予舞臺布景以高度的象徵性。「中國傳統藝術滋養了我，使我在舞臺上變得寫意性強，遊戲感強，時空的流變非常自如。」[2]《紅玫瑰與白玫瑰》

2　張瑩瑩：〈田沁鑫VS戴錦華〉，《名匯書刊》2011年第21期。

的舞臺由一條玻璃甬道連接了紅白玫瑰的兩座玻璃公寓，公寓之內也是極盡空靈。田沁鑫曾經闡明自己的用意：「舞臺被玻璃走廊一劈兩半」，「那宛如男人的心臟：左心房，右心房，一個裝情人，一個擱老婆；玻璃走廊是陰莖或者是陰道」[3]——這似乎是田沁鑫勾勒出來的張愛玲作品的極簡「臉譜」。舞臺上的佟振保與其說是在紅白玫瑰之間彷徨掙扎，倒不如說是自己主導左右心房的糾葛折磨。

　　田沁鑫藉由戲曲舞臺布景的寫意象徵性，將佟振保內心的左右掙扎，游離在世俗與情感的自我反抗，自我釋放收斂的心理變化過程外顯於舞臺。將戲曲的寫意性借用到話劇舞臺上並不是新鮮的做法，早在二十世紀八十年代的探索戲劇中就經由很多戲劇導演嘗試於舞臺實踐中。然而較之以往的探索實踐，田沁鑫使舞臺上的戲劇布景裝置即玻璃甬道和公寓在敘述故事之時徹底打破界限，人物可以根據自己情感的游移變換空間。紅玫瑰可以多次進駐白玫瑰的公寓，當著白玫瑰的面與佟振保赤裸裸地調情；公寓甬道可以是調情的場所，可以是嫖妓的妓院，也可以是晃動的公交車。舞臺上的公寓在故事敘述中失去其固有的身分，可以隨意進出，隨意進行空間的置換，而且絲毫不需要額外的停頓、暗示，時空流轉順暢自如。戲結束暫時不需要登場的演員們並不匆匆離場，轉而在舞臺後方各自做著與前方的戲劇表演毫無關係的活動，喝茶、談笑，場上、場下的間隔被打通，產生了一種類同於排練場戲劇的輕鬆愜意之感。

　　余秋雨曾指出：「中國戲劇文化的寫意性：超越外象之真而直取本質內蘊，超越神態形貌而直示至情深意，從而在世界戲劇文化的叢林中顯現出一種獨特的統一：以神為重的神、形統一，以意為重的意、境統一。」[4]田沁鑫的戲劇在運用戲曲寫意藝術的同時不僅僅停留在時空自由轉換的浮面技術使用上，更多著力於使形式與精神，詩

3　田沁鑫：《田沁鑫的戲劇場》（北京市：北京大學出版社，2010年），頁183。

4　余秋雨：《中國戲劇文化史述》（長沙市：湖南人民出版社，1985年），頁498。

意與情境達到統一與契合。田沁鑫曾不止一次談到自己是依據題材定形式，如前文當中所論述到的，這些空間轉換都是為佟振保左右內心掙扎和自我反抗折磨的表達提供一種自由游走的捷徑，這就是為什麼該劇空間變換如此之多而舞臺並沒給出明顯提示，觀眾卻依然能窺探出佟振保內心的極度掙扎並為之動容，產生理解與共鳴的緣由。

（二）表演動作的牽引

　　阿爾托在他的《殘酷戲劇：戲劇及其重影》中提到：「我認為舞臺是一個有形的、具體的場所，應該將它填滿，應該讓它用自己的語言說話。」「要使一種總體戲劇觀復甦，問題在於使空間說話，向它提供養料，填滿它，彷彿將炸藥塞進一堵平面岩石牆，突然產生了噴射物和煙火。」[5]阿爾托為此還指出填滿舞臺的途徑：「戲劇意識到這種空間語言：聲音、呼喊、光線、擬聲，便應該加以組織，用人物及物體組成真正的象形文字，同時全面地利用它們的象徵性及與所有器官的對應性。」「這些象徵性動作、面具、姿態、個別或整體的運動，都具有無數的含義，成為戲劇具體語言中的重要部分。動作可以是引起聯想的，姿態可以是激動的或專橫的，節奏和音響可以是狂熱的。」[6]從阿爾托的言論中，我們也看出他的戲劇追求與戲曲寫意性有著某種程度的契合。在簡練的舞臺布景中，用演員富有激情的肢體表演動作將心理外化，賦予飽滿的想像空間。田沁鑫毫不掩飾自己受到阿爾托思想的影響：「法國殘酷戲劇創始人安東尼・阿爾托的很多極端藝術理論也影響過我。」[7]為此她提出：「姿態狂熱與形象魅力及

5　〔法〕安托南・阿爾托撰，桂裕芳譯：《殘酷戲劇：戲劇及其重影》（北京市：中國戲劇出版社，1993年），頁31、88。

6　〔法〕安托南・阿爾托撰，桂裕芳譯：《殘酷戲劇：戲劇及其重影》（北京市：中國戲劇出版社，1993年），頁79、84。

7　杜仲華：〈田沁鑫：我骨子裡是個戲迷〉，《今晚報》，2012年3月16日。

運動的肢體語言」[8]，鼓勵演員不再僅僅拘泥於臺詞的訴說，強調演員應表現出富有激情的象徵性動作，以極富視覺感的舞臺形象刺激觀眾的眼球，挑戰觀眾的接受心理。

《紅玫瑰與白玫瑰》中，田沁鑫特意使用兩個演員去扮演佟振保，一個是活在世俗社會秩序中，一個是聽從內心感召。紅玫瑰亦用兩人扮演，一個是為愛情奮不顧身的「嬰兒」，一個是極具誘惑力並有著成熟肉體的「女人」。白玫瑰，一個代表著在家事事小心周全的「妻子」，一個代表著敢於衝破家庭束縛大膽追求悅己者的「女人」。因此僅僅從這些人物設置上，觀眾就可以從每個本我和真我的爭辯和鬥爭中，看到他們的情感思想，讓他們的內心在劇場空間放大填滿。舞臺劇場空間不僅僅呈現「滿」的情勢，而且趨於立體化。最有代表性的是，辛柏青扮演的佟振保在白玫瑰的空間中準備結婚，高虎扮演的另外一個佟振保卻在紅玫瑰的空間中祭奠著愛情，這兩個空間的舞臺動作是同時進行的，這就將人物心理上兩難抉擇的痛苦掙扎顯性地表現出來，充滿了整個劇場空間。觀眾在同一時段內直觀領略到人物心理的殘酷掙扎，對佟振保這個人物更能報以情感的理解和共鳴。此外，在表現佟振保與王嬌蕊的相戀過程中，我們還可以看到佟振保與紅玫瑰的感情升溫是借助三個演員彈奏鋼琴的肢體動作而得以立體呈現；當表現佟振保與王嬌蕊即將分手離別之時，我們也可以看到兩個佟振保和王嬌蕊借助於奔跑動作姿勢的反方向來給予暗示。愛情的產生與分離都借助演員誇張的形體表現在劇場空間中得以放大，讓觀眾在這種空間層次的布列之中既感受到愛情萌發的心悸，也對愛情的消逝報以哀嘆。

更重要的是，觀眾看到的不是一個平面的舞臺，即不是一個平面的空間，而是借助於人物形體動作或舞臺裝置，看到一種前後、左右

8　田沁鑫：《田沁鑫的戲劇場》（北京市：北京大學出版社，2010年），頁183。

或橫向或縱向的分層化空間，每個空間被賦予不同的戲劇性與情感，層次所帶來的差異性，使得劇場空間的情感表達更加複雜與豐富。多層次空間使得情感在其中穿插游移，觀眾能立體直觀地感受到佟振保在面對紅玫瑰與白玫瑰的那種複雜的糾葛掙扎的演變過程，「我的戲都是要用靈魂來演的，是丟在觀眾席上的，籠罩在劇場裡的」[9]。透過舞臺空間的分層化及演員在舞臺空間中激情飽滿的表演，觀眾看到現代都市男男女女最真實的靈魂糾葛和殘酷掙扎。

三　情感追溯的時間逆延

　　田沁鑫話劇舞臺的講述模式經常以人物的老年或某個成熟階段的回憶為起點，展開情感的追溯，絕大多數的劇情都是在這種回憶性敘述時間中展開的，如《斷腕》、《趙氏孤兒》、《狂飆》等，《紅玫瑰與白玫瑰》亦是如此。整個劇情是在佟振保這個代表著大多數都市男人的情感心理中穿梭游走的。佟振保在婚後十年的一個雨天偶然發現自己平板的妻子孟烟鸝竟與小裁縫發生了婚外情，驀然回憶起年輕時曾與王嬌蕊熱烈相戀，後為維護世俗的地位和井然的生活秩序決定犧牲愛情，娶了孟烟鸝，在歷經生活滄桑之後，與嬌蕊公交汽車上的一次偶遇卻發現昔日的情已然逝去，遂扼殺內心的情感掙扎復歸於世俗生活洪流之中。這個戲實際上是記述了一個男人經歷戀愛期，婚姻前的選擇期，十年婚姻後的掙扎期與最後的歸順生活期。然而舞臺講述故事的時間卻是從歷經十年婚姻後開始，通過佟振保的回憶追溯情感的發生、變化過程。當劇尾主人公做出生活的抉擇之時才與現實時空相對接，因此舞臺上的絕大部分劇情都是在佟振保的回憶追溯中完成的。田沁鑫刻意打斷線性時間模式，將過去時的王嬌蕊與現在時的孟

9　田沁鑫：《田沁鑫的戲劇本》（北京市：北京大學出版社，2010年），頁137。

烟鸝同時呈現在舞臺之上，讓佟振保穿梭在不同時間中，也讓觀眾走
進佟振保內心的愛戀、徘徊、掙扎、扼殺愛情流入世俗的心理情境之
中。由此情節的外部衝突淡化，著重放大的是內心的情感掙扎。這
樣，人物情感的糾結、尷尬、兩難、困窘等多層次的心理情感空間都
淋漓盡致地呈現在舞臺之上也衝擊著觀眾的心靈，讓人領略到佟振保
「從滑稽走向蒼涼，從興奮走向失落，從憤懣走向平淡」[10]富有層次
的情感空間變化過程。田沁鑫「用情而做，以情而行」[11]，故而，《紅
玫瑰與白玫瑰》的故事是以情感追溯、時間逆延的方式來講述，這套
時間的結構體系中，情感是首要也是全部的索引方式。逆行時間的故
事講述方式就是將人物心理情感變化富於層次感地表現出來，使人物
的精神靈魂在舞臺上暢遊一遭，因此劇情的組織原理更多依據的是感
性直觀而不是邏輯理念。藉由人物靈魂的飽滿呈現，《紅玫瑰與白玫
瑰》所講述的就不僅僅是個體獨有的情感歷程，它所傳達出來的情感
掙扎是深陷於生活的大多數男人都會經歷的愛情和生活的抉擇。

　　在《田沁鑫的戲劇場》中，田沁鑫曾說，「喜歡一種生活，極
致——幻滅。戲是一種寄情手段，是夢。鈴兒響了，場燈黑了，那個
極致的舞臺亮了……睜著眼，夢了……極致，幻滅，都在那兒了。」[12]
在佟振保愛情回憶的時間追溯中，觀眾看到了他極致、幻滅的情感變
化，倒行的時間洪流中蔓延著情感的氣息。田沁鑫把她心中關於這個
世間的普遍性情感思考通過舞臺傳遞給了觀眾。

10 小炤：〈田沁鑫《紅玫瑰與白玫瑰》：不道德評判只呈現真實〉，《北京青年報》，
　　2008年3月14日。
11 胡赳赳、顏顏：〈田沁鑫的「紅白玫瑰」男人如何挑女人〉，《新周刊》2008年第4期
　　（總第269期）。
12 田沁鑫：《田沁鑫的戲劇場‧封面》（北京市：北京大學出版社，2010年）。

四　關於改編的思考

　　德國戲劇詩人萊辛在其《漢堡劇評》中談道:「把一篇動人的小故事改編成一部動人的戲劇,並不是一件輕而易舉的事情。誠然,虛構新的矛盾,把各種不同的感情分布到各場戲裡,花費不了多少氣力。但是須懂得使這些新的矛盾既不削弱興趣,又不損害真實性,使它們能夠從敘述者的角度移植到每一個人物的真實處境中去;不是描述激情,而是使之發生在觀眾面前。」[13]將小說改編成舞臺劇最重要也最困難的是將原著中最打動人心的部分呈現於觀眾面前,直抵觀眾的心靈深處。張愛玲原小說採用一種類似人物傳記的模式,以第三者敘述故事的方式將佟振保個人經歷娓娓道來,而田沁鑫打破了第三者的敘述模式並採用了情感追溯回憶的方式,讓佟振保直面觀眾審視自己內心的情感變化。

　　該劇不是單單以講述一個故事為目的,而是以一種自我剖析的方式,讓觀眾走進人物的內心情境中深刻體會他們情感的掙扎。通過這種方式,田沁鑫實現了將張愛玲原著的主要特徵即人物內心的深層情感掙扎凸現出來。一般情況之下,人物潛藏於內心的深層情感很難被激發出來,且情感的掙扎、徘徊、抉擇也很難外化呈現,只有通過特殊情境才能激發出來。兩個不同時空、並行發展的場景就是這種特殊的情境,它將人物的複雜性與掙扎感以最大衝擊力的舞臺形象(即心理衝突外化為演員激情飽滿的肢體動作)呈現出來。時空的自由並置,演員的激情表演,對人物情感掙扎的細膩表達,並賦予人物新的質感,這些都顛覆了張愛玲原著多少有些的沉悶之感而生成一種新奇的舞臺面貌。

　　法國電影學家曾有這樣一種論斷:「改編不是簡單地從一部作品

13　〔德〕萊辛:《漢堡劇評》(上海市:上海譯文出版社,1998年),頁6。

到另一部作品的轉換，而是創作另一部有自己深度、自己活力、自己自主權的新作品。」[14]從這層意義上來講，田沁鑫在保持原著精神的基礎之上，巧妙運用多樣化的舞臺形式，將精神內核（深層情感）最大限度地表現出來並賦予新的時代氣息與個人化風格，從而受到觀眾熱烈的追捧。對田沁鑫這次改編的嘗試，著名導演田壯壯的評價也許是恰如其分的：「張愛玲的作品就該這樣排，多少年了我們都沒能對她的作品創新，老田這次讓我倍感震驚。這讓我們看到與眾不同、也是最生動的張愛玲。」[15]

五　結語

董健曾一針見血地指出「中國當代戲劇精神的萎縮」。[16]王曉鷹所認同的「詩情哲理」與董健所闡述的戲劇精神（給人以「精神之樂」的東西為戲劇精神）如出一轍。王曉鷹認為戲劇應深刻表達出渾然一體的詩情哲理，即「創作主體對人的生命活動的體驗和對客觀世界的感受，就是所謂潛隱在人的精神深處的『最深沉和最多樣化的』情感活動，就是所謂具有普遍性意義的、無法用語言概念準確表達的審美情感」[17]。田沁鑫的戲劇正是要通過戲劇形式傳達出能讓觀眾動容、思考與共鳴的詩情哲理即戲劇精神。「挖掘人性深層的渴望與訴求，這也是田沁鑫做戲的終極表達。」[18]從這一點上來說，田沁鑫吸取電

14　〔法〕莫尼克‧卡爾科-馬塞爾、〔法〕讓娜-瑪麗‧克萊爾：《電影與文學改編》（北京市：文化藝術出版社，2005年），頁122。

15　張浩、張志宇：《文化創意方法與技巧》（北京市：中國經濟出版社，2010年），頁264。

16　董健：〈中國當代戲劇精神的萎縮〉，《南大戲劇論叢》（二）（北京市：中華書局，2006年）。

17　王曉鷹：《從假定性到詩化意象》（北京市：中國戲劇出版社，2005年），頁63。

18　田沁鑫：《田沁鑫的戲劇場》（北京市：北京大學出版社，2010年），頁131。

影符號化的剪輯方式將不同時空的場景同時並行於舞臺之上；借鑑戲
曲時空的寫意性達到空間的自由流轉；借用演員肢體動作的牽引將固
化的布景空間分層化，使得情感沖蕩其中，給觀眾以強烈視覺刺激的
同時又予以他們精神的震顫和思考。在舞臺自由時空藝術的包裹之下
是田沁鑫想要傳達的情感話語和思考，而這也是她的戲劇最動人的精
神內核。田沁鑫的《紅玫瑰與白玫瑰》以時空並置組合的結構方式打
破了張愛玲原著的線性結構方式，在此基礎上重新組合，以自由的、
視覺化的舞臺魅力將佟振保最深層的情感抽取出來並展現到極致，田
沁鑫稱這種舞臺時空的探索方式是「先作用於人的感官，再作用於人
的心靈，再作用到人腦」[19]。在當下戲劇過度依賴技術手段導致內容
蒼白、表達晦澀無法產生形象魅力以感染觀眾的總體情勢之下，田沁
鑫所探索的通過時空表現形式的創新來傳達作品情感的方式無疑是值
得重視並可以借鑑的。

　　　　　──本文原刊於《吉林藝術學院學報》二○一三年第六期，
　　　　　　　　　　　　　　　　　　　　　　　署名第二作者

---

19 張璐：〈人類的摧毀與掙扎：訪話劇《生死場》導演田沁鑫〉，《中國戲劇》2000年
　第7期。

二　作者尋踪

戲劇性：曹禺的人格結構與戲劇創作的互釋

　　從童年經歷形成於主體的精神氣質這一角度索解曹禺戲劇的思想內涵與藝術個性，在新時期以來的曹禺研究中取得令人矚目的成果。[1]但這些研究成果對曹禺心靈特質與創作關係的探討還僅限於某一具體的生活遭際，如童年喪母、父親性情暴戾、家庭氣氛沉悶等，生成曹禺對家的苦悶體驗，對兩性關係的特定認知，壓抑與憧憬的二元性深層結構等等。在筆者看來，這樣的解讀尚只開掘出曹禺個性中的某一側面與創作的關係，事實上，曹禺的人格結構與其戲劇創作可以形成全方位的互釋，既有顯性層面的戲劇主題、戲劇人物、戲劇情節的建構，又有隱性層面的戲劇思維、戲劇風格、戲劇技法的形成。其人格結構與戲劇創作的雙向互視，為深入理解曹禺戲劇特質的形成提供一個新的闡釋向度。

一　戲劇性人格結構的形成

　　有關曹禺的訪談、傳記、他人回憶文字，均呈現曹禺性格中的如下特點：孤獨、苦悶、天真、執拗、不合群、勇於自我反省，等等；

1　代表性研究成果有鄒紅的〈「家」的夢魘——曹禺戲劇創作的心理分析〉，《文學評論》1991年第3期；宋劍華的〈苦悶與自責——對於曹禺及其作品的精神分析〉，《海南師範學院學報》1991年第3期，等等。而王曉華的博士論文《曹禺戲劇的深層結構》，雖不是直接從曹禺的人格結構入手，但對其作品深層結構形態的解析，亦反向揭示其精神結構。

然而人們往往又能發現曹禺的另一面：聽話、膽小、世故、好做戲、愛熱鬧、善於察言觀色、自我保護，等等。這樣兩種截然相反的性格質素同時並存於曹禺身上，令人困惑，這到底是一個怎樣的人？他的女兒萬方這樣描述父親：「他的身體裡絕對有一個靈魂。我覺得我不可能把它寫出來，因為它太複雜太豐富，太精緻太脆弱，太旺盛太強烈，太荒謬太狡猾，根本無法窮盡。」[2]如果將以上相互矛盾的感性描述歸結為一種抽象性的人格結構，它體現為：在場與出位、外察與內省、真意與假面、擴張與斂抑的對立統一。以戲劇的諸種藝術特點對應之，諸如入乎其內、出乎其外的藝術思維方式，曲延往復、飽含張力的矛盾衝突，集體驗與表現於一體的舞臺表演，既關注世俗人生又深度透視生命本質的藝術品格，可以說，曹禺的人格內涵及其結構形式與戲劇這一藝術體式達成了高度的契合，亦可說，這一人格結構本身就是戲劇式的。

正如研究者共同指出的，家庭生活、成長環境對曹禺的性格形成與戲劇創作有著重要的影響。而這其中，早年喪母的經歷又是眾中之要。母親對於兒童心理成長的作用在於提供誘導與穩定的雙重功能。母親的在場給予兒童面向外部世界的心理屏護，從而形成他與外物交接時輕鬆、開放的心態。而一旦失卻這一屏護，很容易使兒童對外部世界的壓迫性力量產生誇大其實的想像以至於過分恐懼。曹禺在年歲不大時即得知「喪母」的真相，在其晚年回憶中，對這一人生痛事耿耿於懷，屢屢提及。喪母並非對每個兒童均能造成同等傷害，但對曹禺的影響卻非同一般，雖然他的繼母也是其親姨母對他視如己出，但並不能取代生母的角色。[3]多思多感的天性使他在幼年時期即產生與

2　萬方：〈靈魂的石頭〉，李玉茹，錢亦蕉編：《傾聽雷雨——曹禺紀念集》（上海市：上海文藝出版社，2000年），頁6-7。

3　曹禺的妻子李玉茹這樣說：「她（繼母）畢竟沒有生母那樣一種貼心的溫暖，或者說缺乏生母那種心心連心的愛，這是無法代替的。」見田本相、劉一軍：《苦悶的靈魂——曹禺訪談錄》（南京市：江蘇教育出版社，2001年），頁288-289。

母親「走散」，遺失於此世的悲哀[4]，這也進一步促成其面向外部世界時的不安全感與孤獨感。我們所看到的關於曹禺膽小、孤獨、善於察言觀色、自我保護、自我懷疑、面具人格的描述其原始誘因均可追溯至童年喪母的經歷。而「遺失」與「走散」也使曹禺終其一生都沉溺於對此世缺憾性的感知，及對生命本真、圓滿狀態的追尋，這在他後來的創作中一再顯現。一生缺少母親的陪伴，曹禺無法真正在此世心安如家，對周遭際遇，他有著旁觀者的心態與眼睛，「出位」與「走神」的習慣相伴終身，不喜歡與他人交往，在熱鬧中突生寂寞之感，突然抽離某一情境，道出局外者的話，即源於此。[5]

　　父親萬德尊是影響曹禺一生的關鍵人物。在既往的研究中，往往將曹禺作品中的仇父情結與他對萬德尊的情感對號入座。的確，萬德尊喜怒無常，脾氣乖張，在家好發脾氣，打罵下人。童年時期的家庭氛圍使天性本就敏感荏弱的曹禺益增苦悶。但父親的寵愛[6]又使曹禺對其父的情感趨於複雜，一方面對其暴戾深感恐懼、厭惡，另一方面又感激並依賴他的寵愛，由此形成曹禺一生揮之不去的對壓抑身心力量的深切感知及與權威的複雜關係。而父親對於曹禺的影響還不僅止於此。從曹禺的出生到青少年階段，萬家的家道經歷了由盛而衰的歷程。萬德尊是一個有著強烈功名心的讀書人，先是追隨湖北軍閥黎元

<hr>

4　「我是非常敏感的，偌大一個宣化府，我一個小孩子，又沒有自己親生的母親，是十分孤獨而淒涼的。」（田本相、劉一軍：《苦悶的靈魂──曹禺訪談錄》〔南京市：江蘇教育出版社，2001年〕，頁56。）

5　據吳祖光回憶，曹禺「時常出神，心不在焉，你問他，他說沒聽見，他讓你再說一遍，他根本沒聽你講話，他是在想他個人的心事，可能想著戲裡的情節。」（《苦悶的靈魂──曹禺訪談錄》）（南京市：江蘇教育出版社，2001年）。與鄭秀熱戀之時，即對他人這樣說：「你看我和鄭秀這熱火勁兒，就像火爐上的一壺開水，一旦把壺拿下火爐，放不了多久，水就涼了。」（《苦悶的靈魂──曹禺訪談錄》〔南京市：江蘇教育出版社，2001年〕，頁269。）

6　曹禺晚年憶及萬德尊對他的寵愛，如經常帶他上最好的澡堂洗澡，睡覺時背他，親他，給他提供最好的教育，等等。見《苦悶的靈魂──曹禺訪談錄》（南京市：江蘇教育出版社，2001年），頁82、142。

洪而發達，黎元洪下臺後，萬德尊緊跟著也賦了閑，自此中年落魄，
悒鬱至死。他痛恨自己的大兒子不長進，無以重振家聲，而將全部的
希望寄託於曹禺。父親的遭際及進取心對曹禺影響至深，不必諱言，
「一朝聞名天下知」亦是曹禺孜孜於藝術創造的動力之一。而父親去
世後的家道中落，更使曹禺體察到勢位對世俗生存的重要，因而對現
實生存中「失勢」、「邊緣化」有著天然的恐懼，反映到作品中，則是
對強悍、得勢既厭惡，又不得不認同，對失勢、落魄既同情又深感恐
懼的複雜心理。

　　這種心理可進一步從曹禺對哥哥萬少石的態度中得到印證。萬少
石是一個不得寵於父親的兒子，他胸無大志，無法自立於社會，以吸
食鴉片排遣苦悶。萬德尊對他既失望又厭棄，非打即罵。萬少石對父
親亦有著刻骨的仇恨。從小到大，萬德尊都將萬少石作為反面樣板對
曹禺進行教育。在曹禺後來的回憶中，對哥哥既同情，又不認同，他
認為哥哥「沒志氣」[7]。但二人畢竟是一父同胞的兄弟，曹禺對萬少
石既有「不能成為他」的警戒，又有「可能成為他」的恐懼，因此，
與萬少石不同的是，曹禺終其一身都在努力立身揚名。比起其兄，他
更容易順應外部世界的規則，亦有意識地改善與權威（包括父親）的
關係。

　　繼母薛咏南也是影響曹禺個性形成與戲劇創作的一個重要人物。
這個繼母很愛曹禺，對他視同己出。而曹禺在回憶中也屢屢念及她的
好。她的脾氣據曹禺及他人的形容，頗有些蘩漪的味道。在家庭中，
薛咏南是唯一能夠牽制萬德尊的人。在曹禺後來對反抗型人格的塑造
中，應當有繼母的投影及繼母給予他的情感影響。[8]但據曹禺的回

7　田本相、劉一軍：《苦悶的靈魂──曹禺訪談錄》（南京市：江蘇教育出版社，2001
　　年），頁58。

8　繼母時常鼓勵曹禺膽子要大一些，什麼都不要怕。見《苦悶的靈魂──曹禺訪談
　　錄》（南京市：江蘇教育出版社，2001年），頁118-119。

憶，當萬德尊罵下人時，薛咏南說了他幾句，越說，萬德尊罵得越厲害。而且薛咏南與丈夫的關係也並未發展成繁漪與周樸園那樣的水火不容，更多時候，他們是對臥在床上吸鴉片的舊式夫妻[9]。因此，如果說在童年時期，薛以其個性之強使曹禺對反叛型人格心生崇敬，而薛咏南仍以妻之身分歸順夫之意志，萬德尊在家中的專制地位絲毫未被動搖，這都影響著曹禺對反抗的可能性及其後果的理解。萬德尊去世後，薛咏南成為一家之長，曹禺對她的情感混雜著愛、敬、畏[10]。因此，對於個性強悍的女性，曹禺的情感是複雜的，既有敬慕，又有畏懼，這在後來與鄭秀的戀愛與婚姻中得到了印證。在戀愛時期，鄭秀的個性之強還讓曹禺在情感上認同、愛慕，畢竟時代的風潮所向是女性的個性解放與自強自立。一旦進入婚姻生活，鄭秀從生活細節到人際關係上對他的約束則使他無法忍受。曹禺內向的，容易受傷的，不安全感極強的性格使他對外來的強制力量產生難以忍受的壓抑、恐懼乃至厭惡，在可能的範圍內，他會盡全力去反抗。就像當初父親剛死不久，他就毅然拋棄父親為他擇定的道路，不顧情勢的多重阻力，報考清華大學外文系。這次，他同樣克服了重重壓力，最終解除了這椿婚姻，甚至日後有機會與鄭秀復婚，他也堅決不走回頭路，乃至鄭秀臨死，都不願意見她最後一面。這一切均來源於對壓抑身心力量的深切恐懼與厭惡。當然作出這樣的選擇需有時代底氣的支持。曹禺少年到青年時期所處的那一時代雖有革命的腥風血雨，亦有專制政府的暴戾統治，但時代的底氣是鼓勵個性自由的。因此儘管曹禺人格中有怯弱、斂抑的一面，但在需要決定自己的人生、藝術發展方向時[11]，

9　田本相、劉一軍：《苦悶的靈魂──曹禺訪談錄》（南京市：江蘇教育出版社，2001年），頁9。

10　田本相、劉一軍：《苦悶的靈魂──曹禺訪談錄》（南京市：江蘇教育出版社，2001年），頁217、288。

11　指曹禺舍南開投清華及與鄭秀離婚之事。

其個性中果決、自主的一面亦憑藉時代東風而得以鼓翼。而一旦時代的這一底氣流失，曹禺就將失去與壓抑身心的力量相抗爭的勇氣與能力，後來的人生經歷將印證這一點。

作為官僚家庭中的幼子，曹禺在其成長歷程中倍感孤單。他的周圍是大人的世界，這個世界催他早熟，卻也使他隔膜。在日常生活之中，他常常忘卻周遭人事，進入玄思凝想的個人精神世界。他不愛走親訪友，在外人眼裡顯得孤僻，但童年喪母所帶來的心靈創傷卻使他對一切「苦難」有著天然的敏感與同情。在很小的時候，他就表現出慷慨幫助窮人的美德，及為一切苦難而灑淚的敏感心性。而母愛的缺失更使曹禺一生對「情」，特別是能給予心靈慰藉的愛情、友情傾力追求。他投入三次婚戀的情感之熱烈非常人可比；他對於像兄長一樣幫助關心他的巴金懷著終身的感激；而對靳以這樣書呆子氣很重的朋友，他亦奉獻出誠摯的友愛。對繼母他事孝至篤，對於現實生活中的小小事件，均表現出超乎常人的情感反應。

整日寂沉的家使曹禺無法像鄉間小孩那樣在活躍喧鬧的環境中釋放生命的熱力，書成為寄存心靈的唯一空間。「但就是這麼一個沉悶的家庭，卻給了我一個好處，使我專心讀書。因為，我不想看見那些令人心煩的事，就躲到自己的房子裡去讀書。」[12]除了魯迅，他最喜歡的作家幾乎都是創造社的。「《創造》周刊、月刊，我是非買不可。」[13]郁達夫的《春風沉醉的晚上》、戴望舒的《雨巷》，均是他喜愛的作品，他還曾經模仿郁達夫的文風，寫過名為《今宵酒醒何處》的小說。如果說，魯迅作品給予他的是對社會的思考及對底層困苦的同情，主情感重表現的創造社文學予以他的則是一種情感的契合與冶

---

12 田本相、劉一軍：《苦悶的靈魂——曹禺訪談錄》（南京市：江蘇教育出版社，2001年），頁9。

13 田本相、劉一軍：《苦悶的靈魂——曹禺訪談錄》（南京市：江蘇教育出版社，2001年），頁59。

煉。而西方劇作家如莎士比亞、奧尼爾、易卜生、契訶夫等影響曹禺的是對人的深入理解及對浩瀚精深的戲劇世界的嚮往與領悟。

若只是一個情感豐富，性格內向，一頭鑽入書本尋找慰藉的書呆子，曹禺或許可以成為優秀的詩人，卻很難成為傑出的戲劇家。要成為戲劇家既需要對個體精神世界的執著探索，還需要對外部現實世界的精細觀察，曹禺特殊的成長經歷為他磨煉了這一能力。由於父親萬德尊曾有過不小的官職，家中出入過形形色色的人，年幼的曹禺有機會接觸到形形色色的人情世態，對不同個性、不同等級、不同關係、不同動機的人均有過觀察，藉此練就了善於觀察的眼睛與善於體察的心思。當老年回憶起與父親交往過的形形色色的人物時，曹禺繪聲繪色逐一形容，顯然得益於幼年時的觀察。他常提及幼年時在黎元洪家中演出的一場好戲[14]，可見官宦人家的人情世態如何養成童年的曹禺審時度勢的機心。而跟隨父親在宣化軍營中的生活[15]亦讓他對世道人心有了更深刻的體認。此外，由於繼母愛看戲，年幼的曹禺常被帶到劇院，耳濡目染之中，舞臺上演繹的人情世態對於愛琢磨的曹禺同樣不無影響。成長環境的歷練，中西文藝的滋養共同塑造著曹禺日後必然要投射於戲劇創作的人格質素。

要深入解析曹禺人格構成的複雜樣態，還須提及他的演劇才華。從南開到清華到江安，曹禺的演劇才華一直為人矚目。舞臺表演是集體驗與表現於一體的藝術，既需演員傾情投入體驗每一角色的真實心

---

14 幼年的曹禺在黎元洪家中，大人讓他與另一童女一起看蠟燭在白紙上的投影，童女什麼都沒看見，曹禺卻編出黎元洪士兵打勝仗的謊言，贏得大人的歡心，足見其對世事人心的體察。見田本相、劉一軍：《苦悶的靈魂──曹禺訪談錄》（南京市：江蘇教育出版社，2001年），頁81-82。

15 曹禺曾提及，在宣化軍營中時向父親報告士兵聚賭之事，遭到父親埋怨，因為萬德尊不願意管此事，也怕得罪士兵，睜隻眼閉隻眼算了，但看見了就不得不管。「這時，我懂得了，原來有些事還要隱瞞。」見田本相、劉一軍：《苦悶的靈魂──曹禺訪談錄》（南京市：江蘇教育出版社，2001年），頁78。

態，又需要變成另一個人，表現出與自身的個性、身分乃至性別不相符的言行。因此，一個優秀的演員常常具有「多重主體性」。「戲子無情」是對演員這一職業的酷評，實際上，如果濾去其中的貶責之義，便會發現這是對演員的才能與職業特點的一個概括。「無情」是無恆定之情感的另一種形容。以曹禺而論，長期的舞臺實踐使他出入於不同的人生、不同的心靈，在其主體認同中，「現實」並非唯一的存在，而是與「戲」相並列的眾多人生中的一種，這導致他無法以專注的心神與全部的心力來恆久地固守某一生活狀態，或經營某一人際關係，於是便常發生「在」與「不在」的反覆情態。「在」則傾情投入，「不在」則形同陌路，這種「反覆」給人留下的則是「忽冷忽熱」的印象，或「沒有真感情」[16]的評價。而善於出入各種生活，扮演各種角色的演劇才能帶進生活中，便呈現應世的多種姿態，即根據現實的需要，有意識地投合環境或他人的需求而說話行事。而多種應世姿態有時是難分真假的，比如愛說人好話，既是與人為善，又是虛與委蛇，愛自我批判既是真誠反省自我，又是順應形勢需要，等等。對於曹禺來說，真意與假面原是相互滲透，相互依存的。

　　由是觀之，作為此世生存的個體，曹禺既熟諳俗世的生存規則與價值尺度，渴望在其中出人頭地、躋身上游，往往又能越出其外，反觀生存的虛妄、殘酷與逼仄；他既有觀察世態人心的敏銳眼力，又善於以己之心忖度外物，並在外部世界的感知中烙刻深刻的個人體驗；他在現世生存中善以假面示人，為自我保護，或言不由衷，或言過其實，但對於自身的人格缺陷，對於人性的陰暗，他亦有著最深切的反

---

16 據孫浩然回憶，有一次黃宗江去找曹禺，他還留人家吃了飯；下午恰好又見面了，可是他見了面說：「好久不見了，久違了！」叫人哭笑不得，搞得黃宗江很生氣。見《苦悶的靈魂——曹禺訪談錄》（南京市：江蘇教育出版社，2001年），頁222。鄭秀對曹禺「沒有真感情」、「忽冷忽熱」的評價見《苦悶的靈魂——曹禺訪談錄》（南京市：江蘇教育出版社，2001年），頁217。

省，最痛切的自我袒露與批判；對於現實人生的種種壓抑，他有著敏徹的感知，刻骨的厭棄，亦有屈己事人，逐水漂流的順應。相互對立衝突的人格質素在曹禺身上相生相滲，相反相成，以做人的角度觀之，往往授人以話柄，而從審美的角度觀之，這是一個異常豐富的靈魂。當這樣的靈魂傾力投入戲劇創造，注定要誕生出異彩紛呈的藝術世界。

二　曹禺的人格結構與戲劇創作的互釋

（一）客觀性與主觀性

　　相較之前的劇作家如歐陽予倩、郭沫若、田漢、洪深等，曹禺在中國現代戲劇史上的獨特貢獻在於第一次使戲劇中人物的語言個性、行事邏輯、心理發展軌跡具有深廣的現實性。在他之前，劇作家們筆下的人物或是詩化的，或是傳奇的，或是抽象的，在性格化、生活化、典型性上，均不及曹禺。這自然得益於他在現實生活中善於觀察他人的習慣與才能。《雷雨》、《日出》、《原野》、《北京人》中的生活與人物多是出於他對現實的精細觀察與研究。由是，他筆下各種類型的人物，不論階層、性別、美醜、善惡，均能做到各肖其面，各行其是。現實性亦得益於曹禺自身靈魂的豐富與深廣，藉此，他對世間各種各樣的人物，不管私心裡敬重、喜愛、厭惡、鄙棄，均有基本的理解與同情。亦可以說，在對人的理解與表現上，曹禺體現出極大的寬容心與開放度。因此，在《雷雨》主題的闡釋上，他拒絕了過高的認定，坦陳「我並沒有顯明地意識著我是要匡正諷刺或攻擊些什麼。……逗起我的興趣的，只是一兩段情節，幾個人物，一種複雜而又原始的情緒」。[17]《日出》雖說在美學家眼中還有「打鼓罵曹」[18]式

17　曹禺：〈序〉，《雷雨》（北京市：人民文學出版社，1994年），頁180。

的意氣，但曹禺專注的還是「現象」，而非左翼批評者所要求的被理念過濾過的「現實」。[19]在客觀性這一點上，曹禺差強可比莎士比亞：「奧賽羅說：『是』，亞古說『否』，莎士比亞不作聲，他不願意對『是』或『否』說出自己的愛憎。」[20]

　　曹禺劇中的許多人物有其現實所本，但同時又被指認為具有作家自身性格的投影。萬方說：「《北京人》裡每個男人身上都有他的影子，他比他們加在一起還要豐富生動」[21]。不僅《北京人》如此，曹禺前期戲劇中的男性大抵都如此。周沖、方達生的書生氣與熱情，周萍、焦大星、曾文清的猶疑、軟弱就不用說了，仇虎、魯大海、江泰的激切與意氣，魯貴、李石清的順世與混世，甚至周樸園、曾皓的自私與色厲內荏都未嘗沒有曹禺的人格投射。而那些或勇決或隱忍，或悍烈或茹苦的女性，也都折射出曹禺在人生不同階段的生活經歷與情感投射。從這個意義上說，曹禺戲劇中的人物都散發著他個人的氣味與體溫。

　　在主觀性這一點上，我們還發現一種奇妙的現象，即曹禺戲劇中的人物命運往往成為作家現實人生際遇的預演。周萍將愛蘩漪之心移於四鳳與曹禺從鄭秀到方瑞的情感遷移雖不可對號入座，但亦有神似之處；周萍先是仇父，繼而畏父，與曹禺青年時期敢於向社會主流成規說「不」，中年之後則皈依集體意志、順應權威指令，是如此的相似；曾文清走出家門，無法生存最終又踅回來，江泰信誓旦旦重振家聲卻空手而返，這一切均像極了曹禺在新時期之後對體制的欲捨難拋

18　曹禺：〈跋〉，《日出》（北京市：人民文學出版社，1994年），頁203。

19　曹禺：〈跋〉，《日出》（北京市：人民文學出版社，1994年），頁206，注1。

20　〔蘇聯〕車爾尼雪夫斯基在小說《創造的妙品》前言中說的話，見〔蘇聯〕巴赫金撰，白春仁、顧亞鈴譯：〈陀思妥耶夫斯基詩學問題〉，《詩學與訪談》（石家莊市：河北教育出版社，1998年），頁87。

21　萬方撰：〈靈魂的石頭〉，李玉茹、錢亦蕉編：《傾聽雷雨——曹禺紀念集》（上海市：上海文藝出版社，2000年），頁11。

以及寫作上的欲而不能。藝術虛構在個人遭際中的應驗非關讖言，切實的原由是，由於曹禺將自身的人格特質代入其筆下的人物，在性格決定命運這一意義上，注定了他與筆下人物走的是同一條道路。

　　一方面是強烈的代入性，一方面是廣闊的包容性，相互矛盾的兩面如何融成一體？其實可以這樣理解，正因曹禺善於觀察與體察，他所創造的每個人物合乎其現實形態，顯出不依作家主觀意志為轉移的客觀性；又因作家富含內省精神，不斷掘入自我靈魂的更深處，而這一顆靈魂又極其豐富、深廣，故而能在不同類型的人物身上投射自身的生命體驗與個性氣質。黑格爾這樣闡釋戲劇體詩的形式生成：「戲劇體詩又是史詩的客觀原則和抒情詩的主體性原則這二者的統一，這就是說，戲劇把一種本身完整的動作情節表現為實在的，直接擺在眼前的，而這種動作既起源於發出動作的人物性格的內心生活，其結果又取決於有關的各種目的，個別人物和衝突所代表的實體性。」[22]我們看到了曹禺的人格構成中，既有成就史詩的客觀性原則所需要的對外部世界的精細觀察與研究，又有成就抒情詩的主體性原則所需要的內心世界的廣闊敏感，這種既相反又相成的人格結構，使曹禺的戲劇創作在反映外部世界的現實性與內在情感的飽滿度上，超過了中國現代劇作家中的任一位。

（二）假面人格與靈魂的真與深

　　假面與真情並非表裡真偽的對立，在現實人生中它們往往相互滲透，互為表裡，假作真時真亦假。在曹禺的戲劇中，假面與真情的錯綜摻合往往造就精彩的藝術形象，最典型莫過於周樸園。多年以來，周樸園在家中處處展示對亡妻的懷念，他保留著侍萍一切的生活習慣，並且不允許別人去改變它。周樸園對侍萍的情感是真情還是假面

22　〔德〕黑格爾：《美學》（三）（北京市：商務印書館，1995年），下冊，頁241。

在讀者／觀眾中一直存有爭議。其實可以換個角度理解，曹禺以對周樸園靈魂的深入洞察寫出真情與假面的交會。周樸園的行為既是「秀」給他人看的，也是寄託孤冷靈魂，祭奠年輕情懷的儀式。藝術形象的多義性正來源於曹禺對人性體察之深。

在曹禺戲劇中，人常常被置於突轉情境中，顯現兩副嘴臉的更替。周樸園認出侍萍之時，前一刻還是溫情的懷想，後一刻便是嚴厲的申斥；潘月亭與李石清在得勢失勢之間，高低姿態迅速脫換；江泰慷慨激昂欲外出借錢以挽救曾家頹勢，出走一夜後不但兩手空空毫無所獲，反而以酒徒竊賊的狼狽形象被帶回。在現實生存中，人為了應對各種情勢而產生不同的主體姿態，於是有了不同嘴臉的脫換；而每一種情感都無法單一地被指認為真實或虛假，隨著情勢的變化，真情可能變成假意，而假意亦可能轉成真情。這便是曹禺戲劇中的假面哲學。

假面還常常以潛臺詞的形式呈現，潛臺詞源於話語能指與所指的不對稱。人在面對他人時，通常不是直接表達自己的真實意向，或顧左右而言他，或聲東而擊西，這亦是中華民族集體人格之表現。《雷雨》中，魯貴已經窺察了繁漪與周萍私通的事實，在面對繁漪時，既要讓她知曉這一事實，又要保持奴才對主子應有的恭敬，同時還要表達自己的利益索求。而繁漪面對四鳳時，既有情敵之間的敵意，又要保持做主子的尊嚴，同時還要借四鳳之口探聽周萍的行蹤。因此魯貴與繁漪的語言就產生言此意彼、旁敲側擊、隱顯不定、抑揚交錯的特點。而《北京人》中，思懿狹惡的心腸與慷慨的言辭，曾皓利人的告白與利己的動機相互掩映。在現代劇作家中，曹禺的戲劇語言之所以最耐咀嚼，原由之一也在於他善於通過虛虛實實、真真假假的語言映射出人情人性的無限奧妙。

在「五四」以來的作家中，除魯迅外，曹禺也許是最真誠、最勇於正視內心黑暗的寫作者。在其劇作中，往往能發現作者以「否定之

否定」手法拷問靈魂重重面具下的真實質地。周萍就不用說了，當衝動退潮，理智蘇醒，之前的一切不過像「老鼠在獅子睡著的時候偷咬一口的行為」（《雷雨》），令他感到恐懼、難堪與痛苦。就連蘩漪這樣不依不饒的人，為保存情感沙漠中的最後一個水源，亦屈尊懇求，「日後，甚至你要把四鳳接來──一塊兒住，我都可以，只要，只要你不離開我」（《雷雨》）。在曹禺戲劇中，人的精神都非只有一個層次，執拗的爭取、激切的反抗，儡人的威嚴、優雅的教養與生的無力、恐懼、諂媚、猥瑣相互交織摻合。在掘入自我內心，打開心靈黑暗的閘門，深挖出人身上的「人」這一點上，曹禺無疑是現代戲劇家中最努力的一位。

正是通過對假面人格的成功描摹，曹禺揭示了生存的真相，人性的底質。這樣的寫作特質既可追源自逼真描繪人情世態的中國文藝傳統，也可溯因於掘向靈魂深處的西方文藝的影響，而如果追究到作者自身，其人格多重特質所形成的富於張力的二元結構亦是其作品精神世界全部複雜性的由來。

（三）世俗性與詩性

男女、家族、階級之間的恩怨情仇是曹禺戲劇的主要情節內容，上到高等旅館交際花與有錢人的周旋，下到三等妓院底層妓女與各色人等的廝混；或是士大夫家庭中有婦之夫與表妹的暗通款曲，或是監獄出逃的囚徒與有夫之婦的通姦調情；上一代的罪孽在下一代身上報應，下一代的養尊處優掏空上一代的積累。曹禺在其戲劇中演繹的是市井百姓喜聞樂見的人情世態。對於文明戲，他這樣評價：「演得非常香豔哀痛」，「這種文明戲對我是有影響的，使我感到戲劇的確有一種動人的魅力」。「觀眾和舞臺上交流，真叫交流之極了。」「我覺得

文明戲是挺有意思的。」[23]香豔哀痛是平淡人生的補充，他清楚地知道普通觀眾來劇場中鑑賞什麼，因此，毫不吝嗇地將這些東西饋贈給他們。巧合、突轉、埋伏、發現、劍拔弩張、一觸即發、峰迴路轉、水落石出，這些戲劇性的佐料在曹禺筆下從來不缺。曹禺前期的四大名劇儘管從個例來看，各有特點，《雷雨》、《原野》濃一些，《日出》、《北京人》淡一些，但寫人造境的總體風格是相似的，都追求鮮明、濃郁的中國風味。在其戲劇中，對比、重複的反覆運用，氣氛情感的濃度、強度，足以創造強烈的劇場效果。因此，平淡含蓄的契訶夫戲劇藝術儘管在曹禺看來非常高妙，但「中國人演也演不出來。就是演得出，也沒人看」[24]。就藝術的世俗性追求而言，曹禺無疑是自覺的，從中亦可見出作為世俗人生的在場者，曹禺對於市井需求的深入理解與尊重。

　　但童年際遇所形成的孤獨感及對此世缺憾的深切感知，使曹禺總能從現實表象與既定認知中抽身而退，以旁觀者的冷眼洞見生存的真相。在其戲劇中，時常出現人物的「出位」狀態。暗戀四鳳的周沖突然發現自己對四鳳不是「愛」，而是一場「胡鬧」(《雷雨》)；過著紙醉金迷生活的陳白露幽幽道出：「太陽升起來了，黑暗留在後面；但是太陽不是我們的，我們要睡了」(《日出》)；以洋文憑混世的張喬治做了個夢，數不清的鬼拿著活人的腦殼丟來丟去(《日出》)；一向克己奉人的愫方感慨，「我們活著就是這麼一大段又淒涼又甜蜜的日子啊！叫你想想忍不住要哭，想想又忍不住要笑啊！」(《北京人》)人物突然站出位反觀自身的生存狀態形成全劇的「劇眼」，它與戲劇所展示的一系列情境構成了本質與表象的「參照」，使觀眾於繁華中觀

23　田本相、劉一軍：《苦悶的靈魂——曹禺訪談錄》(南京市：江蘇教育出版社，2001年)，頁10。

24　田本相、劉一軍：《苦悶的靈魂——曹禺訪談錄》(南京市：江蘇教育出版社，2001年)，頁148。

見枯澀，熱鬧中洞察虛妄，希望中體認絕望。

　　站出位的反觀使曹禺的戲劇在通俗情節劇的表層內蘊著對生存本真的深度探索。在《雷雨》中，他展現的不僅是兩代人的情愛悲劇，而且是宇宙的殘酷法則；在《日出》中，他看到的不只是上等旅館與下等妓院的浮浪生活，而且是「人之道以不足奉有餘」的世道；在《原野》中，他要表現的不僅是一個復仇的故事，還有復仇者內心的價值困惑與心靈壓抑；在《北京人》中，他透過封建遺老家庭中雞零狗碎的爭吵洞見文化生命力的中空。超越世俗表象的洞察力使曹禺總能比一般的劇作者看得更深，他對契訶夫戲劇的評價亦可借用來形容他自己：「他看得更深，寫真實的人在命運中有所悟，在思想感情上把人昇華了，把許多雜念都洗滌乾淨了。」[25]我以為，研究者們所論及的曹禺戲劇的詩性正在於此。

　　在論及曹禺劇作的思想性時，研究者發現「五四」以來啟蒙思想諸如人道主義、反專制、個性解放等價值觀念對其劇作主題的滲透。若僅止於此，他還無法與同時代知識分子型的劇作家相區別。事實上，我們發現曹禺的戲劇還隱秘交織著業已內化為大眾價值律條的傳統倫理道德準則，他劇中人物的個性、行事、境遇，都得接受這一價值律條的檢驗與審判。

　　《雷雨》裡，蘩漪在瘋狂的情愛追逐中不僅背棄了妻子的身分，也背棄了母親的身分。在大眾接受中，妻子身分的背棄雖有違傳統婦德，但因有周樸園的作惡在先，卻也部分地抵消了她的罪孽；而母親身分的背棄卻是難以為人認同的，因此當蘩漪在白熱化的情愛瘋狂中對周沖吼出：「我不是你的媽！」及至周沖死後，她崩潰了：「沖兒，你真該死，你有一個這樣的媽。」母親身分意識的重新恢復，使這個瘋狂的情愛追逐者一下子獲取了觀眾的同情。繼後兒子與情人的死，

25 曹禺：〈和劇作家們談讀書和寫作──在中青年話劇作者讀書會上的講話〉，《曹禺全集》（5）（石家莊市：花山文藝出版社，1995年）。

又在「報應」的因果鏈上對她作出了懲罰。這就使得蘩漪的行為在大眾的情感接受上產生了一種微妙的平衡，是犯禁忌的，又是可理解的，是要同情的，又是須鞭棄的。與蘩漪相似的還有《原野》中的仇虎。子報父仇在中國傳統道德理念中實屬天經地義，因此仇虎的占金子，殺大星在公眾看來雖不乏卑鄙與殘暴，卻也是可理解的。但他有意無意借著焦母的手殺了尚在襁褓中的小黑子，卻已越出了「仁」的道德邊界。這樣，黑林子裡仇虎的精神自虐實際上滿足了觀眾對主人公超出應有「報仇量」的一種譴責需求，而仇虎的「死」，則是以一種特殊的道德淨化方式使這一人物重新贏得市井群民的情感認同。正是基於對中國式人情人性的深入洞察，曹禺在塑造那些被啟蒙的價值觀所否定的封建家長如周樸園、焦母、曾皓等人物時，通常又會賦予他們以中國人所廣泛認同的「人情」、「人性」，如周樸園對家聲的維護，焦母的護犢之情，以及曾皓對於子孫持家無能的哀嘆，從而使這些人物在某一情感層面上贏得了觀眾的認同。由此看來，曹禺在塑造人物時，總是精確地估算著劇場內觀眾的道德接受水平，觀眾的情感反應慣性，新與舊的價值律條交織在形象創造的意識背景中，他在最大程度上適應著他的觀眾的接受需求與接受可能。

　　儘管曹禺深知來劇場看戲的觀眾的接受前視野，但不論是在精神內涵，還是在審美形式上，他從未止於適應，也從不故步自封，而是堅持不懈地探索與挑戰，堅持靈魂深處的叩問，堅持劇場藝術的更新。這樣的行為體現著一個諳熟於俗世規則而又不斷越出界外，凝眸遠方的藝術創造者既現實又超凡的追求。

（四）生之壓迫的反抗與屈抑

　　母親的缺席與父親的暴戾使曹禺一生對迫害性力量極為敏感。曹禺前期四大悲劇均可視為受迫害經驗的書寫。《雷雨》中的周樸園，《日出》中的金八，《原野》中死去的焦閻王與活著的焦母，《北京

人》中的曾思懿，這些劇中的最高勢位者均構造了他人生活的精神地獄。從題旨層面看，殘酷的宇宙法則，損不足以奉有餘的世道，孕育一切、又吞噬一切的原野，內憂外患的沒落士大夫家庭，亦深含曹禺苦悶的生存體驗。就情感取向而言，曹禺對一切壓迫性力量有著刻骨的厭棄與仇恨，由此產生了對反抗型人格的崇拜。《雷雨》中，蘩漪、魯大海對周樸園內外夾擊；《日出》中，陳白露假潘月亭之力阻擋金八手下的搜捕；《原野》中，仇虎與金子聯手對抗焦母，《北京人》中，江泰的尖刻還擊了思懿的囂張，這些都構成曹禺戲劇中最精彩、最富於戲劇性的片斷。而曹禺心中的理想國便是一個沒有壓迫，沒有紛爭，自食其力，愛恨隨性的所在。但一個不可忽視的事實是，反抗在曹禺劇中從來無法輕易獲得成功，甚而，反抗之力可能反向地傷及自己乃至他人。

　　《日出》中，陳白露是女大學生出身，經歷了家庭的變故之後，下海當了交際花。對於要拯救她的方達生，陳白露予以世故的譏嘲。當方達生表示要與「金八」鬥一鬥時，陳白露近乎絕望地喊出，「金八不只一個，金八是形形色色的」(《日出》)。陳白露對於小東西的保護是在一貫受制於人的環境中萌生的對於自身力量的一次證實，但事實很快證明，她不僅未能拯救小東西，連自身都難保。陳白露的自殺是經濟的困窘，是驕傲的受挫，亦是她對此世生存法則的深度理解與絕望。女性既無力鞏固家庭，亦無以自立於社會，曹禺將娜拉出走之後的命運通過陳白露這一個案予以悲觀的演繹，體現出對現世生存困境的深度體察。

　　周萍也曾經是魯大海式的人物，因從小被父親從家中放逐，積下刻骨的仇怨，當他與蘩漪私通時，曾詛咒其父：「我願他死，就是犯了滅倫的罪也幹。」(《雷雨》)然而在周家空氣中浸潤一陣後，復仇的情緒能量很快消退，畏父之心與日俱增，對現世價值、成規，對父親權威的認同使他開始逃離蘩漪的糾纏，移愛於四鳳。周萍經歷的是

向外擴張到向內否定的過程。《原野》中的仇虎向來被認為是一個勇決的復仇者，但正是這個復仇者，不僅傷及無辜，而且在黑林子裡經歷了較曹禺劇中任一他人都更慘烈的心靈煉獄。如果說，之前的復仇是對壓迫的反抗，那麼之後的幻覺便是對復仇的檢省與懺悔，所有他曾經反抗、否定的人事、成規又重新倒戈，伐向其內心。就心路歷程而言，仇虎與周萍並無二致！

　　人是否可能擺脫生的壓迫？曹禺在理智認知與情感體驗上無疑是矛盾的。就其情感體驗而言，生之壓迫無處不在，從《雷雨》到《北京人》，曹禺對生之壓迫的感知越來越具體，越來越深刻，越來越難以擺脫。《雷雨》中的「命運」多少還帶著傳奇的色彩，而《北京人》中瑣碎的咬嚙卻已是人人可遇的普遍經驗。然而在理性認知上，曹禺深知這樣的世界不能再延續了，他構造出越來越具象的理想國，抒發其內心的憧憬與追求。由於理性認知越來越清晰，越來越強大，亦促成他人為地將劇中人物剝離受壓迫的境地，送往理想國。但理想國在其前期戲劇中都僅作為背景存在，曹禺真正關注的還是此世的壓迫、反抗與屈抑的輪迴。

　　就曹禺的寫作行為而言，亦構成壓迫與反抗的輪迴：「文學的天才絢爛地造出他們的武具，以詩、劇、說部向一切因襲的心營攻擊。他們組成突進不止的衝突與反抗，形成日後一切的輝煌。然而種種最初的動機，不過是那服從於權威，束縛於因襲畸形社會的壓制下而生的苦悶懊惱中，顯意識地或潛意識地，影響了自己的心地所發生雜亂無章的感想。那種紛複的情趣同境地是我們生活的陰蔭，它復為一切動機的原動力，形成大的小的一些事業。」[26]這一段文字忠實地呈現生活施予作家心靈的重重壓抑，及由壓抑而生的苦悶，然而正是苦悶開啟了曹禺創造的生命力，他用激烈的戲劇衝突來演繹生命中無法抑

---

26 轉引自田本相：《曹禺傳》（北京市：十月文藝出版社，1988年），頁57-58。

制的苦悶體驗，他通過蘩漪、仇虎的強悍來釋放苦悶帶來的壓抑，他通過源源不絕的藝術創造力來抵禦、反抗、驅逐苦悶。如果說，生存形成的壓抑苦悶成就曹禺劇作的情感主題，那麼，寫作就成為驅逐苦悶與壓抑的最有效途徑。這二者之間的張力產生曹禺源源不絕的創造力與作品內在的力量。

綜上所論，曹禺在從事戲劇創作時，不僅將自己的某一人格特質投射於劇中人物身上，或形成創作中的某一貫串性主題，而且以其人格結構與戲劇這一藝術體式形成「互文」性關係，藉此創造出豐富鮮活的戲劇世界。從這個意義上說，曹禺是為戲劇而生的。

一九四九年之後，曹禺的創作行為與政治行為發生了很大的變化，許多人從外界政治形勢的變化及影響這一角度來闡釋，事實上我們仍可遵循作家早期形成的人格結構解釋其行為。與其他一些受批判的文藝界人士相比，曹禺早在批判之刃指向他之前，先自認罪伏法。這一行為既源於善於外察的天性對當時政治形勢產生相較他人更深切的體察，亦體現著一個慣於內省，自我懷疑的靈魂在時勢驟變之時對過往行為的懷疑與懺悔。在現實的壓力面前，曹禺個性中的軟弱、膽小、世故、自私的一面得以膨脹，自我批判成為其緩解內心壓力的途徑，而對他人的批判亦有著將功贖罪的欲求，批判與自我批判都隱含著深恐被政治中心驅逐的憂心。然而，批判與自我批判亦不可簡單視為曹禺的違心之語與諂媚之道，其間不乏對「罪」的真切認知[27]，及在新時代中洗心革面的真實願望。由此看來，曹禺解放之後的政治行為仍是童年時期形成的人格結構的顯影。然而，時代對於知識分子主

---

27 「長時間以來，我爸爸和許多的人，他們都被告知他們的思想是需要改造的，這種對靈魂的改造像是腦葉切除術，有時是極端的粗暴行動，還有就像輸液，把一種恐懼的藥液輸入身體裡。這是一種對自身渺小卑微的恐懼。」萬方：〈靈魂的石頭〉，李玉茹、錢亦蕉編：《傾聽雷雨──曹禺紀念集》（上海市：上海文藝出版社，2000年），頁11。

體性的批判，使曹禺在寫作中自覺關閉了內心黑暗的閘門，或者說，他戴上心靈的面具進行寫作，而面具之下的靈魂質地卻得不到揭示。對於世間不同的人，曹禺喪失了等同視之，痛癢相關的勇氣與能力，其劇中人物的客觀性也隨之喪失。在這個新的時代，市民的娛樂需求已被工農大眾的教育需求所替代，意識形態的禁欲傾向使情愛被衛生化，科諢笑料因其潛在的價值混合性被自覺拋棄，為劇場而設的技巧變得相對次要。在意識形態的重重關卡面前，曹禺的心靈只能選擇隱遁，而這導致不論在深刻的層面上，還是在好看的層面上，其後期戲劇均難以比肩前期戲劇。

　　——本文原刊於《中國現代文學論叢》（上海市：上海人民出版社，二〇一〇年），第四卷第二期

中國現代戲劇家寫劇思維三個案研究

一　田漢：以詩寫劇的藝術進程

要理解田漢的戲劇，首先須看到其詩人氣質在創作中的顯現。作為一個詩人，田漢在其戲劇表現中，對心靈世界種種困惑與掙扎的興趣顯然超過對外部世界複雜關係與表象的興趣。他認為：「藝術的動機只在表現自己！把自己思想感情上一切的活動具體化、客觀化」[1]。思想感情上的活動在田漢戲劇中主要呈現為「靈與肉」的衝突，靈肉衝突包含著多種現實形態，或指理想與現實，或指精神與物質，或指人性與獸性，或指愛情與藝術，生存範疇內種種對立的兩項皆可歸入其中。在其第一個劇本《梵娥嶙與薔薇》中，靈與肉的各種衝突形式得到初步的呈現：大鼓藝人柳翠精湛的表演藝術淪為看客們消遣的玩藝兒；在自由戀愛反受其累、給人做小現世享受的世風之下，柳翠也萌生了順世逐流的念頭；秦信芳的父親當年清廉剛正，卻鬥不過官場的利益潛規則，落得個丟官蕩產的下場；秦信芳不願走仕途之路，專情於藝術，卻因沒有經濟支撐難以為繼；李簡齋當年志氣昂昂獻身革命，至革命成功後，當官賺錢、尋歡討小，與世間俗物一般無二；柳翠為助愛人完成藝術的追求不得已選擇給人做小，若不是李簡齋成人之美助其資財，他們也難以獲得愛情與藝術兼得的理想結局；藝術家在自由與安定、藝術追求與家庭婚姻之間的兩難選擇在此劇中也初露

---

[1]　田漢：《田漢論創作》（上海市：上海文藝出版社，1983年），頁395。

端倪。但由於該劇缺乏足夠的篇幅構建合理的戲劇動作以演繹主人公的人生境遇，以上種種命題在劇中都只是淺嘗輒止，而在田漢繼之而後的戲劇創作中，這些衝突命題或各有側重或兼而有之，不斷地回旋、演進、深化，譜寫出一曲曲苦悶、感傷、彷徨的人生哀歌。

　　從形式上看，田漢早期戲劇正面展示的主要不是靈肉衝突的現實形態，而是這些衝突在主人公心靈中的顯影。人物在現實人生中的際遇往往通過追溯往事的形式而得以顯現。《梵娥嶙與薔薇》中，秦信芳的家庭與個人遭際通過吳媽媽的講述得以交代，李簡齋的過往在李太太與兒子的對話中彰顯；《湖上的悲劇》中，老僕的講述引入痴情少女素蘋（即白薇）在戀愛受阻後投水自盡的遭際，夢梅弟與白薇的談話則交代了楊夢梅在白薇死後迫於父命結婚卻仍然心繫舊情奮筆寫作的往事與現狀，及至夢梅與白薇相認，則道出當年音訊不通的原因及白薇投水復被救活、蟄居湖畔的隱情；《古潭的聲音》中，美瑛的過去及如何投潭自盡都通過詩人及母親的敘述得以交代；《蘇州夜話》中，畫家在戰爭中為了保存藝術，無暇顧及妻女，導致妻離子散，進而家破人亡的悲劇，也全是通過劇中人的對話敘述出來。以敘述來交代前情，一方面是為了戲劇時空的統一，演出場面的精簡，另一方面也可見出，田漢在早期創作中對於正面展示生活客觀形態這一戲劇形式的不擅長。他更感興趣的是外部世界在內心的投影，在對話中呈現的事件是為展開內部精神活動而設的境遇。舞臺正面展現的空間讓位給人物大段的抒情獨白，通過這些獨白對人物心靈世界中靈肉交縛的情狀進行揭示。因此，田漢早期戲劇具有抒情性強，情節性弱的特點。然而，戲劇畢竟是發展的藝術，戲劇動作在舞臺上必須有所推進，最終得以完成，由於田漢早期戲劇弱於正面展示客觀生活形態，也就難以充分演繹人物與現實環境之間的生成制約關係，難以精細刻畫不同個體意志、情感的相互作用形式，則推動戲劇動作得以發展與完成的力量常借助奇人、奇事、奇境的構築。

《梵峨璘與薔薇》中，李簡齋對秦信芳、柳翠二人感情的成全與經濟的援助沒有動機與條件的充分鋪墊，簡直是興之所至。憑藉奇人奇事的設置，使主人公之前所面臨的藝術與愛情難以兩全的危機得到克服，也體現著理想原則對於現實原則的主觀超越。《湖上的悲劇》中，白薇再次自殺的行為沒有經過思想感情的充分醞釀，從戲劇邏輯上看唐突得很。如果說這一戲劇行為的設置緣於作者對《梵峨璘與薔薇》中的大團圓模式的突破，但這種突破由於缺少對人物的現實處境及其主體情志的深刻揭示，它的迅速形成就顯得牽強與突兀，而其現實意義也因之而削弱。《蘇州夜話》中，失散多年的畫家父親與賣花女兒在郊外奇蹟般地相遇並相認。奇遇設置的目的並非指向始離終合的歡樂主題，卻是借助「相遇」揭開戰爭給這個家庭帶來的巨大創傷，以及藝術家在動盪現實中的無力之感。從內容上看，該劇具有極強的現實批判色彩，但由於畫家一家妻離子散、家破人亡的經歷主要借助轉述的形式呈現出來，這一批判性內涵的傳達也終究顯得不夠真切感人。

總體來看，田漢早期戲劇由於缺乏對靈肉衝突現實形態的正面展示，主人公思想、情感也就無法隨其境遇的發展，借助於不同主體精神的相互作用形式而得到漸次深入的揭示，因此田漢早期大多戲劇能夠予人以哀婉的印象，卻難以獲得震撼的藝術效力。而在這一階段相對優秀的戲劇作品中，由於加強了對靈肉衝突現實形態的正面展示，其藝術效果也相應得以增強。

《獲虎之夜》被視為田漢早期戲劇中的優秀之作。魏福生所代表的世俗利益原則與女兒蓮姑及黃大傻所代表的情感至上原則相互衝突的現實形態在舞臺上得到正面展示。劇情以「獲虎」為情節依托，依次呈現：魏家上下為蓮姑婚事而做的準備，蓮姑對父母之命的抗拒，黃大傻誤中捕虎機關受傷後被抬回，與蓮姑及其家人的情感交流與交鋒，最終在身心俱損的情境下自殺。圍繞著靈肉衝突構建出現實形態

的戲劇情節，不僅使戲劇性得以增強，亦使情感的表現更為真切動人。

　　《南歸》在靈肉衝突主題上的表現比起之前的作品有了進一步的深化。劇作通過春姑娘、少年、母親與流浪詩人四者關係的正面展現將靈肉衝突的現實形態與象徵形式融為一體。母親與少年對春姑娘世俗安定婚姻的期許，春姑娘對流浪詩人飄泊人生的嚮往，母親對女兒與流浪者戀愛關係的阻撓，流浪者在南方與北方情事受阻、無所棲止、只得繼續流浪的境遇，春姑娘違抗母親意志，追隨流浪者而去的選擇，這一系列情節的設置使靈肉衝突既關乎現實生存中物質與精神的常態矛盾，又關乎個體生命中安定與追尋的永恆輪迴。該劇因而成為田漢「在人生征途上繼續向著一個更深遠的世界探索前進的真實情感的記錄」。[2]

　　《名優之死》被譽為二十年代田漢最優秀的戲劇作品，其戲劇形態與早期劇作的諸多特點存在鮮明的差異。該劇圍繞著劉振聲、劉鳳仙、楊大爺三人之間的衝突構築戲劇情節。京劇名老生劉振聲不僅愛重自己的藝術，認定「玩藝兒就是性命」，而且希望自己親手調教出來的弟子劉鳳仙在藝術上能精益求精，越有名氣越用功。但楊大爺一類的流氓紳士卻以物質、名利誘惑、腐化著劉鳳仙，劉振聲對弟子語重心長地規勸，卻難敵楊大爺的引誘。臺下抱病負氣的劉振聲上臺後唱啞嗓子，被居心險惡的楊大爺喝倒彩踢下臺，最終氣絕身亡。該劇對現實生活形態的正面展示取代了前期戲劇常見的以轉述呈現人物經歷的形式，而精煉、性格化、富於生活氣息的語言也取代了前期戲劇中長篇大段的抒情性獨白，人與人、人與環境的相互作用在該劇中得到了充分的展示，因此戲劇動作的形成與發展不再靠奇人奇事來推動，劉鳳仙的腐化、劉振聲的死都是內外原因交會生成的必然結果。這使該劇所展示的世俗誘惑對藝術的腐蝕，強權勢力對藝術家生命的

2　陳白塵、董健：《中國現代戲劇史稿》（北京市：中國戲劇出版社，1989年），頁245。

吞噬這一靈肉衝突命題不僅有其深刻的現實性，而且散發出強烈的藝術感染力。田漢在《名優之死》中達到的藝術成熟係肇基於長期以來的劇藝探索與磨煉，也根源於對京劇演員的生活及其性格特質的熟悉。這樣，田漢在創作時就不是從理念出發，而是從生活汲取藝術的靈感與範本，從而創造出現實性與藝術性相互遇合的優秀之作。

　　《梅雨》是三十年代田漢發生藝術轉向後創作的一部獨幕劇。該劇對於底層困苦的揭示並不同於二十年代常見的靈肉衝突主題，然則生之苦悶的傳達仍可見出與前期創作的一脈相承。《梅雨》既相承於田漢作為一個詩人對生之苦悶的天然敏感與關注，又熔鑄著田漢在三十年代對社會現實及底層生存的深刻理解。該劇中，失業工人潘順華借高利貸做小本生意營生，然而接連而來的梅雨天氣卻使生意蝕本無利，女兒手指被機器壓斷無法上工，妻子的工錢也不一定能發得出，同時面臨著還不了利息錢被高利貸上門逼債，交不出房租被房東找藉口驅逐的困境，曾誇下海口可借回巨款解決難題的未婚女婿阿毛被巡捕帶回，原來他欲向有錢人行敲詐勒索之術終以失敗收場。潘順華在貧病交加、重重打擊之下，舉起斧頭結束了自己的生命。該劇中，以潘順華為核心設置的種種境遇，形成一浪推進一浪的戲劇情勢，生之苦悶在這樣的情勢中得到強有力的表達，主人公最後的自殺就不是突兀之舉，而是情緒發展的必然結果。而陰雨連綿的「梅雨天氣」既形成潘順華做不了生意賺不了錢的現實境遇，也產生著壓抑身心的情緒氣氛，劇中人對於天氣的詛咒體現著境與情的融合。使「事」轉為「勢」，將「情」融於「境」，田漢對前期浪漫主義劇藝的吸納與發展，使《梅雨》得以克服三十年代創作中常見的理盛於情，事淹滅境的通病，一躍成為左翼戲劇的佼佼之作。

二　丁西林：智性思維與戲劇構思

丁西林被譽為「獨幕劇的聖手」[3]。劇本寫作是文人的事情，但丁西林卻是物理系的教授，從理科學者的智性思維這一角度來解析其獨幕劇的構思特點，不失為一條有趣的研究思路。作為物理學教授的丁西林，在其喜劇結構與喜劇手段的運用上體現出如物理研究般善於提煉／使用公式的理性思維。

丁西林的獨幕劇特別講究戲劇的結構，正如研究者指出，他的獨幕喜劇通常呈現「二元三人」模式，即「基本由三人構成，但不是三足鼎立，而是由一個中間環節勾連兩端形成的對襯對峙格局」[4]。《壓迫》中，房東太太與男客在租房一事上產生矛盾。房東太太因家中有未出閣的女兒，為免生枝節，只願出租房子給有家眷的客人，而女兒卻另懷心思，只願接納單身男房客。男主人公來租房時恰逢老太太不在家，與其女商妥並付了房租，等搬來之日碰上老太太在家，二者之間引發矛盾。雙方因各執其理形成相持不下的僵局，隨後卻以第三者的登場，一個機智的知識女性假冒男客的家眷而得到化解。這種二元／三人結構模式在其他劇作中反覆顯現。《酒後》中，一個感情失意的男客的到來使夫妻情感橫生波瀾，心有所動的妻提出要在客人酒醉未醒時吻他一下，夫起初不同意，在妻子誘迫之下終於答應。而當妻子鼓足勇氣要實現這一吻時，客人的醒來又使她臨陣退縮，成為一齣無事的喜劇。《一隻馬蜂》中，吉先生與余小姐互有好感，吉老太太卻錯配鴛鴦，要將余小姐說給吉先生的表兄，余小姐以需寫信詢問父母之意為緩兵之策並提出需要吉先生的一封信作陪。這一機智之舉終於促成吉先生向余小姐訴出心曲。二元三人的結構模式創造出不同情

3　司馬長風：《中國新文學史》（香港：昭明出版社，1980年），上卷，頁225。
4　朱偉華：〈丁西林早期戲劇研究〉，《文學評論》1993年第2期。

境下的喜劇性。而丁西林在完成一個喜劇環節之後，又往往在劇尾暴露原先情境得以成立的某一因素，使「假」再次暴露。《壓迫》中，男客對女客「你姓甚麼」的發問使剛才配合默契的夫妻身份之「假」再次暴露在觀眾面前，從而使喜劇的效果又推進一步。《酒後》中的妻子在客人醒來之後為避免洩露真相使勁封住丈夫嘴巴，其怯懦的舉止對之前的放達形成了解構，從而再次引發劇場的笑聲。《一隻馬蜂》中，正在親熱的年輕男女被吉老太太撞見，二人巧妙配合演出「一隻馬蜂」的假戲，化解了尷尬，也引發了劇場的笑浪。這些結尾無一例外地通過「翻轉」繼續延宕喜劇波。

　　丁西林的這些喜劇在結構中就內存著喜劇性。它反映著平衡的打破與恢復，恢復的力量或借助巧智，或借助情境的突然變化，而最後一筆都是對「假」的曝光。在丁西林作品中，這種「喜劇性」可以撇開外部世界的複雜形態，而憑藉自身內蘊的喜劇元素來達到喜劇效果。這種喜劇效果的形成就像物理公式一樣，生活現象不過是一種實驗品，來反映著喜劇的公式。現實生活的具體內容及人物的社會屬性與其性格特質在這種喜劇情境的構建中並不特別重要。事件在丁西林的喜劇中首先不是用來表現生活的真實形態，而是為構造喜劇情境而服務，它往往較為單純，並不具有許多枝節；人物在喜劇中是作為結構性要素而存在，他的人格內涵也就顯得不那麼重要。這可以幫助我們理解丁西林喜劇為什麼現實性不強。也許可以這樣來理解，作為一個物理學教授，丁西林在創作時，對多變、繁複的社會現實與幽微、曲折的心靈世界的興趣讓位於對有規可循的喜劇規律的興趣，後者恰與理科思維的化繁為簡、將現象提煉為規律的特點是相通的。

　　除了結構本身所內蘊的喜劇性，機智的語言也是丁西林喜劇的重要構件。丁西林喜劇往往用俏皮話揭示出人或事的某種悖反性。吉老太太數落吉先生：「我問你，這樣的人也不好，那樣的人也不好，舊的，你說她們是八股文，新的，你又說她們是白話詩，……」（《一隻

馬蜂》）北京的主人對上海的客人說：「旁人家是主人教聽差的應該怎樣的小器，他是聽差教主人應該怎樣大方。」（《北京的空氣》）有時，劇中人用善於辯論的口才，將邏輯層層推進，使看似乖張的言論或行為最終獲得情理的支撐。《三塊錢國幣》中，吳太太與楊長雄圍繞著「一個娘姨打破了主人的一件東西，應該不應該賠償的問題」，展開了唇槍舌劍的爭辯。看起來，吳太太所說的「一個人毀壞了別人的東西就應該賠償」是公理，但楊長雄採用「以子之矛攻子之盾」的方法，抓住「你說是毀壞了別人的東西（應該賠償），可是你不是別人」這一自相矛盾的論題，予以層層批駁。從「李嫂是不是你的傭人？」「你的花瓶髒了，你要不要她替擦擦？」到「一個花瓶是不是有打破的可能」，「誰可以把它打破？」最後歸結出：「該有花瓶的人，不會把花瓶打破，因為他沒有打破的機會。動花瓶的人，擦花瓶的人，才會把它打破。擦花瓶是娘姨的職務，娘姨是代替主人做的事。所以娘姨有打破花瓶的機會，有打破花瓶的權利，而沒有賠償花瓶的義務。」機智的語言對丁西林喜劇況味的生成起著重要的作用。這種語言的喜劇效果多由人物的能言善辯，或性格的俏皮特質而產生。由於這種語言喜劇性的建構多借重於邏輯，從另一角度看，也就難以彰顯人物深邃的心理內容，同時也缺少濃郁豐盈的生活質感。

　　憑藉結構內蘊的喜劇性與語言的機智來建構喜劇效果，這使丁西林的喜劇可以沒有問題，也沒有教誨，只以情趣與機智作為審美訴求，在巧的同時，也顯得小了。丁西林的喜劇往往只有一幕，在構成一個喜劇環節之後就戛然而止，女客的出現解決了男客與房東的爭執，朋友的醒來使女性的情感失調很快得以平復，余小姐要吉先生幫忙寫信詢問自己父母對婚姻對象的意見，試探出了對方的真情。可以想像，這些戲劇情節完全有著延伸、拓展的空間。《壓迫》中，男客與女客以夫妻身分分租房子，日後在與房東太太及其女兒的相處之中，必定還會引發一系列的喜劇性矛盾。這些矛盾可以更深刻地映現

人情世態及年輕男女的情感關係,從而使劇作包容更多的現實內容。同樣,《酒後》也可以寫下去,如果讓妻子在將吻未吻之際,朋友突然醒來,覺察了這一情狀,那麼三者之間的情感關係也將勾連出更多的糾葛。順著寫下去,對於中產階級倫理心態與男女關係的揭示也將更為充分,但丁西林卻淺嘗輒止,不再深究下去了。小巧圓熟、點到為止的藝術構思從其成因來看與作者長期的學院派生活,理科性思維深有關聯,這二者導致其戲劇創作缺少展開宏大藝術建構的生活基礎與藝術想像力。

有研究者指出:「過分倚重內在的機智也使丁氏的幽默顯得褊狹。雖然他在生活中也看到悲劇性的一面,但其審美觀照卻有意避開或消融這悲劇性的一面,這就阻礙他的幽默進入喜劇與悲劇的結合這一更高的審美層次。」[5]如果說,在獨幕劇中,悲劇性未及展開還可歸因於篇幅的限制,而到了多幕劇,它與丁西林戲劇藝術思維及內在喜劇品質的關係便突顯出來了。

《妙峰山》是丁西林為數不多的多幕喜劇之一,該劇中,妙峰山的寨主「王老虎」原是個大學教授,深感困難時期現實的黑暗,也為實現抗日救國的抱負,帶領一批知識分子和擁護他們的群眾在妙峰山安營扎寨,抗擊日本侵略者,而官方卻視之為「土匪」,直欲殺之而後快。王寨主下山搶軍火被俘,因不願將槍口對準同胞,甘願束手就擒。該劇從王寨主在被押送到省城的路上,與年輕的知識女性華華相遇開始寫起。華華因學過看護,又兼敬重王寨主的行為,對他悉心照護。在這一過程中,二人的交談顯現著丁西林喜劇輕鬆、俏皮的慣有特色,愉悅的氣氛消融了王寨主被抓這件事所內蘊的悲劇性。而王寨主對「被抓」毫不為意,屢屢拒絕華華幫助他逃走的提議,這之間埋藏著戲劇的懸念,直至王寨主的囚車被其部下所劫,得以順利脫身,

---

5　莊浩然:〈丁西林幽默喜劇的獨特風格──兼論偏重理智的喜劇觀〉,《現代戲劇理論與實踐》(福州市:福建教育出版社,1997年),頁155-156。

而且反客為主地拘禁了押送他的保安隊長，戲劇懸念曝光。但這一過程被處理為「暗場」，並沒有展示危機被克服的難度。待到王寨主將華華等人作為「肉票」押送上山，楊參謀眼見寨主與華華墜入情網，因懼怕華華干政，擾亂寨中秩序，便蓄圖謀殺華華。這一危機情境同樣被陳秘書的幾句勸導很快化解。最終，華華以其爽快利落的個性輕易攻破王寨主「不結婚」的心靈堡壘，以大團圓結局結束了全劇。《妙峰山》仍以丁西林創作中常見的男女情感關係為主線，而每到危急關頭，總以理想原則取代現實原則，以圓滿結局消解可能有的悲劇因素，避重就輕的寫法成就其輕快活潑的喜劇色彩的同時也喪失了容納更深廣現實與人性內涵的可能性。該劇未能將參與到喜劇情境構築的多方情勢融合成為一股完整的喜劇力量，共同推動喜劇情境的發展，郭士宏、谷師芝夫婦所代表的自私利己的小市民面目，與阿祥、小蘋果夫婦所代表的慷慨熱忱的好公民形象在完成自身喜劇元素展示之後，未能更深刻地參與到妙峰山整體秩序及華華與王寨主關係的構建與推動中，從中可以看到獨幕劇單線發展與一個環節就結束的思維慣性的影響，從深層面來看，也是丁西林對社會各種力量、各色人等之間相互掣肘關係缺乏更深入的了解所致。因此，從獨幕劇到多幕劇，儘管情節發展的空間擴大了，而丁西林喜劇的現實內涵及戲劇張力卻未見顯著增長。

　　將《妙峰山》與陳白塵寫於四十年代的《升官圖》相比較，喜劇思維與其藝術效果的關係將更加顯明。《升官圖》中危機情境的克服並不依據理想化原則，而是根據官僚集團中利益交換這一現實原則，使危機情境發生——克服——再發生——再克服，一環一環延伸、拓展開來，戲劇中的所有角色在這一現實原則的操控下捲入總體動作中，而最後當危機情境膨脹到難以為繼的地步時，外來力量的介入引爆了危機情境中的毀滅性因素。這使得《升官圖》的喜劇張力呈現出不斷發展、擴大的態勢，而喜劇性越強，對於現實的諷喻力量也越

大。《升官圖》與《妙峰山》在喜劇思維、喜劇效果上的差異仍可歸因於作者生活經驗的積累與對社會現實的理解上。丁西林長期的學院式生活，使他在《妙峰山》這部多幕喜劇中採擷了社會現實的面影，卻未能基於對現實的深刻理解以現實性原則推動喜劇情境的發展，其喜劇投射著知識分子對伊甸園式社會理想的想像，亦使得這齣戲應有的現實內涵及批判力量得不到有效的發揮。

三　夏衍：在藝術家與革命者之間

　　《心防》、《法西斯細菌》、《芳草天涯》是夏衍創作於二十世紀四十年代的知識分子三部曲，將它們作為一個系列來看，可以看到夏衍作為劇作者的成熟過程及其革命者身分與其藝術家天分對戲劇創作影響的消長。

　　這三部劇作共同探討了知識分子在動盪的年代中如何安身立命的問題，而夏衍的著眼點又落實於知識分子如何將專業特長與時代需求相結合。在《心防》中，我們看到了結合的典範，劉浩如。該劇的題義是要永遠使人心不死，在精神上不被敵人征服。夏衍筆下的劉浩如面對漢奸特務的種種恐嚇面無懼色，用各種方法同外國人打交道，寸步不讓地開拓新聞陣地。作者通過他與其他知識分子的關係，進一步豐富、發展其個性。正直忠厚的沈一滄處世寬容，立場模糊，調和退讓，以致看不清漢奸的真實面目。該劇通過劉浩如與沈一滄的兩次思想交鋒，使後者在政治立場上終於看清漢奸的真面目，從而反襯出劉浩如的深刻與堅定。仇如海對時局悲觀失望，劉浩如對他進行思想教育，以堅定他對抗戰必勝的信念。而在楊愛棠這個思想更為成熟的現代知識女性的影響下，他又克服了感情的衝動，將戰鬥的事業置於個人情愛之上。劉浩如這個形象顯然寄託了夏衍對現代知識分子與時代關係的理想樣式的期待與想像。

　　在《法西斯細菌》中，我們看到了在探索中終於找到出路的俞實夫。俞實夫深信科學研究的崇高價值，但不明確科學研究與社會政治的複雜關係，以至於對政治抱著幼稚的偏見，對社會政治問題漠然視之。經過一番現實的深刻教訓之後，其科學與政治無關的理念徹底轟毀。他意識到，法西斯細菌是比斑疹傷寒更厲害的細菌，於是毅然決定投入撲滅法西斯的民族解放戰爭中去。顯然，俞實夫的轉變基於夏衍這樣的認知：知識分子不僅是一個技術身分，還是一個社會身分，他必須承擔起促進每一歷史時期社會進步的政治使命。

　　而到了《芳草天涯》，我們看到了知識分子如何受制於自身的弱點，為環境所束縛、為生活所苦惱。劇中有的人走出了生活、情感的圍城，但就尚志恢這個全劇最重要的人物來說，他能否走得出還是一個未知。因此，在四十年代紅色批評家眼中，該劇的思想性是最差的。但這部戲在人性的探索上卻是走得最遠的。它展示了知識分子在生活的泥淖中掙扎的形跡，不論是對知識分子普遍弱點的揭示，還是對那一時代社會環境對人的困擾，都是相當真切的。對尚志恢來說，苦惱他的不僅有妻子的蛻變——從一個美麗活躍的文化工作者蛻變為一個怨氣沖天、尖刻瑣碎的家庭婦女，而且他自己也因環境的挫折而意氣消沉。尚志恢的處境具有一種普遍性，能夠喚起我們對人生無所不在的煩惱與失望的共鳴。而尚妻石咏芬的境遇同樣使人感慨，可貴的是，夏衍在該劇中並沒有一味地從男權視角來表現石咏芬，而是通過多重視角的交融對石咏芬這樣從新折向舊的女性報以深切的理解與同情。孟太太對石咏芬的美德發出誠摯的讚美並對她懷著友愛之情；孟文秀寬容地為石咏芬開脫，在他看來，在這個社會裡，女人受了雙重的壓迫，所以當她們犯錯誤時，也應受到雙倍寬容；孟小雲對石咏芬之抱怨抱以理解與同情；而石咏芬自己對處境既有抱怨也有自省，對丈夫既有因生活磨折所激起的怨憤，也有經理智約束的克制，這些矛盾的情感都使本劇在人性的探索與表現上趨於深入。孟小雲是一個

為劇中的男性，也為劇作家所欣賞的年輕女性。她頗有點像《圍城》裡的唐曉芙，在夏衍筆下，更少了些唐曉芙的尖銳，多了些寬容，而活潑、伶俐、美貌、脫盡人間煙火氣是二者的共通之處。對孟小雲與尚志恢之間的情感，夏衍寫得頗為含蓄，然而卻又能真切地為人所感知，劇中一場戲讓人印象深刻。石咏芬生日那天，孟小雲精心打扮，細心準備了禮物，到尚家去給她慶生。夏衍對孟小雲心理的表現頗為弔詭：孟小雲是愛慕尚志恢的，她精心打扮，準備禮物的原始目的也是為了取悅尚志恢。但對尚太太的抱怨，孟小雲又真誠地給予理解與安慰。這裡我們看不到情敵之間的劍拔弩張，有的卻是溫馨的女性情義，或者也可以理解為，這是戀愛中的女性特有的一種寬廣的憐憫心。總之，夏衍寫出了情感的多層次性。而尚志恢夾在兩個女人之間勸也不是，走也不是，一方面對妻子不分場合地倒苦水而深感難堪，另一方面又未嘗沒有以此來博取孟小雲同情以進一步親近她的欲望。孟小雲則以其老練理智控制了尚志恢戀慕之情的激化。而石咏芬一面將尚小雲作為一個可以親近的女性朋友倒苦水，一面又嫉妒她的美貌、才華及善解人意，進而對她與丈夫的關係心生警覺。這裡，我們看到夏衍對男女關係及微妙心理的細緻把握與表現。他將這種關係轉化成戲劇性場面時，寫得從容不迫而又峰迴路轉，其間我們不難看到契訶夫的影響，即在談天中，說話中，人物的命運悄悄發生改變。這場生日宴使孟小雲與尚志恢、與石咏芬的關係都發生了一些質的改變。孟小雲對尚志恢的感情究其實質只是一種單純的敬慕，是年輕女性對學識高、閱歷豐富的男性謙卑的敬意，而當她通過這場生日宴，看到家庭生活的瑣碎煩惱，覺察到自己可能對尚志恢家庭的攪擾，以及當尚志恢要把這種柏拉圖式的情感發展為情愛時心生畏縮，這些都為尚小雲嗣後的抽身而退奠定了心理基礎。從夏衍對尚小雲情感選擇的設定中可以窺見他對婚姻與愛情如何束縛住知識男女的社會熱情存有一種憂心，正如他在該劇的前記中所說：「要是普天下的每一對男女能夠把消

費乃至浪費在這一件事情上的精力節約到最小限度，戀愛和家庭變成工作的正號而不是負號，那世界也許不會停留在今日這個階段吧。」[6]

　　作為深受左翼文藝思潮影響的作家，夏衍將獻身社會進步事業視為知識分子人生的第一要義，這種價值觀在不同時期的劇作中表現得隱顯不一而取向實同。在知識分子三部曲中，《心防》樹立了一個理想的知識分子，劉浩如，他始終明確這條道路；《法西斯細菌》樹立了一個探索的知識分子，俞實夫，他最終找到了這條道路；而《芳草天涯》則樹立了一個迷茫的知識分子，尚志恢，他是否能走上這條道路還是一個未知數。夏衍是對人性的弱點、人的基本困境有著敏銳感知的劇作家，同時又是有著明確的左翼價值立場的革命者，他寫於四十年代的這三部戲呈現出「詩」與「政治」在創作中的消長。當政治理念過多地介入到創作中時，他對人性弱點，生存困境的展示就少一些，更側重於表現知識分子的理想樣式，而那些人格有缺陷、方向是錯誤的知識分子在劇中成了被教育、受批判的對象，劇作並沒有正面展開其內心世界。當對人的關注占據首位，夏衍對人性的弱點，人的困境就會以一種感同身受的心理作深入的、複合多種價值視角的探索。但他作為革命者的主觀意志最終會介入到主人公的命運走向中，因此《芳草天涯》裡的小許退出了對孟小雲的愛情追逐，而孟小雲也從與尚志恢的情感迷局中抽身，二人先後投身到更有意義的社會事業中去。讀者會對二人快刀斬亂麻式的情感處理方式多少感到些突兀。這裡，我們看到作者的主觀意志干預了人物的命運走向，而不是讓人物經過充分的心理發展及各種情勢自然而然交會而形成一個結果，儘管作者本來是有這個才華與能力的。

　　夏衍寫作中的這種矛盾實際上在一九三七年創作的《上海屋檐

6　夏衍：〈《芳草天涯》前記〉，《夏衍全集》2（杭州市：浙江文藝出版社，2005年），
　　頁236。

下》就已呈現出來。出獄的革命者匡復最終選擇離開在獄中日夜思念的前妻楊彩玉，不光因為楊彩玉已經和林志成生活在一起，同時也是看清楊彩玉已經被生活的負累所打敗，不復是當初那個熱情向上的知識女性了。李健吾認為，夏衍在表現匡復、楊彩玉、林志成這三個人時，「缺乏語言與動作完成他情節上巧妙的布置」[7]。語言是抽象的，動作是細微的，「這三個主要人物──特別是那對舊夫婦──永遠感情用事地自相表白。作者不曾深入他們的靈魂，那深致而反常的靈魂，用具體的直接動作來表現他們的心境。……他們似乎在背誦論文，或者分析情感，……然而正因為和作者屬同一階級，兩相接近，他順手就把自己的文字借給人物。於是缺乏自己的語言，人物淪為情節的傀儡，不復屬真實的血肉，因而也就失卻他們的輪廓。」[8]李健吾對《上海屋檐下》的缺陷做了明晰的揭示。如果我們再追問：為什麼到了匡復、楊彩玉、林志成三個人的感情糾葛時，夏衍的筆觸變得呆板，語言不復從人物出發，而變成分析性的、論文式的？不妨這樣理解，作者對於這三個人物的關係有一種潛在的表達意圖：平庸瑣碎的生活會消磨知識分子的社會熱情與革命意志。不論是林志成的打算從家裡出走，還是楊彩玉對過往生活的反省並決定重新開始，或是匡復原先希望得到妻兒撫慰，後當看到上海屋檐下的生活真相之後決定離開他們，投入更廣闊的社會天地中去，都可以看出，夏衍對於平庸瑣碎的家庭生活是既厭且懼的。從理智上他認為應該脫離家的羈絆，衝出瑣碎日常的圍困，劇中的小市民無法投射夏衍的這種理念，因為頑固的習氣使他們的生活軌跡很難被作家的主體意志所左右，而這些知識水準較高的知識分子就成為作者理念的投放之處。他不僅讓楊彩

7　李健吾：〈上海屋檐下〉，《李健吾戲劇評論選》（北京市：中國戲劇出版社，1982年），頁37。

8　李健吾：〈上海屋檐下〉，《李健吾戲劇評論選》（北京市：中國戲劇出版社，1982年），頁37-38。

玉與匡復、林志成對既往的生活進行反省，也賦予他們擺脫舊日生活的意志，匡復作為有著堅定意志的革命者最先離開，而代表著新生力量的林寶珍唱起「勇敢的小娃娃」，預示著其他兩個人也終將告別這種陰鬱的生活。因此，《上海屋檐下》同樣證實了夏衍作為一個有藝術才華的革命知識分子其戲劇創作如何在詩與政治之間來回游走，彼此消長。

郭啟宏：文人的史劇與史劇中的文人

　　郭啟宏[1]在當代劇壇上有「詩人」劇作家之美稱。名號的得來一則因為「劇中有詩人」，二則緣於「劇中有詩」。從《司馬遷》到《司馬相如》，每部文人史劇的問世都會吸引眾多的讀者、觀眾交口相讚、傾墨以論。但到目前為止，很少有人對郭啟宏的「文人」史劇進行專題研究。鑑於此類史劇是郭啟宏迄今為止最重要的作品，同時作品間又有內在的承繼與發展，筆者以此為專題，對郭啟宏「文人」系列史劇的貫穿性主題、藝術風格、形式特點、作品所體現的當代意識與主體意識等問題進行深入的探討。

一

　　人們不難發現，郭啟宏史劇中的文人儘管出身、地位、稟性、事蹟各不相同，但披罪、罹難的境遇卻相彷彿。司馬遷遭宮刑，李煜亡國，李白繫獄，曹植被囚雍丘，司馬相如宦海幾沉浮，作家展現的是歷代文人共通的悲劇性命運。文人多難用民間的解釋可說成天妒英才

1　郭啓宏（1940-），當代著名劇作家。祖籍廣東饒平，現居北京。曾在北京市文化局、中國評劇院、北方昆曲劇院從事戲劇創作並擔任領導工作，現為北京人民藝術劇院一級編劇。其作品多次榮獲國家及北京市頒發的各類獎項。本論文所論及的文人系列史劇是其代表作，主要作品有《司馬遷》（京劇，1979）、《南唐遺事》（昆曲，1986）、《李白》（話劇，1991）、《天之驕子》（話劇，1993）、《司馬相如》（昆曲，1994）。

云云，但郭啟宏無意探討天命的神秘莫測，歷代文人悲劇命運折射出的是封建社會體制、政治制度、文化傳統對文人命運的決定性影響以及它之內化生成的獨特的文人性格。

在中國漫長的封建社會，由於文學無法形成一項獨立的社會產業，倘非出身貴族名門，文人的生計是很艱難的。據《史記》載，擁有生花妙筆的司馬相如宦游而歸時，家貧，無以自業。[2] 在郭啟宏的《司馬相如》中，陳阿嬌為爭寵千金買賦，既可見相如文章之貴，又足見困頓的生活如何讓文人清高喪盡。隨著科舉制度的確立，文人晉身政界有了穩定的渠道，但十年寒窗未必就能金榜題名，為功名熬白了頭自有為稻粱謀的苦處。高官的保薦又是另一取仕之路，清高的李白也有「生不用封萬戶侯，但願一識韓荊州」的詔詩。在郭啟宏筆下，隱居當塗之後的李白要養活家小，就不得不強摧剛眉硬屈傲骨，去豪門、去市井、去凡夫俗子堆裡逢場賦詩、賠笑賣文。因此，「學而優則仕」又是文人一條較為體面的謀生道路。

文人取仕除了可以從謀生角度來理解外，它還體現了儒家文化傳統對文人根深蒂固的影響。「士而懷居，不足為士」（《論語》〈憲問〉），歷代文人以不為世所用為恥。王國維在〈論哲學家與美術家之天職〉中犀利地指出，「披我中國之哲學史，凡哲學家無不欲兼為政治家者，斯可異已！」[3] 不僅哲學家如此，「至詩人之無此抱負者，與夫小說、戲曲、圖畫、音樂諸家，皆以侏儒、倡優自處，世亦以侏儒、倡優蓄之」。[4] 歷代隱者贏得避世的清高美名，然事實卻如朱熹所言，隱者「多是帶性負氣之人為之，陶（指陶淵明）欲有為而不能者

2　〔漢〕司馬遷：〈司馬相如列傳〉，《史記》（北京市：中華書局，2005年），下冊，頁2287。

3　〔清〕王國維：〈論哲學家與美術家之天職〉，《王國維論學集》（北京市：中國社會科學出版社，1997年），頁295。

4　〔清〕王國維：〈論哲學家與美術家之天職〉，《王國維論學集》（北京市：中國社會科學出版社，1997年），頁296。

也」[5]。一旦有機會，隱者是很願意出來再做官的，更有甚者，歸隱不過是為出仕造勢，即所謂的終南捷徑是也，李白便是其中的典型。在大多數人心目中，李白是傲視公卿，忘情江湖，活得異常瀟灑自在的謫仙人，郭啟宏卻讓我們看到一個進退兩難，仕隱彷徨的李白。詩人的用世之心如此強烈，詩人的歸隱之舉又如此不得已，出仕與歸隱的躑躅一直延續到生命的終點。郭啟宏從文化心理的角度切入，寫出李白心中不能平息的建功立業的熱情，這一個李白不為人所熟悉，卻啟人深思。它道出的是文化傳統對文人人格的規約。

　　謀生也好，立功也好，文人一旦成為行政雇員，其言論自由就時刻處於君權的控制之下，國家並不承認官員隨意發表政見的合法性。郭啟宏的《司馬遷》中，司馬遷不僅為降將李陵辯護，還勸諫漢武帝輕徭役、停干戈、親君子、遠小人。這樣的虛構突出了司馬遷「以道諫君」的儒生本色。「道」在儒生心目中有「莫大之權，無僭竊之禁」[6]，然而帝王之權卻可以殺身滅口毀譽，「日夜思竭其不肖之材力」[7]的司馬遷終以「為叛將游說」、「誹謗君王」定罪並處以宮刑。《司馬相如》中，漢武帝因喜愛司馬相如之賦可以讓他平步青雲，也可以因一句小人讒言將他就地免職，文人的宦海沉浮近乎君王的兒戲之作。漢武帝在相隔十幾年的兩部劇作中反覆出現，且形象沒有太大差異，說明作者對封建專制政體之下文人必然命運的思考是延續性的。文人的翰墨華章在他們自己的期待中可以建功立業治國平天下，但在帝王心目中充其量不過是裝點太平的小花邊。即使是將「得遇李白」美稱為「如貧得寶，如暗得燈，如旱得雲，如饑得食」的唐玄宗，對李白的政治才幹也並不看好，「非廊廟之器」的評價足以斷送

5　〔宋〕朱熹撰，〔宋〕黎靖德編：《朱子語類》（北京市：中華書局，1986年），卷140，頁3327。

6　〔明〕呂坤、洪自誠：《呻吟語・菜根譚》（長沙市：嶽麓書社，1991年），頁46。

7　〔漢〕司馬遷：〈報任少卿書〉，《司馬遷散文選集》（天津市：百花文藝出版社，1997年），頁285。

其政治前程。而永王三請李白出山，他需要李白的也只是「以壯聲威」的捉筆工夫，當李白得知永王對朝廷有二心，以「先生」身分相規勸時，永王「賜金」之舉就徹底粉碎了他的平亂之夢。郭啟宏的史劇所要揭示的正是超越性的理想追求與依附性的人身關係之間形成的深刻矛盾，它成為歷代文人悲劇命運的根本成因之一。

除了揭示文人之「道」難為帝王所用，郭啟宏的史劇還表現文人秉性與政治權術之間的矛盾。歷史上的李煜既是傑出的詞人，又是亡國的君主。王國維在《人間詞話》中曾經獨具慧眼地指出：「詞人者，不失其赤子之心者也。故生於深宮之中，長於婦人之手，是後主為人君所短處，亦即為詞人所長處。」郭啟宏在《南唐遺事》所揭示的也正是李煜身上「所短處」與「所長處」的對立統一。作者虛構了一場江邊邂逅，讓李煜放走探囊可得的趙匡胤，也放走間諜樊若水，為日後南唐亡國埋下禍根。仁愛之心是詩人本色，卻為政治鬥爭所諱忌。李煜的才性只適合於做詞人，命運卻讓他必須面對政治，用非所長造就了他的悲劇。而這樣的悲劇又何止李煜一人！如果將王國維的話改兩個字，同樣適合於形容李白，「為人臣所短處，亦即為詩人所長處」。李白無法看穿永王相邀之意，是其政治嗅覺不靈敏，他在幕府中的任性撒野則說明他缺少為臣者應有的安分斂跡，「脅行」改「隨行」一場戲見出他的「迂闊」，潯陽獄又見證了他如何缺少保護自己的意識，這樣一個李白難免要在官場中摔跟斗。然而也正是這樣一個李白，方顯大詩人的赤子情懷。推及曹植，同樣如此。

當代上演過不少有關雙曹爭位的劇目，《天之驕子》獨出機杼在於將曹植爭位失敗的原因並非歸於曹丕陰謀得逞，卻是緣於曹操對曹植的了解。第一幕「立嗣」戲中，劇作家虛構了二人秉曹操之命探訪曹彰行蹤。曹丕派人快馬尋蹤探得消息，曹植親自策馬前往不得音訊，僅此一事就可看出雙方心機手段之別，與之前出城門的結果正好相反，曹操心中已經有數。而更讓曹操失望的是曹植在關鍵時刻懾於

父威供出楊修，以真話為人是君子，以真話為帝王是蠢驢，深諳為君之術的曹操決定將太子位授予曹丕不是沒有道理的。在日後丕植二人長期對峙中，曹植或負氣使性或防線撤退也終不脫文人習性。雖然劇作家並不否定曹丕逼植殺彰作為政治舉措的合理性，但也正是在運用「殘暴」這一點上，見出政治家與藝術家的分野。因為，路過壅丘時曹植也有足夠的機會置曹丕於死地的。不會使用殘暴手段的曹植注定無法登上權力最頂峰。

　　郭啟宏將歷代文人作為幾十年一以貫之的寫作對象，如他所言，並非有「史癖」。克羅齊說，一切歷史都是當代史。郭啟宏同樣認為，「歷史劇是另一種意義上的現代劇，或者說是取材於歷史生活的現代人的劇」。[8]因此可以說，切中了歷代文人精神之脈的文人系列史劇同樣可以成為反觀現代文人的一面鏡子。

二

　　在郭啟宏史劇中，借助於歷史題材所闡發的題旨往往融匯了他在現實生活中的思考與感興。自然，我們不可能也沒必要以索隱的姿態一一指認每部劇作的內容與劇作家現實生活際遇的種種關係，但如果從作品所傳遞的時代精神脈息這個角度，或許可辨認出作者心跡一二。《司馬遷》創作於「文革」剛結束不久的一九七九年，其時，作者兄長因長期受到不公正待遇英年早逝。聯繫到廣大知識分子在「文革」期間的遭遇，應該說作者創作此劇關涉到對歷史某種因襲性的思考。《南唐遺事》創作於一九八六年，本劇中李煜作為偉大詩人與亡國君王的複合體，無疑切合了時代對於人性、人道主義、性格多重性等精神命題的探討，而趙匡胤「平天冠改了人形骸」的感嘆也應和著

8　郭啟宏：〈傳神史劇論〉，《劇本》1988年1月號。

當時關於「異化」問題的討論。《李白》、《天之驕子》、《司馬相如》
寫作於九十年代。中國知識分子精神上的巨大震蕩促使他們開始反思
自己的文化傳統與歷史命運，重新定位自己在現實中的位置。郭啟宏
對歷代文人命運的書寫也正匯入這一思潮。

　　李白始終在「兼濟天下」與「獨善其身」之間徘徊，劇作家的認
識是：李白原應該屬於詩，屬於酒，屬於月的，可是他始終背負著以
某種絕對理念為依據的歷史使命感，這是李白的悲劇。由李白想開
去，中國文化人大都如此。[9]基於這一認識，郭啟宏為這些文人選擇
了這樣的結局：李白與水月同化，曹植向詩回歸，司馬相如離開名利
場，儘管這不一定就是歷史的本來面目，但從這些虛構的場景中，我
們看到了劇作者「當代意識」與「主體意識」的顯現。這幾部劇作演
出之後在社會上反響都很大，特別是《李白》。導演蘇民送給郭啟宏
的一首〈念奴嬌〉中有「觀眾痴迷非品醪，今古心弦同調」[10]。說的
正是《李白》與時代精神之間的契合。李煜、李白、曹植雖或有各種
各樣的文人習性，但還不至於庸俗，而司馬相如的形象則出現「壯志
消磨、崇高沉淪、人格扭曲」的一面。劇中青雲橋是名利的象徵，司
馬相如曾在此橋題下「不乘高車駟馬不過此橋」。與建功立業的熱情
相伴的是富貴名利之心，郭啟宏首次不隱晦地寫出文人傳統中並不崇
高的一面。千金賣賦之舉，不僅是利的收受，官的誘惑，更還有像茂
陵女子這樣意外的收穫。而在司馬相如看來，這完全是公平交易，
「想我司馬相如一胸翰墨，半世蹉跎，榮辱沉浮，去日苦多，便以錦
繡文章，珠璣文字換了黃澄澄的元寶，金燦燦的官印，嬌滴滴的小
妾，便是如何？」且不論這是否就是歷史上真實的司馬相如，當就接
受而言，這一形象卻對照出了當代文人的某些熟悉的面影。郭啟宏從

9　郭啓宏：〈詩月酒禮贊（代序）〉，《四季風鈴》（北京市：中央編譯出版社，1997年），
　　頁2。
10　郭啓宏：〈《李白》夢華錄〉，《大舞臺》1998年第4期。

個人所思所感出發，選擇歷代文人為表現對象，雖則與歷史事實有所出入，揭示的卻是根植於時代的精神問題。

　　歷史上文人們也許畢生潦倒困頓，身邊卻不缺少愛護欣賞崇拜他們的女性。周玉英、宗琰、李騰空、阿甄、阿鸞、卓文君，這些女性集詩心雅韻於一身，她們是詩人的知己。周玉英深知李煜「性非嶢嶢，心實皎皎，不事韜略，只解詩騷」；卓文君常在司馬相如得意忘形時給他醒腦；那個像極了甄妃的阿鸞在政治識見上甚至還超過曹植；宗琰一語就道破李白進退兩難，仕隱彷徨的心結。在詩人的命運天平上，總是現實的磨難居於那一頭，女性居於這一頭。也只有依靠這些女性，文人們才能獲取與現實對抗的心理能量。這些女性不寫詩，但她們常能激蕩文人們的詩心，李煜為周玉英，曹植為甄妃，司馬相如為卓文君都寫過詩，歷史上文人贈女人的詩又何其多矣。在郭啟宏劇中，女性與詩更深層次的關係表現為她們對詩的見解。

　　傳統文論中關於「詩」的定義很多，單就功能而言，有兩種相反的論調。或誇大其政治功用性，譽之為「經國之盛事，不朽之篇章」（曹丕〈典論〉）；或貶之為無用之業，如「雕蟲小技」（陸機〈文賦〉）之譏。郭啟宏卻通過劇中女性之手撥開外在於詩的功利附屬，使「詩」之靈性澄明自現。在周玉英眼中，李煜文之美與人之美珠聯璧合；在宗琰看來，李白得了字之靈性，即得到天地之心；卓文君因司馬相如的一曲〈鳳求凰〉搭建了心靈之橋；甄妃與阿鸞因文慕人，同樣是從詩中感受到曹植的詩人之靈性。但這並不說明詩的作用只在挑動女心，更準確點說，詩擷取了天地之靈以溝通人心之隔，它是美好性靈的流露，也激起人們對美的嚮往與追求。借助於女性對詩的理解，郭啟宏表達的正是王國維在〈論哲學家與美術家之天職〉一文中對詩人「獨立之位置」[11]的籲求。

11　〔清〕王國維：〈論哲學家與美術家之天職〉，《王國維論學集》（北京市：中國社會科學出版社，1997年），頁297。

　　然而優秀作家的價值尺度從來不是單向的。如果說「獨立之位置」隱含著郭啟宏作為現代知識分子在新的歷史環境之下對人生定位問題的思考，那麼，他同樣尊重歷史對象的生命本然形式之合理性。司馬遷寫《史記》，其境界何其大也！而他為李陵辯護，其行止又何其壯也！作為儒臣的司馬遷與作為史家的司馬遷是統一不可分離的。李白在出仕與歸隱之間的彷徨難擇，不是糊塗，或缺乏自知之明。「天下名山大川賜給我的也不是仙風道骨，而是充塞於天氣的浩然之氣」，正因有此浩然之氣，李白不甘隱沒於市井，他要追求個人功業，要和天下蒼生共同承擔國家的命運。也因有此浩然之氣，李白不能摧眉折腰，屈己奉人，一遇挫抑，就要撒氣、罵人。因此，超離出仕、歸隱的歷史語義，全劇表現的又是一個盛大蓬勃的生命不甘屈抑的追求歷程，而正是這一追求歷程催生出了流傳千古的詩篇。

　　在作家意圖中，「天之驕子」這一美名是獻給三曹的。曹操一生建功至偉，出語也氣勢逼人。「寧可我負天下人，不可天下人負我」，此為梟雄之語，但不也正顯出強者的自負？曹丕繼承魏王位，繼之又廢漢帝自立魏國，比起其父在膽略上更勝一籌。二人皆是政治家兼詩人，在人的豐富性與完整性上，都堪稱一代典範。曹植隨父馳騁疆場，縱論天下局勢，希望建不朽功業，留萬代英名，拋開「人生定位」這一命題，彰顯的又是建安時代共有的進取之心。就連劇中女性也有非常之胸襟，阿甄認為禮規不應扼殺人性，阿鸞女為知己而死，都貫通著磊落慷慨的時代之風。郭啟宏在創作手記〈我寫《天之驕子》〉[12]的末尾特意引用了徵道人評論徐文長〈四聲猿〉之語，「借彼異跡，吐我奇氣」，從中傳達的正是劇作家的境界所向。

---

12 郭啓宏：〈我寫《天之驕子》〉，《大舞臺》1995年第3期。

三

　　就總體而言，郭啟宏的史劇風格是雅暢蘊藉的。李漁認為，填詞「一涉生旦之曲，便宜斟酌其詞。無論生為衣冠仕宦，旦為小姐夫人，出言吐詞當有雋雅春容之度」。[13]司馬遷、李白、李煜、曹植、司馬相如的語言自然比一般生旦更顯高華氣象。作為一代詞曲宗師王季思先生的高足，郭啟宏良好的古典文學修養使他在文詞之雅上逞盡其才。但戲劇的寫作是為了演出，觀眾的修養並非都與作者相近，如果文詞一味古雅，令人費解，美文就只是案頭之作，難於場上搬演。因此郭啟宏的文詞雖是尚雅，但基本上能為有一定知識水平的觀眾所接受。為觀眾所接受的另一重要前提是典雅的文詞須為傳遞文人的志趣情懷而設。「不及中情者，有十分佳處，只好算得五分。」[14]郭啟宏的史劇以「傳人物之神」為要義，其文詞也大多是中情之美文。李煜亡國之後，雖有切膚之痛，而一旦沉入藝境，就忘乎所以，一首「虞美人」得到趙匡胤稱讚，便欣欣然脫口而出「拙作尚未入樂，不知是否合律？」全不知殺機已伏。《李白》中，「鬧幕府」一場將李白的火氣、傲氣、奇氣揮灑得淋漓盡致。《天之驕子》中，三曹言來語往恰如高手過招，外表不張聲勢，內裡機鋒四起。這些文人在郭啟宏筆下之所以氣韻生動，一則歸於才氣修養相接，二則也緣於性情懷抱相通。作為一名現代知識分子，文化血脈的相通，使郭啟宏常能以己之心忖度古人之意，「傳神」對於他來說，既是傳對象之神，也是傳自己之神。

　　從戲曲跨越到話劇，郭啟宏在風格的承繼與轉化上面臨難題。在創作話劇《李白》時，于是之問了他一個問題，「話劇」與「戲曲」有什麼不同，郭啟宏一時回答不上。于是之代為作答，話劇是散文，

13　〔清〕李漁：《閒情偶記》（北京市：作家出版社，1996年），頁29。
14　〔清〕李漁：《閒情偶記》（北京市：作家出版社，1996年），頁30。

而戲曲是詩，建議他不妨把《李白》寫得空靈些，寫得有詩意些。這
啟發郭啟宏借鑑戲曲的唱詞寫作，用抒情性的獨白表現人物豐沛的情
感世界。李白臨行夜郎前的一段抒情獨白以「長江，我不能忘記你」
與「長江，我必須忘記你」為抒情線索，相反相成地暢訴詩人心中
「入世」與「避世」的衝突。《天之驕子》中，三曹各有所憾的人生
喟嘆成就一首首撼人心魂的抒情篇章。除了加強臺詞的抒情性，在話
劇寫作中，郭啟宏還善於將人物的情感，作者的意旨轉化成象徵性的
物象。《李白》擇取「劍」與「月」作為貫穿劇作始終的兩個象徵物
象。劍是建功立業、大濟蒼生的胸懷，月是明淨高潔、起落隨心的性
情，二者在於李白沒有什麼矛盾，卻無法兼容於現實。劇中月出月
隱，得劍失劍都隱喻詩人一生處境與心緒的變化。宮錦袍與道袍的輪
換寓意同此。《天之驕子》中，作者有意在詩與女性之間建立起深層
象徵關係。劇中的阿甄、阿鶯都是詩的熱愛者，她們由同一位演員來
扮演，劇終時又以詩魂的形象出現。象徵、意象的運用使郭啟宏史劇
具有境界純美而意蘊玄遠的詩化風格。

　　郭啟宏在〈我寫《天之驕子》〉中提到，《天之驕子》是他對「雙
重結構」的一次嘗試。他認為：一齣戲應該有「故事性、戲劇性、觀
賞性，有一般觀眾能夠領會的思想內容，有他們的欣賞習慣可以接受
的表現形式」[15]。這是淺層結構。二是深層結構，戲劇應有堂奧可賞，
有哲理可求。實際上，雙重結構的嘗試貫穿於他的大多數劇作中，淺
層結構建構了文本的故事性框架，深層結構傳達了劇作家對根植於歷
代文人精神中的根本性問題的思考。關於深層結構，此前已有論述，
此處不贅。戲劇性與觀賞性的營造是我們分析的重點。在這些史劇作
品中，文人的事跡都涉及情愛與政治兩個方面。情愛上，李煜與周玉
英，曹植與甄妃，司馬相如與卓文君，成就了流傳千古的風流佳話。
而政治上，文人天性與政治權術的扞格，更是上演出九轉回腸的悲

---

15 郭啟宏：〈我寫《天之驕子》〉，《大舞臺》1995年第3期。

劇。這些故事本身具有戲劇性，再加上郭啟宏善於鋪排的工夫，更使戲變得好看，耐看。郭啟宏編劇善用對比。《南唐遺事》中「邂逅」一場與「發兵」一場對照著看，便可知詩人李煜與帝王趙匡胤心機、性情之別。《李白》「過堂」一場，在取證一事上，文人心胸與政客嘴臉判然立現。《天之驕子》中曹植與曹丕在諸多情境之下也形成對比。用得最絕的當屬《司馬相如》，司馬相如三過青雲橋，心境際遇各不相同，以此為線索，加上題字，改字，抹字的戲劇動作，將人物百感交集的人生況味演繹得淋漓盡致。對比手法的運用既有助於刻畫人物、傳達題旨，同時也增強了戲劇性效果。

　　在人物設置上，郭啟宏喜用對子形式。劇中女性常結對出現，或前後相承，或異形同質，或相反相成。周娥皇與周玉英乃姐妹，周玉英與李煜初見面時風采宛如年輕時的周娥皇，而當上南唐國後的周玉英，其心境就有類於當初的姐姐。宗琰與騰空子同慕李白之詩，騰空子為方外之人，宗琰亦有道緣，騰空子去世之後，宗琰就入了道。阿鸞與甄妃形貌相近，曹植心戀皇嫂，曹操就將阿鸞賜予他，顯然希望給曹植以替代性的情感滿足。司馬相如在娶了卓文君多年之後，又生出納茂陵女的心思。在作家看來，司馬相如也許同卓文君這樣膽識超人的女性相處很累，需要找一個懵懂無知的小女子來輕鬆一下。這樣，對子式的女性在這些劇作中就承擔了多種意義功能，或表現女性的共性，或表現女性一生的階段性，或表現不同類型的美，或表現男人情感的某些特點，不一而足。就欣賞而言，對子是一種富有民間風味的審美形式，劇作家將現代認知賦予其中，使觀眾同時獲得欣賞與思考的滿足。此外，郭啟宏還善用伏筆，巧設機關。李白出山之前，李騰空反覆吟誦「禍兮福之所倚，福兮禍之所伏」，吳筠警告「永王起兵意不在平亂」，之後都一一兌現。曹丕過甕丘，無意中看到庭院裡栽的豆子，然後有「三弟，你看這豆莢同根連理，就好比你我兄弟呵！」的感懷，為後來曹植借豆莢為題作「七步詩」設下埋伏。在郭

劇中，場面的設置，場面與場面之間的銜接，都顯出劇作家收放有度，虛實相間，明暗穿插，冷熱相濟的成熟技巧。

　　華彩的詩篇，優美的意境能夠給高知階層以審美的滿足，而幽默機趣，插科打諢的場面卻向來能取悅更廣大的受眾。也許正是出於對大眾趣味的照顧，郭啟宏史劇創作中逐漸加強了機趣與科諢的成分。機趣為何？李漁認為「說話不迂腐，十句之中，定有一二句超脫，行文不板實，一篇之內，但有一二段空靈」[16]。《李白》一劇常有機趣之語。吳筠是個愛說笑話的老道，被李白稱為「妙人」。他了解李白最深，「南其轅而北其轍」以諧趣之語道中李白儒家志向與道家性情間的矛盾。《天之驕子》中，曹操、曹丕、曹植三人引經據典，說禪論道，機鋒四起。曹植被囚雍丘後抑聖為狂，寓悲於諧，更有灌均這個政治丑角，不時讓觀眾解頤。《司馬相如》中，郭啟宏以喜劇之筆寫宦海沉浮，世態炎涼，隱唏噓於詼諧，寓批判於滑稽。借東方朔智慧的幽默，道盡古往今來文人的尷尬事。就功能而言，喜劇因素在郭啟宏的史劇中並不止於逗觀眾一樂，它始終以傳達人物神韻，哲理命題為鵠的。「我的戲劇從不為『遊戲人間』，哪怕是一齣輕喜劇。」[17]

　　「詩之佳，拂拂如風，栩栩如水」，郭啟宏自覺將戲劇作為「詩」來寫，明人陸時雍對詩的形容是他心嚮往之的藝術至境。他的「文人」系列史劇以高遠的命意，深邃的形象，雅暢的風格，成熟的技巧在當代劇壇上卓成一家。但在「詩」的地位與價值不斷遭到消解的今天，郭啟宏的作品難以進入潮流之列也是勢所必然。文章千古事，面對時間，我們聽到郭啟宏說，「我對我的創作有信心」[18]。

——本文原刊於《福建師範大學學報》二〇〇五年第三期，
原題目為〈郭啟宏「文人」系列史劇論〉

16　〔清〕李漁：《閒情偶記》（北京市：作家出版社，1996年），頁29。

17　郭啟宏：〈《司馬相如》未盡墨〉，《劇本》1994年10月號。

18　林婷：〈劇作家郭啟宏訪談錄〉，《中國戲劇》2000年第6期。

劇作家郭啟宏訪談錄

　　郭啟宏先生創作的劇本迄今為止已有四十部，其中《向陽商店》（評劇）、《司馬遷》（京劇）、《成兆才》（評劇）、《評劇皇后》（評劇）、《南唐遺事》（昆曲）、《李白》（話劇）、《天之驕子》（話劇）、《司馬相如》（昆曲）等作品在社會上引起過極大反響，多次榮獲國家及北京市頒發的各類獎項。從作品中感受到的是郭啟宏先生的才氣與英氣，見面之後更感先生的熱誠、謙和，以及不趨時、不媚俗的可貴品格。訪談中，先生有問必答，無所保留，論及人、事、文秉公不執，時有創見，令人嘆服。

　　林（林婷）：許多劇作家在談到如何走上戲劇創作道路時都說到自己早年與戲劇的結緣，您也是很早開始接觸戲劇的嗎？

　　郭（郭啟宏）：不是的。我早年與戲劇沒什麼緣分，上大學（中山大學）時對戲劇也不太感興趣。王先生（指王季思先生）教宋元文學時，我偏向的是宋詞，對元曲，只是從文學上加以研究，而不是創作。畢業後，我被分配到北京市文化局，後來到了中國評劇院，之後又流動過北京京劇院，北方昆曲劇院，如今落籍北京人民藝術劇院。所以當初如果不是分配搞這行的話，那現在可能就是另一個郭啟宏了。

　　林：京劇《司馬遷》是您「文革」之後創作的第一個劇本。您

曾經說過，這是您獲得真正藝術生命的起點，能談談當時
創作這個劇本的情況嗎？

郭：「文革」之後寫《司馬遷》，那時候說起來是比較大膽的。
「四人幫」剛打倒那會兒，寫戲的人一般都還在聽將令，
《司馬遷》是我自己要寫的，沒有哪個領導指示我寫這
個。以前搞評劇《向陽商店》時，哪個頭說句話都得改，
非常痛苦。《司馬遷》的寫作有個契機，那就是我哥哥死
了。（作者兄長在「反右」鬥爭中被打成右派，多年遭受
不公正待遇，英年早逝。）後來，我看〈報任安書〉時，
特別有感觸，大哭了一場。所以我對知識分子命運的關注
是從我哥哥開始的。而遭遇不幸的不僅僅我哥哥一人，
「反右」鬥爭與「文革」還有大批罹難的知識分子，司馬
遷的故事可以起著溫故而知新的借鑑作用，當然，更主要
的是我在劇中提倡的忍辱發憤的精神。

林：時隔二十年，您怎樣評價《司馬遷》這部作品？

郭：不夠滿意。司馬遷受了宮刑之後，生理的變化也會引起心
理的變化，但在當時不可能這樣寫。如果有機會重寫的
話，可能會把它寫成心理劇，可能內容會更深刻些。當然
重寫的話就不用京劇了，京劇承擔不了，表現不了，要把
司馬遷內心轉變過程寫細緻些，那就最好用話劇來表現，
另外，在手法上也會有些變化。

林：《司馬遷》之後，昆曲《南唐遺事》在創作上取得了更大
的成功，評論界公認您在這部作品中對人物內心世界的深
層開掘上比《司馬遷》前進了一大步。作為一個劇作家，
您是怎樣認識李煜這個人的？

郭：作為帝王，李煜在政治上的短視和無能，生活上的放縱和
奢侈固然受到指責，就連他為人上的仁厚謙和以及他的私

人情感經歷也受到諸多非議；然而作為詩人，他的才華受到一致推崇，不僅後期沉鬱哀婉的名篇，即使是前期那些宮詞豔語也無人否定它精深的造詣，甚至他的不諳世事，也為人所理解，且受到褒獎。王國維就說過，「主觀之詩人，不多閱世，閱世愈淺，則性情愈真，李後主是也」。一面是亡國之君，一面是傑出詞人，看起來如此巨大的矛盾卻辯證地統一於一個人身上。對於劇作家來說，無論從寫人的角度，還是從傳奇的角度，李後主的盛衰哀樂，都是一個誘人的題材，於是我萌發了創作衝動，想寫一個「完整」的李後主，寫出他內在的強烈的矛盾衝突和處在「二律背反」境地中的巨大痛苦。我這樣來理解李煜，也試圖這樣去塑造李煜的藝術形象的。

林：您調到北京人藝之後，拿出的第一個話劇作品是《李白》，這一個「李白」打破了人們心中關於「飄然太白」的幻象，而還原給人一個「進又不能、退又不甘，在出仕與歸隱，兼濟與獨善之間不斷徘徊的痛苦李白」。請問，您在構思《李白》時，怎樣想到要以「出世與入世的兩難選擇」這一基本矛盾來結構他的一生的？

郭：我對李白的認識經歷了一個否定之否定的過程。我原先認識的也是一個「飄然太白」，後來重讀李白的名篇〈與韓荊州書〉，忽然開始懷疑起李白來，「生不用封萬戶侯，但願一識韓荊州」，這不是拍馬屁嗎？以後，我從認真研讀的史料中發現，唐玄宗談論過李白「此人固窮相」、「非廊廟之器」，原來帝王並不把大文人當一回事，而李白還迂得可以，自比南陽諸葛亮，東山謝安石，後來入了永王幕府，成了人家兄弟爭位的犧牲品，長流夜郎。我真不願意相信這是我所敬仰的李白，後來現實生活的某個契機，讓

我看清了知識分子，原本是如此脆弱，我猛然醒悟了，這就是李白，一個既真實又陌生的李白，一個在出世與用世之間苦苦掙扎的李白，然而何止一個李白，中國知識分子一以貫之的歷史命運都是相似的。我覺得范仲淹的〈岳陽樓記〉裡有兩句話最能把知識分子弱點——依附性暴露出來：「居廟堂之高，則憂其民；處江湖之遠，則憂其君。」孟子也講過，士要「作帝王思」，即想帝王之所想。後來毛澤東講，知識分子不過是毛，皮之不存，毛將焉附？這毛不是附在資產階級身上，就是附在無產階級身上，你不可能獨立。從歷史上看，從來都是沒文化的統治有文化的，所以唐詩〈焚書坑〉寫道：「劉項原來不讀書！」秦始皇想把讀書人殺盡，但恰恰是不讀書的劉邦、項羽反起來了，這就是中國歷史。像這樣的制度，知識分子是不可能獨立的。但可悲的是，知識分子沒有意識到，李白也沒意識到，這造成了他一生的悲劇。

後來，從思考知識分子的弱點，甚至是他的劣根性這一層面進入到政治家與文學家的區別，再到人生定位的問題，就寫了雙曹爭位的《天之驕子》。

林：實際上，如果從文化修養程度來看，曹操、曹丕、曹植是屬同一層次上，但他們的稟性差異決定了曹操、曹丕是政治家，而曹植是文學家。

郭：是的，政治家也可以寫出很漂亮的文學作品，像毛澤東的詩詞就很棒，但毛主席歸根結底是政治家。曹植也領兵打戰，但畢竟是文學家。文學家和政治家之間並沒有優劣高下的區別，關鍵在於各秉其性，各安其位，南宋清滿禪師就有這麼一句禪語：「堪作梁的作梁，堪作棟的作棟，可以當柴燒的不妨當柴燒。」但曹植就一直處在文章與功名

的悖論中。他出生於帝王之家，自認為最重要的是建功立業，無意於著書立說，更小看寫詩作賦，但帝王只有一個，曹丕在權術運用的心機上絕對超過他，這就注定了他一生無法建功立業，只能以詩賦名世。而耐人尋味的是，他的詩賦又恰是在這種無法建功立業的痛苦之中寫出來的，如果一開始就專心寫詩。那麼未必有傳世的名篇，所以這是一個讓人說不清楚的怪圈。

林：您在〈史劇四題〉中談到創作上的三個標準：道德標準、歷史標準、審美標準，您提出：「真史劇應是審美的」，能不能具體闡釋一下？

郭：總體上看，中國社會是以道德標準觀察人，評價人。實際上，政治家在一種社會大歷史趨勢中，個人品質無關緊要，歷史需要政治家這麼去做，他就出現了，至於政治家個人品質好一點，次一點無關緊要。好一點的話，破壞力就小一點；不好的話，那就更劣一些，但這種趨勢是改變不了的。因此，寫一個人的話，不能光著眼於他的個人道德，而要上升到審美的層次上。像雍正皇帝，他是一個很有作為的皇帝，但不是一個道德皇帝。二月河的小說比電視劇要好。電視劇裡，雍正皇帝簡直成了一個道德皇帝。道德皇帝是當不了皇帝的，宋徽宗不行，李後主不行。康熙臨死前來不及立詔，他生前立了太子又廢太子，再立再廢，後來就不再立了，他心中的太子是誰，誰也不知道。所以我認為誰拿去王位，誰就是皇帝，無所謂篡位不篡位的問題，也無所謂誰是光明正大，誰是陰謀詭計。

林：您反對用道德標準來衡量政治家，那您在劇作中是否站在知識分子立場來表現政治和政治家？

郭：我儘量不要站在知識分子立場上。可能有時會產生某種厭

惡，但我儘量做到比較客觀。我覺得從歷史意義上，政治家有其不可替代的作用。歷史主要靠政治家去推動，而不是文學家。但我寫劇本主要靠形象，感性去把握，因此受感染的，首先還是道德。但僅憑道德標準是不夠的，還得靠歷史的、審美的多種尺度來分析歷史人物，考察歷史現象，更重要的是要透過人物身後的厚重的帷幕去觸摸社會的、文化的、傳統的大背景，而不僅僅著眼於人物個人的品德與作為，僅僅滿足於事件因果的簡單驗證。只有這樣，才能因審美篩汰而留下真美，從而產生撼人心魄的思想力量。

林：您認為《天之驕子》達到了審美的標準嗎？

郭：我覺得達到了，但由於某種原因，那齣戲演得比較少，在社會上的反響不如《李白》。

林：為什麼您在創作中多寫歷史劇？

郭：說不大清楚。最早是在戲劇團體，我有個看法，反對京劇、昆曲搞現代戲。「文化大革命」中就有這個觀點，但那時不敢說出來。內容是形式的內容，形式是內容的形式。像京劇、昆曲這樣產生於小農經濟時代的劇種，不要用它來反映現代的內容，那是格格不入的。一種藝術規範一旦成型後，就具有排他性。京昆已經規範了，不能說改就改。樣板戲動員全國力量來搞，當然它也有些看頭，但方向存在根本性錯誤，無視形式本身對內容的制約性。不是任何形式都可以添加內容，有時候會產生反彈，那就失敗了。像《林海雪原》裡，拿了個馬鞭子，動作是虛擬的，布景卻是寫真的，這本身就是一個矛盾，但那時沒人敢說不行。你騎馬這樣，那騎摩托車呢？開汽車呢？你不可能創造出一個新的程式來呀。那麼何必非要用京昆這種

載體來搞現代戲？有很多形式可以，話劇可以，電視劇可以，甚至一些民間小戲也可以。所以我從來不在京昆這種形式裡搞現代戲，但我又不滿足於傳統戲曲比較陳舊的編劇方式，舞臺樣式，所以我就寫新編歷史劇。寫多了，形成一種慣性，有影響了，人家就把你定位在那裡。其實不誇張地說，我散文寫得也是挺棒的，但人家不認，所以沒有人提散文家郭啟宏，只提劇作家郭啟宏。老寫歷史劇，在這方面探索比較遠些，就走下去了。現代戲也有，像《評劇皇后》、《成兆才》，偶爾也玩點票，像京昆中的《村姑小姐》，從普希金那兒搬來素材，但那不是我創作中的主流。

後來到了人藝，一開始也嘗試寫點別的，但人藝希望我搞歷史劇。《李白》是我很久以前想寫的了，出來之後，還想有個作品再鞏固一下，就寫了《天之驕子》。本來是三部曲的，但這第三部還沒出來。寫什麼呢？暫時保密，我想會超過《李白》的。人藝對我的路子。歷史劇我基本上用現實主義手法，但也不排除浪漫的、魔幻的，以後創作中可能這種成分會越來越多，但基本路子還是現實主義。

林：您寫過評劇、京劇、昆曲、話劇，哪一類劇種對您來說更得心應手，創作上的成就更高一些？

郭：怎麼講呢？這不是個人所能決定的。要是從創作者所能達到的效果來看，是話劇，尤其是人藝話劇。因為話劇這種體裁相對來講能比較深刻地表達我的意思。要說寫得過癮的話，要算昆曲，因為我的唱詞還是寫得不錯的。但這載體本身有缺憾，不是我和其他導演演員能改變的。昆曲中沒有慷慨激昂的唱腔，《南唐遺事》中李煜死前的獨唱很長，昆曲中沒有相應的套曲容納這個長度。當時，老院長說要

　　砍掉，但沒有這個長度不足以抒發，最後決定用帶過曲加
　　吟誦來表現，這說明載體本身缺乏慷慨激烈。而話劇不
　　同，童道明說，李白拜別長江那一段太過癮了，在《雷電
　　頌》之後沒有聽到過這麼過癮的臺詞。戲曲中也有大段唱
　　腔，但很難把握。話劇沒有唱，但演員技藝高，表現力強。

林：通俗化是當今文藝創作中的一股大潮流，在戲劇界，有人
　　認為，走通俗化這條路可以幫助爭取更多觀眾。而您的戲
　　劇創作更多被定位在「雅」的層次上，您是怎樣看待雅和
　　俗這兩個創作中容易引起矛盾和爭議的話題？

郭：中國從根本上說是俗文化的國家，觀眾、讀者需要俗，俗
　　有市場，沒辦法。像錢鍾書，老百姓知道的並不多，但他
　　在世界學術史上都是不可缺少的。藝術上的東西要看藝術
　　本身的價值，不是比什麼。上海有人把我的劇作叫做「案
　　頭劇」，更準確點說，是我主張劇本要有案頭價值，特別
　　是戲曲。元雜劇《西廂記》，現在是案頭看，沒有人知道
　　當初是怎麼演的了。
　　雅和俗是不能調和的。有的戲，專家也說不錯，觀眾也認
　　可，但這個東西頂多是雅和俗的邊緣地帶，交界圈裡，但
　　那雅已不是當初的雅了，俗也不是當初的俗。嚴格意義上
　　來講，雅俗是不能共賞的。當時有人認為昆曲太雅了，老
　　百姓看不懂。我的觀點是昆曲必須雅，如果沒文化的人都
　　看得懂的話，那就不算昆曲了。

林：也可以這麼說，您不願意為了爭取更多的觀眾而有意降低
　　自己的藝術品格，是吧？

郭：應該說是我不願意降低自己的品格去迎合所謂的下里巴
　　人。這不存在政治上歧視不歧視的問題，也不是精神貴族
　　化的問題。我也寫過俗的，《評劇皇后》，那是誰都看得懂

的，但那不是我的主流，這跟政治品格沒關係。過去有人說我不要觀眾，我不是不要觀眾，寫戲是為了給人看，都要觀眾，但觀眾與觀眾是不一樣的，我也不是考慮將來的觀眾，那是非常渺茫的。我要的是這樣一部分觀眾，他是懂藝術的，不僅從中得到教育，還要得到欣賞、娛樂，得到美感的。他們必須是有一定的文化水平，我迎合的是這樣一部分觀眾。既然一個作家不能迎合所有的觀眾，雅和俗不能共賞，我要選雅的，不願意俗的。別人如果願意迎合那些，那是人家的自由。

林：您注重的是藝術自身的獨立價值，而不是它要被多少人所接受的問題。

郭：我對我的創作有信心，我想我身後的名氣要比現在大，因為我身後更可能排除人為的東西。當然人死萬事空，但後人會知道，歷史會知道。藝術家所追求的是藝術自身的價值，不是別的。得獎不得獎當然在歷史檔案上會找得到，但一種東西假如迎合了某種需要也能得獎，從藝術生命力上來看，它終究會被淘汰的。我這些東西，也許能留下幾篇，也許一篇都留不下，我心裡沒有把握。但儘量去爭取吧。

林：我在看您的作品時，覺得您是把自己全部的感情甚至自己的個性、氣質完全融入到創作中去，從這點看也可以說您是一位主體意識特別強烈的作家。

郭：我不是有意要這樣的。也可能是我覺得不這樣寫的話，不真實，不深刻。為了追求真實，深刻，這時候感情就必須投入，在別人看來，主體意識就顯得特別強烈。我主張真性情，沒有真性情就沒有真文章，在寫作中沒有生活，就可能暴露出假。一個作家不可能沒有強烈的主體意識。有

一種說法很荒謬，說策劃人是頭腦，作者是他的手，思想在策劃人那裡。你說，沒有自己靈魂的人能當作家嗎？編劇要表現的是對世界、對人生的看法，再具體一點是對某一段時間、某個人的看法，沒有自己的感情加進去，是不可能寫得生動的。有些東西很對，很圓，但沒有自己的感情，看了也不會動心。

林：在創作中，您對知識分子題材一直是情有獨鍾，為什麼您在選材上有這種傾向？

郭：我出生在知識分子家庭，父親和兄長都是知識分子。讀書和工作之後，我接觸的也大都是知識分子。我不反對寫工農兵，但我沒有工農兵那種生活，我理解不深，可能寫不好，所以我不願意寫。我有我自己熟悉、有體會的東西，我幹麼放著不寫呢？我永遠認為知識分子是社會的精英，即使是文化高壓底下，也這麼認為。我從來沒覺得我的家庭比別的家庭更腐敗。我從小接受的教育，如做人要誠實、餓死不能偷東西，要有禮貌、懂規矩，這些東西絕對是好的，怎麼就不是社會精英呢？雖然我的父親、兄長都被打成右派，但我從來沒有嫌棄過我的家庭。從前因害怕受家庭的牽連，也曾做過違心的事，但我從來沒有為出生在這個家庭而感到恥辱，我人格中比較正直的部分就來自我的家庭。所以，我熱愛知識分子。正因為熱愛它，所以對知識分子的劣根性就體會得更深一些。《李白》、《天之驕子》是我在這一方面思考的體現。

林：您是一位重視理論的創作者，這從您寫的一系列文章中可以看出來。那麼，您的創作與理論之間存在著怎樣的關係？

郭：我是從一開始就重視理論的。最早是李笠翁的一人一事，立主腦，脫窠臼，後來覺得不夠。霍華德・勞遜的《戲劇

與電影的劇作理論和技巧》這本書對我影響很大，書裡的
觀點與當時社會上流行的觀點有很大區別，甚至是截然相
反，看過之後簡直是打開了一個新的天地。「文革」之後
比人家先走一步，跟這有關係。在《司馬遷》裡，我寫了
司馬遷的自殺，按當時的觀點，英雄還能自殺嗎？當時還
停留在用正、反面來看待人物的層次，很落後的。後來又
看了顧仲彝的《編劇理論與技巧》以及譚霈生的《論戲劇
性》等等。我自己也寫理論文章，當然沒法和他們比，但
我有自己的特色，從創作角度出發。其實，到了創作的時
候，腦子裡活躍的是形象，不是理論。寫著，寫著，就讓
人物牽著走，不是我叫他怎樣，而是他叫我必須怎樣。所
以寫作時，理論往往是蒼白的，等寫完之後冷靜下來修改
時，才有理論的指導。我想，寫的時候，理論是融化進去
的，不是貼上去的。包括搞理論的，寫文章也不是用哪條
理論去衡量，也是由感性到理性，創作也一樣。

林：您在劇作中塑造的女性形象都非常美好，她們在道德上、
　　心智上似乎都比男性發展得更健全些，這是為什麼？

郭：我有點同意曹雪芹的說法，男人是泥做的，女人是水做
　　的。從根本上來看，中國是男權社會，男人要指揮征服一
　　切，當然有些骯髒之處，從道德標準來看，是不潔的。而
　　女性處於被壓迫的地位，可能保留更多美好的東西，相對
　　來講，也更善良一些。尤其像我，從小到大，很多女性呵
　　護著我，不是這樣的話，生活道路不可能這麼平坦。我的
　　姐姐、戀人、老師、同學都對我很好，對我不好的都是男
　　人，這也是人生機遇造成的。像江青這樣惡的女人，我沒
　　碰到。我知道我寫的女性現實生活中不見得有，但我們需
　　要這麼一個理想，這個理想可以安慰男人的靈魂。像《李

白》中的兩個女性，李騰空和宗琰；《天之驕子》中的阿
甄和阿鸞。阿鸞是虛構的，但我認為現實生活中有那樣的
女人，熱烈、奔放、痴心。一個女人可以為男人做一切事
情，男人往往就不能這樣，全世界都一樣。霍桑的《紅
字》，那個女人可以忍受在刑臺上站著，抱著孩子，就死
不供出情人是誰。我寫白玉霜，白玉霜也有不好的，如虛
榮啊等等，但我把這些看成是社會造成的，不是她個人的。

林：作為一個創作者，您怎樣看待評論家對您作品作出的評
　　價？

郭：我想作品出來之後，就已成為社會公共的東西，尤其是戲
　　劇。觀眾是三要素之一，有些是他們的事情，不是作者你
　　個人的事情。他的評論也許是你沒想到的，但他看懂了。
　　作品的社會意義與作家的主觀意圖不是一個等號。這跟研
　　究古代文本一樣，可能存在著作品本來有的內容，也可能
　　存在著本來沒有，但因為時代變化可能發掘出的新內容。
　　所以讓讀者、觀眾去發現，他們會用自身體會來豐富它，
　　那效果絕對不比你說得更差，藝術家追求的也是這個。
　　《天之驕子》中，一開始用一只巨大的鼎作背景，誇張得
　　那麼大，象徵著政權，那個東西我沒想到，這是舞美的創
　　造。濮存昕演曹植，學驢叫後，還用腳後跟去踢曹丕，這
　　個動作是他自己想到的，那時曹丕高興，也無所謂，這是
　　演員的創造。

林：目前，我國戲劇正處於低迷狀態，對此，您有什麼看法？

郭：整個體制不行。目前，我們整個戲劇體制還是大鍋飯，誰
　　都餓不死，誰也吃不飽。劇團養了一大堆沒用的人，有時
　　說是精簡，非但沒把人減掉，反倒為了安置這些冗員而設
　　置一些機構出來。在這樣的體制下，戲劇怎麼會有生機？

前幾年出現了獨立製作人，有點生機，現在還在探索。阿丁不錯，一直堅持下來。但在歐洲，真正經典的東西都是國家劇院的。它不靠票房來維持生計，國家撥給很多錢，一年演出很少。看一場戲，幾個月之前就要訂票，票價很貴。這些劇院裡的人員除了樂師、歌隊外，其餘的像編劇、導演、作曲、樂隊指揮，甚至演員都是臨時聘請的，目的是為了保證藝術質量。我國也要走這條路，戲劇才有振興的希望。

　　　　　——本文原刊於《中國戲劇》二〇〇〇年第六期

複眼中觀：佛教哲學與賴聲川戲劇思維的生成

　　賴聲川從大學時代開始接觸佛教，一九七八到一九八三年在美國柏克萊大學求學期間，於該校的佛法中心更深入地接受佛教薰習，一九八三年回到臺灣之後，陸續邀請佛教上師來臺講法，並屢次赴印度、不丹、尼泊爾等地修習佛法。[1]他曾明確談及佛法對其創作的影響：

> 我覺得一個創作者必須一直自己成長，不然創作的過程很容易把人掏空，創作者也容易燒盡或枯乾。我非常幸運，多年來有機會接觸佛法，並且有機會接觸到非常殊勝的上師。對我這麼一個在柏克萊受訓練、接觸從古到今的各種知識的人，不是每一種學問都經得起時間的考驗，各種「主義」，來來去去，一下流行這個，一下流行那個，甚至於最先進的科學也是隨時在推翻自己，看來看去，對我來說，就只有佛法一直可以經得起時間的考驗、問題的檢視，可以讓人不斷深入。走得越深，就有更深的智慧等待著我們。[2]

　　由賴聲川本人撰述的《賴聲川的創意學》以智慧與方法為兩翼建

1　參見陶慶梅、侯淑儀編著：《剎那中：賴聲川的劇場藝術》（臺北市：時報文化出版企業公司，2003年），頁253-258；賴聲川口述，丁塵馨整理：〈在一起，追尋生命的真義〉，《中國新聞周刊》2016年第5期（總第743期）。

2　陶慶梅、侯淑儀編著：《剎那中──賴聲川的劇場藝術》（臺北市：時報文化出版企業公司，2003年），頁258。

構起創意金字塔,「我覺得戲劇創作,或者廣泛的『創作』,需要兩種力量:智慧與方法。事實上,這兩個名詞來自佛法。」[3]

佛教與中國文藝傳統的關係源遠流長,通常呈現為作品題旨滲透佛教理念,人物具有佛教背景,風格體現佛教「空寂」觀,場景含有佛教儀式,等等。本文探討的是佛教與文藝創作更為內在的關係,即佛教的哲學理念如何生成賴聲川戲劇的藝術思維——包括創作方法的選擇、藝術構形的生成、創意原理的運用,等等。當然,這並不等於說賴聲川戲劇與佛教的關係沒有傳統文藝的種種方面,只是界定出本研究的重點所在。

一　「緣起」與「聯結」

「緣起」的宇宙觀是佛教哲學最重要的基石。「緣起」即「此有故彼有,此生故彼生。」(《阿含經》)任何事物的存在——有或生起,必有其條件。「此與彼,泛指因與果。彼之所以如此,不是自己如此的,是由於此法而如此的,此為彼所以如此的因待性,彼此間即構成因果系。」[4]當代著名的越南裔禪師一行以詩的語言描述出「互為彼此」的萬物關係:

> 如果你是位詩人,你會清楚看到在這一張紙上飄著一朵雲。沒有雲,就沒有雨,沒有雨,樹無法成長,沒有樹,我們無法造紙。……所以可以說紙和雲「互為彼此」。我們不能單獨存在,必須和萬物「互為彼此」。[5]

3　陶慶梅、侯淑儀編著:《剎那中——賴聲川的劇場藝術》(臺北市:時報文化出版企業公司,2003年),頁258。
4　釋印順:《中觀今論》(北京市:中華書局,2010年),頁42。
5　賴聲川:《創意學》(北京市:中信出版社,2006年),頁113。

　　賴聲川在其「創意學」中引用了一行禪師的話後，總結：「事物之間通過相互關聯，將生成各種可能性」。[6]在此基礎上，他揭示創意思維的原理：「創意的精髓在於事物之間的聯結。不同事物的不同聯結方式可以創造出新穎的創意。課題是：我們必須準確地看清『事物』本身，也必須清楚看到事物之間可能聯結的方式」。[7]

　　從方法層面來看，賴聲川長期使用的集體即興創作就體現著「聯結」原理。集體即興創作是「讓西方劇場工業中分別進行的各個環節，同時的、有機的一同『長』出來的創作哲學。不是先有劇本，才有導演，才有演員，才有設計師，而是讓劇本、表演、導演、設計，在一個過程中同時成長、成熟、完成。」[8]賴聲川特別強調這一過程的「有機性」，不僅參與成員可以「相互了解，共同尋找、發掘並貢獻各自的精華，以凝聚共識，確立戲的大方向或是整體的意念。」[9]而且，「因為演員在即興中會發展出許多意料之外的片段，創作者就必須以此為基礎修正戲劇的結構。」[10]因此，「即興創作技巧背後的哲學則是認為透過即興表演，演員個人內在的關懷可以被提煉出來，而經過正確的指導，個人的關懷可以促進集體關懷的塑造。」[11]從這個意義上說，賴聲川的集體即興創作將此與彼、個與眾之間的「聯結」關係發揮到極致，也正基於對佛教「緣起」哲學——「此有故彼有，此生故彼生」的了解與尊重。

6　賴聲川：《創意學》（北京市：中信出版社，2006年），頁113。

7　賴聲川：《創意學》（北京市：中信出版社，2006年），頁113。

8　陶慶梅、侯淑儀編著：《剎那中——賴聲川的劇場藝術》（臺北市：時報文化出版企業公司，2003年），頁32。

9　陶慶梅、侯淑儀編著：《剎那中——賴聲川的劇場藝術》（臺北市：時報文化出版企業公司，2003年），頁153。

10　陶慶梅、侯淑儀編著：《剎那中——賴聲川的劇場藝術》（臺北市：時報文化出版企業公司，2003年），頁171。

11　賴聲川：〈自序二：關於創作方式〉，《賴聲川：劇場》（1）（臺北市：元尊文化企業公司，1999年），頁33。

　　集體即興創作成員從一己的關懷與體驗出發，最後卻能凝聚成一整個社會的集體關懷，這種神奇魔力在賴聲川回到臺灣創作的第一部戲——《我們都是這樣長大的》就已顯現。這些十幾到二十歲的大學生們所呈現的成長歷程既是從各不相同的家庭結構、個人體驗中帶出，也是他們深入社會各個區間如美容廳、酒吧、路上、學生家庭等觀察、經歷、聞思得來。如果你用心看，就會看到個人與家庭、家庭與社會、個體命運與社會整體發展之間的種種關聯。該劇的意義在於：「演員用自己的經歷所發出的情感來演出。我們看到的不只是一齣戲，我們看到一個社會現象、一個文化現象、一群人，在向另一群人做一次深度溝通。」[12]賴聲川談及此劇對他個人創作的意義：「這些年來，我一直彷彿有一種安全感……好像我銀行裡有什麼存款似的，我可以安心的一直做我的事情」[13]。這種安全感也正基於對集體即興創作方法所特有的「溝通」、「聯結」效力的信心。

　　在賴聲川創作的初期，集體即興創作的自由度是相當高的，「刻意不去預設結構和內容，把整個創作過程視為一種有機的探索和發現，最後才到達演出形式和內容。」[14]以「緣起」觀之，初期集體即興創作產生的作品各部分關係比較鬆散，大致以表現一個「共同區間」——相類主題或相近人群而得以聯結，因此其結構更多接近「音樂或詩的邏輯。」[15]這種「聯結」既別致，但也多少顯得有些散碎，戲劇與觀眾的交流更多依靠共通經驗與情感的分享。從一九八六年開

---

12 賴聲川口述，黃靜惠整理：〈草創時期的創作模式〉，丘坤良、李強編：《劇場家書：國立藝術學院戲劇系演出實錄》（臺北市：書林出版公司，1997年），頁9。

13 賴聲川：〈自序一：關於一個「失傳」的劇本〉，《賴聲川：劇場》（1）（臺北市：元尊文化企業公司，1999年），頁12。

14 陶慶梅、侯淑儀編著：《剎那中——賴聲川的劇場藝術》（臺北市：時報文化出版企業公司，2003年），頁32。

15 賴聲川：〈自序二：關於創作方式〉，《賴聲川：劇場》（1）（臺北市：元尊文化企業公司，1999年），頁33。

始，這個工作方式開始成熟。

> 我在演員群被選擇之前，以及開始排戲之前，會花更多的時間
> 建立一個創作概念，跟演員第一次見面的時候我會發給他們一
> 個詳細的大綱，經過二至三個月的即興排練，大綱中的所有狀
> 況都會在排練室裡面透過即興表演的方式被充分探索。之後我
> 會叫停，在排練中斷的大約一個星期中，我會把劇本寫下來。
> 這是我一個人做的事，當排戲繼續的時候，演員就會拿到劇
> 本，演出前剩下的一個月時間就花在磨煉劇本裡的一切。[16]

　　集體即興創作方法的成熟伴隨著賴聲川的劇團──表演工作坊的成立，以《暗戀桃花源》的誕生作為一個標誌。成熟期的集體即興創作所產生的作品呈現出更為複雜的層次感。它不是如初期創作那樣，讓素材之間自由諧振，組合成一個 Party 式的作品，而是設置不同向度的情節發展線索，既保證各條線索能在某一意義頻率上發生共振，又讓相互之間通過撞擊、映射，開掘出更豐富的表意可能。它打破異類之間的界限，讓戲劇在過去與現在、此地與彼域、故事與寓言、虛幻與真實等種種人為分界之間自如穿梭、悠遊轉化，也因此獲得極大的表現自由。成熟期的集體即興創作雖然從表面看來情節線索更加清晰、完整，但從聯結的角度來看，各部分的「差異性」比起第一種類型的集體即興創作更大，此時，作品的完整性不再依賴音樂、詩歌式的內在和諧，那麼靠什麼建立起迥然有別的各情節線索之間的深層聯繫？這其中的聯結原理將在下一部分具體闡述。我們將看到，賴聲川成熟期的集體即興創作更深刻地受到佛教哲學智慧的啟發，也因此超

---

16 賴聲川：〈自序二：關於創作方式〉，《賴聲川：劇場》（1）（臺北市：元尊文化企業
　　公司，1999年），頁33-34。

越了他的老師——荷蘭阿姆斯特丹工作劇團的雪雲・史卓克（Shireen Strooker）導演所傳授的方法，並生成其戲劇與社會、與觀眾更強的聯結性。

與集體即興創作方法相對應，賴聲川戲劇思維呈現出這樣的特質：不是將對象作為孤絕於關係網絡的單獨個體來觀照，其戲劇結構既包含亞里士多德式的線性時間向度上的邏輯發展，也包含後現代藝術的空間向度上的相互映射。在後一種結構關係中，異類元素不一定能被整合進某種邏輯框架，但它們卻相互聯結成為一個共同體，在這個共同體中，各部分相互指涉，發展出單獨自身所未有的意義。就接受而言，不同經驗、知識、文化背景的觀眾能從拼貼各部分所提供的不同向度進入戲劇，即便無法洞悉導演賦予戲劇的全部寓意，也能通過局部的領會，進而與總體寓意發生共鳴，由此產生了賴氏戲劇廣泛的接受面。

賴聲川曾經談到他之所以選擇集體即興作為創作方法的初衷。「我在美國經常看戲，但是，經常看不到好戲，甚至很沮喪，因為我經常覺得臺上和臺下之間沒有什麼關係。」[17]賴聲川所修習的藏傳佛教屬於佛教中的大乘，「自利、利他」是大乘佛教的核心教義。「臺上和臺下之間沒有什麼關係」顯然與「自利、利他」原則相悖，也與劇場作為社會公共空間的縮影這一屬性相悖。戲劇是現場演出的藝術，它的功能可以有多種：娛樂、審美、認知、教育，等等，但最重要的一種是：經驗、情感與思想的共享，這是戲劇產生現場交流最為感性的基礎，也使劇場有可能超越純粹的審美範域，轉成社會公共論壇。

攻讀博士階段的後期，賴聲川在荷蘭看到一齣由阿姆斯特丹工作劇團的雪雲・史卓克導演的戲恰好提供了戲劇作為社會公共論壇的最

---

17 陶慶梅、侯淑儀編著：《剎那中——賴聲川的劇場藝術》（臺北市：時報文化出版企業公司，2003年），頁173。

佳範例：「我聽不懂荷蘭語，但是那一天晚上所看的戲是我這一輩子最重要的一齣戲之一。……我看到了我能夠認同的演出，一種活力，一種結合臺上與臺下的演出，透過社會議題，透過精彩的表演，透過幽默，透過關懷。我很想知道這種戲劇是怎麼做的。」[18]雪雲·史卓克不久之後到柏克萊大學傳授集體即興創作方法，賴聲川成為她的學生，學會了這一方法，從柏克萊大學畢業回到臺灣之後，通過集體即興創作在一個已然變得陌生、疏離的環境中，重新建立戲劇與觀眾之間的聯結。從一九八三年至今，參與賴聲川集體即興創作的成員包含了臺灣社會的不同階層與各類職業，這一創作方法所激發的演員個體各不相同的生存體驗成為賴氏戲劇伸展進臺灣民間土壤的豐富根鬚所在。

　　以「緣起」觀之，世間萬物都是相因相待的。賴聲川堅持將戲劇作為「社會公共論壇」來追求，其戲劇總能接通大眾生活經驗內容，輻射社會重大精神命題，有些戲還能及時扣搭時代精神脈搏，即使在社會議題並不明晰的作品中，他仍通過人物身分、經歷的設定，場面、話語與現實環境的巧妙銜接使戲劇與社會公共場域發生關聯，並在心靈命題的表現上趨於深化。當賴聲川將戲劇作為「公共論壇」來實踐時，劇場就成為社會總體文化格局的有機組成部分，也成為改變文化生態的積極因子。他的努力改變了臺灣戲劇此前的小圈子生存狀態，「從一九八五到九五，這十年間，最活躍，也最能贏得觀眾口碑的是一批比較認同大眾口味且善於經營的小劇團漸漸升格為半職業性的中劇團，遂成為今日臺灣現代戲劇演藝界的中堅。首先要說的是在一九八四年十一月賴聲川成立的『表演工作坊』……」。[19]而表演工作

18 陶慶梅、侯淑儀編著：《剎那中——賴聲川的劇場藝術》（臺北市：時報文化出版企業公司，2003年），頁174。

19 馬森：《臺灣戲劇：從現代到後現代》（臺北市：秀威信息科技公司，2010年），頁56。

坊在一九八六年獲得臺灣當局頒發的「表演藝術獎」時，其評語中包含這樣的評價，「成功的將『精緻藝術』與『大眾文化』巧妙結合」。[20]從這個意義上說，賴聲川的戲劇是「大乘」的，而非「小乘」的，這一切皆源於他認為「戲劇可以改變人心和社會」。[21]他對英國著名導演彼得・布魯克（Peter Brook）作品的評價也正是他自己的藝術追求：

> 我心中有一種強烈的感覺：「沒錯，這是大師的作品。」因為他有辦法把所有觀眾包容進去，然後再讓觀眾聯結到比他更大的一種力量。這樣的演出是一種聯結和轉化的神聖活動。從最古老的戲劇就是這樣，到今天，只有在最偉大的作品中才能看到。通過演出，我們聯結到全人類，而因為這聯結，我們變得更大一點。[22]

二　「自性空」與「去標籤」

「空」的概念不易為人所理解，即便在佛教哲學系統內部，對「空」的闡釋亦是歧見紛紜。《大智度論》卷十二說有三種空：一、分破空，二、觀空，三、十八空。「分破空」即分析時空中的存在者而達到空；「觀空」即從觀心的作用出發，知所觀的外境是空；「十八空」即任何一法的本體，都是不可得而當體即空的。[23]《大智度論》雖說有三種空觀，然未分別徹底與不徹底。依龍樹論，這三種空觀，都可以使人了解空義，雖所了解的有深淺不同，然究不失為明空的方

---

20 陶慶梅、侯淑儀編著：《剎那中──賴聲川的劇場藝術》（臺北市：時報文化出版企業公司，2003年），頁56。

21 郭佳、賴聲川：〈戲劇可以改變人心和社會〉，《北京青年報》，2013年2月7日。

22 賴聲川：《創意學》（北京市：中信出版社，2006年），頁205。

23 釋印順：《中觀今論》（北京市：中華書局，2010年），頁48-49。

便。」[24]

　　賴聲川長期跟隨藏傳佛教上師學習佛法。破除邊見，奉行中道的「中觀」哲學是藏傳佛教思想的主流。中觀者的一切法空，「主要是從緣起因果而顯的」，[25]即「緣起自性空」。「若以緣起與空合說，緣起即空，空即緣起，二者不過是同一內容的兩種看法、兩種說法，也即是經中所說的『色即是空，空即是色』。」[26]當代著名藏傳佛教上師宗薩欽哲仁波切這樣闡釋「空」：「『空性』的意思是，事物並不是依照你所標示的樣子存在。」「『無二』或『無分別』是說明空性的另一種方法。」[27]「空」的智慧還有另一面，「趨近空性的另一種方法，就是把空性當成滿。雖然現象並非天生以某種事物的狀況而存在，但也並非天生不以某種事物的狀況而存在。現象並沒有任何真實存在的本性，這就是它『滿』的性質。」[28]可見在中觀哲學中，「空」並非沒有、不存在，而是指「無自性」，即空掉事物的自有本性，它並不否定「緣起」層面的「有」。

　　賴聲川認為，「當我們看東西，在還沒認出是什麼之前的瞬間，它就是它自己，非常單純。但我們長久以來習慣在辯識事物的瞬間立刻給它貼上標籤。」[29]貼標籤是我們的慣性思維，它使世界秩序變得明晰，便於認知，從而產生個體面對世界時所企求的某種安全感。但藝術創作如果囿於這樣的標籤，勢必陷入難以超越慣性思維的格套模式，因此，「去除標籤」就成為到達藝術自由的一條必經之路。「在去

24 釋印順：《中觀今論》（北京市：中華書局，2010年），頁49。

25 釋印順：《中觀今論》（北京市：中華書局，2010年），頁53。

26 釋印順：《中觀今論》（北京市：中華書局，2010年），頁55。

27 〔不丹〕宗薩欽哲仁波切撰，馬君美、楊憶祖、陳冠中譯：《佛教的見地與修道》（蘭州市：甘肅民族出版社，2006年），頁23。

28 〔不丹〕宗薩欽哲仁波切撰，馬君美、楊憶祖、陳冠中譯：《佛教的見地與修道》（蘭州市：甘肅民族出版社，2006年），頁30。

29 賴聲川：《創意學》（北京市：中信出版社，2006年），頁100。

除標籤的過程中，也重新顯現事物的可塑性。去除標鐵讓事物不再受限於固定的意義與期待，充滿各種可能性，因為當我們能看到事物的純淨原貌，意味著事物被解放，這時它就能和任何事物聯結，而不只和標籤所指的事物聯結。這完全符合創意的運作。」[30]「去標籤」即去掉對事物本性的某種固定認知，「聯結」則是重新創造「緣起」的條件。顯然，賴聲川闡述的「去標籤」創意思維所依據的正是中觀宗的「空」見。

「空」不是「以」，也不是「不以」某種狀態而存在，因此所有概念、名相都是相對的，藉此可以理解龍樹《中論》[31]所提出的著名的「八不」之說：不生亦不滅，不常亦不斷，不一亦不異，不來亦不出。「八不」中，如果以「不一亦不異」觀照賴聲川戲劇創作的藝術思維，幾可一窺究竟。在佛教哲學概念中，一異，是極重要的，「印度六十二見即以此一見異見為根本。」[32]「緣起幻相，似一似異，而人或偏執一，偏執異，或執有離開事實的一異原理。」[33]「諸法的不同──差別相，不離所觀待的諸法，觀待諸法相而顯諸法的差別，即決沒有獨存的差別──異相。如果說：離所觀的差別者而有此差別可得，那離觀待尚無異相，要有一離觀待的一相，更是非緣起的非現實的了。在緣起法中了知其性自本空，不執自相，才有不一不異的一異可說。」[34]以此審視賴聲川戲劇，其創意之道大多遵循此理。

賴聲川戲劇多採用拼貼式結構，早期作品中散碎的場景因表現同一主題或同一人群而得以聯結，而在成熟期的集體即興創作中，拼貼各部分有著相對完整的情節，但各線索之間的差異度更大，如何使之

30 賴聲川：《創意學》（北京市：中信出版社，2006年），頁101。

31 《中觀根本慧論》，簡稱《中論》，印度龍樹（大約活躍於西元一五〇至二五〇年之間）所作。

32 釋印順：《中觀今論》（北京市：中華書局，2010年），頁60。

33 釋印順：《中觀今論》（北京市：中華書局，2010年），頁61。

34 釋印順：《中觀今論》（北京市：中華書局，2010年），頁73。

成為一個整體？以下以《暗戀桃花源》這齣賴氏戲劇拼貼結構的典範之作來闡述其聯結原理。從顯相層面看，這齣戲的兩部分──「暗戀」與「桃花源」，既有「一」──同含現實與理想的關係命題，也有「異」──兩個素材風馬牛不相及；而從究竟層面看，一或異都是觀待他者而成立，其實質是不一亦不異。賴聲川為使兩部分重新聯結成為一個整體創造了充分的條件。導演將兩劇的交錯巧妙設計成兩個劇團爭搶舞臺，消除了「拼貼」形式常有的生硬與機械感，同時對兩劇的情節布局作了非常嚴謹的規劃，這無疑有利於解意路徑的清晰化。「暗戀」中的江濱柳、雲之凡、江太太與「桃花源」中的老陶、春花、袁老闆都暗含三角關係，這使兩部分劇情能夠在「現實與桃花源」的關係命題上相互映射。兩個故事的三段情節交錯發展，首先展示境遇的「變化」，繼而呈現由變化而生成的心境──對過去的追尋，最後展示在觀眾面前的是現實與幻想的差異。在導演的嚴謹規劃之下，「暗戀」與「桃花源」這兩條相異的情節線索相互依存、相互指涉、相互拆解、相互深化，從而成為極富表意潛能的新的意義整體。拼貼使藝術結構獲得極大自由，但賴聲川並不濫用自由，正因為現象本性是「空」，既非「是」，又非「不是」，因此他會更謹慎地創造劇場表意的因緣，尊重觀眾的審美前見與既有認知規則，讓「一」與「異」相互溝通與轉化，在此基礎上產生新的表意可能。這種方法在《暗戀桃花源》之後的創作中持續地運用著。

　　去除標籤，即去除「一」與「異」的固定分界，賴聲川在藝術表達上享受著信手拈來的自由，其戲劇往往出現對古今中外藝術原典的借用，既有西方經典戲劇情節、結構模式，也有東方經典文學類型、情節、意象、典故，等等。但其戲劇所借用的經典已經脫離其原有的文化序列，在新的語境中煥發新的表意能量。經典沉澱著人類心理或思維的原型模式，在流傳過程中又因不斷擴大受眾面而擁有強大的傳播力，成為與當代觀眾聯結的重要基礎。但經典在流傳過程中因其文

化屬性不斷被強化，也就難免於被「標籤化」的命運。賴聲川戲劇對經典的借用或改寫常能去除經典中看起來似乎是不可移易的屬性，從而達到「離形得似」或「反其道而用之」的效果。《暗戀桃花源》中的「桃花源」部分將陶淵明的散文名篇《桃花源記》改編成男女三角關係的搞笑版，看起來是「大逆不道」的，但三角情愛中隱含的「現實與桃花源」的關係命題與原典中因現實戰亂而嚮往理想之境的政治感興在精神上是相通的，而原著的政治感興並未在改寫中完全消失，反而在「暗戀」劇情的映射下更趨於深化。《西遊記》對傳統小說《西遊記》情節的借用，《回頭是彼岸》對武俠小說寫作套路的模仿及顛覆，《千禧夜，我們說相聲》對《等待戈多》結構與寓義的化用，方法同此。由此可見，賴聲川借用經典的原則是，抓住經典中能夠表達其現實感興的某一層面，而對經典的其他面向，或捨棄、或改寫、或發展，完全不拘泥於原有形式，這樣，經典不僅自然地融入現實感興，且其精神內涵也得到豐富與拓展。

　　悲喜交融是賴氏戲劇的慣常風格。莎士比亞悲劇中有喜劇性的段落，但那是悲劇格局中穿插的笑料，而賴聲川戲劇的悲喜交融與此不同。其戲劇往往在喜劇形式中包含悲劇內核，看起來是喜感的，深入體會，卻又是悲情的；而悲劇的境遇也往往包含喜劇的內核，拉開一定距離看，悲慘的境遇往往是由人性的弱點與認知的錯謬所造成。悲喜交融的風格體現著主體雙向度的體驗與認知——入乎其內與出乎其外。深度體察人在現實人生中基於社會歷史動盪或基於人性自身弱點所造成的種種難以超越的境遇，使戲劇呈現出悲情的色彩，在劇場中很能賺取觀眾的眼淚；而通過視鏡的轉移，越出每段際遇、每段人生的情感邊界，去發現另一風景的存在，又能喚起劇場觀眾超脫式的喜劇感受。賴聲川在其戲劇中常常通過突然轉換表現視角，使悲劇與喜劇瞬間轉化，人事還是那個人事，當視角發生變化，悲喜的體驗也就隨之而轉化，這正是「不一亦不異」這種無分別思維的要義所在。

　　新加坡導演郭寶崑曾說，在賴聲川戲劇中，「萬物似乎都是渾然一體的：物質與精神之間、人類與自然之間、真實與幻覺之間、現在與過去之間、生活與藝術之間、高雅與通俗之間、悲劇與喜劇之間，並沒有明確的分界；它們彼此之間的對照交錯，對我們的既成觀念和意象產生了強烈的撞擊。」[35]而這正是中觀哲學「無分別」思維在藝術中的顯現，它使賴聲川戲劇創造出藝術與商業的雙重成功。然而在於他，所謂的先鋒，所謂的商業，都不過是一個標籤，去掉標籤，藝術訴求與大眾需求之間存在著一條可以跨越、溝通、融合的廣闊道路。

三　交互：佛法、後現代、跨文化

　　後現代主義是二十世紀六十年代以來在西方出現的具有反西方近現代體系哲學傾向的思潮，這一思潮延續至今並向全球擴散。賴聲川於一九七八到一九八三年在美國柏克萊大學學習戲劇，柏克萊大學以兼容並蓄著稱，後現代哲學思潮的核心人物福柯就曾於一九八三年在柏克萊大學用英文講了六場課。柏克萊大學還曾經是嬉皮運動的大本營，賴聲川自述，「我常覺得自己是個嬉皮（士），跟主流社會無關」[36]。這一場興盛於二十世紀六、七十年代的嬉皮運動不僅在時間上與後現代思潮同時並存，而且在反叛傳統，消解一體性這一精神向度上與後現代思潮相互呼應。

　　賴聲川長期使用的集體即興創作是西方後現代劇場常見的創作方法，這種創作方法對導演獨裁性的削弱與對參與成員創意的激發與吸收，體現著後現代哲學所推崇的民主、平等思想，其戲劇常用的「拼貼」結構匯入西方後現代戲劇的形式主流中。但賴聲川戲劇又具有不

---

35 郭寶崑：〈實的人，看玄的我〉，《聯合早報》，1990年2月6日。

36 馬潔、賴聲川：〈輝煌的時代，不可能唯一成功的是企業〉，《中國慈善家》2013年第6期。

同於後現代藝術的特質，如果說後現代藝術著力於主流話語與深層意義模式的消解，那麼，賴聲川戲劇通過相異元素的各種聯結，讓人看到世間萬物存在的各種各樣、或顯或隱的相關性，在解構之外同樣著力於關係與意義的重新建立。作為導演，他尊重觀眾的審美前見，遵循劇場認知規律，在運用後現代的「拼貼」手段聯結相異事相時，既通過其內在的一致性也利用其差異性以參差互現，在空間向度的自由聯結中並不排斥時間向度的邏輯推演，同時通過懸念、呼應、巧合等多種劇場手段，創造引人入勝的觀賞效果。其戲劇將自由與嚴謹、先鋒與通俗融為一體，在展示「散碎」時，不至流於「無章」，在揭示「空無自性」時，不至流於「虛無」。

　　而這，我認為同樣根由於佛教哲學對賴聲川戲劇思維的影響。「性空緣起」是佛教中觀宗「空見」的要義。「性空」否定了世界任一現象的自有本性，相應取消了先驗本質的存在，「空其本性」的佛教哲學與後現代解構思潮異曲同調。而「緣起」給出認知世界的另一翼，在強調究竟層面的「空」時，佛教的中觀哲學並不否認相對層面的「有」，即任一元素在相互聯結中生成某一現象與意義。後現代思潮盛行的二十世紀六十年代以來，許多哲學家、藝術家對佛教哲學產生了親近之感並從中吸收思想資源與藝術靈感，但用佛教話語來說，後現代哲學對解構的片面運用使之流於「斷見」。賴聲川戲劇所具有的不同於後現代藝術的嚴謹性與建構性，正顯現著佛教的「中觀」思想對後現代藝術的萃取與修正。

　　此外，還應看到「跨文化」的成長與教育背景對賴聲川戲劇思維的塑成作用。賴聲川一九五四年出生於美國華盛頓，整個童年時期接受的是美式教育；從一九六六年因父親工作調動而回到臺灣到一九七八年留學美國，青少年的成長與教育都在臺灣完成；一九七八到一九八三年他在美國柏克萊大學接受完整的西方戲劇教育；一九八三年回到臺灣以後，絕大部分劇場作品都原創於當地。每個人看待世界的視

角為其成長經歷與文化背景所決定，「跨文化」視野顯然增強了賴聲川對文化差異性的敏感，他認為，「同一個視角無法由兩個人占據，我們永遠都在不同的位置看世界。」[37]賴聲川在其戲劇中常會有意識地設置不同的視角、方式來評價、處理同一件事情。同為大陸來臺灣的外省一代，江濱柳對戀人往事的「不忘」與雲之凡的「放下」成為一種有意味的對比；江太太與江濱柳，一個本地一個外省，對待大陸的感情迥然有別；護士與江先生作為兩代人，其愛情觀也天差地別；《暗戀》的導演與演員對劇中人事的觀感不同，兩個劇組相互的評價與自身的觀感也截然相反。賴聲川還在戲劇中頻繁使用「互觀」手段，在展示出視角差異性的同時，也揭示出看起來迥異的個體彼此間是相互關聯的。《紅色的天空》中，演員同時扮演了青年與老年兩個階段，藉借一人兩身的扮演達到老年與青年兩個人生階段的「互觀」。馮翊綱扮演的陳太的兒子迫不及待、連瞞帶哄地將自己的老母親送到老人院，而由他扮演的二馬也成為了老人院裡最沒有人來探望的一位。通過馮翊綱這一中介體，極容易喚起觀眾的如此認知：從青年到老年乃每一個體之必然過程，而他之所受亦是己之將遇。當演員金士傑從溫文爾雅的老金變為暴戾、躁狂的老李兒子，不僅二者之間的反差性突顯，而且對立、衝突、分離的兩個主體被聯繫在一起；當老李兒子向父親質問：「人家說我有暴力傾向，我暴力，我從哪裡來的暴力」，此因與彼果相互連接，改變了觀眾審視劇中人事的單一視向。

賴聲川刻意在劇中展示不同視角的存在與形成的原因，這既是根由於其跨文化背景所產生的對差異的敏感性，同樣也與佛教的哲學理念相通。「現象並沒有任何真實存在的本性，⋯⋯正因為這樣，對同一個現象，甲、乙二人才可能有完全不同的看法。事物的真相與人物

---

37 賴聲川：《創意學》（北京市：中信出版社，2006年），頁98。

對事物的感受並不相同。」[38]藏傳佛教還在這一理念的基礎上，發展出特定的修道方法——自他交換，「當你以這種方式把自己換成別人時，你就是在把我愛的對象由過去的你自己直接轉到別人。因此，自他交換是鬆綁我愛和我執，並從而啟發慈悲心極有力的方法。」[39]從某種意義上說，賴聲川在戲劇中對差異性視角的彰顯，也成為啟發觀眾鬆綁「我執」，培養「慈悲」的另一種「自他交換」之法。

以上談到，賴聲川對經典的使用體現著「去標籤」思維，它相通於佛教的「自性空」哲學，而能夠自如地對經典進行「去標籤」，很大程度還應歸功於其跨文化身分所生成的差異性視角，這使他能順利掙脫經典所從屬的某一文化系統的規約，對經典進行重審並去除標籤。就方法而言，「去標籤」與布萊希特的「陌生化效果」相近，「對一個事件或一個人物進行陌生化，首先很簡單，把事件或人物那些不言自明的，為人熟知的和一目了然的東西剗去，使人對之產生驚訝和好奇心。」[40]對賴聲川來說，跨文化的差異性視角也正成為「陌生化」打量的思維基因。「陌生化」有利於藝術創意的實現，而經典中某一為人所熟悉的元素則有助於實現戲劇與觀眾接受前視野的連接，這也是其戲劇常能跨越中西、融匯古今、兼具雅俗的原因之一。

在賴聲川戲劇思維的生成中，佛法、後現代與跨文化呈現出交互性，或者如伽達默爾所言——「視域的融合」，「理解其實總是這樣一些被誤認為是獨自存在的視域的融合過程。」[41]這種融合既是基於佛

---

38 〔不丹〕宗薩欽哲仁波切撰，馬君美、楊憶祖、陳冠中譯：《佛教的見地與修道》（蘭州市：甘肅民族出版社，2006年），頁30。

39 索甲仁波切撰，鄭振煌譯：《西藏生死之書》（北京市：中國社會科學出版社，1999年），頁226。

40 〔德〕布萊希特撰，丁揚忠譯：〈論實驗戲劇〉，《布萊希特論戲劇》（北京市：中國戲劇出版社，1990年），頁62。

41 〔德〕漢斯·格奧爾格·伽達默爾撰，洪漢鼎譯：《詮釋學：真理與方法》（1）（北京市：商務印書館，2010年），頁433。

法與後現代哲學、跨文化思維的相通之處，也產生了三者之間的相互萃取與修正。作為一個接受完整的西方現代教育的知識分子，賴聲川的跨文化知識背景使他超越了東方藝術常見的僅從文化層面接受佛教渲染，「真正的佛法和它所依存的文化環境並不相同。不同的文化就像茶杯，佛法像是茶」。[42]賴聲川擅以西方現代理性為工具將佛教中的智慧精髓直接運用於戲劇創造，雖然其戲劇從顯相層面不一定都呈現出鮮明的佛教文化色彩，但不論是戲劇思維的建構還是觀照人事的視角，無一不與佛教的智慧精髓相契合。而在現實生活中，佛教的智慧已經內化為他與世界共處的一種方式，藝術則是這種方式的表達。這樣，我們就可以理解為什麼賴聲川會說：「曾經，我認為佛法可以成為我藝術創作的靈感和能量源，現在我知道那想法是很愚蠢的。不是藝術在包容佛法，絕對是佛法在包容著藝術。」[43]

──本文原刊於《戲劇藝術》二〇一七年第四期

---

42 〔不丹〕宗薩欽哲仁波切撰，馬君美、楊憶祖、陳冠中譯：《佛教的見地與修道》（蘭州市：甘肅民族出版社，2006年），頁61。

43 陶慶梅、侯淑儀編著：《剎那中──賴聲川的劇場藝術》（臺北市：時報文化出版企業公司，2003年），頁258。

三　戲裡春秋

「對話」的意義與問題
──二十世紀八十年代探索戲劇的文化訴求

　　熟悉二十世紀八十年代探索戲劇的人們不難發現這樣一些特徵：在探索戲劇中，人與人之間的對立關係逐漸消解，不存在絕對意義上的反面人物，英雄與小人物邊界模糊；大多數劇作沒有中心事件，事件往往作為人物活動的背景，藉此展現生活的一種狀態；劇作結局逐漸突破「戰勝」、「改造」模式，各種精神內容或相互和解，或否定各自的偏執，或無法給出確定的回答，或以悖論形式出現；人物內心的揭示得到加強，借助現代戲劇表現手段展開同一主體內部各種觀念、意識、情緒、人格之間的衝突、轉換或分離。這些形式特點折射出八十年代某些共通的精神元素，通過與「十七年──文革」戲劇的比較，本文對探索戲劇形式符碼的內在含義進行深入解析，而形式創新帶來的具體問題也將得到進一步的探討。

　　衝突是構建戲劇的傳統手段，緊張、激烈的戲劇衝突本來是利用人與人之間意志交鋒的尖銳性以檢驗人類精神的深度，但在「十七年──文革」戲劇中，衝突被「階級鬥爭」這一政治命題所利用，個體意志的交鋒被置換成「以階級鬥爭為綱」統領下的新與舊、正與邪、先進與落後、光明與黑暗的機械對立與轉化。這種衝突模式在長期使用中逐漸具有先於內容的規定性，也就是說內容在進入這個形式之後，它的面目就被形式悄悄改寫，細緻微妙的生活原色調被統一為紅與黑的斬截對比，人與人的關係被納入階級與階級的鬥爭，它對「十七年──文革」千篇一律、千人一面的戲劇創作局面具有不可小

視的影響力，不妨將這種現象稱為「結構內自動化效應」。從這個意義上說，《茶館》的成功一定程度上也得益於衝突模式的弱化。[1]

「文革」過後，經歷了社會問題劇的短暫繁榮，戲劇逐漸感受到觀眾的冷淡，於是有了「危機」之說。「危機」儘管有著人力難及的客觀原因，但追究到戲劇自身，二元對立模式化思維難以容納新的時代內容亦是不可推諉之病根。八十年代的文化語境發生了顯著的變化，政治對於文藝雖然餘威尚在，但其螺口已經鬆動，「人性」主題、多元化籲求逐漸升溫，在這種情形之下，探索戲劇的形式創新便蘊含著使戲劇向新的時代靠攏的現實意義。

探索戲劇中的人物關係相較「十七年──文革」戲劇緩和多了。階級成分、政治地位在人物屬性中不再占據主導地位，你死我活、魚死網破的鬥爭模式也就漸漸消隱。人物間關係不再體現為一個主體對另一個主體的支配、改造或征服，隨之而來的是情節多以非衝突形式構建，凡俗個體的心事以更為平和的對話方式得以訴說，而對話的寬鬆性則承認生存著的個體各不相同的價值取向。《車站》中，等車的眾人顯然是一個偶然聚合體，彼此不產生衝突關係（個別時候有口角，但並非主導）。作家將他們的語言以共時的形態呈現出來，進行多聲部語言實驗，多聲部模擬的是眾聲喧嘩沒有中心的日常狀態，眾多小人物瑣碎的日常願望在舞臺上得到訴說，這是「十七年──文革」戲劇所不可能出現的。自然，劇中沉默的人與眾人之間依然可見出價值高下的預設判斷，但劇作者高行健認為，沉默的人是「一種精神，作為一種內心狀態，它存在於我們每一個人心裡」[2]。這樣的闡釋基於一種新的認識：人與人之間的互通是本有狀態，所謂榜樣，其實是每個人心中的另一個自我。

1　筆者有專文論述，見〈經典的背後──再論《茶館》〉，《文藝爭鳴》2003年第4期。

2　高行健：〈京華夜談〉，《鐘山》1988年第1期。

　　善惡忠奸是傳統戲劇的基本衝突類型，也規約了民族傳統認知——評價模式。「十七年——文革」戲劇利用這一基本衝突模式演繹階級鬥爭主題，個人的政治成分與道德修養直接對應，用道德立場強化階級立場，以達到政治宣教目的。八十年代探索戲劇「人性」主題的確立正是從消解善惡忠奸模式開始的。《一個死者對生者的訪問》以荒誕的形式讓遇害後的葉肖肖親自尋訪當時在場的乘客，這原是一場以道德審判為出發點的質詢，但通過乘客們各有隱情的訴說，不同個體得到平等的展露自身的機會。儘管本劇並不否認道德的意義，但從葉肖肖的寬容中，膽怯、私心、保護自己等人性普遍弱點的合理性也得到一定的認可。同時，通過死後的葉肖肖與評價他的眾人之間的對話，對戴到葉肖肖頭上的英雄桂冠作出糾正與補充，死之前的葉肖肖不過是個小人物，既不美，也不崇高，甚至是極不起眼的。英雄的小人物特徵被突出，他與眾人的距離被拉近，教育模式化解為談心模式，以突出他們之間的平等關係，提倡以愛為本的更為寬容的個體間關係，這是八十年代文藝作品處理英雄與小人物關係上的共通模式。舊戲舞臺上的紅臉白臉儘管一目了然，易於識別，卻是以犧牲人物豐富性為代價。模糊正反善惡的邊界，努力恢復人性更真實的本貌，是八十年代探索戲劇的共同取向，也是推進戲劇現代化進程的切實努力。

　　毛澤東〈在延安文藝座談會上的講話〉強調：我們的文學藝術必須首先寫光明、寫正面人物，寫工農兵。解放區的寫「正面人物」演變為十七年的「寫英雄人物」，再到「文革」便發展成「三突出」創作律條。「我們根據江青同志的指示精神，歸納為『三個突出』，作為塑造人物的重要原則。即：在所有人物中突出正面人物來；在正面人物中突出主要英雄人物來；在主要人物中突出最主要的即中心人物來。」[3]英雄人物占據戲劇舞臺中心地位是為了給民眾樹立觀念與行

3　于會泳：〈讓文藝舞臺永遠成為宣傳毛澤東思想的陣地〉，《文匯報》，1968年5月23日。

為的樣板，它是強調一元秩序的時代對文藝創作的規約。

在八十年代探索戲劇中，「英雄人物」的中心地位漸趨模糊，更多的小人物登上戲劇的舞臺。《WM（我們）》原是要寫空軍某學校優秀學員鄭躍的事蹟，也就是劇中岳陽的原型。按常規，是一部頌英雄樹榜樣的戲，但後來卻「由寫一個人改為寫一群人，寫他們的生活、道路和真實的苦樂，想變換一個角度，寫個反思的戲」[4]。從一個人到一群人，主人公岳陽成為眾多知青中的一個，他的主角身分消隱了，英雄色彩也相繼淡化。劇中除了岳陽之外，每個人都處於失落與尋找的循環狀態中，他們「不像張海迪、丁紅軍、鄭躍那樣先進，但也決不壞、決不是社會渣滓，他們是我們身邊的、常見的、普普通通的……當然，這可就碰了一個『古老』的禁區：寫中間人物」。[5]《WM》在八十年代受到批判，便是由於眾多中間人物的存在模糊了當時仍有部分人所希冀的價值導向的明確性。儘管作者有意將軍人岳陽作為正寫的「人」，以此反觀知青們的迷惘，但劇中更能激起同時代人精神共鳴的不是岳陽，而是那些找不到人生方向的知青們。一代人的命運與生存狀態並不以某個典型為代表，其他如《灑滿月光的荒原》、《魔方》、《野人》、《彼岸》、《十五樁離婚案的調查剖析》等劇也都不存在占據主導地位的中心人物或中心事件。這些探索戲劇廣泛展開時代中各類人的生存狀態與精神面貌，而不再聚焦於單個人，單件事。從某種意義上可以說，戲劇創作的目的正由「說教」轉向「思考」，盡可能將更多的現象提供給讀者／觀眾，讓他們作出自己的判斷與解釋。

在二元對立思維模式中，正題與反題不能同時成立，結果導致一方對另一方的消滅與取代。高度政治化的時代將此運用於意識形態的清理，興無滅資，東風壓倒西風，寧要社會主義的草不要資本主義的

4　〈訪問《WM》（我們）的作者〉，《劇本》1985年第8期。

5　〈訪問《WM》（我們）的作者〉，《劇本》1985年第8期。

苗，其目的是為了取得整飭劃一的統治格局。八十年代探索戲劇的精神命題也是以二元來區分的，精神與物質、理想與現實、開放與封閉、原始與現代、愛情與婚姻、利己與利他、保守與進取、東方與西方……不同的是，創作者對二元分立的偏執持的是批判態度，追求二元互補、異質並存。精神與物質必須兼而有之，《孔子‧耶穌‧披頭士列儂》中，金人國（拜金主義）與紫人國（精神專制）偏於一端顯然可笑；東方文明與西方文明、物質與精神在《中國夢》中以明明與John 的聯姻為隱喻；《魔方》中，流行色並非一色或兩色，色彩繽紛才是永恆的流行，京劇迷與流行音樂愛好者在搖滾京戲中得到了和解；《野人》劇終譜寫了一曲人與自然和諧共處的交響樂章。

　　二元對立思維的消解還體現為不確定性與悖論性的出現。《山祭》中，智叟很早就看透愚公移山的盲目性，並試圖制止過，隨著人生經驗的增長，他又認識到移山是愚公一家人活著與團結在一起的精神核心，這一道理同樣為臣服於愚公意志的愚婆所知曉；海邊姑娘是開放文明形態的代言人，通過她的視角暴露出愚公封建家長的專制性及重物不重人的小農意識，但她對愚公一家的讚嘆「你們……你們太偉大了」又隱含對愚公移山韌勁的欽佩。作者窺見並呈現出價值判斷中的複雜性和悖論性。既然對某一精神內容無法簡單地給予是非、對錯、好壞、高低的評判，理解、寬容、溝通就成為八十年代共同的精神嚮往，用《山祭》中海邊姑娘的話就是：「我願意和我能遇到的人們談話，交朋友。我相信人與人有一種相互理解的需要。我會習慣的，不管在什麼地方。」從中透露出的是從「對立」走向「對話」的新的時代精神脈息。

　　有意思的是，在探索戲劇中，不同主體間的矛盾對立在淡化，而同一主體內部的對峙或分裂卻在加劇。在高度政治化環境中，意識形態的堅硬對立要求每一個體思想傾向的明確性。它排斥左右搖擺、意志不堅的人，同時對社會異己因素採取孤立、改造乃至剿滅的措施，

以結束意識形態分裂格局。在這樣的精神外環境中，文學藝術表現內心聲音的雜多是不可能的，因為「雜多」所隱含的分裂傾向最終將瓦解意識形態統一格局而導致精神專制的破產。經過七十年代末的社會大調整，八十年代的文化語境發生了顯著的變化，文學藝術領域普遍開始「向內轉」。「向內轉」的最初意義在於發現主體內部游離於主流意識的他種聲音，「小我」對「大我」，「欲望」對「道德」，「失落」對「理想」形成挑戰與質疑。既然不同的精神內容都是從同一主體派生出來，它們就都從屬「人性」這一範疇。內心多種聲音的發現既拓展了人性內涵，又賦予異端精神元素以相對寬容的態度。

　　隨著「向內轉」的開始，探索戲劇在表現手法上也相應地發生了變化。傳統戲劇在行動中展現人物性格，不同個體的精神內容通過彼此的交鋒得以呈現。探索戲劇則借鑑了現代戲劇表現技巧，將同一主體的多種意識內容轉化為舞臺上的對話。《路》中，在每個面臨抉擇的關頭，周大楚的「內心自我」就出現於舞臺上，與周大楚在私心與公心、沮喪與奮起、動搖與堅持之間展開辯駁。在明處的是以事業為重，堅強、豁達的周大楚；只有無人在場時，那個軟弱的、懷疑的、重感情的、略帶些感傷的「內心自我」才出現，在辯駁中，口氣甚至比周大楚還要強硬。周大楚與「內心自我」的分裂顯然借鑑了佛洛伊德的精神分析學說，又加以中國式的闡釋。暗處的「內心自我」，應該是佛洛伊德所定義的「本我」（強調其陰暗），在中國語境中又稱「小我」（個人之我），而公眾面前的周大楚有著超拔的道德意志支持，是「超我」，又稱「大我」（社會之我）。「大我」與「小我」的分裂及鬥爭，表現出八十年代初期探索戲劇在人的形象定位上的矛盾性。一方面，劇作家承認人的心理內容的複雜性，承認「小我」需求與「大我」需求並不一致，通過釋放「小我」聲音，創業者周大楚比起之前話劇舞臺上雷厲風行的英雄人物多了一些猶疑與顧慮。另一方面，在「小我」與「大我」之間，劇作者又作出明確的價值判斷，劇

終，周大楚的「內心分裂」結束於「大我」對「小我」的驅逐。「小我」終究要服從於「大我」的需求，「小我」的聲音在「大我」義正詞嚴的斥責中消失了。如果將「小我」與「大我」的交談稱為對話，那麼「大我」對「小我」的驅逐又成了獨白。《路》是八十年代初期探索戲劇對同一主體多種精神向度的嘗試性表達，儘管這樣的嘗試並不足以撼動價值導向的一元性，但對異質聲音的寬容度卻大過了八十年代以前。

　　《絕對信號》的作者高行健認為在該劇中：「人物想像中的場面，應該從該人物出發，在該人物想像中出現的其他人物僅僅是他的設想，並不等同於這些人物本來的面目，演員的表演應有所區別。」[6]因此，黑子幻覺中的他人聲音就是黑子內心的另一種聲音，是道德自我與欲望自我的鬥爭，黑子與犯罪團夥的決裂顯示了一個犯罪分子自我淨化與昇華的能力。《死罪》同樣如此。如果說強姦秀妮的孫二勇代表的是醜惡的「本我」，那麼「幽魂」就是孫二勇未泯滅的天良或先天的道德感即「超我」。在「超我」的監督下，第一次處決未死的孫二勇自願接受了第二次槍決。有意思的是，這兩部作品在當時受到的共同批評是「同情犯罪分子」。究其原因，在於它們將「十七年──文革」戲劇中由兩類不同的人來承擔的對立意識融合、共存於同一主體之內，雖然遵循的仍是善對惡的改造模式，但由於善、惡同源於一個主體，它突出了「對話」的過程，使「教化」這一主旨顯得溫情、人性化，因而被譴責為「同情犯罪分子」。

　　如果說，「內心對話」形式在以上各劇中只限於豐富人物的心理內容，那麼它在《狗兒爺涅槃》中的出現卻具有更為深廣的歷史內容。狗兒爺作為農民，對於土地的占有欲望是其本性，但農業合作化卻壓制了土地私有欲望的實現，占有土地的本性與失去土地的處境之

6　高行健：〈本劇演出的幾點建議〉，《十月》1982年第5期。

間的衝突，造成狗兒爺內心的分裂，乃至於瘋癲。「內心分裂」通過死去的地主祁永年不斷地出現於狗兒爺的幻覺中而得以體現。祁永年活在狗兒爺心裡，既是他的死敵，又是他的知音，同時也代表了他的另一個自我，因為祁永年所言就是狗兒爺所思。占有土地、積聚財富的欲望使地主與農民既相互爭鬥又相互溝通，階級壁壘在相異階級個體共通的欲望中被打破了。通過內心另一種聲音的發現，本劇完成了農民與地主形象的再闡釋及對特定歷史內容的再認識。

　　在八十年代中後期的探索戲劇中，內心的矛盾與分裂引進了更富現代意味的精神命題。人性本貌與社會身分的分離是西方現代文學的一大命題。美國劇作家奧尼爾將古老的面具手法運用於現代心理的揭示，做出偉大的開創性實驗。一九八五年的探索戲劇《掛在牆上的老B》顯然受到了奧尼爾《大神布朗》的啟發，通過屈原與范進兩種面具的轉換，編導揭示了演員老B「自信後面藏著自卑，清高後面藏著虛榮，執著的追求後面藏著患得患失，憤世嫉俗的後面藏著精神勝利的感覺」[7]。老B在環境中無法施展才能，內心產生痛苦，而主體為抵抗這種痛苦，一面以傲視群倫保護自我，一面又嚮往著重返中心的榮耀。顯然，老B所指不僅限於舞臺B角，它同時喻指現實生活中處於邊緣又嚮往中心的小人物。通過面具的直觀形象，以及「脫」、「換」面具的喜劇動作，主體內部處於分裂狀態的兩面人格及它們之間的消長衝突得以揭示。小劇場戲劇《屋裡的貓頭鷹》展現女性理想與現實相悖離的生存狀態同樣具有現代意義。本劇借鑑了西方表現主義戲劇的結構形式。在表現主義戲劇中，「所有必要的戲劇性場面都減低為單人劇，所有其他角色或者是主人公個性的投影（因而表現主義的戲劇充滿雙影人形象，劇中人僅僅是主人公的個性分裂而成獨立存在的各個方面），或者僅僅是些從外部看來的密碼，充當主要人物

7　王曉鷹：〈老B，我的兄弟〉，《劇本》1985年第3期。

獨自沉思的『進料』。[8]《屋裡的貓頭鷹》可視為一齣關於沙沙的單人劇，劇中其他人物空空與康康不過是從沙沙內心派生出來的。佛洛伊德認為，夢是被壓抑的潛意識欲望的顯現，現實婚姻狀態的不理想導致了夢幻的產生，於是就有了現實與夢幻的來回穿梭，康康與空空形象的輪流轉換。空空是沙沙強迫自己必須接受的現實，而康康又是沙沙幻想體驗的激情，當康康突然間轉成現實出現在沙沙面前時，沙沙又命令空空趕走他，因為沙沙缺乏將幻想轉成現實的勇氣。空空要離開沙沙遠走，沙沙又意識到空空的不可缺少，因為她失卻獨立生存的能力。這部當時看來極其先鋒的戲劇揭示的同樣是隱藏於主體內部多重精神內容之間的糾纏與衝突。

　　探索戲劇呈現出的這些形式特點使人聯想到巴赫金對陀思妥耶夫斯基小說形式的描述：「甚至一個人的內心矛盾和內心發展階段，他也在空間裡加以戲劇化了，讓作品主人公同自己的替身人、同鬼魂、自己的 alter ego（另一個我），同自己的漫畫相交談……」[9]巴赫金還發現，「這種特點還有一種外在表現，就是陀思妥耶夫斯基酷愛人物眾多的場面，希望在一時一地匯集起最多的人物和主題，雖然常常違反實際上的真實情況；也就是說要在一瞬間集中盡可能多樣性質的事物」[10]。巴赫金認為，陀思妥耶夫斯基小說採用這些形式是為了複調主題的表達需要，即讓「紛繁多樣的精神現象通過藝術組織而同時共存與相互作用」[11]。相較於「十七年——文革」，二十世紀八十年代是一

8　〔英〕馬丁・艾斯林：〈現代主義戲劇：從魏德金德到布萊希特〉，〔英〕馬・布雷德伯里、詹・麥克法蘭編：《現代主義》（上海市：上海教育出版社，1992年），頁501。

9　〔蘇聯〕巴赫金撰，白春仁、顧亞鈴譯：〈陀思妥耶夫斯基詩學問題〉，《巴赫金全集》（石家莊市：河北教育出版社，1998年），卷5，頁38。

10　〔蘇聯〕巴赫金撰，白春仁、顧亞鈴譯：〈陀思妥耶夫斯基詩學問題〉，《巴赫金全集》（石家莊市：河北教育出版社，1998年），卷5，頁38。

11　〔蘇聯〕巴赫金撰，白春仁、顧亞鈴譯：〈陀思妥耶夫斯基詩學問題〉，《巴赫金全集》（石家莊市：河北教育出版社，1998年），卷5，頁41。

個相對寬容、多元、民主的時代，探索戲劇的形式革新彰顯著這一時代的複調元素，但這種相似性並不意味著探索戲劇獲得了與陀思妥耶夫斯基小說等量齊觀的藝術成就。

　　每種藝術類型的表現形式有其內在的規定性。小說的存在形態是書面文字，其接受方式是文本閱讀，相對來說，讀者能夠接受以分析、議論的形式對人物精神內容進行靜態揭示，當然也因不同民族的審美傳統而異，如中國傳統小說就極少靜態的精神分析。戲劇的存在形態是演員表演，接受方式為現場觀看，因此人物的精神內涵最好在動作中呈現。動作賦予觀眾鮮明的感知形象，同時使觀看心理轉成動態。恩格斯關於「莎士比亞化」的論述為人熟知：「較大的思想深度和自覺的歷史內容，同莎士比亞劇作的情節的生動性和豐富性的完美融合」[12]，道出的正是戲劇特定的藝術規定性。就莎士比亞戲劇來說，深湛的主體情思總是通過豐富生動的情節內容得以呈現。為什麼哈姆雷特大量的抒情獨白存在於劇中，卻並不讓人感覺到空洞與抽象呢？因為哈姆雷特精神的全部內容都結合於外部動作的展開之中，以抒情片段呈現的精神內容與哈姆雷特對國王、對王后、對莪菲莉婭、對為父報仇的雷歐提斯所表現的行為相結合，並且在他的裝瘋賣傻、他的「捕鼠機」的設計、他對出賣他的人倒打一耙中呈現出來，而不是一個孤立的抒情詩片段的存在。這也就是黑格爾所說的「特別在近代戲劇裡宜於用抒情詩的語言因素，尤其是因為主體性格沉浸於返躬內省，在作出決定和發出動作中對自己的內心生活始終是自覺的。不過內心生活的吐露如果是戲劇性的，就不只是飄忽捉摸不定的情感、回憶和感想，而且始終要保持內心生活與動作的聯繫」[13]。

12　〔德〕恩格斯：〈致斐迪南・拉薩爾〉，《馬克思恩格斯文集》（北京市：人民出版社，2009年），卷10，頁174。

13　〔德〕黑格爾撰，朱光潛譯：《美學》（北京市：商務印書館，1981年），卷3，下冊，頁256。

　　探索戲劇中的人物大多隱去了日常狀態的具體行為，集中呈現的是情緒與觀念內容。劇中人物不是通過行動顯現他們自身，而是通過自我評價與他人評價，即相互的交談展開心理樣式、情感狀態。《WM》中，人在現實生活中的具體行為被推至遠景，只通過簡短的敘述來交代，主要的空間都讓給人物自我抒發情緒感受。劇中並沒有給出人物與整個事件的搏鬥過程，則何以龐芸考上了大學仍然頹廢，白雪事業有成而情感空虛，李江山呼風喚雨卻無滿足之感，于大海有了錢後反覺得更沒意思，觀眾對他們並無深切的理解與感知。雖然也有片斷式的展現人物精神狀態的特定動作，如姜義的自我鞭打，白雪以小貓自慰，但缺少主體在事件過程中的全面參與，就難以深刻揭示人物的精神狀態，主體只能是抽象的形式。情節淡化的目的在於使人物的精神內容得到更充分的展現，其結果卻可能適得其反，如勞遜所言，「如果劇作家只是把情緒當作人物所具有的一種不確定的感受能力來觀察的話，它的領域就必然是無限廣大，漫無準則的；而所表現出來的情緒結果也就可能只是圖解性的或抒情式的，對戲的統一發展並不具有任何意義」。[14]

　　戲劇探索者們有意識地將舞臺作為一個交流思想的平臺，讓各種主體發出不同的聲音，就一個話題各抒所見，從而使劇作的焦點從人相應地轉向問題。人有時只是為問題而設立，在圍繞著共同問題的討論中，生活內容被淡化到交談的背後去，不同的觀念脫離了人的具體形態。這種傾向在那些將人作為精神類型表徵的劇作中更為明顯。《中國夢》所要表達的是物質之夢與精神之夢的對話，John 在劇中與其說是一個「人」，不如說是一種觀念，代表的是美國人對於中國傳統文化的嚮往。但因為 John 的精神內涵脫離行動的具體形態，全是以自我

14　〔美〕約翰・霍華德・勞遜撰，邵牧君、齊宙譯：《戲劇與電影的創作理論與技巧》（北京市：中國電影出版社，1978年），頁357。

陳述的形式揭示出來的，則這種觀念的表達便顯得生硬、空洞且流於簡單化。八十年代探索戲劇普遍追求較高的哲理內涵，以「哲理性」取代老生常談的「思想性」，是出於對「政治化」的避嫌。但說到底，「思想性」與「哲理性」是同義的，都是指作者對人生、人性的獨到見解。「哲理性」的追求明確之後，還得要求劇作家有豐富的生活積累、精神積累，以及能夠將精神感悟凝定為感性形象的藝術能力。否則，「思想性」或「哲理性」便可能淪為對概念的圖解。儘管這些概念可能與政治無關，它可以是存在主義的時尚盜版，也可以是莊老佛學的通俗演繹，其共有的特點卻是脫離了人本身的具體形式，流於赤裸裸的觀念演示。人只剩下概念化的精神本身，失去了呈現於日常生活的具體形式，因此成為抽象的存在。它使話劇的「哲理性」以直接宣講的形式灌注給觀眾，與政治化戲劇的說教模式殊途而同歸。自然不是所有劇作都如此，某些劇作有意識地將人物的精神內容通過情節這一載體得以呈現，取得了較好的表現效果，如《山祭》。

　　陀氏小說在表現人物心理時利用空間形式也即「自我對話」形式，他所要揭示的不是或主要不是性格內容，如果僅止於此，在時間進程中同樣可以表現。他所展示的是人物內心兩個或多個聲音的思想價值，通過空間的交談形式為兩個思想的充分展開及它們之間的相互辯駁創造了條件。因此這種交談形式是為陀思妥耶夫斯基創造思想類型的人物服務的，在內容表現與形式選擇之間具有無法更改的對應關係。探索戲劇的人物顯然不具有陀氏小說的思想含量，「內心對話」形式的運用主要在於揭示人物行動的心理邏輯或者豐富人的心理內涵，就此而言，傳統戲劇手法亦可以表現。《桑樹坪紀事》中的李金斗作為一個具有多面人格的農村幹部，他的複雜性就是通過在不同處境中對待不同的人事表現出來的。當然，這還不足以說明探索戲劇運用「內心對話」形式所存在的問題。更主要在於，當「內心對話」大量出現於劇中時，它使人物的心理內容脫離了行動，以靜態的形式呈

現出來，這使某些探索戲劇如《路》、《死罪》等對於人物深層心理的揭示顯得生硬而直白。此外，對與錯、是與非即使內化為同一主體內部的兩種意識內容，也還是機械二元對立的格局。當《路》、《死罪》中的「超我」對「本我」進行道德訓誡時，心理轉化的機械性充分暴露出來。但這並不是否認某些探索戲劇對「內心獨白」形式的成功借用。當「內心對話」融入劇情，轉化成極富戲劇性的場面之時，它就可能成為富有表現力的戲劇手段，達到深化人物與作品主題的效果。

以《狗兒爺涅槃》而論，該劇同樣出現了「內心意識」的對話，但它是借助兩個劇中人物的對話來完成的，這就比較吻合傳統的戲劇欣賞習慣。祁永年出現於狗兒爺的意識中，對瘋癲之後的狗兒爺的心理揭示顯然是不可或缺的，對地主與農民欲望相通這一主題的表現也是不可或缺的。他們的交談也成為兩個向度的情節推動力，對於過去時態的情節，它是掀開記憶，重現歷史的心理連接；對於將要發生的行動，它又成為狗兒爺火燒門樓的心理動因。這樣，依據人物性格邏輯而形成的「內心對話」，有機結合於情節的發展中，既不違背戲劇的特點，又使人物形象、作品主題得以深化。其他如《掛在牆上的老B》中面具的轉換，《屋裡的貓頭鷹》中空空與康康的輪流出現，也都在尋找內心外化於舞臺的獨特語彙，儘管不一定十分成熟，卻是充分動作化了的。

衝突的刻意淡化使精神呈現找不到一個聚焦點，人物往往在表面的精神表象中滑行，未能更深刻地突入到內心深處，也成為探索戲劇的一個主要問題。《車站》在演出之時，特意將魯迅的〈過客〉作為自己的「引子」。《車站》演出說明書宣稱：「《車站》試圖沿用魯迅先生半個多世紀以前開創的這種戲劇手段，並且進一步作了些新的嘗試……」[15]《車站》與〈過客〉構思相似，都是通過特定情境下的對

---

15 〈《車站》演出說明書〉，轉引自何聞：〈話劇《車站》觀後〉，《文藝報》1984年第3期。

比來反映人物精神內涵的差異。但〈過客〉相較《車站》其精神內容顯然要豐富深刻得多。〈過客〉中只有三個角色，老翁、女孩與過客，每個角色身上都凝聚著深刻的時代精神內容，借助於象徵，將巨大的意識內容壓縮，通過層層互遞的交鋒，三個不同個體相承又相異的精神內容得到充分展開。《車站》是一場龐雜的對話，眾人與沉默的人的精神內容皆未得到更深入的揭示，眾人的談話除了日常欲望的訴說，並不具有更深刻的精神內涵，沉默的人除了奮然前行的行動，並未蘊含更多的意識內容。有了〈過客〉在前，不能不映照出《車站》精神內容的貧乏。追究到形式上，也許要歸因於作者對觀念交鋒的刻意迴避。如果能像〈過客〉一樣，讓沉默的人與眾人之間就各自的立場展開一場意識內容更為深廣也更為尖銳的對話，那麼也許這部劇作的思想價值能夠得到更進一步的提升。

由於議論、抒情性對話大量存在，探索戲劇的「戲劇性」[16]也隨之減弱，戲劇性可以形諸外部，佳構劇講究情節布局的巧妙，講究戲劇懸念的設置，通過突轉與發現揭開謎底。探索戲劇淡化了情節，也就失去了情節這一層面的戲劇性。契訶夫的戲劇缺少表面的多變的情節，但他的人物的情感總在與環境與他人的微妙互動中揭示出來，這種微妙的互動本身也是戲劇性的體現，「在這裡，人物說話很少，但這既是一種強有力的和難忘的性格塑造，同時也是一種強有力的和難忘的行動」[17]。而探索戲劇多是通過對情感內容的直接揭示來表現人物，也就失去了心靈與環境微妙互動而產生的戲劇性。對情感空間直接切入的後果是潛臺詞的消失。高行健宣稱：「這齣戲（指《絕對信

---

16 蘇聯戲劇理論家哈里澤夫將「戲劇性」區分為Театральность與Драматизм（見《作為文學樣式的戲劇》俄文版（莫斯科市：莫斯科大學出版社，1986年），頁63），這兩個詞對應於英語便是Theatricality與Dramatism。我們這裡討論的是第二種。

17 〔英〕馬丁・艾思林撰，羅婉華譯：《戲劇剖析》（北京市：中國戲劇出版社，1981年），頁36。

號》，引者注）著重的是人物的心理活動，但又不同於一般的心理劇。不必把功夫用在挖掘人物內心的潛臺詞上，況且這些潛臺詞大都已經寫成為臺詞了。」[18]潛臺詞化為臺詞，內心揭示過於直露、直白，則契訶夫式的戲劇性也喪失了。直白與顯露也是造成探索戲劇對觀眾吸引力下降的原因所在。

相較於「十七年──文革」，二十世紀八十年代是一個相對開放、多元、民主的時期，探索戲劇的形式創新折射出這一時代的精神症候。人物間衝突淡化、交流增強，對立意識和解，「內心對話」展開，形式所凝結的精神目的是讓「紛繁多樣的精神現象通過藝術組織而同時共存與相互作用」[19]，因此，「對話」既是探索戲劇的形式總特點，也是它的精神總目的。但「對話」的真正實現有賴於觀眾對戲劇的接受。探索戲劇或因精神內容的貧乏，或因二元對立思維並未真正突破，或因形式創新違背傳統觀劇習慣，或重蹈「十七年──文革」戲劇的某些老路，觀眾與探索戲劇之間並未真正達成心心相契的深層對話。這也使背負著緩解戲劇危機這一歷史重任的探索戲劇未能將更多的觀眾重新吸引到劇場中，則戲劇與大眾之間的「對話」也就成為一個有待繼續探索的課題。

> ──本文原刊於《弦歌一堂論戲劇》（南京市：南京大學出版社，二〇〇五年），原題目為《「對話」的意義與問題──探索劇的形式解讀》

---

18 高行健：〈本劇（指《絕對信號》，論者注）演出的幾點建議〉，《十月》1982年第5期。

19 〔蘇聯〕巴赫金撰，白春仁、顧亞鈴譯：〈陀思妥耶夫斯基詩學問題〉，《巴赫金全集》（石家莊市：河北教育出版社，1998年），卷5，頁41。

潛對話

——二十世紀八十年代戲劇語言探索的微觀考察

　　二十世紀八十年代探索戲劇產生的總體環境，正是中國從「十七年——文革」向著「新時期」轉型的重要十年。在這十年中，意識形態的一元化格局被逐步打破，社會價值體系開始多元分化，經濟發展加速著社會的世俗化進程，價值觀的上位與下位發生了潛移默化的轉換。這期間不難發現巴赫金所命名的「對話」、「複調」的精神元素。

　　「對話」關係通常產生於體現不同價值的兩個或多個主體間，但在探索戲劇中，不同價值的聲音也可能內蘊於某一個體的話語中。與主體分裂而產生的「內心對話」形式不同，個人話語中的多種聲音並不外現為交談的兩個客體，而是潛在隱晦地交織於同一主體的話語流程中，因此，辨別與解析相對變得困難。在這一項研究上，巴赫金對陀氏小說語言的分析給予我們有益的啟示。由於小說的敘述體語言與戲劇的對話體語言在話語構成形態上存在著差異，因此，巴赫金對於小說語言的歸類無法完全套用在戲劇語言的分析中，但借鑑卻是可能的。

　　「雙聲語」是巴赫金針對陀思妥耶夫斯基小說中人物語言的一種特質所作的歸納，「兩句對語——發話和駁話——本來應該是一句接著另一句，並且由兩張不同的嘴說出來；現在兩者卻重疊起來，由一張嘴融合在一個人的話語裡，這些對語是相互對立的，在這裡衝突起來」[1]。由於「雙聲語」這一現象是從陀氏小說的人物話語中發現的，

1　〔蘇聯〕巴赫金撰，白春仁、顧亞鈴等譯：〈陀思妥耶夫斯基詩學問題〉，《巴赫金全集》（石家莊市：河北教育出版社，1998年），卷5，頁279-280。

它也就適合借鑑來分析戲劇的語言。我們發現，某些探索戲劇的人物語言與陀氏小說中的「雙聲語」現象有著驚人的相似。

《車站》中，戴眼鏡的小夥子在車站等車，車總不停，小夥子想走，卻又猶豫不決，於是有了下面一段獨白：

> 要是剛走車就來了呢？（對觀眾，自言自語）車來了，又不停呢？理智上，我覺得應該走，可說不定，萬一呢？不怕一萬，怕就怕這萬一。必須作出決策！desk，dog，pig，book，走，還是等？等，還是走？這真是人生的難題呀！也許命中注定，就得在這裡等上一輩子，到老，到死。人為什麼不去開創自己的前途，又何苦受命運的主宰？話又說回來，什麼是命運呢？（問姑娘）你相信命運嗎？

這一段獨白臺詞，將等與走的矛盾通過自我盤詰與反駁的語言形式表達出來，如果將它分解成甲、乙兩人的對話形式，與原來的話語意思堪可吻合。

> 甲：快走，車不會來了。
> 乙：要是剛走車就來了呢？
> 甲：車來了，又不停呢？
> 乙：理智上，我覺得應該走，可說不定，萬一呢？不怕一萬，怕就怕這萬一。
> 甲：你必須作出決策。
> 乙：desk，dog，pig，book，走，還是等？等，還是走？這真是人生的難題呀！也許命中注定，就得在這裡等上一輩子，到老，到死。

　　甲：人為什麼不去開創自己的前途，又何苦受命運的主宰？

　　乙：話又說回來，什麼是命運呢？（問姑娘）你相信命運嗎？

　　以上的分解完全合乎巴赫金對「雙聲語」形式的界定：「由兩張不同的嘴說出來；現在兩者卻重疊起來，由一張嘴融合在一個人的話語裡。」對於戴眼鏡的小夥子來說，走是願望，留是顧慮，走與留的衝突產生了內心的獨白，雖是「獨白」，兩種不同的聲音卻異常鮮明地內蘊其中。從中，可以聽到哈姆雷特式的永恆追問：To be or not to be, that is the question.

　　「雙聲語」這一語言形式可以看成是內心對話的縮微體，兩種意識內容集聚於同一主體內部，形成言語的自我反駁，自我交鋒，自我糾正。它的出現昭示著價值選擇的困難，精神體驗的分裂。與二十世紀五、六十年代戲劇中或激昂鏗鏘、斬釘截鐵，或氣急敗壞、窮凶極惡的語言風格迥然相異，「雙聲語」呈現出猶疑、不確定、沉思式的語言風格。巴赫金曾經對陀氏小說中的人物獨白語言有過這樣的描述，「陀思妥耶夫斯基在其第一部作品中，就創造了為他全部創作所特有的一種語言風格，其中一個決定因素，便是總要極力預測他人語言。這一風格在後來的創作中具有重大的意義：主人公們最為重要的一些自白式的自我表述，無處不貫穿著他們對於他人語言的緊張揣測，要考慮到他人對這種自我表述會說什麼，對這自白會有何反應」。[2] 由於戲劇是現場演出的藝術，考慮他人對自我表述會說些什麼也就成為一種更為自然的語體風格。

　　在《狗兒爺涅槃》中，舞臺上的狗兒爺在述說自己的往事時，意識中總是設定一個既定的聽者，這個聽者從劇場的意義上來說，是觀眾。狗兒爺是向著觀眾敞開自己的內心。但就狗兒爺的自覺意識而

2　〔蘇聯〕巴赫金撰，白春仁、顧亞鈴等譯：〈陀思妥耶夫斯基詩學問題〉，《巴赫金全集》（石家莊市：河北教育出版社，1998年），卷5，頁274。

言，聽者的身分隨著語境的變遷而隨時發生變化。狗兒爺在戰爭時期丟下自己的妻兒搶收祁永年家的芝麻，在這個過程中，狗兒爺有這樣一番內心獨白：「怎麼著，這莊稼不該收？熟掉地裡的糧食，眼瞅著不收，閻王爺都不饒你。」這段話可以理解成狗兒爺對可能譴責他偷糧食的祁永年或者他人而做的辯駁。當他誇讚高粱長得好喜人後，馬上又意識到祁永年可能會笑自己有些「小家子氣」，於是趕忙改口，「高粱原本是賤糧，吃多了拉不出屎來，還是這『金皇后』老玉米……」誇讚完地裡的莊稼，狗兒爺心裡又害怕別人譴責他貪婪，於是要替自己的行為爭得合法性：「姓祁的跑了，誰的，你狗兒爺的，來吧！」當狗兒爺正在搶收芝麻時，突然響起炮聲，令他想起妻子的話：「你個財黑子，連老婆孩子都不要了！」於是他又把自己的老婆當做聽者，「孩兒他媽吔，你要是福大命大活著回來，我的小乖乖，你就喝香油吧！」

　　在狗兒爺的這一段獨白中，我們發現，由於狗兒爺對丟下妻兒收割祁永年家的糧食這件事心中有愧，於是在他的意識中，始終有一種譴責的聲音緊跟住他。這個聲音的主人公或是祁永年，或是自己的老婆，或是他人，導致他闡述完自己的觀感或行動或引用他人的話之後，必定緊跟著辯駁性的語言，這種辯駁性的語言是預測或知曉別人對於自己的評價之後而作出的反應。巴赫金形容這種語言在陀氏的《窮人》中，是「怯懦的、惶愧的、察言觀色的」[3]。狗兒爺的語言並不怯懦，但在惶愧、不安與察言觀色上，卻是相似的。它緣於人物內心的某種不確定感，於是總在意識中暗設了辯駁的對象。狗兒爺在「合作化運動」中被收繳土地後，發了瘋，發瘋之後的狗兒爺在幻覺中常常出現祁永年，如上文所論，這是內心對話的外化形式，而這種「內心對話」又可以看成是對狗兒爺前期語言中「察言觀色」的「潛在對話」的發展。

3　〔蘇聯〕巴赫金撰，白春仁、顧亞鈴等譯：〈陀思妥耶夫斯基詩學問題〉，《巴赫金全集》（石家莊市：河北教育出版社，1998年），卷5，頁274。

在對語中，如果一方歸順另一方的意志，對話的積極性將喪失，但如果其中一方轉述自己與他者的對話，在轉述中，自己對他人，此時對彼時的話語複述存在著語氣、語義上的差異，那麼，兩種聲音也就可能內存於這種差異中。在《狗兒爺涅槃》中，狗兒爺在舞臺上喃喃自語地轉述合作化時期，村長李萬江與金花如何說服他將財產與土地歸了大堆：

> 李村長說——鄉長指示，咱村要「一片紅」，人家都紅了，他狗兒爺不能「當黑膏藥」！不當，打仗支前，土改分田，咱沒落過後——我說——可是，把那人馬土地，說聲歸，就歸了大堆堆兒，你一人渾身是鐵捻多少釘？一人指揮幾百條鋤把子，能行？別忘了，親哥兒倆為一壟青苗，還打出花紅腦子來呢！可是行唄——他說——你就睜好兒吧，傻老爺們兒，眨眼之間，咱就樓上樓下，電燈電話，喝牛奶，吃餅乾。我說：我不情願。他說：你就是財黑子，地蟲子，三斧劈不開的死榆木頭，腦袋瓜子賽石頭。我急了：當「黑膏藥」，俺認了。他說：那就揭「膏藥」！我問：怎麼揭法？他說：……這工夫，我媳婦，小金花插嘴啦：逢自莊稼主兒過日子，就得隨個大溜兒，圖個順氣……你要不入，咱就分家，虎兒俺們娘兒倆入，俺可不跟著你當那個「膏藥」戶。……家神招外鬼，內外夾攻，走投無路，我就歸堆兒啦，歸堆兒啦……

我們完全可以將這段話還原成真實場景中的對話形式，那麼對話與轉述這兩種表達方式的意義是否完全對等？先揣摩李萬江的話在狗兒爺心中引起的反應。土改時，是李萬江將田地親手分給狗兒爺，又是他幫狗兒爺滅了祁永年的威風，一直以來，狗兒爺對李萬江是親近而佩服的。李萬江說一，狗兒爺不說二。因此當李萬江勸說狗兒爺將

土地歸堆時，狗兒爺心中雖然老大不願意，但懾於李萬江的威權，雖
心有不甘，終歸底氣不足。可以設想，狗兒爺在轉述李萬江的話時，
必定在語氣上與李萬江的原話有所不同，他會將自己的情緒色彩投放
於對李萬江話語的轉述中，這樣，「轉述」就產生了雙方語言情緒的
一種對比。而狗兒爺在轉述金花的話時，對她有著「吃裡爬外」的埋
怨，這種情緒也會投射於對金花話語的轉述中，同樣形成語言情緒的
對比。即使是轉述自己的話，狗兒爺在當時所言與現時所言之間，其
情緒底色也是不一樣的。當時是對李萬江，此時是獨自一人，而且歸
堆的結局已定，委屈、無奈的情緒比當時更加強烈。於是即使是轉述
自己的話在此時與彼時的語言情緒之間也同樣產生了對比。如果說在
當時的對話中，狗兒爺順從了李萬江的意志，而在現時的轉述中，狗
兒爺卻以自己的意志對抗了李萬江的意志，因此，在這裡，轉述型的
獨白比一般性的「對語」具有更積極的「對話性」。

　　巴赫金發現，陀思妥耶夫斯基的小說語言如「仿格體、諷擬體、
故事體、對話體、暗辯體」，「儘管相互之間存在著重大的差異，卻有
著一個共同的特點：這裡的語言具有雙重的指向──既針對言語的內
容而發（這一點同一般的語言是一致的），又針對另一個語言（即他
人的話語）而發」[4]。因此，「雙聲」既是陀氏小說語言的一種特殊類
型，又可視為以上諸種語言類型共有的性質。《狗兒爺涅槃》中的暗
辯體與轉述體語言即具有雙聲性質，而探索戲劇中出現的另一些語言
類型，同樣如此。

　　巴赫金認為，我們生活中的實際語言，充滿了他人的話。有的
話，同我們自己的語言融合在一起，分不清出自誰口。有的話，我們
認為有權威性，拿來補充自己語言的不足；而還有一種他人語言，我
們要附加給它自己的意圖──不同的或敵對的意圖。這最後一種，巴

4　〔蘇聯〕巴赫金撰，白春仁、顧亞鈴等譯：〈陀思妥耶夫斯基詩學問題〉，《巴赫金
　　全集》（石家莊市：河北教育出版社，1998年），卷5，頁245。

赫金將它命名為「諷擬體」。「作者要賦予這個他人語言一種意向，並且同那人原來的意向完全相反。隱匿在他人語言中的第二個聲音，在裡面同原來的主人相牴牾，發生了衝突，並且迫使他人語言服務於完全相反的目的，語言成了兩種聲音爭鬥的舞臺。」[5]在二十世紀五、六十年代戲劇中，價值觀的生硬對立造就了語言血統的純潔性，在語言王國裡，同樣奉行龍生龍，鳳生鳳，老鼠兒子打地洞的規則，什麼階級說什麼話使得語言的「諷擬」現象不太可能產生。而當一種曾經強勢的意識形態突然沒落，曾經流行的語言系統的意義被架空，但其語氣、用詞、語式卻仍然為人所熟悉，它就容易成為諷擬的對象。說話者借用或進入某一特定語體，但他說話的真實意向與這種語體風格完全相反，或者說，相反的語言意向正需借助這一特定的語體才能達成。

「文革」後期的知青們，物質條件十分低劣，而精神又處於躁動饑渴中，對現實生活的不滿常使他們反語式地引用流行革命話語與革命歌曲。大風把房門刮掉了，知青們懶得修理，一知青唱：「要學那泰山頂上……」眾知青和：「一青松啊……」對現實的不滿與無奈盡在慷慨激昂的一唱一和中。知青們肚子餓、嘴巴饞，岳陽充當英雄去給大夥偷雞。偷到雞，神氣活現地模仿「林副主席」的演說：「紅衛兵小將們！活生生的事實又一次證明了：知識青年到農村去，是可以大有作為的！」「領袖」的嚴肅「鼓動」，被借用來作為並不光彩的「偷雞」行為的表彰詞。戲仿之間盡顯不敬之意。燒雞沒柴，知青將報紙拿來當柴燒，一人提醒報上有「梁效」的革命文章，另一知青應答「不須放屁」，被警告後便轉口說，「我背主席詩詞」。「不須放屁」在此顯然脫離了毛澤東詩詞的語境，被巧妙地用來以權威之盾擋權威之矛。「文革」語言環境的不自由產生了知青話語中的「諷擬」現象，即用環境所允許的話語來表達不見容於環境的意義。

5　〔蘇聯〕巴赫金撰，白春仁、顧亞鈴等譯：〈陀思妥耶夫斯基詩學問題〉，《巴赫金全集》（石家莊市：河北教育出版社，1998年），卷5，頁246。

　　《共產兒童團歌》在該劇中曾三次被知青唱起，每一次的指意內涵都不盡相同。眾所周知，這首歌曲表達的是共產兒童團員蓬勃向上的精神風貌及對未來的美好展望。其優美、輕快的旋律沁入一代人的心靈，對他們世界觀的形成產生深遠的影響。在該劇中，這首歌第一次響起在「文革」期間。此時，知青們對於自身的境遇已經有了較為清醒的認識，開始隱約產生理想的幻滅之感，因此唱起這首歌時，知青的情緒與歌中的情緒已然兩極分化，「我們的前途是無窮的呀」成為對現實的一種諷刺。第二次響起時，歌中所表達的少年純真的理想與知青為物所役的現實形成巨大的反差，知青唱起這首歌便帶著自我調侃的意味。而第三次知青們聽到街上的小孩們唱起這首歌時，激起對自己純真時代的回憶，暫時擱置現實的煩惱，自動加入街上清除痰跡的隊伍。在這三次中，諷擬性質更為明顯的是前兩次，知青們唱這首歌的意向與這首歌本然的意向完全相反，朝氣、純潔與失落、庸瑣，構成了《共產兒童團歌》被演唱時所內蘊的截然對立的兩種聲音，迴蕩於全劇中。

　　諷擬體在《WM（我們）》中的運用使這齣戲具有濃厚的反諷色彩，在二十世紀八十年代上演了幾場之後，被下令停止演出，從一個側面也說明了諷擬體語言所蘊含的對正統意識形態的衝擊力。諷擬體語言在《魔方》中也得到了實踐。啞巴妻子被治癒之後，終於能出聲地表達自己的感受。多年失聲的她一旦獲得了說話能力，語言量就急遽擴張，釀成語言的爆炸現象，而且愈演愈烈。語言失去前意識的控制，平時沉積在大腦中各種話語如公共汽車上的售票聲，電視臺的新聞播報，相互辱罵時的各種髒話，都各自脫離了具體的指意環境，爭先恐後紛湧而出，從而改變了語言本有的意義指向，而成為一堆沒有特定指意功能的語言垃圾。語言的工具性質與噪音性質同時隱含於具有諷擬性質的狂歡化語體中。

　　除了可以從意義層面來解析個體話語的「雙聲」性質之外，語言

的聲音、組織、語體色彩等屬形式範疇的特點亦可用以探究「雙聲」
現象。勞遜曾經對現代戲劇的詩性匱乏下過這樣的結論：「現代戲劇
的情調和氣質，正由對話的枯燥無味和陳詞濫調反映出來了。資產階
級戲劇所處理的素材在本質上就是不適合於『輝煌熱烈的語言』
的。」[6]輝煌熱烈的語言源於與之相適應的內部生活，而內部生活是
由整個時代所孕育的。當一個劇作家有意識地將輝煌熱烈的語言與另
一種寡淡平板的語言交叉錯落地應用於同一部劇作中時，我們有理由
懷疑，這是別有用意的。

　　李龍雲寫作《荒原與人》時運用了大量的詩體語言，但詩體語言
有其特定的用法，它一般用於劇中的知青面向荒原傾訴自己的苦難，
傾訴自己與其生存環境的疏隔與衝突。細草被于大個子強暴後的屈
辱，李天甜遭脫帽侮辱後的絕望，馬兆新不堪壓迫想要渡江逃走時的
惶惑，知青們種種難與人言的痛苦，使他們選擇了荒原作為傾訴對
象。對荒原展示的內心無法同時向他人敞開，傾訴也因而成為區別於
日常交往的更為私密、與內心更接近的語言。一旦知青面向荒原敞開
內心時，他們的語言就變得舒緩、深情，具有音樂般的節奏，煥發出
華美的辭采，與他們日常交際使用的口語截然兩樣。劇中的女性尤其
善於向荒原傾訴，其中以李天甜為最，而她恰好是劇中精神世界最為
豐富的人物。一旦面對荒原，李天甜就展露出異常瑰麗的詩思，或進
入到夢幻般的世界中，荒原成為李天甜抗拒日常生活的另一精神空
間。如果說李天甜的詩性氣質得益於她的知識分子家庭出身，那麼馬
兆新、細草等並無多少藝術修養的知青，當他們面向荒原傾訴時，同
樣呈現出詩化的語言風格。因此，詩體語言的運用蘊含著這樣的意
味：當人敞開內心時，他是詩性的。劇中控管知青的于大個子平時的
語言個性是霸道的、陰沉的、居高臨下的，但在毛毛這個小孩面前，

6　〔美〕約翰・霍華德・勞遜撰，邵牧君、齊宙譯：《戲劇與電影的劇作理論與技巧》
　　（北京市：中國電影出版社，1978年），頁358。

他也曾絕無僅有地敞開過一次心靈。「人的記憶裡都有個禁區。它最好永遠封閉著，不要走進去。可是，那禁區的柵欄門是關不住的！苦蒿蒿的記憶動不動就湧出柵欄門……」在毛毛面前，于大個子的心靈中響起了另一種聲音，這種聲音與其日常個性絕不相同，語言也因此產生了速度、硬度與光澤度的相應變化。於是，詩性話語所承載的就不僅是語言意義本身，它還劃示出迥異於周遭環境的個體性靈空間。

同樣作為聲音符號，語言相較音樂的弱勢在於，語言的理解更需要理性知解力的參與。因此，當音樂可以通過音符的並置，旋律的對位，使複調體成為現實，而在戲劇舞臺上，語言的共時性展開卻是難於付諸實踐的設想，因為當眾口齊鳴時，人們所需要的不只是和聲的效果，而是更為清晰的指意內涵。但敢於對複調體語言進行嘗試的人還是有的，《車站》對「多聲部」語言進行了一次花樣翻新的實驗。

在本劇的〈有關演出的幾點建議〉中，作者說明，「這是一個多聲部的戲劇實驗，時而兩三個，最多到七個聲部，同時說話。有時，對話也是多聲部的」[7]。

從生活真實形態來看，幾個人同時說話或各說各話是普遍的現象，所以多聲部語言實驗從最直觀的意義上是對日常生活眾聲喧嘩狀態的一種模擬。然而作為一項用心嘗試的語言實驗，探索者的用意顯然不止於此。生活中語言的多聲部現象是混雜的，無意義可言的，藝術中的多聲部語言卻必須創造某種意義。探索者歸納出的七種類型的複調實驗，別具匠心，而多聲部語言的意義與效果也並非一語所能概括，以下我們嘗試對《車站》的多聲部語言實踐進行更細緻的分析。

做母親的和姑娘同時在車站等車，在同一情境之下由於年齡、身分的不同，二人產生了迥異的心理內容，由此構成了聲部之間的對比。

7　高行健：〈談多聲部戲劇實驗〉，《對一種現代戲劇的追求》（北京市：中國戲劇出版社，1988年），頁125-126。

> 做母親的：我的倍倍等著我回去做元宵呢，他白糖的、豆沙
> 　　　　　的、五仁的都不吃……偏偏就要吃這芝麻餡的……
> 姑娘：約好了是七點一刻在公園門口，馬路對面，第三根燈柱
> 　　　下，我帶著紫紅皮包，他依在飛鴿自行車前。

　　做母親的與姑娘同時對著觀眾述說進城的目的，她們說出的話並不構成直接的交流，而是自說自話。做母親的想的是孩子愛吃哪種餡的元宵，而姑娘想的是自己和約會的小夥子以什麼憑證相認。女性在人生不同時段的不同心思通過多聲部這種語言形式形成有意味的對比。因此，雖然各自的語言是獨白式的，但與之並置的他人話語卻構成參照系。通過這一參照，女性不同人生階段的心靈內容獲得了單獨的自身所未有的他種意義。

　　劇中，多聲部語言還運用於表現風雨變幻中等車人不同的人生感受，此時的聲部組合更為複雜。先是愣小子、姑娘、戴眼鏡的構成三個聲部，愣小子想的是下雨天可以摸魚，姑娘與戴眼鏡各自抒發對於雨天的感受，這三個聲部之間產生著似有若無的呼應。接著大爺加入進來，和愣小子展開了對話。做母親的也加入進來，當她加入，姑娘與戴眼鏡就轉成明確的對話。做母親的先是自顧自地說起走夜路的經歷，而後又引起了姑娘的興趣，二人展開對話。這裡，聲部之間或對位或對話的轉換也象形了人在現實生活中如同圓舞般的流轉式對應關係。在時間的飛速流逝中，姑娘、戴眼鏡的與大爺又構成了三個聲部，姑娘對等待中的人生意義進行嚴肅的追問，戴眼鏡的用 rain 與 snow 的不同時態造句，大爺操持的則是下棋的語言。

　　處於並置狀態的三種語言產生了迥然相異的情緒效果：姑娘的追問透著深沉的痛苦，戴眼鏡的利用英語不同時態造句具有遊戲與無奈的意味，而大爺在象棋的攻守世界中渾然忘我。三種不同的語言映射出相同處境中不同個體的情緒反應，對於單一個體的語言來說，只存

在一種語義指向，但當他們被組合起來形成多聲部時，聲部與聲部之間的參照卻產生了單一個體的語言所不具有的他種意義內涵。因此，「對話」在多聲部語言中不是通過直接交流而產生，而是通過相互映射產生的。但「多聲部」語言實踐的難題在於，複調音樂可以單純依靠聽覺感受力來理解，而多聲部語言的讀解卻必須首先理解每一聲部的意義內容才能解析出聲部與聲部之間隱在的對話。戲劇的現場性不可能保證觀眾能夠在同一時間裡清楚領會聲音上相互干擾的不同聲部，於是，戲劇中的多聲部語言實踐就存在著可供案頭索解卻難以在劇場即時領會的風險。當然，如果能夠讓每個聲部錯落開來，採用此起彼伏的組織，既取得多聲部效果，又能讓觀眾領會臺詞的具體指意信息，那麼，多聲部語言的實驗空間將是寬廣的。

　　戲劇語言是對角色語言的直接引述，這使它很難在形式研究上取得重大突破，但巴赫金的「超語言學」的研究方法卻為戲劇語言形式的研究提供了新的角度。借助這一觀照視角，我們窺測到探索戲劇語言形式所內蘊的與時代精神內容同構的個體精神指向。沒有足夠的證據說明探索戲劇的語言形式受到陀氏小說的影響，我們更願意將它看成是時代整體精神環境的生成物。在這一變革時代中，多元意識滲透於藝文學術的方方面面，也滲進了戲劇語言的肌理、組織與色調中。

「結構」的自由與危機
——二十世紀八十年代探索戲劇的形式解讀

　　隨著「文革」結束，「四人幫」精神專制破產，二十世紀八十年代（以下簡稱八十年代）的社會關係與文化形態逐漸開放，敏感的戲劇探索者們順應這一歷史趨勢嘗試新的藝術表達形式。八十年代探索戲劇對開放式結構的大量採用反映出話劇對轉型期社會風貌與精神內質的感應。在既有的研究中，對於八十年代探索戲劇開放式結構的形態描繪已經備至，本文擬就探索戲劇採用開放式結構的原因、意義與問題作出進一步闡析。

一

　　從結構形態來看，莎士比亞戲劇的主副線結構、布萊希特的敘事體史詩劇結構、後現代戲劇拼貼並置式結構以及中國戲曲時空自由流轉的結構形式都在八十年代探索戲劇中得到採用。如《紅房間・白房間・黑房間》運用了主副線結構，《狗兒爺涅槃》、《一個死者對生者的訪問》、《十五樁離婚案的調查剖析》借鑑「敘事體史詩劇」結構，《魔方》、《野人》的拼貼與並置體現著後現代戲劇的結構原則，《中國夢》、《蛾》師法中國戲曲自由流轉的時空構造。

　　正如蘇聯著名戲劇理論家霍洛道夫所說：「當社會上出現了突然變革的時候，生活的穩定的形式受到了破壞，歷史舞臺上出現了新的英雄，生活裡確定了新的社會關係，……於是有一些作者由於不願放

棄豐富多彩的、新穎的生活觀察而蔑視，或幾乎蔑視鎖閉式戲劇結構所提供的那些有利條件，從而採用一種極其自由的結構處理，也就不足為怪了。」[1]在「開放式結構」與「鎖閉式結構」的選擇中，作家「有時為了戲劇的完整性，勢必放棄生活的從容自然和豐滿性，有時又為了生活畫面的自然和廣度，勢必放棄戲劇的緊張性和行動（情節）的統一」。[2]擴大表現容量的需求顯然是八十年代探索戲劇選擇開放式結構的重要原因。這樣，《狗兒爺涅槃》可以講述一個農民大半生的故事；《桑樹坪紀事》可以將三個中篇小說壓縮成一齣話劇；《一個死者對生者的訪問》可以展開公共汽車上眾多乘客的心聲；《十五椿離婚案的調查剖析》可以對十五椿離婚案進行調查；《WM》可以表現知青在不同歷史階段的人生體驗；《野人〉可以上下幾千年，河流上下游地穿梭；《魔方》則可以把幾個毫不相干的故事串聯在一起。開放式結構包容了更為廣闊的生活內容，更多的人，更多的現象在戲劇中得到呈現。它使戲劇的表現容量向著小說靠攏，這也是劇作家們的野心所在。生活在開放式結構的戲劇中呈現出自身的廣闊性與豐富性。

　　選擇開放式結構的另一原因在於，它使戲劇表現人的意識流程成為可能。陳恭敏認為意識內容的豐富性造就開放式結構的大量出現：「戲劇結構形式的『散文化』、『電影化』，在一段時期內，看來是不可避免的。原因很清楚，現代人豐富的內心感受使然。既然社會出現劇烈的變革，生活的穩定形態被攪亂了，作家對生活有很多話想說，各種意念像走馬燈似的在腦子裡轉悠。他既然有那麼多感受、聯想、幻覺、夢境、哲理、詩情要抒發，就不以一人一事作主線，按部就

1　〔蘇聯〕霍洛道夫撰，李明琨，高士彥譯：《戲劇結構》（上海市：華東師範大學出版社，1981年），頁49。

2　〔蘇聯〕霍洛道夫撰，李明琨，高士彥譯：《戲劇結構》（上海市：華東師範大學出版社，1981年），頁39。

班、從頭到尾地講述一個故事為滿足。」[3]《絕對信號》中，人物意念在過去時空、幻想時空、現實時空中穿梭，為每一主體最終的行為選擇提供了充足的心理依據。《狗兒爺涅槃》以狗兒爺的意識流動串聯起大半生的經歷，將傳統農民的土地情結暴露無遺。《屋裡的貓頭鷹》以沙沙的意識流結構全劇，凸顯女性在現實與夢想中的分裂與掙扎。《中國夢》通過明明的意識連接起中國、美國多個時空，展現出「中國夢」的發展與嬗變。當把人物的意識流程作為結構劇本的依據時，戲劇便獲得了「意識流」這一向來為小說所專擅的表達功能，它給出了人物內心的全部引文。

開放式結構的選擇還在於它拓展了戲劇的意義闡釋空間。在五、六十年代戲劇中，「一個衝突、兩股勢力、三個回合」是其基本模式，劇情線索通常圍繞一個衝突展開，根據階級成分、政治立場的不同設置對立的雙方，在三個回合的較量之後，決出勝負。在這樣的結構模式中，倡揚什麼，抑制什麼，在一種嚴密的邏輯關係中被確定化了，其意義無法獲得自由延展的可能。八十年代探索戲劇開放式結構的選擇正在於突破這種穩定的結構所內含的僵化思維模式。隨著劇情線索更加複雜、人物關係更為多樣，在劇情的發展上，也力求突破三個回合模式，各部分的連結更加鬆脫。在場景之間、劇情段落之間就呈現出平行並列的關係，此時意義更多根據形象、情節之間的相互對比也即參照而得出，參照提供了開放的意義解讀模式。

《WM》中的四幕展現知青生活歷程中的四個階段。本劇並不把知青的精神描述成隨歷史同步前進的發展軌跡，在不同的歷史時段內，知青們的情緒在失落──尋找──再失落中周期性地循環，每個章節裡發生的故事雖有一定的連續性，但淡化了它們之間的推進感。因此，本劇的結構可理解為是一種並置，而非嬗變。通過「並置」的

3　陳恭敏：〈戲劇觀念問題〉，《劇本》1981年5月號。

結構安排，知青的命運及其精神內涵獲得多意闡發的可能。

在《狗兒爺涅槃》中，狗兒爺歷經幾個年代，不管外界政治風雲如何變幻，他對土地的感情不變。土改時期的分田、合作化時期的收田、「文革」時期的批鬥私田、改革開放後的重新分田，狗兒爺與政權的意志或分或合，不同歷史時段的境遇就呈現出差異性的比照，而非吻合於某種必然性的發展。借助於這種「比照」，激發起觀眾對於歷史現象的重新思索。

形象間的相互參照在高行健的「複調戲劇」——《野人》中被推向極致。「本劇在試驗語言和音響的多聲部的同時，又強調視覺形象鮮明，並且通過舞蹈、影像和回憶的場面的重疊來構成多層次的視覺形象。」[4]以第一章「薅草鑼鼓」、「洪水與旱魃」為例，有以下幾條情節線索：老歌師帶領著在田間勞動的人喊起薅草鑼鼓；演員們多聲部集體朗誦呈現自然界從壯美、寧靜到被騷擾、破壞的過程；生態學家回憶起自己與妻子芳的關係，以及他來到林區考察的所見；城市洪水來臨，人們四處逃散；老歌師吟誦上梁號子；媒婆替么妹子說親；古老的旱魃儺舞表演。作者讓這些內容來回切斷，或以共時並存的形式呈現於舞臺上。此時，因果聯繫在其中消失了，形象之間通過相互指涉而呈現意義。原始文明與現代文明，生態的平衡與被破壞，不同人對自然的不同態度，原始的媒妁之言與現代的婚姻危機，它們之間的意義向觀眾呈現出開放狀態，需要觀眾通過自己的理解來給出。

為了豐富戲劇的表現內容，拓展戲劇的心靈空間，延伸戲劇的意義邊界，八十年代探索戲劇作者廣泛採用開放式結構，但結構過於自由地運用給探索戲劇帶來諸多不容忽視的藝術問題。

4　高行健：〈關於演出本劇（《野人》引者注）的建議與說明〉，《十月》1985年第2期。

二

　　在時間、地點、情節三元素中，黑格爾認為，「動作整一性」是「三一律」中唯一不可違反的規則。因為只有在整一的行動中，主體的精神才能始終保持著與外界（他人）的交鋒（即衝突），從而推動動作的發展，這樣，主體通過意志推進事件進程的戲劇形式才得以形成。同時黑格爾又留有餘地地說明，喜劇對「動作整一性」的要求要比悲劇寬鬆，而浪漫型戲劇與古典型戲劇又有所不同，「浪漫型的悲劇要比古典型的悲劇情況較為複雜，在整一性上也較為鬆散。但是就連在浪漫型的悲劇裡穿插的事件和次要的人物彼此之間的聯繫也應該是一目了然的，和戲劇的結局也應該在題旨制約之下緊密配合而形成圓滿的整體」。[5] 儘管戲劇發展到當代，對於情節整一性的要求已不像過去那樣嚴格，一人一事並非不可突破的清規戒律，但對龐雜素材的剪裁仍然是必要的。因為對藝術來說，蕪雜與簡單同樣危險。

　　《十五椿離婚案的調查剖析》在舞臺上同時展現十五椿婚姻狀態，這十五椿婚姻之間沒有必然的邏輯聯繫，唯一共通點是瀕臨離婚或已經離婚，全劇通過敘述人的串聯使之形成一個整體。如果遵守「動作整一性」原則，一部劇作不能同時展現十五椿婚姻，必須對它們有所剪裁，否則就不利於主體精神的揭示。當眾多的婚姻現象在舞臺上同時展開時，顯然只能將它們作為一種社會現象來剖析，而不能深刻表現人在婚姻中的精神狀態。該劇使我們看到，龐雜的素材如何淹沒了對於人的表現。

　　《野人》一劇時間跨越上下七、八千年，空間包攬一條江河的上下游，城市與山鄉。它所要表現的內容實在太多了，這使該劇的情節線索雜而多，場景變化繁複，空間表現容量極度膨脹。如果說劇情的

5　〔德〕黑格爾撰，朱光潛譯：《美學》（北京市：商務印書館，1981年），卷3，下
　　冊，頁252。

時空可以任意伸縮、自由流轉，戲劇的演出時間卻是無法突破的形式限制。眾多人物與意義在有限的舞臺容量中無法得到充分展開，只能以一鱗半爪的面目閃現出來，因此，它「像一篇雜亂、晦澀的講話，想說很多卻沒說清楚。紛複的內容隨著變化多端的表現手法時來忽去，加之全劇臺詞音量太小，燈光光度太低，使人昏昏然、惶惶然」[6]。素材過分蕪雜導致戲劇的精神內容無法得以充分展現。

開放式結構帶來的另一個問題是，由於大多數劇作不分幕，不分場，只分段，每段具有獨立性，因此形不成全域性的高潮。過於自由散漫的結構造成劇情推進性與緊張性的普遍弱化。美國戲劇理論家勞遜認為：「在整個劇情的發展過程中，情緒的範圍是以事件的範圍為邊限的。人物有無深度和進展，取決於他們是否下決心和實現決心，同時，這些決心在事件體系中必須占有明確的地位，並且能推向使事件體系統一化的基礎動作。」[7]因此可以說，發展不僅僅是外在情節性的推進，它同時還檢驗出人的意志作用於情節的力度。大量平行並置、跳躍式結構的運用致使八十年代探索戲劇中的人物情感缺少發展與推進的過程。時間在西方戲劇中之所以是首要的結構元素，在於時間意味著主體意志作用於行動的有效性。在論述系結與解結之間需要多長時間時，霍洛道夫提出這樣的問題：「為什麼《奧瑟羅》的行動只持續了幾天，而《哈姆雷特》的行動──卻要幾個月呢？是不是因為奧瑟羅輕信而果斷，而哈姆雷特則多疑和猶豫不決呢？」他的回答是肯定的，「奧瑟羅的熱情加快了解結，哈姆雷特的多慮反省推遲了解結」[8]。因此時間長度的設置在戲劇中不是一個無關宏旨的問題，誠

6　吳繼成、徐念福、姚明德：〈《野人》五問〉，《戲劇報》1985年第7期。

7　〔美〕約翰・霍華德・勞遜撰，邵牧君、齊宙譯：《戲劇與電影的劇作理論與技巧》（北京市：中國電影出版社，1978年），頁357。

8　〔蘇聯〕霍洛道夫撰，李明琨，高士彥譯：《戲劇結構》（上海市：華東師範大學出版社，1981年），頁66。

如霍洛道夫所言「行動時間並不是一種中立背景，而是作為一種活躍的戲劇的和哲學的因素而出現的」[9]。以此反觀八十年代探索戲劇，我們發現了目的與手段上的某種錯位，即八十年代探索戲劇所要表現的正是人的主體意識的覺醒，人的自由意志的逐漸強大，但它卻忽視了發展形式、時間長度對結構所產生的效力。時間拉得太長，弱化了意志力作用於外部世界的效果，也就弱化了主體精神的強度，因為「緊張取決於在到達爆發點之前劇本的動作所承擔的情緒負擔」[10]。而那些相互獨立，沒有聯繫的片斷式結構，展現不出人的自由意志與社會必然性相搏鬥的整個過程，就無法看出主體精神發展的具體形式。從觀眾的角度來看，「由於觀眾對人物的性格描寫變得更多感興趣，而對純粹的故事卻不那麼感興趣，因而他們期望每一幕都是表現中心人物怎樣繼續前一幕並接著在下一幕發展，他們越來越不願意只聽見性格的種種變化，而願意看到這些變化。他們堅決認為：有效的力量必須在他們眼前起作用」[11]。美國戲劇理論家貝克的一席話道出了缺乏有機聯繫的結構形式如何導致戲劇表現力與吸引力的下降。

　　同時還應看到，儘管開放式結構一定程度上使戲劇獲得多義闡釋的可能，但也增加了意義解讀的難度，「空間形式這種較為開放的想像力把沉重的負擔加給了讀者，這應該是很明顯的」[12]。《野人》紛沓雜陳的舞臺景觀使觀眾「昏昏然、惶惶然」[13]便是實證。如果說，小

9　〔蘇聯〕霍洛道夫撰，李明琨，高士彥譯：《戲劇結構》（上海市：華東師範大學出版社，1981年），頁69-70。

10　〔美〕約翰‧霍華德‧勞遜撰，邵牧君、齊宙譯：《戲劇與電影的劇作理論與技巧》（北京市：中國電影出版社，1978年），頁291。

11　〔美〕喬治‧貝克撰，余上沅譯：《戲劇技巧》（北京市：中國戲劇出版社，1985年），頁146。

12　〔美〕戴維‧米切爾森撰，秦林芳編譯：〈敘述中的空間結構類型〉，《現代小說中的空間形式》（北京市：北京大學出版社，1991年），頁159。

13　吳繼成、徐念福、姚明德：〈《野人》五問〉，《戲劇報》1985年第7期。

說的讀者可以通過「反覆重讀」以深化對意義的理解，那麼，戲劇作為一次性的觀賞，形式無法即時產生意義所帶來的後果就嚴重得多，八十年代關於「看不懂」探索戲劇的抱怨亦多矣，它最終導致了觀眾對戲劇的疏離。

　　開放式結構與鎖閉式結構雖然有著相異的形式特點，但相互之間並非完全排斥，絕不通融，誠如霍洛道夫所言：「不管藝術家採用這兩種結構體系中的隨便哪種，他都得克服每種體系的困難和偏向，最大限度地利用它們所提供的優越性和有利條件。」[14]「俄羅斯劇作的泰斗們雖然掙脫了古典主義美學規範的羈縻，明顯地傾向於那種能夠構成廣闊的現實主義生活畫面的開放式結構，但是他們可從沒有濫用過自己的自由，並善於在自己的高度創作成就中卓越地使向心的和離心的兩種戲劇力量達到平衡。」[15]因此，戲劇結構只有在「向心力」與「離心力」之間取得平衡時，才能在展現豐富現象的同時，不失精神內容的深刻性。八十年代探索戲劇廣泛採用開放式結構，使戲劇表現力得以擴展，但如果開放式結構的選擇不是建立在精心剪裁的基礎上，那麼它的豐富就可能以失去深湛為代價，這樣的教訓也需引起當前戲劇創作者應有的警覺。

──本文原刊於《莆田學院學報》二○○六年第一期，原題目為：
　　〈「結構」的自由與危機──二十世紀八十年代探索話劇再討論〉

---

14 〔蘇聯〕霍洛道夫撰，李明琨，高士彥譯：《戲劇結構》（上海市：華東師範大學出版社，1981年），頁45。

15 〔蘇聯〕霍洛道夫撰，李明琨，高士彥譯：《戲劇結構》（上海市：華東師範大學出版社，1981年），頁43。

焦慮與救解

——二十世紀八十年代戲劇舞臺探索方向的確定

　　二十世紀八十年代探索戲劇的舞臺實踐受到西方現代劇場藝術與中國傳統戲曲藝術的影響，在目前為止的研究中已經得到反覆的確認，但著者以為，僅從接受——生成這一客觀層面來闡釋探索戲劇的舞臺藝術形式，並不能全面解釋藝術現象生成的深層原因。如果我們將二十世紀八十年代戲劇探索運動視為一個活的有機體，從接受主體這一層面來探究其舞臺形態生成的原因，那麼就會發現探索戲劇在舞臺表現符號上的革新，內含著戲劇探索者的內部焦慮及對焦慮的救解方策。

　　二十世紀八十年代作為一個代際的提出始於一九八〇年。本年度的一月一日，鄧小平在全國政協舉行的新年茶話會上指出：八十年代是十分重要的年代，我們一定要在這十年中取得顯著的成就，以保證在本世紀末實現四個現代化。緊隨其後，以經濟建設為中心的戰略部署漸次展開，一九八〇年，農村聯產承包責任制得到承認與推廣，工業戰線的生產經濟責任制也相繼被推行，「以經濟建設為中心」從七十年代末的「意識」轉為八十年代的「行動」。經濟制度的改革迅速激活社會生產力，國民生產總值的提升在最初的三年裡初見成效，人民的物質生活得到了切實的改善。

　　經濟基礎決定上層建築，物質生活的改善，經濟能力的提高迅速改變了八十年代的大眾文化心理。在這個嶄新的時代中，世俗化的進程迅速得出人意料。歌廳、舞廳的興隆，休閒雜誌的暢銷，日、港服

裝潮流的風行，電影明星肖像的張貼，鄧麗君歌曲的流行，武打影片的熱播，都可見出平民階層對物質的貪戀，對個人化生活空間的自覺規劃，對崇高、激越的審美取向的日漸疏離。當此文化轉型之際，話劇由來已久的賴以繁榮的土壤發生了變化，在日漸個人化的時代中，劇院作為廣場的濃縮失去了它的召喚力，對重大公共事件的聚焦（如「文革」、農村改革）不再具有當初的吸引力，人們更願意通過互動性更強，更吻合私人情感交流的娛樂形式來滿足休閒需要。從一九八〇到一九八三年，劇院票房一年比一年慘淡。據沙葉新的〈扯淡〉一文記述，上海有人將話劇的八十年稱為「不靈」年。而當他到了北京「又聽人說今年的話劇舞臺正面臨『淡季』」[1]。如果說北京、上海這些文化中心都能感覺話劇形勢的變化，那麼在非中心地帶的邊緣地區，情景就更加慘淡：「一九八〇年的寧夏話劇團是倒楣開始的一年，從建團開始三十三年來，出現了不曾有的蕭條。話劇人口的不斷下降，給從業者帶來極大的憂慮。一九八三年全年只演了八場，再怎麼說也不該慘到這種地步。一九八四年全團奮力排了一個新戲，期盼著時來運轉，演出那天一千多座位的劇場，僅來了兩位觀眾，景況竟是這樣的嚴酷。」[2]就全國而言，「據統計，從一九八〇年開始，話劇觀眾逐年減少，到一九八四年底，全國話劇演出場次竟然降到新時期開始以來的最低點」[3]。於是，全國性的關於話劇危機的呼聲此起彼伏。

　　但與話劇同屬表演藝術範疇的電影卻在這一時期成為公眾矚目的焦點。在中國現代戲劇的發展過程中，電影與戲劇的關係一直是並肩發展、共同進步，不存在明顯的市場爭奪跡象。但八十年代戲劇界卻屢屢將電影視為市場競爭的主要對手，認為是電影分流走戲劇的觀

1　沙葉新：〈扯「淡」〉，《文藝報》1980年第10期。

2　余林：〈大路朝天──寧夏話劇團的活動軌跡〉，《中國話劇研究》（北京市：文化藝術出版社，1992年），第5輯。

3　田本相主編：《新時期戲劇述論》（北京市：文化藝術出版社，1996年），頁9。

眾。從技術手段上來看，戲劇與電影的最大區別在於，一個是真人實物演出，一個是通過攝影機這一技術中介將人、物轉化成影像呈現在觀眾面前。在世界電影史上，初期電影視聽形象的設計完全摹仿戲劇，因此，電影影像與戲劇形象的區別並不大，戲劇心安理得地扮演老大哥的角色。但隨著影像處理技術的發展與電影導演藝術的成熟，電影形象與戲劇形象的分野日漸凸顯，在影像的匯綜、聚焦、幻化能力上，電影遠遠超過戲劇。隨著當代大眾視覺欲望的勃興，戲劇相較電影顯出無可爭議的弱勢，因此戲劇遭逢與電影不可同日而語的待遇是必然的。

　　二十世紀八十年代初期的中國，某些電影雖然在主題框架與情節結構上，與話劇並無二致，但所受到觀眾的歡迎程度卻通常為同類題材話劇所不及。電影《盧山戀》主題上頌揚的是愛國精神，情節框架上呈現的是男女戀情，與當時的話劇如《原子與愛情》、《再見吧，巴黎》等並無二致，然而後者卻未能像《盧山戀》一樣風行全國。這裡固然有著傳播媒介的原因，話劇現場觀演的屬性使它未能如電影拷貝的傳播來得便利，但電影與話劇在藝術表現性質上的差異亦不容忽視。對電影《盧山戀》的接受中，觀眾可以輕而易舉地繞過影片正面宣揚的宏大主題，而聚焦於敘事縫隙間生活細節內容的欣賞。張瑜與郭凱敏的俊美形象，盧山旖旎的風光，二人之間含蓄而溫存的情感表達，以及張瑜四十多套服裝的輪換，都通過電影特寫鏡頭的處理轉化成無比鮮明的影像傳輸到觀眾目前，滿足了大眾心間被壓抑多年的物質欲望與審美需求，同時也提供給大眾一種理想生活的影像範本。也正緣於影像所散布的俗世歡快，該片在意識形態的清教味尚未褪盡的二十世紀八十年代初期遭遇禁演的命運，然其影像卻成功地鐫進一代人的記憶，成為八十年代文化史中不可或缺的一塊界碑。

　　影像的魅力在電影對話劇的改編中可以得到更具說服力的印證。《街上流行紅裙子》本是一部話劇，在劇場演出之後，雖然也引起過

不小的反響，但觀眾的關注焦點在於勞模該不該追求物質享受這一價值命題上。待到它被改編成電影上映之後，人們的關注焦點迅速轉移，轉向了物質享受本身。影片中女孩們穿著五色繽紛、款式多樣的裙子去上海街頭「斬裙」的鏡頭將一種時尚的訊息迅速傳播開來，於是大街小巷開始流行連衣裙，連款式都照著電影中的來做。這一典型個案精確地反映出電影與話劇所產生的兩種截然不同的接受效果。電影的特寫鏡頭能將物質細節盡情放大、美化，提供給觀眾無與倫比的感官享受，而這種能力為話劇所望塵莫及，因此，電影的繁榮與正在走向世俗化的二十世紀八十年代社會內存天然的同構關係，而話劇在這一社會進程中必然面臨生存的挑戰。

為了應對這一挑戰，探索者開始尋找戲劇不同於電影的藝術規定性，並想方設法地將這種藝術特性發揮到極致。在既有的研究中，學者論及探索戲劇對劇場交流形式的營造是戲劇發揮自身特性的一種方式，卻尚未意識到舞臺視聽符號的更新與戲劇自身特性的探索之間的內在聯繫。作為一種有著一定舞臺距離的現場表演藝術，戲劇缺少電影對細節逼真再現的技術手段，但它卻有能力創造出迥異於電影的表演風格與聲光效果。如果說，二十世紀八十年代電影中的表演大多還是寫實形態，相當於戲劇的傳統表演形式，那麼，探索者為了戲劇在視覺觀賞性上能與電影分庭抗禮，主動向戲曲學習，借鑑西方現代──後現代表演理念，增強演員的形體表現能力，並通過音響與光源的配合，創造出比真實自然的表演更富於衝擊力的舞臺視覺景觀。這一場舞臺符號的革命，其深層驅動力便在於，順應社會的世俗化轉型，將觀眾的觀劇體驗從傳統的靜觀、品味、沉思轉成目為色眩、耳為聲醉的狂歡式劇場體驗，從而使戲劇徹底發揮出既相異於電影（電視）又能與之相抗衡的表現優長，而從戲劇理論層面來看，則體現為「動作」的轉型。

探索者格外強調「動作」之於戲劇的重要性。「戲劇之所以成戲

仰仗於所謂戲劇性，戲劇性歸根結底指的是戲劇動作。只要在舞臺上找到了動作便有可能成戲。動作乃戲劇藝術的根本。也是戲劇藝術的源起。」[4]但誠如其言：「對戲劇動作不同的認識與相應的藝術實踐便產生不同戲劇。」[5]如果說，二十世紀八十年代之前，話劇理論界對於「動作」的界定主要沿承亞里士多德與黑格爾的理論，以語言為主要傳遞媒介，而探索者對於「動作」的認識卻與此完全相反，「如今我們稱之為話劇的戲劇不必把自己僅僅限死為說話的藝術。劇作家也不必把自己弄成為僅僅是一種文學樣式的作者的地步」[6]。「把戲劇看作是語言的藝術是個業已陳舊了的觀念。戲劇的基礎是動作。動作在先，語言在後。」[7]顯然，探索者更傾向於將「動作」界定為能現諸視覺的表演，「我在《絕對信號》中就是這樣將五個人物的思想和心理上的衝突一概都變成了舞臺上可以分明看得見的動作」[8]。「戲劇不是文學」，「戲劇是一種表演藝術」。[9]在其觀念闡述中，演員的表演亦不同於傳統話劇客觀寫實的自然形態，而是汲取了戲曲程式化表演、民間說唱藝術、面具傀儡表演、現代舞蹈藝術的綜合表演形式。從探索者的戲劇觀念中不難看到法國現代戲劇家阿爾托的影響。阿爾托強調戲劇的造型性因素，以此對抗西方的語言戲劇傳統，其目的是為了反對西方的理性文化；二十世紀八十年代的戲劇探索者並未具有阿爾托式的文化反叛意識，對「綜合的表演藝術」的追求是出於對戲劇「視覺」效果的強調。如果說，傳統的以說話為主的戲劇並不缺乏形象性，但在探索者看來，可以體現演員高超技能的綜合性表演比單純的說話在劇場效果上更能震撼視聽，從中亦可見出探索者對變動中的

4　高行健：〈現代戲劇手段初探之五：動作與過程〉，《隨筆》1983年第4期。

5　高行健：〈現代戲劇手段初探之四：談戲劇性〉，《隨筆》1983年第3期。

6　高行健：〈我的戲劇觀〉，《戲劇論叢》1984年第4期。

7　高行健：〈談現代戲劇手段〉，《隨筆》1983年第1期。

8　高行健：〈我的戲劇觀〉，《戲劇論叢》1984年第4期。

9　高行健：〈要什麼樣的戲劇〉，《文藝研究》1986年第4期。

社會文化需求的體察。

　　二十世紀八十年代初期，話劇界曾就創作中存在的問題進行探討，假、乾、淺是對當時劇壇問題的共識，而「假」又占共識的首席。在討論初期，「假」針對表現內容而言，指的是戲劇情節、人物、語言超離現實的可能性，陷入虛假化、公式化、概念化窠臼。但內容和形式很快就掛上了鈎：「自然主義與公式主義在建國以來的話劇創作中，像一對孿生姐妹，形影不離，都是長期得不到克服的傾向。」[10]由於一九四九年之後、「文革」之前，中國話劇導表演普遍接受了斯坦尼導表演方法，因此，自然主義在此種語境之下，與斯坦尼體系二而合一，為公式主義陪綁，成為繼起的話劇革新浪潮中的形式靶子。在一九八三年前後的那場話劇觀討論中，布萊希特與中國戲曲常作為理論與實踐的樣板支持著探索者們對舞臺革新的設想，可以黃佐臨的戲劇觀為例。

　　黃佐臨的戲劇觀念雖萌生於二十世紀五、六十年代，但產生廣泛影響力的卻在二十世紀八十年代的戲劇探索運動之中。他的戲劇觀念總稱為「寫意戲劇觀」，「寫意」是中國傳統藝術所遵循的美學原則，意即在藝術創造中不必拘泥於外形的貌似，關鍵在於傳達對象的神韻，甚至為求神韻，而可以改變對象的客觀樣貌。「寫意戲劇觀」涉及戲劇的內容、結構、語言、表演、舞美等。以與舞臺形象關係密切的表演而論，寫意的表演首先要表現對象在特定情境中的行為，以及蘊含於行為中的情緒意念，但它區別於客觀寫實的舞臺表演之處在於對造型之「美」的追求。「就『動作寫意性』來說，所謂要使舞臺演出『達到一定意境的動作』，就是要使戲劇表演擺脫對現實的外在摹擬，而借鑑中國戲曲程式化表演的特點，和布萊希特演劇對人物動作性外部姿態的強調，創造出虛擬化的、富於詩意的優美的形體動

---

10 陳恭敏：〈戲劇觀念問題〉，《劇本》1981年5月號。

作。」[11]「優美的形體動作」正是黃佐臨力圖超越寫實性話劇表演而追求的表演風格。「動作寫意性」既有表意層面的訴求，更有對「美感」的追求。

黃佐臨的戲劇觀念闡述觸及到了兩個美學關係命題：內在真實與外在真實、「美」與「象」。而前項的地位無疑要高過後項，傳統戲曲美學原則對其戲劇觀念的滲透不言而喻。黃佐臨的戲劇觀念代表著二十世紀八十年代戲劇探索的主導方向。如果將它與「五四」時期對戲曲的批判相對照，一種有趣的現象呈現了出來。「五四」文化先哲對於戲曲的批判聚焦於戲劇之美已無法再現現實之真，他們希望通過引進能夠再現客觀世界之真實面貌的西洋戲劇（即話劇）來促使民眾正視現實。因此，對戲曲的批判隱含著「五四」先哲們啟蒙的焦慮。如果說，二十世紀八十年代初期對於戲劇之假的批判同樣蘊含著啟蒙的焦慮，那麼隨著話劇在現實生存中危機的加重，啟蒙焦慮為生存焦慮所替代。如果啟蒙意味著提高，那麼生存就意味著普及，基於中國傳統戲劇所培養的以舞臺視聽形象為主的欣賞習慣，以及現代社會對感官形象的消費需求、對視聽之美的追求就成為二十世紀八十年代戲劇舞臺探索的共通方向。斷定這一探索取向是形式主義顯然片面而粗暴，黃佐臨的理論表述同樣蘊含著戲劇形式如何表達現代生活的思考向度。但正如評論界所共同感嘆的，黃佐臨的「寫意戲劇觀」由於沒有足夠厚實的劇本來支撐，其意義也就無法得以真正彰顯。這從另一角度證明了，舞臺符號的更新並不足以真正救解戲劇自身存在的問題，而另一個例子又從反向證實了，舞臺符號的革新需倚靠堅實的劇本內容作為支撐。

徐曉鐘在八十年代以其富於個人特色且為觀眾所認可的導演作品樹立了名聲，而他在實踐之外一直有著自覺的理論指導方向，「詩化

---

11 胡星亮：《中國話劇與中國戲曲》（上海市：學林出版社，2000年），頁368。

的意象」即其核心所在。徐曉鐘在導演實踐中，非常善於將個人對主題、人物、情境的感知通過可視可聽的舞臺形象表現出來。這種舞臺形象不同於現實生活中客觀形態的情景事象，而是「通過某種象徵形象的催化，在觀眾的心理聯覺和藝術通感中創造出再生的飽含哲理的詩化形象」。在徐曉鐘看來，哲理與形象是一體雙面的關係，「一個詩化形象的完整語彙，應該是一個哲理的形象並體現為一個形象的哲理」。之所以要將哲理化為形象，而且是「中常文化水平的觀眾能通過我創造的形式聽見我心靈的鳴想」的形象，因為，「詩化的意象可能使觀眾同時獲得哲理思索與審美鑑賞的兩重激動」[12]。在此，審美鑑賞成為哲理接受的必不可少的橋梁。這種「詩化的形象」在徐曉鐘的審美創造中是與民族、民間藝術審美取向相融合的，在色彩、形態、形式上呈現出鮮明，濃郁的民族風味，使觀眾易於感知、接受並產生藝術的感動。

　　使徐曉鐘「詩化意象」理論聲名遠揚的是《桑樹坪紀事》中各種形式的「圍獵」意象。「圍獵」的「詩化意象」之所以在二十世紀八十年代戲劇探索中備受稱譽，除了徐曉鐘找到了恰當而富於詩意的形式表達他對民族深層文化心理內涵的感知，一個最重要的原因在於，他的導演理念有《桑樹坪紀事》這個內涵豐富的劇本作為支撐。因此，舞臺符號的革新最終要與厚實的戲劇內容相表裡，失去後者，戲劇觀眾流失的焦慮就難以得到真正救解。

---

12 徐曉鐘：〈在兼容與結合中嬗變——話劇《桑樹坪紀事》實驗報告〉，《向「表現美學」拓寬的導演藝術》（北京市：中國戲劇出版社，1996年），頁279。

傳統如何生成現代

——戲劇探索兩路徑之比較

　　中國話劇於十九世紀末從西方引進，其寫實的表演形態迥異於歌舞形式的傳統戲曲，演員的表演以劇本文學為中心，形體動作作為語言的輔助性說明，呈現出自然寫實的風格。現代戲劇樣式的確立，蘊含著啟蒙者對於「真」的文化訴求，但如何使它成為廣大民眾喜聞樂見的藝術形式，一直是戲劇理論與實踐長期面臨、不懈探索的命題。

　　二十世紀八十年代，話劇的現實危機促使戲劇家們開始思考如何增強話劇對大眾的吸引力。傳統戲曲作為以表演為中心的戲劇樣式，其表現力之豐富，對觀眾吸引力之強大深為探索者所羨慕並啟發了話劇探索的思路，「以表演為中心」成為八十年代大陸戲劇探索從理論到實踐層面的共同取向。在這一主導方向之下，戲劇舞臺上的表演形式煥然一新，演員的表演功能得到極大擴展，「不僅塑造人物形象，而且還可以表現物件、表現自然現象、表現動物等等藝術形象」[1]。通過擴展表演功能，探索者試圖證明，話劇演員在舞臺上也可以像戲曲演員那樣身懷絕技，無所不演，「演員便在眾目睽睽之下，使出全身的解數，同觀眾進行交流，以其精湛的演技令觀眾折服、深思、震動、興奮、鼓掌、叫好」[2]。以表演為主位的探索戲劇追求的是劇場中技巧的感性轟動，它顯然不同於傳統的以劇本為中心，訴諸理性知解力的話劇，這表明，話劇的藝術屬性如何受到戲曲藝術特性的影響，

1　康洪興：〈話劇表演的新探索〉，《戲劇藝術》1991年第1期。

2　高行健：〈我的戲劇觀〉，《戲劇論叢》1984年第4期。

而舞臺探索中的另一趨向 ——「動作歌舞化」，則進一步顯示這一影響之強大。

　　探索戲劇的表演風格超離了傳統話劇的「寫實」軌道，寫意性、虛擬性是當時的評論界對這一探索取向的美學命名，用更直觀的說法，探索戲劇的舞臺表演走的乃是一條與傳統戲曲相合轍的「歌舞化」道路。當然，歌舞的比例與成分在不同的作品中又有所區別，像《周朗拜帥》、《海峽情祭》、《山祭》、《中國夢》、《桑樹坪紀事》、《黑駿馬》中，歌舞尚只是局部的穿插，而《搭錯車》則已全然是一部歌舞劇了。而在眾多的同類探索中，只有它獲得票房的巨大成功。《搭錯車》「以歌舞演通俗故事」的成功在當時戲劇批評界贏得的叫好聲不絕於耳。評論者大多從「通俗化」這一角度闡述《搭錯車》成功的原因，卻尚未認識到，《搭錯車》走的其實是一條「話劇戲曲化」的藝術道路。只不過，傳統戲曲的歌舞是古典的程式化，而《搭錯車》的歌舞是現代的流行樣式。從性質上來說，《搭錯車》比起其他探索戲劇，走的是一條更為徹底的「戲曲化」道路。這條道路因《搭錯車》演出的巨大成功在瀋陽話劇團延續了一段時間，但後繼的《走出死谷》、《喧鬧的夏天》卻沒能再續輝煌，不論是轟動效應還是票房成績均不可比肩《搭錯車》，這一現象的深層原因是值得深思的。為更好地闡析這一問題，我們將引入二十世紀八十年代以來在臺灣引發強烈反響的「相聲劇」創作作為參照。

　　二十世紀八十年代初期，臺灣戲劇處於與大眾相互隔絕的態勢中，由賴聲川導演聯合李立群、李國修等演員創作演出的《那一夜，我們說相聲》卻改寫了臺灣劇場史。在當時，它創造了一個場場爆滿的票房奇蹟，成為八十年代臺灣大眾文化與精緻藝術融合的里程碑。在二十世紀八十年代創始的相聲劇一直延續到二十一世紀，成為臺灣民眾介入現實、評說現實的最有效力也最有魅力的藝術形式。賴聲川的相聲劇不同於傳統的相聲形式，卻汲取了相聲中最重要的藝術元

素，當相聲的傳統元素再現於賴聲川的相聲劇中時，卻具有了非常鮮明的現代特徵。在如何使傳統藝術語彙適應當代文化語境的表達這一命題上，通過比較兩岸戲劇發展中不同的探索路徑，無疑能提供給當下劇壇以富於啟示性的經驗。

一　回歸傳統戲劇模式的現代難題

既有研究指出，以《搭錯車》為代表的瀋陽話劇團的探索之所以會吸引大量的觀眾湧進劇場，係得益於三個要素的組合：一是主人公是普通人，歌女、戰士或個體戶；二是講述一個比較通俗的故事，沒有深奧的哲理，有的只是基本的倫理觀念；三是在藝術手段上、形式上，側重於歌舞化，而歌舞也都是採用最世俗的通俗歌曲和現代流行舞蹈[3]。由此可見，《搭錯車》之所以比其他探索戲劇獲得更大的成功，在於它所表現的題材——一個歌女的命運遭際，與歌舞形式之間取得了有機的諧調，而在其他戲劇探索實踐中，歌舞只是戲劇的一種附加性表現手段。此外，更重要的是，《搭錯車》在搬上戲劇舞臺之前，通過電影的傳播在社會上已有廣泛的接受面。也就是說，大部分觀眾來看此戲並不是衝著它的情節內容，「戲劇性」對於他們來說，相對次要，更具吸引力的是歌舞形式。《搭錯車》的全部曲目都是觀眾喜愛的流行歌曲，舞蹈形式則融現代舞、民族舞、芭蕾舞、舞廳舞，甚至戲曲舞蹈於一體。因此，《搭錯車》的成功絕不僅僅是戲劇的成功，而首先是歌舞的成功。觀眾來劇場欣賞的是流行的視聽文化，戲劇只不過是串起這些流行文化的一根繩子而已。與一般意義上的話劇欣賞相比，觀眾對《搭錯車》的接受方式已經發生了根本轉

3　一珩：〈緊跟上時代　服務於人民（代後記）——「瀋陽話劇團探索之路學術研討會」綜述〉，《走出低谷——瀋陽話劇團藝術探索之路》（北京市：中國戲劇出版社，1991年），頁301。

變。可以這麼說，《搭錯車》使觀眾將看戲轉成一場通俗歌曲的集體
「卡拉 OK」。觀眾在心中默默追隨著臺上演員的歌唱，他們不需要
打疊起全副精神判斷戲的下一步會發生什麼，也不用猜度戲裡蘊含著
怎樣的艱深內涵，他們只需放鬆心態，隨著舞臺上的節奏輕鬆搖擺，
如同傳統戲曲的戲迷們聽戲一樣。從這個意義上說，《搭錯車》使觀
眾對現代戲劇的接受恢復到傳統戲曲的消遣方式上來。而這一取向的
隱患由於票房的巨大成功長時期內得不到重視。嗣後，《走出死谷》
票房的回落[4]暴露了問題之所在，即「以歌舞演故事」的戲劇創作模
式與現代意識的承載之間存在著難以彌合的斷裂。

　　如所公認，就文化含量而言，《走出死谷》遠較《搭錯車》深
厚，但在票房上卻遠不如《搭錯車》。有論者曾經分析箇中緣由：「其
一，受時間和空間的制約，戲（這裡指『大館戲劇』）的容量有限，
內容上加以豐富，就有可能影響到形式的張大，戲顯得不那麼好看
了；其二，演出環境相對紛亂會干擾觀眾的欣賞情緒，觀演距離加大
會使觀眾難以看清演員細膩生動的表演，劇作者的創作意圖令觀眾體
會起來會有較大的困難──這和傳統劇場或小劇場不同；其三，進
『大館』看戲的觀眾中，真正『看戲』的人要少，通過看戲想欣賞歌
舞、開開眼界（看看什麼是『大型歌舞音樂故事劇』）的人要多，他
們對戲本身的要求不會太高，有個還能動人的故事就行，內容深奧複
雜了或許還會感到麻煩。」[5]在就事論事的層面上，這樣的分析已足
夠說明問題的存在。但是如果將《走出死谷》的探討延伸到回歸傳統
戲劇模式與傳播現代思想理念之間的關係上，就能進一步看出「歌舞
演故事」這種傳統戲劇模式自身的侷限所在。

4　與同時期上演的其他劇目相比，《走出死谷》的票房仍是可觀的，但其中借助了多
　　少《搭錯車》的影響餘波，雖不能確認卻也可毛估。
5　溫大勇：〈「大館戲劇」編劇臆見〉，《走出低谷──瀋陽話劇團藝術探索之路》（北
　　京市：中國戲劇出版社，1991年），頁295。

　　就表演的角度而言，中國戲曲無疑創造了一種形式美的巔峰，正因此，導致它對表現什麼不在意，而將重心轉移於如何表現，而如何表現又依守著程式化的技藝系統，形成以穩定為基礎的系統內循環，就技巧本身來說，日臻完美也日趨保守。而就表現內容來看，因受制於形式的約束，離人生也日益遠矣。以技藝展現為主的戲曲在形成觀眾的欣賞定勢之後，反過來對劇本創作形成某種制約。在談到戲曲劇本創作時，阿甲認為：「有些劇本臺詞寫得很滿，唱段寫得很長、很碎（指京劇），擠掉了表演陣地，成為話劇加唱。這類劇本，往往閱讀劇本時覺得不差，一上臺就沒看頭了。」[6]文戲如此，那些以做打為主的武戲就更不需要以文學本子為依托。

　　正是基於對戲曲純形式主義的表演傾向的警覺，「五四」文化啟蒙者對傳統戲曲尤其是近代以來京劇的批判不遺餘力。其批判聚焦於：戲曲是以表演為中心的技藝系統；戲曲的表演是臉譜化的，而非現實中的真人情態。這種以技藝欣賞為本位的戲劇，可以脫離它所表現的內容，以技巧表演的形式獨立存在，等而下之，就成為雜耍。劉半農當年曾這樣抨擊京劇：「一切『報名』、『唱引』、『繞場上下』、『擺對相迎』、『兵卒繞場』、『大小起霸』等種種惡腔死套。」[7]豐富的技藝系統失去了「為人生」的藝術目的，失去與時代進行深層次精神對話的能力，那麼它的純熟精緻也就成為戲劇促進社會變革、精神發展的障礙所在。緣於此，「五四」先哲呼籲：「如其要中國有真戲，這真戲自然是西洋派的戲，決不是那『臉譜』派的戲。要不把那扮不像人的人，說不像話的話全數掃除，盡情推翻，真戲怎樣能推行呢？」[8]「當今之時，總要有創新社會的戲劇不當保持舊社會創造的

6　阿甲：〈戲曲創作・觀眾・社會效果及其它〉，《戲劇表演規律再探》（北京市：中國戲劇出版社，1990年），頁99。

7　劉半農：〈我之文學改良觀〉，《新青年》1917年第3卷第3號。

8　錢玄同：〈隨感錄〉，《新青年》1918年第5卷第1號。

戲劇。」[9]引進寫實風格的話劇，反映真實的人生，以思想的戲劇代替技藝的戲劇，以真實的表演代替臉譜式的表演，使戲劇重新與社會溝通，與真人的精神世界溝通，成為啟蒙者們共通的文化取向。

如同「五四」時期所提出的眾多激進口號一樣，「盡情推翻」舊劇自然未免「矯枉過正」，但不得不承認，「五四」對於戲曲的批判觸及到戲曲的根性與癥結，也就是說，以技藝表演為本位的戲劇必然隱含著與現實相脫節的危險。自近代以來，戲曲改革的呼聲不絕於耳，但在「如何改」的問題上自始至終有兩種截然相反的實踐模式。一種模式是以梅蘭芳為代表的「移步不換型」，即表現技法上可以借鑑現代科技手段與現代藝術形式，使戲曲表演更臻於圓熟並與現代審美趣味相接軌，但在劇本創作上卻必須嚴格遵循以表演為本位這一藝術規定性。第二種模式是以田漢為代表的強調戲曲劇本創作的思想之新與文章之美。這兩種模式的分歧點在於，劇本與表演，誰是第一位？戲曲藝人與現代文人的身分區別，決定了梅蘭芳與田漢在戲改問題上著眼點之不同。梅蘭芳著眼於如何提供現代觀眾以更美的技藝，而田漢則著眼於如何提供給現代觀眾更新的思想。

新時期以來，田漢模式的戲曲創作出現了不少佳作，如京劇《曹操與楊修》，昆曲《南唐遺事》，川劇《巴山秀才》，以及鄭懷興等為代表的福建武夷劇社的創作等。這些作品得到劇界的認可，無一例外源於現代意識在戲曲創作中的注入，同時注重從不同層面汲取話劇的編劇方法，例如注重矛盾衝突的提煉，戲劇結構的嚴謹，人物性格的刻畫，現代表現技法的汲取等等，也因此提升了劇本的思想內涵與藝術水準。但若從表演這一層面來看，確實也存在著如阿甲所說的，臺詞寫得太滿，擠掉了表演空間。現代意識的注入，人物性格的豐富都使這些作品更依賴語言的表意功能，反映到舞臺上，說、唱很充分，

9　傅斯年：〈戲劇改良各面觀〉，《新青年》1918年第5卷第4號。

以致擠占了做、打這些觀賞性更強的表演成分。因此，在那些要保持
戲曲傳統技藝的老藝人看來，田漢模式的過分倡揚不無隱患。由此看
來，戲曲對現代意識的承載與對傳統技藝的保持之間存在著難以調和
的矛盾。反觀以《搭錯車》為代表的探索模式，對古典戲曲與傳統藝
術形式的借鑑儘管贏得一片叫好聲，但若從如何處理現代意識的傳達
與傳統表現技法的借鑑這一角度加以審度，亦可見出上述矛盾之存
在。

　　《搭錯車》等劇所遵循的體例——歌舞與戲劇相結合，對戲劇表
現現實生活的廣度與深度都形成難以克服的限制。一般而言，通俗
的，故事情節不太複雜的，訴諸於情感的題材適合用歌舞形式來表
現，正如傳統戲曲的故事多為男女之情，忠奸之鬥。而現代戲劇所擅
長的幽微曲折的心理透視、紛繁叢結的人生現象展現，就不可避免地
成為它的弱項。黑格爾曾一語中的地指出這其中的必然聯繫：「總
之，在古代戲劇表演中具有實體性的情緒所用的語言和精神性的表現
還使詩有充分的權利，同時外在現實也通過音樂的陪伴和舞蹈而獲得
充分的完滿的表達。這種具體的整一體完全表現出一種造形性的性
格，因為精神性的因素並沒有向內心裡深化，沒有特殊分化的主體性
格可以表達，而是讓精神性因素和同樣有存在理由的感性現象的外在
因素完全結成姊妹關係而達到和解。」[10]也就是說，歌舞與詩的結合
所適合表現的是一種造形性（實體性內容占據主導地位）的性格，而
不是經過充分發展了的現代性格。因此，「歌舞演故事」的古典戲劇
模式儘管能引起一時的轟動，但《走出死谷》的失敗卻已經顯示出它
與當代日漸複雜的生活內容，社會結構及人的情感世界的脫節。而
「以歌舞演故事」的創作模式最終也沒能在瀋陽話劇團持之以恆地保

---

10 〔德〕黑格爾撰，朱光潛譯：《美學》（三）（北京市：商務印書館，1981年），下
　　冊，頁276。

留下來，既然在戲劇的層面上，它不能提供獨有的價值，那麼在歌舞層面上，也就隨著城市經濟的發展，獨立的歌舞娛樂形式日漸普及而被取代了。《搭錯車》「以歌舞演故事」的戲劇形式，由於在借鑑傳統藝術模式以尋求與大眾的溝通時，失去與現代社會同構的精神指向，也因而最終失去與時代觀眾的可持續交流資源。

我們可以設想，如果瀋陽話劇團當年對《搭錯車》的定位是將它作為中國音樂劇的雛形來設計與發展，那也許可以避免曇花一現的命運，進一步發展完善成西方音樂劇類型的藝術形式，繼續生存於當代。但遺憾的是，當年瀋陽話劇團並沒有將它作為音樂劇來定位，整個劇團的創作隊伍並未加以及時調整來適應、延續這種發展，以歌舞演故事仍然被定性為話劇的一種特殊形式。那麼，這種話劇形式因自我定位的失誤，其內在缺陷使之無從適應現實的發展，也就難免於半路夭折的命運。

自然，這並不等於說，以《搭錯車》為代表的八十年代大陸探索戲劇並無它的歷史貢獻。在如何豐富戲劇舞臺語彙，增強對觀眾的視覺吸引力這一點上，向戲曲借鑑藝術資源自有它不可磨滅的貢獻，而對這一方面研究界的肯定也已足夠充分。但當「以歌舞演故事」模式成為戲劇探索的主導方向時，它所內存的傳統藝術模式與當代社會語境的扞格卻不容我們忽視。論者並不以為傳統與現代不可溝通，恰恰相反，如何使傳統藝術形式與現代精神內涵相契合，並為現代觀眾所廣泛接受，正是現代戲劇發展中值得深入思索與探究的命題。

二　傳統喜劇形式的現代復活

八十年代戲劇探索者對於傳統藝術形式的借鑑源於對戲劇「娛樂性」、「觀賞性」功能的強調，「中國戲曲這類東方戲劇是建立在演員高度的技能上的，觀眾到劇場裡來看的其實是演員們的演技，諸如嗓

子、做功、身段和扮相，劇中所傳達的思想倒在其次」[11]。在這樣的邏輯鏈接之下，以技藝為本的中國戲曲就成為話劇亟須借鑑的模式。而「五四」時期寄希望於新劇（即話劇）的「傳播思想，組織社會，改善人生的工具」[12]，以及「在當今社會裡」取材，表現「我們每日的生活」，描寫「平常」的普通人，並打破傳統的「大團圓」主義，如實地揭示現實本來面目[13]，已不大為人提起。

「遊戲論」作為解構「工具論」的另一種「功能說」有其現實意義。借助於形式的更新，探索戲劇娛悅了觀眾的視聽，話劇一直受忽視的「娛樂」功能得到了強調，它一定程度上促使戲劇擺脫對政治的附庸，增強對受眾需求的關注。但是在強調戲劇的「娛樂」功能或「遊戲」功能時，我們發現，探索者們更多著眼於感官層面的娛悅快感，而非精神層面的自由活動。在此，我們需引入西方學者對於「遊戲」這一概念的界說。

康德在《判斷力批判》中提出藝術與遊戲的關係命題，將「自由遊戲」視做審美快感的根源。席勒發展了這一論點，在《審美教育書簡》中認為：藝術衝動是一種遊戲衝動，表現為「形式衝動」與「感性衝動」的綜合。[14]「『遊戲』在席勒的術語裡是和在康德的術語裡一樣，是與『自由活動』同義而與『強迫』對立的。」[15]也就是說，他們強調的是主體在審美活動中的自由狀態，席勒關於遊戲有一段經典

---

11 高行健：〈對一種現代戲劇的追求〉，《對一種現代戲劇的追求》（北京市：中國戲劇出版社，1988年），頁81。

12 洪深：〈導言〉，《中國新文學大系‧戲劇集》（上海市：上海文藝出版社，1981年），頁20。

13 傅斯年：〈論編制劇本〉，《中國新文學大系‧建設理論集》（上海市：上海文藝出版社，1981年），頁390-391。

14 〔德〕席勒撰，馮至、范大燦譯：《審美教育書簡‧第十五封信》（上海市：上海人民出版社，2003年），頁119。

15 朱光潛：《西方美學史》（北京市：人民文學出版社，1979年），頁448。

論斷：「說到底，只有當人是完全意義上的人，他才遊戲，只有當人遊戲時，他才完全是人。」[16]從這個意義上說，與「遊戲精神」相背離的是主體的非自由狀態。五、六十年代政治化戲劇正是因主體創作／接受的不自由而喪失了遊戲精神。因此，真正的遊戲精神的回歸應是主體自由狀態的回歸，使人成為「完全意義上的人」。這樣看來，現實需要於話劇的就不僅僅是一種現場感很強的交流形式，不是一種技巧的大會演，如果僅止於此，純粹的歌舞亦能取而代之，有了戲曲就不必再需要話劇。

在「遊戲」的精神層面上，我們發現了喜劇這一形式。黑格爾將喜劇定義為「本身堅定的主體性憑它的自由就可以超出這類有限事物（乖戾和卑鄙）的覆滅之上，對自己有信心而且感到幸福。喜劇的主體性對在實際中所顯現的假象變成了主宰。」[17]席勒也認為：「喜劇的目的是和人必須力求達到的最高目的一致的，這就是使人從激情中解放出來，對自己的周圍和自己的存在永遠進行明晰和冷靜的觀察，到處都比發現命運更多地發現偶然事件，比起對邪惡發怒或者為邪惡哭泣更多地嘲笑荒謬。」[18]在主體的自由、超越與解放這一意義上，不難發現遊戲與喜劇的相通之處。巴赫金對喜劇所引發的「笑」之狂歡化本質作過這樣的論述：「笑就它的本性來說就具有深刻的非官方性質；笑與任何的現實的官方嚴肅性相對立，從而造成親昵的節慶人群。」[19]因此，笑與自由、遊戲有著深刻的內在聯繫。

---

16 〔德〕席勒撰，馮至、范大燦譯：《審美教育書簡·第十五封信》（上海市：上海人民出版社，2003年），頁124。

17 〔德〕黑格爾撰，朱光潛譯：《美學》（三）（北京市：商務印書館，1981年），下冊，頁293-294。

18 〔德〕席勒撰，張玉能譯：〈論素樸的詩和感傷的詩〉，《秀美與尊嚴──席勒藝術和美學文集》，（北京市：文化藝術出版社，1996年），頁294。

19 〔蘇聯〕巴赫金撰，白春仁譯：〈笑的理論問題〉，《巴赫金全集》（石家莊市：河北教育出版社，1998年），卷4，頁60。

　　儘管中國傳統喜劇是一種提供給觀眾虛幻心理滿足的傳奇模式，但其中「丑角」行當卻深具自由、解放之要義。「丑」的角色往往在身分與屬性的倒錯之中產生，華服盛裝的貴公子可能品性鄙陋，而衣衫襤褸的乞丐卻可能心地良善，飽讀詩書的秀才可能不明事理，而一字不識的白丁卻可能見識不俗，從中可見「丑」所具有的對社會正統認知的顛覆效能。在「丑」之觀照視野中，向來以職業、等級、財產作為標準的社會評價體系被顛覆了。不僅如此，中國古代的喜劇演員還具有「談言微中」、「談笑諷諫」（《史記》〈滑稽列傳〉）的傳統，李漁譽之為「於嬉笑詼諧之處，包含絕大文章」[20]。因此丑角是在封建時代言論禁錮的社會大空間中創造著言論自由的劇場小空間，「丑」是戲曲諸行當中最具「人民性」的。西方文學藝術中的丑角同樣深具顛覆正統之效力，巴赫金在論及西方小說中的丑角形象時，認為「在反對所有現存生活形式的虛禮，在反對違拗真正的人性方面，這些面具獲得了特殊的意義」[21]。丑角在佯狂裝愚的言行中蘊含對人生的犀利洞察，無情地揭露冠冕堂皇表象的偽聖本質。

　　「丑角」的顛覆功能還在中國另一種喜劇形式——相聲中得到淋漓盡致地體現。在相聲中，演員的主要功能除了扮演可笑的「丑角」之外，他還兼有向觀眾刺穿一切可笑事物之本性的任務，在「談言微中」、「談笑諷諫」（《史記》〈滑稽列傳〉）、「清醒、風趣而狡黠的頭腦」[22]這一點上，中國傳統的相聲演員與戲曲中的丑角、西方文化中的小丑在藝術功能上是一致的。但是，丑角這一藝術在二十世紀八十年代探索戲劇中卻大大弱化了，舞臺上雖也有喜劇性的形象，但其喜

20　〔清〕李漁：《閒情偶記》（北京市：作家出版社，1996年），頁66。

21　〔蘇聯〕巴赫金撰，白春仁譯：〈小說的時間形式和時空體形式〉，《巴赫金全集》（石家莊市：河北教育出版社，1998年），卷3，頁358。

22　〔蘇聯〕巴赫金撰，白春仁譯：〈小說的時間形式和時空體形式〉，《巴赫金全集》（石家莊市：河北教育出版社，1998年），卷3，頁358。

劇性大多內含於形象的「可笑」中，卻很少在「諷喻」這一意義上發揚傳統「丑角」之精神，也因此導致探索戲劇對社會公共空間諷喻能力的喪失。「笑」的表情在探索戲劇中並不多見，我們發現了許多思想的人、痛苦的人、分裂的人、感傷的人，但微笑著的人卻很少見。微笑指的自然不僅是面部表情，更是主體刺破虛幻的客體，高居其上的精神狀態，這對於現實生存個體來說，顯然是一種更為自由的心態。但丑角的諷喻功能與笑的表情在海峽彼岸八十年代的戲劇中卻異常發達，其中又以臺灣著名的戲劇導演賴聲川所創作的系列「相聲劇」最為突出。賴聲川從八十年代開始持之以恆地將相聲這一傳統藝術形式借鑑到戲劇中來，自由地發揮著相聲的「談言微中」、「談笑諷諫」的功能，從而掀起一波又一波的民眾狂歡浪潮。

　　相聲作為中國傳統的民間藝術形式，主要由說話構成，也有少量形體表演，是最接近於話劇的一種藝術形式。相聲劇不同於傳統的相聲形式，卻汲取了相聲中最重要的藝術元素，賴聲川將相聲元素借鑑到現代戲劇中，同樣為戲劇找到了一條與傳統藝術形式相溝通的渠道。相聲作為喜劇藝術，有其特殊性：一是它主要靠語言來實現喜劇效果，二是它需要在短間隔的時間裡不斷地引爆笑聲。相聲這種語言喜劇與形體滑稽喜劇在喜劇性的構成上是不一樣的。如果說形體滑稽喜劇主要通過形體的變異來賦予觀眾視覺上的喜劇感受，而相聲則通過語言所揭示的悖謬關係使觀眾產生知性的喜劇感受。應該說，這一喜劇效果比前者更為深沉、蘊藉。為保證觀眾能在最短的時間內感應到喜劇性，相聲往往擷取公眾身邊可見可聞的現實百態，或者極容易引發公眾某種集體記憶與聯想的事物作為創作的素材，相聲的現實性也因此而產生。相聲演員在角色與敘述之間完成扮演與評論的雙重任務，觀眾往往是受到了「評論」的啟示，才覺得某人某事某物是可笑的，因此相聲具有代觀眾立言的功能。這一藝術特點使相聲在眾多的傳統藝術形式中，成為與觀眾融合度最高的藝術。賴聲川在戲劇中汲

取相聲這一傳統藝術形式用以表現臺灣社會的紛繁怪誕、矛盾叢結，從而使相聲劇成為臺灣現實與民眾心態的最佳注腳。劇場中的笑聲使觀眾高居現實之上看清其中的荒誕與悖謬，從而獲得精神上的自由與超脫，劇場中的笑聲也使個人在一個愈來愈相互隔絕的社會裡得以重新聚合，對周遭的現實進行集體的體驗與交流。賴聲川一直以來所倡導的戲劇作為「社會公共論壇」的理念在「相聲劇」這一形式中得到淋漓盡致地貫徹。

賴聲川的相聲劇並不僅止於追求「好笑」，悲喜乃一體之兩面是他所崇尚的劇場美學理念。他最喜歡的相聲是侯寶林的《大改行》，這種帶著悲涼況味的相聲在傳統相聲中並不多見，但賴聲川的相聲劇卻常常在喜劇形式中融入感傷、悲涼、舒緩的調子。他所追求的喜劇效果是讓人笑，笑完了思考、甚至感到有點難過。悲喜交融的劇場美學追求使賴聲川的相聲劇超越了喜劇的一般性功能，在生存深度體驗的表達與藝術審美樣態的追求上，體現著現代戲劇的共同趨向。

從接受傳統藝術的「主體性」這一層面來比較《搭錯車》與「相聲劇」系列，我們發現，「相聲劇」一開始的著眼點就與《搭錯車》不同，前者著眼於「現實」，而後者著眼於「娛樂」。自然，「相聲劇」這種藝術形式並不排斥它的娛樂功能，從其娛樂效果來看，絲毫不亞於《搭錯車》。但是「娛樂性能」卻不是「相聲劇」著力追求的目標與方向，它的指向一直在於對現實的關注，對文化的審思。因此，在何種精神向度上借鑑傳統藝術形式，成為《搭錯車》與「相聲劇」接受傳統的「主體性」之差異，而這，也成就了它們的現實命運。

在借助傳統藝術特有的魅力，重新喚回公眾對現代戲劇的熱情這一點上，臺灣的「相聲劇」與大陸的《搭錯車》等在探索方向上顯然是一致的。但我們發現，「相聲劇」使現代戲劇與傳統藝術形式相溝通時，並沒有泯滅其現代精神指向，反而借助傳統藝術形式最大程度地發揮出來，從而使戲劇廣泛而深刻地與現代生活相互溝通。因此與

《搭錯車》不同的是，「相聲劇」具有可持續發展的後勁，從一九八五至二〇〇五年，賴聲川共創作了六部相聲劇，《那一夜，我們說相聲》、《這一夜，誰來說相聲》、《臺灣怪譚》、《又一夜，他們說相聲》、《千禧夜，我們說相聲》、《這一夜，Women 說相聲》，每一部「相聲劇」都獲得極佳的票房效果，被譽為「大眾文化與精緻藝術結合的典範」。賴聲川持續地利用「相聲」這一藝術資源，卻沒有陷入藝術枯竭或形式格套之中，相反，「相聲劇」與社會現實之間始終具有高度的契合性，而它自身的藝術形式也在不斷發展中，「相聲」的能源並未被耗盡，這是《搭錯車》「以歌舞演故事」的模式所未能企及的。深究其原因，恐怕得歸因於賴聲川充分挖掘了相聲這種以語言為主要媒介的傳統喜劇形式中的「批判現實性」這一現代因子。

　　然而這並不是說「相聲劇」是現代戲劇借鑑傳統藝術形式的唯一路徑。如何創造性地借鑑、轉換傳統，賴聲川的「相聲劇」為我們提供的與其說是一種思路，毋寧說是一種精神。一種自由表達的精神，一種關懷現實的精神，這使他能夠在現代與傳統之間自由出入，自由轉換，使相聲這種傳統藝術形式成為臺灣民眾得以介入現實、審思現實的最有魅力也是最有效力的藝術媒介之一。傳統藝術形式在現代社會的復活必須在其精神指向上與現代生活相契合，這是相聲劇提供給當代戲劇創作的有益啟示。

　　　　　　——本文原刊於《首都師範大學學報》二〇〇八年第二期

從曹禺到賴聲川：戲劇的變與不變

　　要在中國現代戲劇史上選齣戲劇文學創作成就最高的代表，曹禺是無可爭議的人選；要在中國當代戲劇史上選出在票房成績與藝術影響力兩方面綜合實力最高的代表，賴聲川應當也是無爭議的人選。曹禺最優秀的創作完成於二十世紀三、四十年代，而賴聲川佳作的湧現從二十世紀八十年代持續至今。他們的作品反映著各自時代的生活內容與人文特質，也映射出各不相同的個性氣質與文化素養。將二人的創作對照觀之，既可發現由不同的時代背景、創作個性、創作方法生成的迥異面貌，又可呈現二人創作中共有的成功藝術基因，這樣的研究對中國當代戲劇的健康發展無疑能提供有效的啟示。

一

　　曹禺與賴聲川代表了兩種截然不同的戲劇創作方式。曹禺的戲劇創作處於傳統戲劇創作流程中的第一鏈環，即由他寫出成熟形態的劇本，然後交由導演遴選演員、舞臺設計人員，共同將劇本轉化成舞臺作品。而賴聲川的戲劇沒有現成的劇本，只有一個總體藝術構架，後由演員、舞臺設計人員在集體即興創作過程中共同創作出一個完整的作品。兩種創作方法在創作過程上相逆，各有其產生的背景並相應生成不同的戲劇風貌。

　　在曹禺的時代，文學在整個文化結構中地位空前，戲劇與文學的關係密切，劇作家本人即是作為文學家被社會認知。戲劇作品創作出來之後，它的第一存在形態是發表於期刊的文字，然後才進入舞臺的

再創造階段。當人們將戲劇作品作為獨立的文學作品來閱讀時，評價標準也完全是文學化的，文學語言所能達到的各種表意高度包括人物的性格化，情節的精彩度，主旨的深刻性，語言的精煉等等，都在標準之列。這樣的文化環境自然而然促成了文學戲劇的發達。歷史地來看，話劇作為西方舶來品，在發展的初期，曾經經歷了一段沒有劇本，只有幕表的演劇時期。沒有固定的、成熟的劇本作為演出的準綱，不僅難以取得演劇整體的協調統一，也不利於演員技藝的進一步發展。自新文化運動之後，話劇以其現場交流性及對現實更強的「及物」特性，被確認為思想啟蒙的重要手段，其地位也得到空前的提升，社會上相應有了專事話劇文學創作的劇作家。如果說，在二十世紀二十年代，不論是文體的規範還是寫人的深度，話劇文學都尚處於探索階段，到三十年代，已經逐漸走向成熟，其標誌就是曹禺的出現。對東西方戲劇文學精深的領悟，對戲劇表導演實踐的參與，對社會細緻的觀察，對人的深入理解，都使曹禺具足條件將話劇文學提升至前所未有的高度，而其劇本技巧上的成熟，寫人的深度亦有效地鍛煉了話劇表導演藝術。因此，這種先有劇本，而後在導演的統一規劃之下，組織演員與設計人員以劇本為核心進行舞臺創作的方式，對中國話劇的成熟具有重要的推動意義。

　　賴聲川正式進入戲劇創作領域之前，在美國柏克萊大學接受了五年戲劇理論與劇場實踐相結合的戲劇教育，對西方傳統戲劇創作方式非常了解，按理說，完全可以走一條先劇本後舞臺，從分工到綜合的創作道路。然而，在臨近博士畢業之前，他觀摩了荷蘭導演雪雲・史卓克（Shireen Strooker）使用集體即興創作演出的戲劇，被深深吸引住了，「我看到了我能夠認同的演出，一種活力，一種結合臺上臺下的演出，透過社會議題，透過精彩的表演，透過關懷。我很想知道這

種戲劇是怎麼做的」[1]。後來，雪雲‧史卓克到柏克萊大學當客座教授，賴聲川以副導演的身分參與了戲劇《昂丁》（Ondine）的製作，親自體驗了集體即興創作的奧妙，「如果說一般的作法是將獨立部分整合起來，那麼她首先從精華出發——某一種指引大家的意念或情感——然後從這真正由內心深處發出的精華精神開始，整個演出的形式和各個部分從中會產生出來，雖然最後的作品永遠無法預測，這個過程可以去掉一般作法中大部分的隨機因子。……要讓這樣一種方法成功，需要所有參與人之間極大的信任，同時需要一種非常確定的目標感。」[2]當賴聲川回到臺灣，將集體即興創作方法運用於戲劇創作時，不僅僅是因為臺灣當時劇場傳統的薄弱，更內在的原因來自賴聲川對於臺灣社會現實環境的觀察。當時，社會孕育著各種矛盾，這些矛盾也即將演化成為政治衝突以及尖銳的社會和文化變遷，這樣，賴聲川在戲劇創作中使用的集體即興創作方法實質上相當於一種文化的試劑。他想通過參與者（演員與其他創作人員）相互的思想情感交流與撞擊，檢測出一種文化的質地，進而塑造出一種文化關懷。演員的集體關懷塑造了作品，而作品的集體關懷可以通過劇場的傳播與交流進一步塑造社會文化，表演工作坊所捕捉與引發的公共話題以其越來越大的影響力作用於社會。集體即興創作使賴聲川創造了能夠深度切入社會，凝聚人心的劇場，而這一切的可能又基於他在柏克萊大學所接受的嚴格的傳統劇場訓練，沒有對西方傳統戲劇文學——劇場的深入研究，也就沒有賴聲川在集體即興創作中嫻熟、精到的規劃、提煉、引導與組織能力。

　　兩種不同的創作方式使得曹禺與賴聲川的戲劇呈現出相異的質

1　陶慶梅、侯淑儀：《剎那中——賴聲川的劇場藝術》（臺北市：時報文化出版企業公司，2003年），頁174。

2　陶慶梅、侯淑儀：《剎那中——賴聲川的劇場藝術》（臺北市：時報文化出版企業公司，2003年），頁176-177。

地。曹禺的戲劇可以獨立於劇場作為純文學的案頭作品在讀者中閱讀、研究，絲毫不減損其光彩。而賴聲川的戲劇則不太一樣，它帶著劇場演出的原生態性，不通過演出，人們不能夠清晰、完整地感受其作品的樣貌與奧妙。

　　儘管曹禺也當過演員，演過包括自己作品在內的戲劇角色，甚至當過導演，導過包括自己作品在內的戲劇，但他的首要身分還是一個劇作者。他為戲劇提供舞臺呈現的內容，他可借助的最便捷也最擅長的媒介是語言。人物個性的彰顯，劇作家意圖的展示，劇場效果的創造，都主要靠語言來完成。語言之於曹禺戲劇的重要性不亞於其他類型的文學，甚至曹禺在他的劇作中創造了那些不一定能直接呈現於舞臺的文字，如對人物個性心理的素描，對環境氛圍與情調的細緻刻畫，劇本題辭等，這些，都體現著一個劇本創作者的特長與偏好。當然不可否認，在劇本中，某些場面的構思顯現了作者劇場經驗之豐富，《日出》中，陳白露未現人身先露手，等手將燈撳亮之後，人才現身，這對角色的亮相形成一種微妙的懸念；《原野》中，仇虎一直背對觀眾，以形體動作示人，待鋪墊足夠充分，才猛一回頭，其駭人的面容創造劇場中的驚詫感，亦給觀眾留下深刻的印象。這些都顯示曹禺在劇場性創造上的別出心裁，超越了一般沒有舞臺經驗的寫作者。然而總體來看，曹禺的戲劇仍然不脫其主要靠語言來表意的戲劇範式。即使不依靠演出，曹禺的戲劇也能獲得完全獨立的價值。《雷雨》中，語言的表意功能與其他類型的文學並無二致，蘩漪、周樸園、周萍及其他人物的形象內涵完全通過語言得以揭示，劇作的題旨在語言所構造的人物關係、情節進程中形成，劇場效果也主要體現於懸念、埋伏，或雙關、潛臺詞等語言性手段中。為不同身分、性格、處境的人物寫出恰如其分的臺詞是曹禺的追求，也是其戲劇作品為人稱道之處，但這些作品中的人物語言畢竟是曹禺所代言，因此不可避免在某種程度上帶有曹禺的色彩，如文學修養生成的表情達意的精

煉，準確，以及某種程度的詩意，在這一意義上，曹禺的戲劇語言高於生活中人物言談的實際可能，然而，也正因此成就了曹禺戲劇的文學性，使得他的作品可以獨立於劇場演出，置於案頭反覆品讀。就戲劇的綜合性而言，曹禺的戲劇是在劇本成形之後，付諸舞臺排演之時才落實這一特性，而在落實的過程中，如果劇本的語言表意系統足夠完善，則或多或少會削落其他表意手段的能動性。

賴聲川的戲劇與此不太一樣。他在戲劇中的首要身分是一個導演，這個導演極少使用現成的「劇本」，而是和演員在排練中一起創作劇本，成形的劇本或在臨近演出之前定綱，或在演出之後整理，而且每場演出都會有些局部的差異。語言當然也是其戲劇表意的重要手段，但在劇場排練中即興生成的臺詞具有很強的口語特點，精煉與文采都不能以文學的標準來衡量。由於劇中臺詞不再由劇作家一人所代言，語言風格也呈現與生活相似的多元蕪雜。僅語言的種類就包含了國語、閩南語、客家話，以及來自中國大陸五湖四海的各種方言口音，而日語與英語的各種遺留用詞也沉積在劇中人的語言中，形象生動地呈現臺灣社會的多元化特徵及其歷史淵源。從一九八三年至今，參與賴聲川集體即興創作的人包含了各個階層與各類職業，既有校園學子，也有職業劇團，有電視媒體的，還有餐廳脫口秀的，甚至包括歌手，企業老闆、作家，等等，從語言層面可以領受來自社會各個階層豐富的生活信息。因此，賴聲川的戲劇語言也許缺乏文學意義上的精工細磨，卻富於社會學意義上的原汁原味。特別是在相聲劇系列與展呈世相的《亂民全講》、《變奏巴哈》這樣的戲中，由於圍繞著眾多臺灣社會的公共議題、文化現象、人情世態展開集體即興創作，在創作中生成的戲劇語言也就成為了臺灣當代文化的活化石。

除了語言之外，賴聲川充分運用形體、視像、劇場空間這些非語言所能勝任的表意元素。在《暗戀桃花源》中，賴聲川吸收中世紀義大利即興喜劇的傳統，借助豐富的形體表現來表情達意，這不僅豐富

了觀眾的視覺感受，而且帶來了作品的諧趣風格，切合當代大眾的審美趣尚。《變奏巴哈》中，每個人推著一個小方箱上場，在上面展開表達日常生活各種行為的形體動作，這一視像看似簡單卻具有打動人心的力量，戲劇家姚一葦看完戲後感嘆，「我們每個人都推著一個自己的方塊啊！」[3]在賴聲川所處的時代，電子傳媒技術的發展使視覺文化侵占了傳統印刷文化所獨享的尊位，如何提供給觀眾更豐富的視覺享受並創造富於劇場特性的觀賞經驗，成為了戲劇家自覺追求的目標。在《亂民全講》中，視頻大屏幕不僅作為人物活動的背景，而且與演員的表演相互生發，其圖像的豐富與轉換的便捷提供給觀眾視覺的享受，亦創造出舞臺表意新的向度。賴聲川的戲產生於劇場，在他的總體創意規劃之下，演員及布景、服裝、燈光、音樂、多媒體等設計人員也都有機地參與到創作過程中，共同形成多重表意媒介之間的有效互動，戲劇的綜合性本質在此得到了更為動態、有機的體現。《暗戀桃花源》中，舞臺背景中桃花林空掉的那棵桃樹「逃」到了布景之外；美工將布景上空掉的一塊慢慢補上；「桃花源」劇團的桃花落滿了「暗戀」劇團的病房；分屬兩齣戲的音樂輪換響起而後又交錯在彼此的劇中；幻燈片放映錯了，要燈光出現的卻是音響，這些表演之外的舞臺元素都是整體表意中不可或缺的部分。劇場是一個空間，賴聲川充分開掘空間的表意潛能。《暗戀桃花源》中，兩個劇團將舞臺分割為兩半，兩場戲在舞臺上同時演出，不僅碰撞出狂歡化的喜劇效果，而且檢測出兩齣戲內在的相關性；江濱柳從二十世紀八十年代的臺北病房走向舞臺另一側三十年代的上海，形象地演繹出現實境遇與內心世界的游離與拉鋸。受啟於佛教的繞塔儀式，在《如夢之夢》中，導演將觀眾置於劇場中間，讓演員環繞觀眾表演，創造出莊嚴的

3　閻鴻亞：〈後記：世界是一首巴哈的音樂〉，《賴聲川：劇場2》（臺北市：元尊文化出版企業公司，1999年），頁97。

儀式感；四面表演空間與樓上樓下的設置，創造出川流不息的生命感與豐富立體的表現效果；現代機械裝置在觀眾席的上方開闢新的劇場空間，生成逼真而富警示性的災難效果。對劇場空間表意潛能的開掘，改變了劇場演出的傳統模式並帶給觀眾全新的劇場體驗。因此，如果將曹禺戲劇歸入語言戲劇的範疇，那麼賴聲川戲劇進入的則是劇場戲劇的範疇。

二

　　在戲劇中，結構不僅只是材料的組織形式，而且標示著作者對世界的理解樣式。雖然在創作者那裡，每一作品的結構形態並不完全一樣，但會呈現某一總體趨向，這一趨向也正顯露他的藝術思維特質。

　　曹禺的戲劇總體上呈現為在封閉的空間內，圍繞幾個人的關係展開矛盾、衝突，最後推演出命運終局。《雷雨》、《原野》不用說了，自始至終圍繞著兩戶人家的關係糾葛來寫，通過對這種關係糾葛的逐步演進，最後昭顯家庭及其成員的命運。《日出》擴展到上等旅館與下等妓院兩個世界，這兩個世界實際上仍與《原野》、《雷雨》中的家庭一樣，包括階層與兩性兩種類型的關係，因此，可以視為家庭關係的放大形式。而兩個世界是一條線下的兩個分叉，最後又扭成了一股，共同顯現「損不足以奉有餘」的世道。《北京人》沒有一條集中的情節線，但也是在一個大家庭的框架內展開人與人之間的關係，而劇情發展的結局同樣是這個大家庭最終的命運走向。一九四九年之後創作的《明朗的天》、《膽劍篇》、《王昭君》超離了家庭的框架，涉及階級、國家、民族之間的關係，但其關係的展開仍集中於有代表性的幾個人之間，從格局上來看，仍相類於一個家庭或兩個家庭，而結構也仍然是傳統的樹形結構，即設置一條核心情節線索，所有的關係，場面均向心地與這一情節線索發生關係，最後演繹出劇中人物的命運

結局。由此可見，曹禺觀照世界的思維是聚焦式的，即將世界濃縮於一兩個家庭，或家庭的放大形式之中，通過對微縮關係單位的考察，合乎邏輯地推導出人心、社會、宇宙的真相。

賴聲川的戲劇則不同，很少單線地表現一個戲劇行動的發展過程，常常疊屋架樓地將多條情節內容並置於一個戲中。《暗戀桃花源》、《西遊記》、《回頭是彼岸》、《圓環物語》、《田園生活》等作品中，幾條內容不同、性質迥異的情節線索齊頭並進、相互映射，或是碰撞出素材內部共通的某種寓意，或是打開某一素材單獨自身所難以展呈的側面。而《我們都是這樣長大的》、《摘星》、《變奏巴哈》、《紅色的天空》、《亂民全講》、《寶島一村》等劇已經沒有了完整意義上的情節，只有一些生活片斷的合成。這些生活片斷以其自有的光輝共同映射某一生命對象或生活本身的特定色澤。系列相聲劇更是將時空、地域或性質迥異的素材加以組合，藉此呈現導演對社會、歷史、人心的特定思考。

戲劇結構的特點反映出創作者的世界觀樣式。不論是《雷雨》中人物際遇所投射的宿命色彩，還是《原野》中仇虎的最終難以走出黑林子，都呈現出曹禺閉鎖的心靈格局。而被評論界視為結構更加開放的《日出》、《北京人》，雖然衝突扭結得不那麼緊了，但人物命運的主導樣式仍是封閉型態的。陳白露自殺了，曾家的絕大多數人都走不出沒落之家，作家熱衷於表現其主人公為什麼難以走出心靈的、境遇的樊籠。這裡占據主導地位的仍是一種命運觀念，只不過命運已經不是純粹的希臘樣式，即神的意志不可抗拒。這裡的「命運」延伸出個體性格、文化傳統、社會秩序等新的內容。何以將它們共同地歸入「命運」範疇？理由在於，作家展示的是個人際遇不可逆的走向，不論這種走向是被「神的意志」決定，還是被「性格」、「文化」或「社會秩序」所決定，它都是不可逆，也因此是不可變更的。不可逆的決定性使得曹禺忠實地使用亞里士多德式的邏輯推導式結構，圍繞著某

一主題範式，通過各種人物關係的演繹，最後推演出某個結局。家庭或相類於家庭的格侷限定了人活動的範圍，然而並不限制人與人之間關係的複雜性，正是在封閉的空間內，人的行為更多地為個體的情感、性格、思想所推動，而人與人之間的關係更反映著意志、欲念之間的衝突與較量。曹禺繼承「五四」以來以「人」為中心的文學傳統，在其前期戲劇中持之以恆地向人的內心掘進，其劇中的「命運」儘管有古希臘的色彩，有社會學的影響，但更具主導意義的是人的命運為自己所造就。因此，「人性」的主題與聚焦式的，理性推導的結構思維相互適應。欲念與欲念的衝撞，欲念與成規的搏鬥，人心內部的自我格鬥，使他筆下的人物關係呈現內向的糾結，這種糾結的來回往復成就了曹禺戲劇在人性表現上的深度與迷人之處，它也為曹禺贏得了時代的知音。在其後期戲劇中，對「命運」的認知不再經由身心體驗昇華而成，而是外在既定主題的自我灌注，導致其戲劇的邏輯推導過程存在著漏洞，凌士湘心理的轉變過程不夠充分（《明朗的天》），王昭君前後性格不統一（《王昭君》），勾踐作為戲劇的主人公在戲劇行動中的作用力卻遠不如他者（《膽劍篇》）。雖受到外界意識形態規約，但曹禺戲劇總體思維範式仍與前期一樣，通過某幾個人物特定關係的演繹，推導出某一理念性的結局。

　　與曹禺相比，賴聲川的結構思維所反映出的世界觀樣式則完全不同。從一九七八到一九八三年，賴聲川留學美國加州大學柏克萊分校，他接觸到的西方戲劇思潮與曹禺時代相比已經有了很大的不同。二十世紀六十年代中期，西方戲劇中的後現代主義思潮開始形成，戲劇朝著一種更加開放的形態發展。從總體精神指向來看，後現代戲劇提倡的是去中心，多元化。後現代戲劇崇尚將異質元素以拼貼的形式合成於一個藝術作品之內，它失去了傳統藝術在形式上的和諧與意義上的明確，強調的是多元共生與無序狀態。當異質元素被隨機組合於一個作品內部時，顯然不像傳統戲劇那樣有著清晰明確的意義內涵，

它允許多種闡釋的存在，而且強調的正是意義的不確定性。由於失去
縱深向度的邏輯推演，後現代戲劇也呈現出深度的缺失，「無我性、
無深度性」正是後現代思潮的文化內質，「後現代主義消除了傳統的
自我，鼓動自我抹煞……在後現代主義的循環中，這個自我作為一種
『整體化原則』一直受到不幸的懷疑……自我在語言的遊戲中，在藉
以多元地構成現實的差異中喪失了自己」[4]。在消解一體性，強調多元
共生這一點上，賴聲川作品的精神特質有後現代的因子，賴聲川使用
的拼貼式戲劇結構匯入西方後現代主義戲劇的形式主流中，「我所擁
有的最個人的、最核心的東西，即我的本體，不是在我身上，而在你
我的相互作用之中，或在一個分裂的我之中」[5]。但其作品又具有不同
於後現代的自有特質。如果說後現代主義藝術的拼貼著力於主流話語
與深層意義模式的消解，那麼，賴聲川對於拼貼的運用則著力於關係
與意義的重新建立。他的戲藉由「拼貼」而創造出強大的伸延能力，
而其特出之處在於他不會讓「伸延」漫潰無度，始終有一個強大的內
聚力在控制著伸延的各個部分。這種強大的內聚力源於對「人」的
關懷及對「社會」乃至「宇宙」真相的思索。透過他的戲劇，人們可
以觀見生活的內部聯繫，文化的深廣根鬚，歷史的縱深維度，在這一
點上，賴聲川的戲劇相較於西方的後現代戲劇有著更為積極的認識意
義。在對「人」的表現上，賴聲川在戲劇中不像曹禺那樣著力開掘人
物的個性化心理內容，而更多地呈現某一類型人物的一般性心理特
徵。「人」的境遇並不必然為自己所造就，社會生存中的許多因素與
人性中的「無明」都使現代生存陷入「機械」與「迷失」中。但與後
現代戲劇中扁平無深度的「人」相比，其戲劇人物又具有更為豐厚的

4　〔美〕伊哈布・哈桑撰，王岳川、尚水編：〈後現代景觀中的多元論〉，《後現代主
　　義文化與美學》（北京市：北京大學出版社，1992年），頁126-127。

5　〔美〕諾曼・N・霍蘭德撰，潘國慶譯：《後現代精神分析》（上海市：上海文藝出
　　版社，1995年），頁292。

歷史、文化、人性的內涵。因此，在認識賴聲川戲劇所蘊含的世界觀樣式時，除了要考察賴聲川與世界戲劇思潮的同步性關係之外，還要注意到他的思想背景中非常重要的元素，即佛法對他的戲劇思維的影響。

如果說中觀義理是佛法的精華，而「性空緣起」又可視為中觀義理的核心。「性空」否定了世界任一現象的自有本性，在這一點上，佛法理念與後現代思潮有異曲同調的一面，而「緣起」又給出認知世界的另一翼，也即任一元素在相互關聯中生成了某一現象。「事物之間通過相互關聯，將生成各種可能性。從一張紙開始，到最後天地萬物成為一個『互為彼此』的網絡。」[6]由此可以理解「拼貼」為何是賴聲川戲劇的常用結構手段。如果說，「邏輯推導」展示了某一不可逆的人事發展進程，那麼通過「拼貼」，我們看到的是現象的意義取決於它與它者發生了怎樣的聯繫。賴聲川戲劇通過「拼貼」建立起各種連接，讓人看到事相之間存在的各種各樣、或顯或隱的相關性。當然，賴聲川在戲劇組織中並非完全拒絕「邏輯」的應用，就好像佛理的闡析也並非完全排斥邏輯手法。在揭示事相「緣起」時，「邏輯手法」同樣是必不可少的。賴聲川嚴格遵循劇場的認知規律循序漸進地展開劇情，在連接相異的事相時，或因由其內在的一致性，或利用其差異以參差互現，同時又不斷地通過懸念、呼應、巧合等多種劇場手段，創造殊勝的劇場觀賞效果，因此其戲劇既是自由的，又是嚴謹的，既是先鋒的，又是通俗的，在展示世界的共生狀態時，並不至於走向後現代藝術的「散碎無章」，在揭示世界本相時，不至於流入後現代主義的徹底的虛無。

6　賴聲川：《賴聲川的創意學》（北京市：中信出版社，2006年），頁113。

三

　　兩位戲劇家的作品面貌如此不同，好像很難看到相通之處。但迥異之中，恰有一些共通的因素，使他們的作品都能吸引眾多的觀眾並獲得時代的高度認同。

　　曹禺的經典作品幾乎都是悲劇，展現人性、文化、社會秩序等各種原因帶來的苦痛人生，除了遭遇之苦——失業、貧窮、老病、繫獄、失去親人、愛人等，更有精神之苦——孤獨、追悔、冷漠、隔閡、幻滅、仇憤、恐懼等。或者說，他的作品能通過遭遇之苦揭示精神之苦，而在這條道路上，比一般的劇作者走得更遠、更深，以至於能夠超越某一個體特殊的境遇，抵達人類共通的境遇。周沖的痛苦代表著青春期共有的理想幻滅；仇虎的復仇過程折射出向外擴張到向內斂抑的典型心路歷程；曾文清的出走又返回成為生命力匱乏的經典範例。經由個體境遇的特殊性到達人類精神的一般性，因此，曹禺的戲劇表現他所處的時代中人的具體生命形式，但卻能夠超越時代、超越地限，獲得廣泛的精神認同。賴聲川的戲劇人物大多來自中產階級，沒有衣食之憂，不必掙扎於生存死亡線上，但這些人同樣生活於苦境之中。這種苦更接近佛家所定義的生而為人的基本痛苦：《紅色的天空》中的生老病死之苦，《暗戀桃花源》、《寶島一村》中的拋家園、別親愛，《如影隨行》、《十三角關係》中的朝夕相處卻終日怨懟，《我和我和他和他》中的事業、愛情難以順遂。《圓環物語》、《亂民全講》中愛欲、感官的盲目追逐則演繹出人在物質富足、交往自由的現代社會所承受的「五陰熾盛」之苦。賴聲川戲劇中現代人的痛苦根源於不順遂環境的身受，而更深層次的原因則相通於兩千多年前釋迦牟尼所發現的「無明」，「以一切法本來唯心，實無於念；而有妄心，不覺起念，見諸境界，故說無明」（《大乘起信論》）。心生則種種法生，再執著於此，則一旦外境起變化，便生起種種煩惱。《暗戀桃花源》

中，袁老闆與春花因雙方均無法忘懷已經離開的老陶而從情侶轉成怨偶；《十三角關係》中，反目夫妻將對方的假身視為理想伴侶狂熱追尋；《回頭是彼岸》中，主體刻舟求劍式地追尋已經變化了的對象。賴聲川在這些戲劇中既真切展呈現代人的種種煩惱與痛苦，又或顯或隱地揭示出心的「無明」乃是種種煩惱之根源。

李漁在《閒情偶記》中將「劑冷熱」作為戲劇創作的重要原則提出。戲劇家於劇場效果的考慮，往往在悲劇中融入喜劇的成分。《雷雨》作為曹禺的第一部戲幾乎是純悲劇，但劇中的魯貴以其混世的無賴相創造出劇場的喜感；而到了《日出》、《原野》，悲劇情境中時常穿插喜劇性的段落，《日出》中顧八奶奶的賣弄做作，張喬治的洋腔洋調，潘月亭與李石清在得勢失勢之間，高低姿態迅速脫換；《原野》中的常五「試探不成反被試探」，白傻子「作證不成反被收買」，這些喜劇人物與喜劇段落，既是戲劇主題與情節鏈環不可缺少的部分，同時也是劇作家為創造劇場氣氛的策略性安排。在以上劇中，「笑」基本上由特定類型的人所引發，並不足以改變悲劇的總體質地。《北京人》在劇作家的定位中，已然是一齣喜劇。雖然該劇展示的仍是苦澀的家庭經驗，但在愫芳和瑞貞的「出走」中，能夠看到劇作家對「舊」的毀滅、「新」的重生的歡欣之感，其身姿在結局時發生了逆轉，是迎向於新，而非踟躕於舊。如果說，這種身姿在《日出》、《原野》中已經呈現端倪，此時則落實於「行動」。因此，從純悲劇到在悲劇中加入喜劇性段落再到喜劇，也可觀照出曹禺的心靈變化曲線。

喜劇在賴聲川戲劇中始終是重要的成分，貫串於整個戲劇進程，使戲劇呈現悲喜交融的整體色調。在賴聲川的戲劇思維中，喜與悲並沒有清晰的界限，只要對象自身的分寸發生變化，或者看他們的角度發生變化，喜很容易就反轉成悲，悲也很容易反轉成喜。《寶島一村》中，剛來臺的軍人及其眷屬在除夕之夜由北望而思鄉，這是一場

悲情的戲，而被詢問北平在哪個方向時，「我也不知道，好久沒飛了」的實話實說又引爆劇場的笑聲。接觸到外面世界的眷村二代揭開父輩的生存迷局，「牆上的標語寫得越大，就是越大的謊言，因為做不到，才寫得大啊」。觀眾在笑的同時，又分明意識到，不管是反攻大陸還是戴笠沒死，都是眷村一代故土情結的曲折反映。相比曹禺的戲劇，喜劇性元素在賴聲川的運用中顯現出更為狂肆的色彩。他的相聲劇系列既繼承傳統相聲談笑諷喻的傳統，同時結合臺灣當代脫口秀、模仿秀等娛樂文化，創造出劇場的狂歡效果。喜劇性常來自對對象的戲劇式誇張，《暗戀桃花源》中，老陶、春花、袁老闆三人關係的表現並非取用寫實的手法，在形體、語言、人物關係的表現上呈現風格式誇張，具有鬧劇的風味。而不論是相聲劇系列，還是其他戲劇中的喜劇片斷，其用意都不是單純的逗樂，卻是通過「笑」這一手段，使觀眾意識到一些更為嚴肅的東西。

　　曹禺戲劇擁有廣大的受眾群，被譽為雅俗共賞。曹禺在其戲劇中演繹的是市井百姓喜聞樂見的人情世態。他清楚地知道普通觀眾來劇場中鑑賞什麼，因此，毫不吝嗇地將這些東西饋贈給他們。巧合、突轉、埋伏、發現、劍拔弩張、一觸即發、峰迴路轉、水落石出，這些戲劇性的佐料在曹禺筆下從來不缺。曹禺前期的四大名劇儘管從個案上來看，各有特點，《雷雨》、《原野》濃一些，《日出》、《北京人》淡一些，但寫人造境的總體風格是相似的，都追求鮮明、濃郁的中國風味。但曹禺又能從現實表象與既定認知中抽身而退，以旁觀者的冷眼洞見生存的真相。在《雷雨》中，他展現的不僅是兩代人的情愛悲劇，而且是宇宙的殘酷法則；在《日出》中，他看到的不只是上等旅館與下等妓院的浮浪生活，而且是「人之道以不足奉有餘」的世道；在《原野》中，他要表現的不僅是一個復仇的故事，還有復仇者內心的價值困惑與心靈壓抑；在《北京人》中，他透過封建遺老家庭中雞零狗碎的爭吵洞見文化生命力的中空。超越世俗表象的洞察力使曹禺

總能比一般的劇作者看得更深，研究者們所論及的曹禺戲劇的詩性正在於此。

在中國臺灣，賴聲川的戲劇被譽為「精緻藝術與大眾文化」結合的典範。一般來說，賴聲川的戲不論形式如何先鋒、另類，其精神內容總能接通大眾生活的經驗內容，輻射社會文化大命題。賴聲川在其創作中，既立足世俗人生，同時又注重擴大人生經驗，深化人生感受。他在《暗戀桃花源》、《回頭是彼岸》、《西遊記》這些結構非常具有實驗色彩的戲中，把觀眾切切實實感知的現實生活，與反差度極大的神話、傳奇故事，或時空久遠的世相相連接，從而上升到一個更深的層面探究社會、歷史、人心的諸多命題。相聲劇系列以中國人熟悉的相聲形式為媒介，展開對於歷史的縱向思索、社會的全息觀照及對同根異貌的兩岸文化形態的比較，潑辣諧趣的相聲段子因進入導演獨特的理念構思而蘊含豐厚的思想內涵。賴聲川的戲劇就其形式而言，常常是無所依傍的創造，這些形式在大眾看來，是見所未見的，但形式通常並不成為其戲劇接受的障礙。箇中原由，除了因其所採用的集體即興創作方式激發出演員個體真切的情感反應，從而極容易與觀眾發生共鳴與交流，還因為賴聲川在藝術實驗的過程中，非常注意讓形式實驗具有一種易於為人所接受的特性。在賴氏戲劇中，日常生活中常見的行為、現象經藝術再組織後轉成了意味深長的藝術符碼；傳統意象、經典故事經過脫胎換骨，被注入新的現代內涵；拼貼形式套上某一情節外衣，消除了碎片感與生硬感，變得合情合理，等等。賴聲川認為劇場就是一面櫥窗，他在這面櫥窗裡提供了好看的故事，奉獻了真切的人生體驗，展示了精彩紛呈的劇場形式，但你在愉悅地觀賞之後，回味是深遠的，回想是沉甸甸的。

將曹禺的戲縱向排列，可以看到一戲一格的探索足跡。他將從不同類型的戲劇中接收到的藝術營養與觀照世界、理解人性的不同視角結合起來，創作出各具風貌的戲劇作品。劇作家堅持靈魂深處的追

問，堅持劇場藝術的更新，體現著不斷越出界外，凝眸遠方的超凡藝術追求。而在賴聲川戲劇中，戲劇形式與劇場手段的探索同樣是一個持之以恆的課題。將相聲與戲劇相融合創造了系列相聲劇的輝煌；無預定結構，完全憑藉素材自身找到合適形式的拼貼式戲劇，經歷了《我們都是這樣長大的》的清新到《紅色的天空》的成熟；將多條完全不同的劇情線索加以組合，嵌進一個形式感很強的複式結構中，包含著《暗戀桃花源》的二重結構，《西遊記》的三重結構，《田園生活》的四重結構，還有像《圓環物語》那樣的圓環接龍式結構，等等。在不懈的探索中，可以看到，藝術家觀照世界視角的不斷更新與藝術形式創造上的極大創意。除此之外，還有一種不被既有的成就所束縛的創造激情以及永遠走在觀眾審美疲勞之前的明智心態，不論是曹禺與賴聲川，都是如此。

　　從曹禺到賴聲川，戲劇的變緣於時代環境與創作者個性的投射，而不變則是由戲劇本身的特性所決定的。戲劇的包容萬象，戲劇的綜合性本質，戲劇的文化標本性質，戲劇與時代之間無所不在的互動關係，以及戲劇對人的存在狀態的深度探索，只有護持住這些本性，戲劇在發展中才不至於迷失方向，不至於為一時的困境所鉗制，不至於在某一風尚中隨潮俯仰，從而淪落為整個文化格局中無足輕重的花邊。

　　　　——本文原刊於《首都師範大學學報》二〇一四年第二期

四　劇場內外

戲劇：譫妄與理性

　　尼采一語道破天機：蘇格拉底之後，希臘悲劇趨向衰亡。他將歐里庇得斯視同美學上的蘇格拉底，斷言：希臘悲劇在他手上開始敗壞。那麼蘇格拉底與希臘悲劇之間究竟存有怎樣一筆宿債？如果將蘇格拉底視做西方實用理性誕生的源頭，關於理性與文明之間的是非恩怨已經成為西方一百多年以來文化自省的中心所在。蘇格拉底帶來的「知識即美德；罪惡僅僅限於無知；有德者即幸福者」的理性樂觀主義以它所向披靡的理智利刃瓦解了希臘悲劇賴以產生的神話基礎。這樣的神話基礎即人世間的刻意安排終究難以逃脫神的意志，悲劇就在每一次背離神的意志最終又回歸神的意志中產生。究其裡，「神的意志」是希臘宇宙觀的化身，即自然法則的神秘莫測、陰森恐怖，人在其中如蛛網上的蟲子，拼命掙扎卻始終掙脫不了命運的擺布。這種悲劇命運模式成為後來蘇格拉底式理性視野中的譫妄，當人們用合邏輯的理性思維千方百計地想要找出俄狄浦斯的命運與他個人德性之間的關聯時，卻得不到任何的答案。既然理性解答不了這樣的問題，這種希臘式的命運悲劇，也就漸漸地被人所拋棄。接下來悲劇的命運就是「哲學思想蓋過了藝術，迫使藝術緊緊依附於辯證法的主幹，阿波羅傾向偽裝為邏輯公式，我們在歐里庇得斯戲劇中看到過類似的現象，還看到了狄俄尼索斯轉化為自然主義的感情。」[1]

　　在蘇格拉底為希臘帶來了實用理性的種子之後，希臘人將「他們整個神話般的青春夢想巧妙而任意地改寫成為實用史學」[2]。廟宇既不

---

[1] 〔德〕尼采撰，趙登榮譯：《悲劇的誕生》（桂林市：灕江出版社，2000年），頁87。

[2] 〔德〕尼采撰，趙登榮譯：《悲劇的誕生》（桂林市：灕江出版社，2000年），頁67。

復存在，神像自然流離失所。此時的希臘人將興趣逐漸轉向了以人的認知為中心的科學與哲學，個體性被突出，悲劇也就相應修改了它的原初面目。就在索福克勒斯本人，寫於西元前四三七至前四三六年的《俄狄浦斯王》與寫於西元前四〇六至前四〇五年的《俄狄浦斯在科羅諾斯》已經呈現出兩種面目，神的意志開始退位，而人作為自主的個體登上前場。在歐里庇得斯手上，凡俗之人在戲劇中的地位進一步得到了提升。尼采慨嘆：「靠了他，常人走出觀眾席，登上了舞臺，舞臺這面鏡子以往只表現偉大勇敢的性格，現在連自然的敗筆也是忠實地再現無遺。」[3]歐里庇得斯卻認為他用家庭常備藥使悲劇藝術擺脫了華而不實的肥胖症，在他的劇中，即使神依舊存在，也已經是凡人面目，在悲劇走向凡俗的過程中，無疑這種隨著理性認知的深入而崛起的自信樂觀是發酵素。在凡俗化的同時，悲劇中性格描寫與細緻的心理刻畫也隨之不斷增加，人的面貌日趨細膩從本質來說正與神話相悖，而尼采更將它與理性世界的入侵聯繫起來：「我們已經呼吸到理論世界的氣息，對這個世界而言，科學認識比世界法則的藝術反映更有價值。注重性格刻畫的傾向迅速向前發展。」[4]

　　尼采之所以對歐里庇得斯耿耿於懷，在於從他開始，悲劇墮落成為日常生活，諸神退位，凡夫俗子登上舞臺，在論辯與修辭的「學校」裡，形而上的關注無可挽回地失落了，希臘人的福柯稱之為「張狂」的氣質也隨之而消失。在我的理解裡，這種「張狂」即是一種「譫妄」，尼采所謂的「狄俄尼索斯精神」，是渾然忘我地投入世界、體驗生命、感受蒼穹的衝動。這樣的譫妄在後世的戲劇中無復存在，雖然我們還在理性人近乎「囈語」的某些作品中，偶爾能聽到它的回聲，如易卜生的《群鬼》、奧尼爾的《悲悼》、曹禺的《雷雨》，但發

3　〔德〕尼采撰，趙登榮譯：《悲劇的誕生》（桂林市：灕江出版社，2000年），頁70。

4　〔德〕尼采撰，趙登榮譯：《悲劇的誕生》（桂林市：灕江出版社，2000年），頁103-
　　104。

出此種聲音的已不是純粹的希臘喉嚨，貫穿於全劇的譫妄不過是可以
用現代心理學來解剖的理性變形而已，這是否已經昭示了古希臘精神
在現代戲劇中不能存活？而相伴而生的是戲劇自身越來越依賴於文
本，通過以語詞為主導形態的對話建立起認識的明晰性，戲劇也由天
賦性靈的創作漸漸走向了有法可依的制作。幾千年以來關於劇本寫作
的法則難以勝數，亞里士多德的《詩學》是其中始作俑者，正是他將
希臘戲劇的非理性與非邏輯剪裁成了可以用理性與邏輯來分解的戲劇
規則，從此，戲劇成為操作性很強的工具類「技藝」，而不再具有古
希臘時代恍若天啟之音的神聖了。其實，在尼采看來，蘇格拉底之前
也有理性，「但那是用直覺把握的真理，而不是靠邏輯的引線攀援的
真理」。[5]它們之間的區別在於：「在現代人這裡，哪怕最個性的東西
也要昇華為抽象觀念；相反，在希臘人那裡，最抽象的東西總是復歸
為一種個性。」[6]顯然，這一種理性與蘇格拉底的毀掉希臘悲劇的理
性不同，它是產生希臘悲劇的基礎。但是，希臘悲劇的消亡是人類文
明的必然走向，改造世界的欲望相伴人類歷史始終，而實用理性是其
必須借用的工具，文明的航船既已啟動，走上的就是一條不歸路。如
果說亞里士多德的戲劇定義可以成立的話——戲劇模仿的是行動中的
人，那麼一部戲劇史幾乎可以等同於人類文明史，希臘的土壤已失
去，藝術上的任何一次回歸都不是原始意義的再現，如果在當代，誰
敢宣稱他還原了希臘悲劇，那麼不是瘋話，便是噱頭，因為希臘悲劇
是不可能在現代被還原的，模仿得到的只能是贋品，尼采認為復興古
希臘藝術的希望落在了德國身上，也就無異於痴人說夢了。

　　希臘悲劇之後的另一個高峰是莎士比亞戲劇。比較希臘悲劇所處

5　〔德〕尼采撰，周國平譯：《希臘悲劇時代的哲學》（北京市：商務印書館，1994
　　年），頁87。

6　〔德〕尼采撰，周國平譯：《希臘悲劇時代的哲學》（北京市：商務印書館，1994
　　年），頁31。

的古典時代後期與莎士比亞悲劇所處的伊麗莎白時期，可以發現，在
它們之前都有一個宗教的繁榮期，而它們之後又有一個科學與自然哲
學的鼎盛期，恰好暗合了不可調和的矛盾共存的悲劇規律。悲劇在
古希臘和基督教歐洲出現的時候，正是關於上帝的權力和審判的觀念
似乎在宗教觀念中占主導地位的時代，但是，它似乎也出現在相信人
有能力探索世界並在探索過程中認識世界的時代裡。」[7]在絕對蒙昧
或絕對理智的時期似乎都難以產生偉大的作品，古希臘悲劇不可能產
生於古希臘早期泰坦諸神的文化體系中，而在蘇格拉底的實用理性盛
行之後就趨於衰微；莎士比亞戲劇不可能產生於中世紀的黑暗年代，
同樣也不可能產生於啟蒙運動全面啟動的現代社會。人類似乎只有處
於夢與醒的交叉地帶時，才能釋放出如此巨大的想像空間與闡釋可
能。在莎士比亞戲劇中，對立兩極的調和貫穿於戲劇的各個方面，它
散發著強烈的人文氣息同樣不無宗教的影子；它創造了一個異於現實
的想像世界，卻又忠實地映射出客觀現實；它窮盡人類激情的極限乃
至瘋狂的境界，同時又揭示出超越於激情之上最冷漠的理性法則；莎
劇中的人可以從現代心理學的角度來闡釋，卻又處處表現出超越心理
學的神秘難解的色彩；莎士比亞自如地運用各種戲劇手段，同時又肆
意地逾越各種藝術法規；他的劇作反應的是極具體的個別，又代表了
最廣泛的深刻性，他在多種向度將對立的因素難以置信地熔解於一
爐，替戲劇將空間無限拓展，成為了幾百年來「說不盡的莎士比
亞」。在莎士比亞身上，我們可以看到譫妄與理性如何在一個前所未
有的高度上得以統一，就像哈姆雷特在狂亂中吐露出真理一樣。莎士
比亞不是冷靜的，但不能否定他具有超人的智慧；莎士比亞不是完全
自然地反映現實，可得承認他有洞察人心的卓越能力；莎士比亞的悲

7　〔英〕海倫・加德納撰，江先春、沈弘譯：《宗教與文學》（成都市：四川人民出版
　　社，1998年），頁128。

劇人人都懂一些，但誰能說他懂得了全部？在通俗易懂、合情合理的情節之下總是暗藏著另外一些晦澀難懂的東西。

　　與古希臘悲劇「靜穆」的風格相比，莎士比亞的悲劇顯得駁雜，以至於具有古典趣味的欣賞者對他頗有微詞，但人類文明經過其漫長的旅程，已經無可逆轉地從「一」走向了「多」，從「混沌」走向「分裂」，科學、倫理、宗教、政治的發展使莎士比亞的時代絕不同於索福克勒斯的時代，莎士比亞戲劇中的譫妄與理性同索福克勒斯的相比也就絕不一樣。比較《俄狄浦斯王》與《哈姆雷特》，俄狄浦斯的性格要比哈姆雷特單純得多，後者的憂鬱與猶豫是前者不曾有的。在索福克勒斯那裡，俄狄浦斯是「罪」的化身，而在莎士比亞那裡，哈姆雷特首先是一個「人」，儘管人們也可以從中讀出原罪意識；《哈姆雷特》的情節比起《俄狄浦斯王》要複雜得多，英國學者基托認為這是因為《哈姆雷特》中，罪惡的擴散方式與希臘悲劇不同，它如瘟疫一樣，不僅由此及彼，而且從靈魂擴散到靈魂。[8]雷歐提斯受到克勞迪斯的引誘，哈姆雷特的愛情由於他母親的壞榜樣和波洛涅斯的卑鄙干預，竟蛻變成荒淫，他對那兩個受賄朋友反戈一擊並無情地讓他們到英國送死去，陰謀與詭計層出不窮，莎士比亞戲劇極大地擴展了希臘戲劇中還未有的人性的墮落與腐蝕，這應當也是文明的產物，但這並不影響《哈姆雷特》與《俄狄浦斯王》一樣偉大。伏爾泰將莎士比亞形容為「醉醺醺的野蠻人」，道出了莎士比亞身上的狄俄尼索斯精神，別林斯基認為莎士比亞戲劇是基督教戲劇的最高典型，而杜勃羅留波夫則認為他是「人類認識最高階段底最充分代表」，莎士比亞到底是哪個面目並不重要，關鍵在於人們從任意一個角度都可以到達他，他的影響不僅僅侷限於藝術領域，「這種天才的降臨使得藝術、

8　〔英〕基托撰，楊周翰編選：〈哈姆雷特〉，《莎士比亞評論彙編》（北京市：中國社會科學出版社，1979年），下冊。

科學、哲學，或者整個社會煥然一新」[9]。古希臘悲劇與莎士比亞戲劇
成為了西方戲劇史上同時也是人類文明史上的兩塊豐碑，至今未能被
超越，它們的影子籠罩住整個戲劇發展史，不同時期、不同流派的戲
劇都在不同層面上接受其精神財富。

　　自莎士比亞以後，古典主義戲劇、浪漫主義戲劇、現實主義戲
劇、現代主義戲劇可以視為譫妄與理性在戲劇中此消彼長的發展過
程。古典主義不敢越規則一步，以整飭、嚴謹為美，理性嚴格地控制
了劇壇；而浪漫主義無法忍受僵化的藝術格局，力圖打破規則，以效
法自然為時尚，主體的激情是藝術的動力；現實主義對於外在世界的
精細描繪可以見出現代科學觀對於藝術的影響；而現代主義以扭曲的
形式來強調世界的異己感，此時，它所抗議的就不僅是理性對藝術的
拘束，而且是對人性的壓抑。自啟蒙運動以來，西方社會在受惠於知
識和理性發展的巨大福祉時，也出現了前所未有的問題，馬克思指
出：資本主義使社會生產力獲得極大提高的同時，也導致了空前的階
級壓迫；韋伯發現，資本主義的合理化導致了理性化和官僚化，同時
也造成了壓制和平均律，人類開始覺察到親手締造世界的異己感，於
是隨著對現代性的批判和反思的深入，一種對現代性既愛又恨的情緒
蔓延開來。進入二十世紀，文明分解成了這樣兩條線索，一方面是啟
蒙的現代性，一方面是審美的現代性，「第一種現代性是資本主義發
展的產物，即科技進步、工業革命、經濟與社會急速變化的產物；第
二種現代性，他稱之為『審美的現代性』，即現代主義文化和藝術，
它反對前一種現代性，因此『規定文化現代性的就是對資本主義現代
性的全面拒絕，就是一種強烈的否定情緒』」[10]。這樣一種否定是對現

9　〔法〕雨果撰，楊周翰編選：〈莎士比亞的天才〉，《莎士比亞評論彙編》（北京市：
　　中國社會科學出版社，1979年），上冊。

10　〔美〕卡利奈斯庫在〈現代性的面孔〉中的觀點，轉引自周憲：〈現代性的張力〉，
　　《文學評論》1999年第1期。

有文明秩序的否定，「它體現為不可界定，不一致，不可比較，非邏輯，非理性，含混，混亂，不確定性和矛盾狀態」[11]。在審美現代性的轉換中，尼采是一位不容忽略的人物，二十世紀西方文化史上不受尼采影響的恐怕不多，在此不準備詳細評介，只是指出，尼采恰如他所激賞的古希臘神話中的狄俄尼索斯，帶領著二十世紀文化造反者們且歌且舞，對現存的秩序構成了潛在的顛覆力量。在戲劇史上，尼采的狄俄尼索斯精神直接傳給了「殘酷戲劇」的理論締造者──法國戲劇家阿爾托（1896-1948）。

　　福柯在《瘋癲與文明》中直接將阿爾托與尼采、陀思妥耶夫斯基、梵高等並舉，讚譽他們是顛覆現存知識、理性和常識的「瘋狂藝術家」。蘇珊・桑塔格認為：整個二十世紀的現代戲劇，就可以分為兩個階段，阿爾托之前和阿爾托之後。尼采對蘇格拉底式戲劇的憤怒抨擊在阿爾托這裡發展成為斷然決裂。他的戲劇理論集《殘酷戲劇──戲劇及其重影》徹底地否定了西方自亞里士多德以來精妙無比的戲劇傳統。具有心理學傾向的戲劇人物刻畫再次成為批判對象，「（但是）誰說戲劇生來是為了澄清性格，是為了解決人的感情的、眼前的、心理的衝突──正如我們當代戲劇所充斥的那樣──呢」[12]，「以這種詩意的、積極的方式來對待舞臺上的表現必然使我們放棄戲劇前所具有的人性的、現實的和心理學的含義而恢復它宗教性的、神秘的含義，這種含義正是我們的戲劇完全喪失的」[13]。在阿爾托看來，現代戲劇的墮落之處在於：與現實合謀，對生活採取靜觀、分析的態度，失去其抗爭與激奮的力量，這種力量如同宗教之於人。這倒

---

11 周憲：〈現代性張力〉，《文學評論》1999年第1期。

12 〔法〕阿爾托撰，桂裕芳譯：《殘酷戲劇──戲劇及其重影》（北京市：中國戲劇出版社，1993年），頁36。

13 〔法〕阿爾托撰，桂裕芳譯：《殘酷戲劇──戲劇及其重影》（北京市：中國戲劇出版社，1993年），頁42。

是一針見血地指出，在一個失去信仰的年代裡藝術的無能為力，阿爾
托企圖恢復的就是現代戲劇的宗教影響力。

　　在此，可以將尼采命名的「狄俄尼索斯精神」與阿爾托的「殘酷
戲劇」做一比較。尼采將「狄俄尼索斯精神」描述為：「我們在短促
的瞬間確實成為了原始生命本身，感到了它的不可遏制的生存欲望和
生存樂趣。現在我們覺得，突入生命領域的生存形式多得不可勝數，
世界意志的繁殖能力強大無比，那麼鬥爭、痛苦、現象的毀滅就是必
要的。我們彷彿與無限的對生存的原始樂趣融為一體，在狄俄尼索斯
狂喜中感到這種樂趣不可摧毀、永駐人間的那一片刻，我們被這種痛
苦的憤怒之刺刺穿了。儘管我們感到恐懼和憐憫，我們依然是幸福的
生者，不是作為個體，而是作為唯一的生者，我們和它的繁殖樂趣融
為一體了。」[14]阿爾托的「殘酷戲劇」表現了與尼采相似的感受：「如
果說戲劇像夢幻那樣是血腥的，非理性的，那麼它的目的遠遠不止於
此；它是想表現並且在我們身上深深嵌入持續衝突和痙攣的觀念，在
那個觀念中，生命的每一分鐘都被截斷，大自然中的一切都奮起反對
我們生命的組合狀態；它想以具體和現代的方式來延長某些寓言中的
形而上學觀念，這些寓言的殘酷性及其活力就足以顯示它們的根源及
主要原則的內涵。」[15]可以認為，阿爾托所說的寓言就存在於古希臘
神話當中。尼采在宇宙殘酷的真相面前表現出的是狂喜，阿爾托同樣
並不畏懼，「因為我覺得創造及生命本身的特點正是嚴峻。即根本性
的殘酷：是它不屈不撓地將事物引向不可改變的終點」[16]。「而沒有痛

14　〔法〕阿爾托撰，桂裕芳譯：《殘酷戲劇──戲劇及其重影》（北京市：中國戲劇出
　　版社，1993年），頁100。

15　〔法〕阿爾托撰，桂裕芳譯：《殘酷戲劇──戲劇及其重影》（北京市：中國戲劇出
　　版社，1993年），頁89。

16　〔法〕阿爾托撰，桂裕芳譯：《殘酷戲劇──戲劇及其重影》（北京市：中國戲劇出
　　版社，1993年），頁102。

苦，生命就無法施展。」[17]如果說尼采的「狄俄尼索斯精神」裡有他推崇的「強力意志」，那麼阿爾托的「殘酷戲劇」裡也有他追求的「純潔的情感」。這樣一種純潔情感表現出來就成為文明社會地道的譫妄，因為阿爾托要的是「戲劇要恢復本來面目，也就是說，成為真正的幻覺手段，就必須向觀眾提供夢幻的真正沉澱物，使觀眾的犯罪傾向、色情頑念、野蠻習性、虛幻妄想、對生活及事物的空想，甚至同類相食的殘忍性都傾瀉而出，不是在假想的，虛構的範疇，而是在內心範疇」[18]。而戲劇所達到的社會效果在阿爾托看來類似於瘟疫，是整個社會集體排出膿瘡，亞里士多德的「淨化說」在此得到了別樣的闡釋。人是什麼？不論是阿爾托還是尼采，都沒有將「人」理解為文明世界所定義的宇宙間唯一有理性的動物。或者可以說尼采和阿爾托正是刻意表現人的理性之光的渺茫，他受制於自己的自然本能，同時又受制於外界的自然力量，宇宙是殘酷的，人在宇宙間左衝右突的生存是雙重的殘酷。但不論是尼采還是阿爾托，都沒有否定生命，而是從殘酷的生存與毀滅中感受到生命不可遏制的力量，明確了這一點，便可以在尼采與阿爾托之間連結起一條精神之鏈，希臘神話中的西緒弗斯精神在他們身上得到了延續。這就與淺薄的樂觀理性主義者區別開來，樂觀理性主義者只是單層面的肯定，即人在自然中的無往不勝，而尼采或阿爾托對人的生命的肯定是建立在否定之否定基礎上，從這個意義上說，譫妄之中已經蘊含了更高的理性，而淺薄的理性反而成為了某種譫妄。建立在蘇格拉底樂觀理性主義基礎上的現代文明在二十世紀所遭遇到的一切充分證實了這一點。

　　阿爾托企圖恢復的戲劇的宗教力量，曾經存在於古希臘悲劇與莎

---

17 〔法〕阿爾托撰，桂裕芳譯：《殘酷戲劇──戲劇及其重影》（北京市：中國戲劇出版社，1993年），頁101。

18 〔法〕阿爾托撰，桂裕芳譯：《殘酷戲劇──戲劇及其重影》（北京市：中國戲劇出版社，1993年），頁88。

士比亞戲劇之中，只不過阿爾托提出的方式更為誇張，因為他要把這兩大戲劇高峰中最輝煌的組成部分——「語言」，清除齣戲劇。戲劇語言的發展記錄著西方理性發展的歷史，在我看來，西方戲劇語言經歷了兩次裂變過程，這兩次裂變在西方理性發展史上具有里程碑的意義。一次是從詩到散文的轉變，如果不僅僅是從修辭表層來考察的話，那麼黑格爾的觀點對我們極富啟示，儘管黑格爾所謂的「詩」是包括戲劇在內的藝術作品，而「散文」傾向於學術性著作，但對於我們考察戲劇語言轉變背後所蘊藏的歷史深層意蘊仍然有效。黑格爾認為詩的觀照方式是比較古老的，「處於直接觀感與抽象思維之間，是內容意蘊與現實現象的統一。詩的功能就是製造形象的功能，製造形象的方式首先是用一種具體形象描繪所寫對象本身所固有的某種特徵，因此詩有留戀事物外表的傾向」[19]。簡而言之，在詩的歷史階段，人對事物的認識是憑藉對事物的直覺觀照來進行的，所以形象是認識的媒介；隨著理性的逐步健全，人類對事物性質的把握不再倚賴於形象，抽象思維發展使得憑概念掌握世界成為可能，此時清晰簡潔、直指本意的散文語言也就隨之出現在了戲劇之中。在黑格爾看來，散文把握世界的思維方式意味著：「割裂規律與現象的統一，而且把這種割裂固定下來。這種思維方式把事物看成是片面孤立和靜止的，實際上就是形而上學的方式。」[20]從某種意義上說，戲劇中詩到散文的語言轉向也正說明語言與所指物的關係進而是人與自然的關係正在逐步脫落，因此埋伏下了第二次斷裂的危機，因為正是語言與形象的脫節導致它越來越偏離賴以產生的家園，最後陷入了意義的真空中。

　　第二次的裂變和現代語言哲學的轉向密切相關。在西方「邏各斯

---

19 〔德〕黑格爾撰，朱光潛譯：《美學》（北京市：商務出版社，1982年），卷3，下冊，頁59，注1。

20 〔德〕黑格爾撰，朱光潛譯：《美學》（北京市：商務出版社，1982年），卷3，下冊，頁23。

中心主義」即理性中心主義，或語詞中心主義的文化傳統中，語言一
向被認為是傳情達意、思考辨析的可靠工具，現代西方語言哲學對此
提出了深刻的質疑，索緒爾將語言分為能指與所指，認為能指與所指
之間的結合具有任意性，而後結構主義者更激進地指出語言能指和所
指之間根本就是脫節的、斷裂的，能指並不響應它所表徵的所指功
能。在這樣的解構視野中，語言不斷地丟失其深層表意內涵，而僅僅
成為符號自身的遊戲。語言哲學的轉向與戲劇中的語言轉向互相應
合。如果說傳統戲劇中的語言占據的是霸主地位，戲劇情節的發生、
展開、完成是靠語言來搭橋鋪路，人物的刻畫、主題的揭示、衝突的
生成都靠語言來完成，那麼在現代派戲劇作品中，語言的性質與地位
已經發生了根本性的變化，語言與意義、邏輯之間出現了徹底的斷
裂，非邏輯的、反邏輯的、無意義的、機械重複的、單調乏味的、支
離破碎的語言在荒誕派戲劇中俯拾皆是。而燈光、布景、服裝、音
響、道具，經過突出、變形與誇張成為另一種特殊的語言，直接喻指
著世界的荒誕。從這個意義上說，理性發展到了一定階段，從自己的
內部分裂，出現了譫妄。而此時，我們不能不想到阿爾托的論斷：
「如果說我們時代的標誌是混亂，那麼產生混亂的根由是斷裂，是物
體與字詞、與思想，以及其代表者符號之間的斷裂。」[21]這種二十世
紀三十年代出現的論調與後來六十年代的解構主義語言哲學以及荒誕
派戲劇遙相呼應。基於這種認識，阿爾托主張戲劇應該從根本上擺脫
對語言的依賴，使音樂、舞蹈、啞劇、模擬、燈光、面具、木偶等一
切可以想得出的可視性舞臺手段都回歸到戲劇中，戲劇的語言由字詞
擴展為與姿勢、符號、運動及物體相輔相成的多種舞臺語彙交融共
存，而這種語言不再單純地訴諸知解力，它將產生通過感覺作用於下

---

21 〔法〕阿爾托撰，桂裕芳譯：《殘酷戲劇──戲劇及其重影》（北京市：中國戲劇出
　　版社，1993年），頁2。

意識的新的交流方式，物像的隱喻功能代替詞語的抽象表意功能，象徵成為了戲劇主要的表意方式。從某種意義上說阿爾托比尼采走得更遠，阿爾托甚至越過了被尼采視為典範的希臘戲劇而逕直朝文明史前期的戲劇形態奔去。他將具有原始形態的印度尼西亞小島上的巴里戲劇視為範本，極力鼓吹戲劇應該成為一種煉金術，即具有巫術般神秘地作用於人的精神的性質。

戲劇想要一下子抽掉幾千年文明加諸於它的質素，不表現文明人的心理特徵，不以文明人的理解、表達方式為手段，回歸原始，這是不可能的事，所以阿爾托的殘酷戲劇理論從一開始就呈現為極度地譫妄，這樣的譫妄付諸實踐時，它必然無法通過文明的沙漏，阿爾托終其一生都未能真正地實現他的戲劇理想。殘酷戲劇理論不能在阿爾托自己的戲劇實踐中變成實在，卻直接開啟了二十世紀五、六十年代戲劇家的藝術靈感，導引了一場戲劇史上影響深遠的荒誕派戲劇運動。普朗科說：「作為一個『絕對』的殉道者，他相信自己的失敗時也許就已經死去了。然而今天讀《戲劇和它的演出本》時，人們不可能不認識到阿爾托對法國在世作家和導演的巨大影響。關於固態語言的詞語或段落，毫無生氣的世界對人的侵害，視覺象徵的重要性，形體的意義，戲劇隱喻功能等等，都一再地直接成為尤奈斯庫、阿達莫夫或貝克特戲劇中的現實。」[22]阿爾托的理論之所以能夠在荒誕派戲劇中成為現實，是經過了荒誕派戲劇家理性的過濾，殘酷戲劇理論在荒誕派戲劇家手上褪去其神秘的、荒蠻的烏托邦性質，成為能夠與現代精神相接軌的表現手段，從而使戲劇的內在深度獲得極大提升，從這個意義上說，這種過濾其實也是文明對譫妄的吸收與改造。

從歷史上看，偉大的戲劇（藝術同樣如此）都是在譫妄與理性的整合點上出現，譫妄使戲劇獲得內在的活力，而理性將這股活力賦

---

22 〔英〕普朗科撰，戴如梅、張潔譯：〈多種多樣的先鋒派〉，《荒誕派戲劇》（北京市：中國人民大學出版社，1996年）。

形，使之成為能夠為人所認知的形象，這一層意義上的整合相當於尼
采所說的狄俄尼索斯與阿波羅的結合。一種衝動，一種活力沒有被賦
形或賦形未成功就不能成其為藝術，而賦形成功已經意味著譫妄通過
了理性世界的改造而取得通行證。阿爾托的殘酷戲劇理想最終無法實
現便在於他的譫妄具有不可妥協性，從而未能獲得這張通行證。當實
踐證明阿爾托的戲劇理想不過是無法實現的紙上王國時，他的促發殘
酷戲劇思維的瘋狂氣質也就發展成為了病理性的瘋癲。所以福柯說：
「阿爾托的瘋癲絲毫也沒有從藝術作品中表現出來。他的瘋癲恰恰表
現為『藝術作品的缺席』，表現為這種匱乏的反覆出現，表現為從它
的各個漫無邊際的方面都可以體驗到和估量出的根本虛空。」[23]另一
層意義上的整合在於，理性與譫妄在人類文明發展史上如影隨形，理
性是人類不斷地向未知領域的突進，化混沌為秩序；而譫妄便是那永
遠也不可能消失的陰暗地帶，沉澱在人類的原始記憶中，提醒、譏
嘲、挑釁著理性，文明的過程便是體現在這兩股力量間的消長與更替
之中。必須強調的是，這樣的整合點在人類文明的發展史上不斷地變
更、游移，它們之間由於性質及力量對比的差異，從而導致了不同時
期文化形態的出現：古希臘、中世紀、文藝復興、古典主義、啟蒙主
義、浪漫主義、現實主義、現代主義，理性與譫妄之間的消長與更替
忠實地體現在戲劇中，戲劇史就成為了人類文明的影子。

　　譫妄的命運也許總是這樣，它出現的初期被理性所拒斥，而當它
成為一股不可抗拒的力量時，文明社會也就開始對它進行收編與改
造，貝克特摘取了一九六九年諾貝爾文學獎、尤納斯庫於一九七○年
當選為法蘭西學院院士是文明收編譫妄的典型個案，當收編成功之
後，它成為了理性文明中的合法存在者，然而譫妄的力量卻隨之喪
失，荒誕派戲劇的盛極而衰是個證據。這就引出了一個意味深長的悖

23　〔法〕米歇爾・福柯撰，劉北成、楊遠嬰譯：《瘋癲與文明》（北京市：生活・讀
　　書・新知三聯書店，1999年），頁267。

論：譫妄如果不被理性所吸收，就無法成為藝術中的實在，但一旦它
與理性相安無事，又會失去原初的活力。所以，戲劇就必須無時無刻
不在理性與譫妄的相互抗衡與轉化中，尋找新的整合點。由此可以得
出，尼采和阿爾托對於我們意味著什麼，儘管尼采所呼喚的希臘戲劇
再也找不回了，而阿爾托的夢想從誕生之日起就注定了它的不可踐約
性。但他們卻作為一種力量，作為一種永恆的「他者」，與理性文明
構成對峙格局，從精神史來說，有他們的存在，理性對譫妄的每一次
收編總是暫時的。理性必須警惕，在某個陰暗的角落裡，譫妄以一種
永恆的譏嘲窺視著人類文明的進程，並隨時準備自外而內、自內而外
地顛覆瓦解它。戲劇必須珍視這種力量，沒有它，將意味著自身存在
的合理性被取消。

——本文原刊於《戲劇文學》二○○二年第一期

兩種距離與兩種交流
——兼論二十世紀八十年代戲劇探索

　　戲劇作為現場表演藝術，它與觀眾之間的「對話」通過「距離」與「交流」的調節而產生。但「距離」與「交流」在斯坦尼斯拉夫斯基體系與布萊希特戲劇理論（由布萊希特還可進一步延伸到現代、後現代戲劇觀念）中卻有著完全不同的劇場形態及意義內涵。在以往的戲劇理論探討中，往往只承認布萊希特的「間離效果」，否認斯坦尼斯拉夫斯基的審美距離，推崇布氏的直接交流，無視斯氏的隱性交流，有／無的生硬劃分形成話語權的不對等，許多問題得不到深入有效的討論。因此，必須進行一種理論的還原，破除有／無之見，辨析同一戲劇術語在兩種戲劇理論體系中的內涵差異之所在，在此基礎上針對中國話劇在借鑑外來戲劇理論資源上存在的問題進行具體的分析。

一

　　布萊希特針對斯坦尼斯拉夫斯基演劇體系的「共鳴」與「幻覺」提出了「間離效果」理論。在他看來，整個斯坦尼斯拉夫斯基體系「幾乎都是探討如何才能迫使觀眾共鳴以及同角色融為一體」[1]，演員通過化身為角色來表演同角色之間沒有距離，觀眾對演員逼真的表演產生共鳴，與角色之間同樣沒有距離。布萊希特要求演員首先與角

1　〔德〕布萊希特撰，李健鳴譯：〈論斯坦尼斯拉夫斯基體系〉，《布萊希特論戲劇》（北京市：中國戲劇出版社，1990年），頁261。

色拉開距離,「演員必須設法在表演時同他扮演的角色保持某種距離。
演員必須能對角色提出批評。演員除了表演角色的行為外,還必須能
表演另一種與此不同的行為」[2]。通過演員與角色之間的距離實現觀眾
與角色的距離,觀眾「見到的不應是角色,那些僅僅是劇中情節表演
者的角色,他們見到的應是能使他們大吃一驚的人:像各色各樣無窮
變化的原料的人。只有對這樣的劇中角色他們才能進行真正的思考,
即與他們自身利益相關的思考,由感情所引起和伴隨的思考,一種經
過覺悟,清醒和產生效果等三個階段的思考」[3]。可見布萊希特的「間
離效果」理論強調的是演員與角色,進而是觀眾與劇情之間的距離。

　　可以將布萊希特的「間離效果」與另一種「距離說」進行比較。

　　在美國學者丹尼爾·貝爾看來,現代之前的藝術是最講究距離
的,「按照現代之前的傳統觀點,藝術基本上是沉思的工作;藝術的
觀照者因與經驗保持審美距離而持有支配這種經驗的『力量』」[4]。丹
尼爾·貝爾所定義的「距離」其實就是布洛提出的「審美距離」,「距
離是通過把客體及其吸引力與人的本身分離開來而獲得的,也是通過
使客體擺脫了人本身的實際需要與目的而取得的」[5]。對於欣賞者來
說,審美的距離通過功利目的的捨棄而獲得,同時藝術作品形式本身
也帶有與生活拉開距離的意味。

　　以丹尼爾·貝爾的觀點來衡量斯坦尼斯拉夫斯基演劇體系,就會
發現,該體系是最講究距離的,這種距離通過「第四堵牆」的存在得

2　〔德〕布萊希特撰,李健鳴譯:〈論斯坦尼斯拉夫斯基體系〉,《布萊希特論戲劇》(北
　　京市:中國戲劇出版社,1990年),頁262。

3　〔德〕布萊希特撰,景岱靈譯:〈幻覺與共鳴的消除〉,《布萊希特論戲劇》(北京市:
　　中國戲劇出版社,1990年),頁184。

4　〔美〕丹尼爾·貝爾撰,趙一凡、蒲隆、任曉晉譯:《資本主義文化矛盾》(北京市:
　　生活·讀書·新知三聯書店,1989年),頁95。

5　〔英〕布洛撰,牛耕譯:〈作為藝術因素與審美原則的「心理距離」說〉,《美學譯
　　文》(北京市:中國社會科學出版社,1982年),頁96。

以實現。在斯坦尼斯拉夫斯基演劇體系內，劇場空間以樂池為分界線分割成觀眾席與舞臺，「第四堵牆」就存在於觀眾席與舞臺之間。被樂池隔開的觀眾席與舞臺在形式上寓示著一種不可逾越的界限，這個界限是生活和藝術的界限。斯坦尼斯拉夫斯基要求演員的表演要進入「當眾孤獨」的狀態。「是當眾的，因為我們大家和你在一起；又是孤獨的，因為小小的注意圈子把你和我們大家隔離開了。」[6]「當眾孤獨」目的在於使演員表演更自然，「你不會害怕任何人，也沒有什麼可以害臊的了。你會忘記四面八方有許多外人的眼睛在黑暗中觀察著你的生活。……在這小小的光圈裡，當注意力集中起來的時候，……容易產生最隱秘的感覺和心思，做出複雜的動作」[7]。演員的表演沒有受到外界的干擾，他和角色的內心世界更加貼近，觀眾通過一堵透明的牆來觀看戲劇，他們被演員真實深刻的表演所打動，發生共鳴，但又不至於完全融合，因為「第四堵牆」的形式暗示了生活與藝術的界限（所謂衝動的觀眾開槍打死伊阿古是極端的個例，不能歸因於斯坦尼斯拉夫斯基體系本身）。這樣，「第四堵牆」的存在對於觀眾來說，實現了布洛所說的「審美的距離」，對於演員來說，則有利於藝術的完型。在斯坦尼斯拉夫斯基體系裡，「第四堵牆」既是藝術的形式屏障也是審美的心理屏障，它把藝術與生活相區分，幫觀眾從日常經驗分離出來進入審美的空間。從這個意義上來說，一切古典藝術都通過廣義上的「第四堵牆」與生活拉開距離呈現自身的特性。

　　再來看布萊希特的「間離效果」如何產生。布萊希特否認了斯坦尼斯拉夫斯基體系存在的「距離」，在他看來，演員化身為角色的真摯表演、劇情合乎邏輯的進展、各種手段之間的默契配合全都誘使觀

6　〔蘇聯〕斯坦尼斯拉夫斯基撰，林陵等譯：《斯坦尼斯拉夫斯基全集》（北京市：中國電影出版社，1959年），卷2，頁133。

7　〔蘇聯〕斯坦尼斯拉夫斯基撰，林陵等譯：《斯坦尼斯拉夫斯基全集》（北京市：中國電影出版社，1959年），卷2，頁132。

眾通過共鳴產生幻覺從而取消了觀賞的距離（事實上，前面已經分析過審美並非無距離）。布萊希特主張將「間離效果」貫徹於編劇、導演與表演中，如：劇情突如其來的轉換；演員從角色中跳出，與觀眾討論；各種手段之間相互的不協調，等等。「間離效果」刻意製造的是藝術內部的非統一性，進而阻止觀眾認同感的產生，但瓦解了藝術的統一性，實際上也瓦解了藝術通過完整和諧的形式與生活之間保持的「距離」。破壞形式統一性在布萊希特那裡被賦予強烈的功利目的，在布萊希特的用意中，「間離效果」的真正目的在於促使觀眾從傳統的沉思型觀看轉成批判型觀看，從而「喚起他的行動意志」[8]。「戲劇藝術借此清除了以前各個階段附著在它身上的崇拜殘餘，同時也完成了它幫助解釋世界的階段，進入幫助改變世界的階段。」[9]

　　布萊希特指責斯坦尼斯拉夫斯基排演體系缺少「距離」，實際上，他的「間離效果」在另一種理論視野中也被定性為「距離消蝕」。「在現代主義中，作品的意圖是要完全壓倒觀眾，以使藝術作品本身——通過繪畫中透視的縮短，或是詩歌中杰勒德‧曼利‧霍普金斯式的『彈跳韻律』——將自己強加給觀眾。在現代主義中，藝術類型變成了陳舊的概念，它們各自不同的形式在變動不定的經驗中受到了忽視或否認。」[10]古典藝術形成的嚴整的形式規則在現代藝術中被消蝕了，古典藝術「在景物排列上區分前景和背景，在敘述時間上重視開頭、中間和結尾的連貫順序，在藝術類型上細加區分，並且考慮與形式的配合。可是距離消蝕法則一舉打破了所有藝術的所有格局：文學中出現了『意識流』手法，繪畫中抹殺了畫布上的『內在距

8　〔德〕布萊希特撰，丁揚忠譯：〈關於革新〉，《布萊希特論戲劇》（北京市：中國戲劇出版社，1990年），頁106。

9　〔德〕布萊希特撰，丁揚忠譯：〈間離的政治理論〉，《布萊希特論戲劇》（北京市：中國戲劇出版社，1990年），頁176。

10　〔美〕丹尼爾‧貝爾撰，趙一凡、蒲隆、任曉晉譯：《資本主義文化矛盾》（北京市：生活‧讀書‧新知三聯書店，1989年），頁95。

離』，音樂中破壞旋律與和弦的平衡，詩歌中廢除了規則的韻腳。從大範圍講，現代藝術的共通原則已把藝術的摹仿〔mimesis〕標準批判無遺」[11]。布萊希特將敘述體引入戲劇體（其實也就是將散文引入戲劇），從而消蝕了藝術形式之間的距離。同時他的強烈的說教目的也吻合丹尼爾‧貝爾所說的現代藝術將「自己強加給觀眾」的特性。

「距離消蝕」再進一步發展到後現代，藝術變成了行動。

> 傳統現代主義不管有多麼大膽，也只在想像中表現其衝動，而不逾越藝術的界限。他們的狂想是惡魔也罷，凶殺也罷，均通過審美形式的有序原則來加以表現。因此，藝術即使對社會起顛覆作用，他仍然站在秩序這一邊，並在暗地裡贊同形式（儘管不是內容）的合理性。後現代主義溢出了藝術的容器。它抹煞了事物的界限，堅持認為行動〔acting out〕本身（無須加以區分）就是獲得知識的途徑。「事件」和「環境」、「街道」和「背景」，不是為藝術，而是為生活存在的適當場所。[12]

後現代主義消蝕了藝術與生活最起碼的形式界限，在它那裡，藝術與生活沒有區別。

但現代——後現代藝術消蝕了古典形式的距離的同時，又產生了另一種距離。藝術失去了和諧的形式感，呈現破碎、斷裂與怪異，使人難以親近與認同，面對陌生化了的藝術景觀，欣賞主體情感上產生了震動與疏離。如果說，在布萊希特戲劇中事件與情理還有可理解之處，並不能完全阻礙觀眾共鳴心理的產生，理論家們認為真正實現布

11　〔美〕丹尼爾‧貝爾撰，趙一凡、蒲隆、任曉晉譯：《資本主義文化矛盾》（北京市：生活‧讀書‧新知三聯書店，1989年），頁31-32。

12　〔美〕丹尼爾‧貝爾撰，趙一凡、蒲隆、任曉晉譯：《資本主義文化矛盾》（北京市：生活‧讀書‧新知三聯書店，1989年），頁98-99。

萊希特「間離效果」的是荒誕派戲劇，它通過斷裂與非邏輯的語言形式，通過怪異荒誕的舞臺形象，「禁止觀眾與舞臺上人物的認同（這是傳統戲劇古老的、非常行之有效的方法），並代之以一種冷靜的、批判的態度」[13]。

布萊希特為建立他的「間離效果」理論，指責斯坦尼斯拉夫斯基通過「共鳴」使觀眾與角色在情感上融合為一體，而為了攻擊「第四堵牆」又指責斯坦尼斯拉夫斯基眼裡沒有觀眾。「用第四堵牆的演劇方法演劇就如同沒有觀眾一樣。」[14]「沒有觀眾」等於說斯坦尼斯拉夫斯基體系缺少交流，但實際上，斯坦尼斯拉夫斯基在體系建設中多次提到觀眾與演員的交流。

> 在演出中直接跟觀眾交流是不行的，不過間接交流卻是必要的。我們在舞臺上交流的困難和特點就在於我們跟對手和觀眾的交流是同時進行著的。跟前者是直接地、自覺地進行，跟後者則是通過對手，間接地、不自覺地進行。好在不論跟前者或後者，交流都是相互的。[15]

可見，斯坦尼斯拉夫斯基不是不重視交流，但他所強調的交流更多通過藝術系統內情感波的傳遞來實現。他要求觀眾與演員各自處於自己的系統內，互不相犯，以便能始終專注於對象本身的欣賞。這也便是布洛所說的：「距離並不意味著非人情的純理性關係。恰恰相反，它所描述的是人情的關係，而且往往帶有濃厚的感情色彩，只不

---

13 〔英〕艾斯林撰：〈荒誕的意義〉，楊恆達等譯，黃晉凱主編：《荒誕派戲劇》（北京市：中國人民大學出版社，1996年），頁22。

14 〔德〕布萊希特撰，景岱靈譯：〈幻覺與共鳴的消除〉，《布萊希特論戲劇》（北京市：中國戲劇出版社，1990年），頁181。

15 〔蘇聯〕斯坦尼斯拉夫斯基撰，林陵等譯：《斯坦尼斯拉夫斯基全集》（北京市：中國電影出版社，1959年），卷2，頁317。

過有其奇怪的特性罷了。」[16]斯坦尼斯拉夫斯基將那種直接與觀眾進行的交流稱為「做戲式的、匠藝式的交流」,「這種交流是不通過對手──劇中人而直接對觀眾進行的……這樣的交流只不過是演員的自我表現或矯揉造作而已。……必須注意,就在是交流的領域中,你們也不能把簡單的演員自我表現跟真正企圖傳達和接受對手的活的人的體驗混為一談,這種簡單的做戲式的機械動作和真正的創作是有很大區別的。這是兩種截然相反的交流方式。」[17]斯坦尼斯拉夫斯基何以反對「做戲式的交流」?在他看來,觀眾與演員的交流主要是一種平等的精神交流,這種交流不能破壞藝術自身的形式獨立性,也就是說演員只能以角色的身分,而不能以自己的身分與觀眾進行交流,他只能將現象提供給觀眾,而不能將意圖直接傳達給觀眾,「戲劇不應當『好為人師』,而應以形象吸引觀眾,通過形象引導觀眾去接受劇本的主題思想」[18]。

　　交流的形式顯然與距離的形式相對應。當欣賞主體與藝術作品之間存在著審美的距離時,其交流形態必定是隱性的,這種交流在想像中完成,它並不取消藝術與欣賞主體之間各自的獨立性。斯坦尼斯拉夫斯基認為,「演員和觀眾各自創造詩人在自己的作品所提示的那種情緒。演員是在舞臺上創造這種情緒,而觀眾則在劇場的另一半創造它。……兩股來自舞臺和觀眾廳的對應電流會發出活生生的交流的火花,從而立即使成千觀眾的心同時燃燒起來。」[19]這樣,觀眾與演員

---

16 〔英〕布洛撰,牛耕譯:〈作為藝術因素與審美原則的「心理距離」說〉,《美學譯文》(北京市:中國社會科學出版社,1982年),第2輯,頁97。

17 〔蘇聯〕斯坦尼斯拉夫斯基撰,林陵等譯:《斯坦尼斯拉夫斯基全集》(北京市:中國電影出版社,1959年),卷2,頁319。

18 〔蘇聯〕斯坦尼斯拉夫斯基撰,鄭雪來等譯:《斯坦尼斯拉夫斯基全集》(北京市:中國電影出版社,1986年),卷6,頁346。

19 〔蘇聯〕斯坦尼斯拉夫斯基撰,林陵等譯:《斯坦尼斯拉夫斯基全集》(北京市:中國電影出版社,1959年),卷2,頁92-93。

既保持距離，又相互交流，或者說保持距離正是為了相互交流，那麼可以說，斯坦尼斯拉夫斯基是在傳統的藝術系統內尋求「對話」的一個大師。

布萊希特的交流方式與斯坦尼斯拉夫斯基顯然不一樣。「關於第四堵牆的想像當然必須廢除，在想像當中這堵牆把舞臺同觀眾隔離開來。借此製造一種幻覺，似乎舞臺事件是在沒有觀眾的現實中發生的。在廢除了第四堵牆的情況下，原則上允許演員直接面向觀眾。」[20]在布萊希特看來，斯坦尼斯拉夫斯基演劇體系強調「共鳴」造成欣賞主體與對象的完全融合，從而使觀眾喪失欣賞主動性，因而主張破除第四堵牆，觀演之間直接產生交流，從而恢復欣賞主動性。在布萊希特的導演構思中，演員可以經常跳出角色和觀眾討論，演員也可以直接向觀眾發表他的見解，通過這種形式讓觀眾明白演員是在演戲，戲中的人事是假的，喚起觀眾對劇情內容的批判與思考，而不是單一的認同。顯然，布萊希特的交流形式是服務於他的「間離效果」理論。

布萊希特廢除「第四堵牆」的交流形式在後現代戲劇導演那裡得到了進一步的實踐。格羅托夫斯基提出：「利用廢除舞臺，挪開一個障礙，來消滅演員和觀眾間的距離是必要的。讓最激烈的場面和觀眾面對面地展開，以致觀眾離演員只有一臂之隔，能夠感到演員的呼吸，聞到演員的汗味。」[21]謝克納的「環境戲劇」將觀眾席捲到戲劇行動之中來，他導演的《酒神在1969年》中，「很多場面需要觀眾主動配合，並且很快戲的所有部分幾乎都對觀眾開放了。在任何一個夜場，我們可以要求觀眾在戲的這點或那點上參與演出。」[22]其中最極

---

20 〔德〕布萊希特撰，張黎譯：〈簡述產生陌生化效果的表現藝術新技巧〉,《布萊希特論戲劇》（北京市：中國戲劇出版社，1990年），頁208。

21 〔波蘭〕耶日‧格羅托夫斯基撰，魏時譯：《邁向質樸戲劇》（北京市：中國戲劇出版社，1984年），頁31-32。

22 〔美〕理查德‧謝克納撰，曹路生譯：《環境戲劇》（北京市：中國戲劇出版社，2001年），頁46。

端的情形是,「一天晚上一夥來自昆士學院的學生綁架了彭透斯,以防他作為狄俄尼索斯的犧牲品」[23]。在謝克納看來,這便是參與精神的真正體現。境遇劇、露天劇場、生活劇院、開放劇、陸軍媽媽實驗俱樂部,西方後現代戲劇團體共有的特徵是:觀眾與演員、藝術與生活的界限越來越趨向於模糊。在後現代主義者對戲劇的暢想中,「所有劈開古典戲劇性的界線(表演/表演者,所指/能指,作者/導演/演員/觀眾,舞臺/觀眾,文本/解釋,等等)都是形而上學的禁令,……越界所打開的狂歡空間內,表現距離不再能延伸了」,「狂歡應是一種政治行動,政治革命行動是戲劇性的」。[24]需要說明的是,在後現代戲劇導演那裡,直接交流的運用並非要達到布萊希特所倡導的「間離效果」即觀眾對劇情的冷靜觀察,正相反,他們是為了使觀眾更好地融入到戲劇情境中來。

　　綜合以上所述,可以說,在斯坦尼斯拉夫斯基那裡,戲劇是審美,觀眾與審美對象保持著必要的距離感,但之間又進行著隱性的精神交流;在布萊希特那裡,戲劇是教育,演員首先與角色保持距離,進而促使觀眾與角色保持距離,面向觀眾的直接交流其目的也在於使觀眾不至於融入戲劇幻象中;在後現代導演那裡,戲劇是行動,他們進一步消蝕了古典形式的觀演對峙的審美距離,而將布萊希特式的直接交流發展到極致,戲劇與日常生活的界限越來越不分明乃至於相混合。兩種距離與兩種交流的分野便在其間產生了。

---

23 〔美〕理查德‧謝克納撰,曹路生譯:《環境戲劇》(北京市:中國戲劇出版社,2001年),頁46。

24 〔法〕雅克‧德里達撰,趙興國等譯:《文學行動》(北京市:中國社會科學出版社,1998年),頁355-356。

二

　　二十世紀八十年代，中國戲劇家們在戲劇理論的拓展與戲劇舞臺革新雙方面都作出卓有成效的探索。這些探索不僅活躍了八十年代劇壇，也為九十年代的戲劇發展積累了重要的藝術經驗。緣於中國話劇的舶來品身分，對西方戲劇理論的借鑑吸收始終是藝術發展不可或缺的動力資源。布萊希特成為八十年代戲劇探索最重要的理論資源，曾有論者一語道出其中的邏輯，「在中國特定的戲劇發展背景中，布萊希特的戲劇理論則被用來抗拒斯坦尼體系，事實上扮演了『突破者』和『溝通者』的雙重角色」[25]。也就是說，對於中國話劇既有演劇形態即斯坦尼斯拉夫斯基演劇體系，布萊希特提供了革新的理論支持，而對於中國話劇走向世界與回歸傳統，它又扮演著雙重的溝通者角色。從表面上看來，借鑑布萊希特解決了長期困擾中國話劇的兩大問題即民族化與現代化，但民族化不是簡單的形式復古，現代化也不是簡單的理論換膚，理論上的盲從輕信與形式主義傾向成為八十年代話劇借鑑布萊希特的主要問題。自然不能否認，對布萊希特戲劇理論的借鑑拓展了八十年代的戲劇觀，激活了舞臺表現力。但由於布萊希特戲劇理論是在對斯坦尼斯拉夫斯基體系的批判中建立起來的，它因此影響了八十年代戲劇家對斯坦尼斯拉夫斯基戲劇理論體系的認識，所造成的後果是只承認布萊希特的「間離效果」，否認斯坦尼斯拉夫斯基的審美距離，推崇布氏（後現代戲劇）的直接交流，無視斯氏的隱性交流。因此，分析、批判布萊希特戲劇理論中的矛盾與盲點，認識、保留斯坦尼斯拉夫斯基體系精華就成為理論糾偏的重要任務。

　　在布萊希特看來，資本主義戲劇是一劑精神麻醉藥，幻覺是它的

---

25 周憲：〈布萊希特對我們意味著什麼？──布萊希特對中國當代戲劇的影響〉，《戲劇》1996年第4期。

配方，當假象以逼真的形式再現於觀眾面前時，觀眾喪失了證偽能力，因此「幻覺」非破除不可。這樣的推論看起來順理成章，但如果在其邏輯鏈接口思考片刻，就不難檢舉出布萊希特對幻覺這一概念內涵的偷換。「幻覺」作為概念至少在藝術與認識兩個範疇被使用。從認識的範疇來看，幻覺是假象，掩蓋了真實，要達到對真相的洞察必須先破除幻覺。但在藝術範疇，幻覺只是一種手段，它是虛構，是擬真，卻不等同於認識範疇的「假」。藝術幻覺可能是麻醉劑，也可能是醒酒湯，怎麼用，決取於用的人。人們可以從文學史或藝術史中找到充分的例子用以說明，真理同樣可以通過卓越的幻覺藝術而獲得闡明。布萊希特將「幻覺」從認識範疇偷換到了藝術範疇，得出他的結論，當我們進行概念的還原之後，其推論的不可靠性便暴露了出來，因此我們有理由以證據不足駁回布萊希特對幻覺藝術（包括斯坦尼斯拉夫斯基演劇體系中「第四堵牆」、「體驗」、「共鳴」）的起訴。

　　經驗告訴我們，藝術欣賞終究是一種心理認同機制，「間離效果」所產生的心理疏離可能是其中某個環節，但如果它無法融入整體構思使觀眾達到最終認同的話，其表意功能就可能喪失。以《伽利略傳》一九四七年在美國上演為例，該劇的形式被認為是「雜亂而不連貫」，並缺少任何情感高潮。甚至連勞頓這位當時走紅的影星親自登臺演出，結果也未能奏效。間離的手法令人莫明其妙。[26]可見，通過間離手法生硬切斷劇情以及各種舞臺手段之間的無法諧和，可能導致的是欣賞統一性被打斷，理解機制同時被干擾，則不僅審美的娛悅難以產生，認識的目的同樣難以達到。而另一例子則給布萊希特的理論以更尷尬的反證，那就是「非幻覺」構想的落空。以間離手法來表演的演出，結果卻產生了強烈的情感反響，這是連布萊希特也不得不承

---

26 〔英〕J.L.斯泰恩撰，劉國彬等譯：《現代戲劇理論與實踐》（3）（北京市：中國戲劇出版社，2002年），頁720-721。

認的事情。[27]可見，當觀眾熟悉並適應了各種間離式演出技巧之後，就很難阻止認同心理的再次產生，幻覺、共鳴、情感成為藝術欣賞中揮之不去的「陰魂」。相似的情形見於激發「間離效果」理論靈感的中國戲曲表演，「其實，梅氏體系絕不想造成疏遠或距離，主觀上還是希望以假亂真的；之所以採用『陌生化』的外部動作，目的是美化，決非有意為之」。[28]從這個意義上說，布萊希特將對對象的批判轉化成批判地看待一切對象，並不符合藝術欣賞的邏輯。

　　對「間離效果」的理論批駁並不導致對布萊希特的拋棄，正相反是為了更有效利用布萊希特思想的精髓，而不僅僅將它視為編劇指南或舞臺工具箱。「對一個事件或一個人物進行陌生化，首先很簡單，把事件或人物那些不言自明的，為人熟知的和一目了然的東西剝去，使人對之產生驚訝和好奇心。」[29]可見，「間離效果」的終極意義在於去偽存真，祛魅啟蒙，突破僵化思維、盲從意識、惰性心理。在增強主體的辨識、證偽與超越能力上，「間離效果」具有深刻的思想價值。在布萊希特優秀作品如《伽利略傳》、《四川好人》、《潘第拉先生和他的男僕馬狄》等劇中，當「間離」手法真正服務於他觀照現實的辯證思維時，產生了卓越的藝術效果。因此，戲劇史家總結，「布萊希特對現代戲劇的偉大貢獻，就在於不斷洞悉了人的動機的不一致與矛盾，而他以諷刺手法來處理劇作中的素材則能使其觀眾產生一種深刻的心理矛盾感。諷刺與心理矛盾始終是其戲劇裡的生命力的源泉。」[30]

27　〔英〕J.L.斯泰恩撰，劉國彬等譯：《現代戲劇理論與實踐》（3）（北京市：中國戲劇出版社，2002年），頁718。

28　孫惠柱：〈三大戲劇體系審美理想新探〉，《戲劇藝術》1982年第1期。

29　〔德〕布萊希特撰，丁揚忠譯：〈論實驗戲劇〉，《布萊希特論戲劇》（北京市：中國戲劇出版社，1990年），頁62。

30　〔英〕J.L.斯泰恩撰，劉國彬等譯：《現代戲劇理論與實踐》（3）（北京市：中國戲劇出版社，2002年），頁718。

　　如果不把「間離效果」囿於形式一隅，我們就能找到斯坦尼斯拉夫斯基與布萊希特作為現實主義大師的共同之處，那就是對於真實的崇尚與揭示。斯坦尼斯拉夫斯基認為「戲劇藝術的意義正在於通過活生生的、內容豐滿的、真實的形象揭示劇本的主題。當觀眾注意到人物形象正在逐漸蛻化或衰退，他們將越發清晰地覺察到極其深刻的文化問題。……在我國，戲劇無權弄虛作假，它應當有內在的真實。」[31] 蘇聯學者 T. 蘇麗娜甚至認為，斯坦尼斯拉夫斯基「運用怪誕來顯示潛臺詞（怪誕潛臺詞），這正好是與布萊希特的『陌生化』相近的一種形式。……問題不在於斯坦尼斯拉夫斯基是否認識『陌生化』（對斯坦尼斯拉夫斯基來說，並不存在這樣的問題，他深入理解形象、深刻揭示形象的心理和社會本質，就表達了對『陌生化』的態度）……」[32]

　　由此可以反觀中國二十世紀八十年代戲劇探索存在的問題。更多戲劇探索者是從形式層面追隨布萊希特，在生澀的表演語彙、支離破碎的舞臺形象之下，觀照現實的思維方式仍然是僵化機械的，它因此無法達到布萊希特運用「間離效果」的真正目的，即用超越常規的思維發現現實的真相。同時又將斯坦尼斯拉夫斯基視為布萊希特的對立面加以拋棄。斯氏演劇體系的精華在於對現實的真人的內心世界的表現，這個貢獻連布萊希特都不得不承認，「從歷史的角度來看，通過這種方法可以更接近人，可以更了解人的本質」[33]。話劇演員運用布萊希特的間離式表演無法深入角色內心，自然就無法塑造出現實的真人形象，在格羅托夫斯基看來：「在歐洲無數劇院中，每當我看到注入了『布萊希特學說』的演出時，我們不得不向這種令人非常討厭的事

31 〔蘇聯〕斯坦尼斯拉夫斯基撰，鄭雪來等譯：《斯坦尼斯拉夫斯基全集》（北京市：中國電影出版社，1986年），卷6，頁346。

32 〔蘇聯〕T.蘇麗娜撰，中平譯：《斯坦尼斯拉夫斯基與布萊希特》（北京市：北京大學出版社，1986年），頁79。

33 〔德〕布萊希特撰，李健鳴譯：〈論斯坦尼斯拉夫斯基體系〉，《布萊希特論戲劇》（北京市：中國戲劇出版社，1990年），頁268。

情進行鬥爭，因為演員和演出全都缺乏說服力。」[34]中國話劇在二十世紀八十年代面臨著向人的真實性挺進的關鍵時刻，斯坦尼斯拉夫斯基體系正應該是我們接近並表現真人世界的重要手段與途徑，但在探索話劇理論方向的樹立中，卻受到了不應有的抨擊。回過來反觀八十年代話劇探索，可以說出現了許多能夠代表探索成就的導演，卻不能說出現了許多能夠代表探索成就的演員。在八十年代探索實踐中成長起來的年輕一代演員，常被人批評為基本功不扎實，臺詞能力差，究其實，都與表演理論的轉向有關係。

　　借助「幻覺」形成的形象是戲劇重要的表意手段，布萊希特式戲劇在摒棄了這一表意手段之後，常通過敘事人（或劇中人）直接宣教的手段來表意，它帶來的後果是侵犯了欣賞的自主性。「在布萊希特的戲劇觀中，我們不難發現一個矛盾，即一方面，他極力主張給觀眾以自由，讓他們去獨立地思考舞臺上所發生的一切，並形成自己的批判態度；但另一方面，他在自己的戲劇實踐中，無論是劇本寫作還是導演上，都強調把社會關係或內在意義直接彰明出來。從這後一方面來看，他似乎有點怕觀眾在觀看敘事劇的過程中，不能理解和發現其中的意義和矛盾，於是，在他的戲劇中，一種過分明顯的說教性便是必不可免的了。」[35]八十年代探索劇在借鑑布萊希特的「間離」手法時，也常常通過演員（或敘述人）脫離角色向觀眾宣講的形式來傳達劇作者的主觀意圖，當觀眾將這種手段與政治化戲劇的宣教意識重新等同起來時，對探索劇的反感自然就產生了。

　　在斯坦尼斯拉夫斯基體系中，觀眾與演員之間的交流處於隱性形態，也即通過藝術形象喚起觀眾的情感，而不是生硬破壞藝術邏輯強行灌輸某種觀念。這種交流可能是共鳴也可能是批判，要看形象本身

---

34 〔波蘭〕耶日‧格羅托夫斯基撰，魏時譯：《邁向質樸戲劇》（北京市：中國戲劇出版社，1984年），頁72。

35 周憲：〈布萊希特的敘事劇：對話抑或獨白？〉，《戲劇》1997年第2期。

傳遞給觀眾的是怎樣的精神內涵，如欣賞在鏡框式舞臺中表演的《雷雨》，對不同人物在不同情境下的表現，觀眾產生不同的情緒反應，或同情、或反感、或理解、或鄙夷。布萊希特所說的批判在這種形態的觀看中不是不存在，而是以「沉思」的形式存在。或者說批判本身也是一種共鳴，是融入藝術形象的另一種表現。如威爾遜所說：「在被觀看的戲劇中，觀眾參與演出只是在想像裡同舞臺上所發生的事產生共鳴或發生移情作用而已。……有的時候觀眾並不願和劇中人保持一致，而是想激烈地反對他。在這兩種情況下，觀眾都參與了演出，他們可能流淚、發笑、判斷、在座位裡發呆、或實實在在因恐懼而發抖。但這是通過想像來完成的。」[36]提出「距離說」的布洛這樣闡釋交流的實質：「藝術作品之能否感動我們，它那感染力的強度如何，似乎是與它與我們的理性和感情特點以及與我們的經驗的特殊性互相吻合的完美程度如何直接成正比例的。」[37]

　　但八十年代戲劇探索者幾乎毫無例外地將現場直接交流作為交流的唯一形式。「在當前的戲劇創作中，不少劇因為受了斯坦尼斯拉夫斯基的第四堵牆的影響，竟然把戲劇的這個藝術特點丟掉了。這第四堵牆把臺上臺下一隔斷，臺上的演員關在屋裡，那怕再激動，臺下觀眾照樣打哈欠。」[38]觀眾打不打哈欠與「第四堵牆」是否存在並無直接關係，要看作品是否真實、深刻地觸及了現代人的精神問題，這種因果推斷顯然有漏洞。但為了確立探索的方向探索者們卻顧不得這些，急切地發出向戲曲學習的呼喚。「在戲曲中，文場武場，臺上臺下，好不熱鬧。從亮相到自報家門，道白到唱段，都是同觀眾直接交

---

36 〔美〕艾‧威爾遜：〈論觀眾〉，《世界藝術與美學》（北京市：文化藝術出版社，1983年），第2輯，頁283。

37 〔英〕布洛撰，牛耕譯：〈作為藝術因素與審美原則的「心理距離」說〉，《美學譯文》（北京市：中國社會科學出版社，1982年），第2輯，頁99。

38 高行健：〈論戲劇觀〉，《戲劇界》1983年第1期。

流的。所謂劇場性指的是臺上的演出同臺下的觀眾的這種交流。戲曲
中是從來不存在那第四堵牆的。」[39]同時重申西方現代戲劇家的認
識,「戲劇藝術之所以有其特殊的魅力,則在於所謂劇場性,戲劇是
劇場裡的藝術,這就是它同冷漠的銀幕和冰涼的熒屏的區別」。[40]因
此,推倒「第四堵牆」,改變舞臺形態,鼓勵直接參與就成為盛極一
時的探索景觀。並不否認這些實驗本身所具有的的價值,問題在於,如
果將它視為增強觀眾與戲劇之間交流的唯一手段,是否能滿足觀眾對
戲劇的真正需求?對觀眾說兩句,或讓觀眾說兩句終究無法觸及現代
人在精神層面所遇到的深刻問題呀!

　　觀眾直接參與戲劇,在西方後現代戲劇那裡有兩個先決條件。其
一,藝術已經不再是至少不僅僅是藝術,它變成了儀式、治療,或者
是集體性的聚會。「在直接參加演出的戲劇中,演劇是為了達到另外
一種目的的手段:如為了達到教育、醫療、發展集體主義以及諸如此
類的目的。它的目標並不是公開演出,恰恰相反,它不強調經過細緻
的準備和精心排練之後去演給觀眾看。」[41]其二,它本著即興創作的
原則,劇本並不占主導地位,導演和演員可以在即興演出中隨機更改
劇本。甚至戲劇融入生活中,演員混跡於日常生活中製造即興事件,
觀眾始終不明就裡,最後說不清這是一場戲劇,還是現實生活中的
插曲。

　　這樣的戲劇顯然並不適合於八十年代中國的現實狀況。實際上,
在西方文化體制內部,已對這種戲劇提出了自己的批判,美國著名學
者丹尼爾‧貝爾指出,「關於作為儀式的戲劇的種種議論中,有一種

---

39 高行健:〈論戲劇觀〉,《戲劇界》1983年第1期。

40 高行健:〈論戲劇觀〉,《戲劇界》1983年第1期。

41 〔美〕艾‧威爾遜:〈論觀眾〉,《世界藝術與美學》(北京市:文化藝術出版社,1983
　　年),第2輯,頁284。

奇特的空虛感，一種缺乏信念、單純做戲的情緒」[42]。直接交流運用得不適當，對演員與觀眾都造成一種心理上的負擔。對於演員來說，無法應對參與過程中的突然變化，從心理上對參與形式產生抵觸，而觀眾對於演員的騷擾也成為參與形式無法全然避免的事情。於是，「演員們開始憎恨參與，特別是當它破壞仔細排練出來的節奏時，在一九六九年七月末《酒神在1969年》結束時，大部分演員都對參與產生了怨恨」[43]。直接參與的形式也引起部分觀眾的不滿，「他們中的不少人認為整個事件是劇團操縱的。這一小部分人發起憤世嫉俗的牢騷，『接著來吧，我們已經受夠了，繼續演戲吧，我們是化了錢來看戲的！』」[44]「參與」奉行的是平等原則，但「參與」形式在觀眾心理上可能製造的緊張感或不適感卻違反了平等這一原則。有的觀眾會認為參與是對觀看自主權的侵犯，是導演或演員對於觀眾的顯性操縱，這造成抵觸情緒，更不利於觀演之間的交流。距離在藝術欣賞中之所以必要，在於它為欣賞者與對象之間提供了與經驗相分離的心理空間，參與形式顯然將這種心理空間消蝕了，觀眾如果無法傾注於對象本身的欣賞，就可能無法達成深層次的精神交流。

就二十世紀八十年代的現實來看，人們普遍所求於藝術的是審美與啟智的需求，既需要藝術提供完整生動的形象以實現審美的滿足，又需要藝術真實地反映人生，以實現益智的目的。儘管戲劇家們推倒「第四堵牆」的呼聲很高，在於觀眾，廣義上的「第四堵牆」（即藝術與生活的界限）在觀念中並未消失，藝術與生活之間的距離仍然涇渭分明。對戲劇本身來說，從「政治傳聲筒」的角色中擺脫出來，亟

---

42 〔美〕丹尼爾‧貝爾撰，趙一凡、蒲隆、任曉晉譯：《資本主義文化矛盾》（北京市：生活‧讀書‧新知三聯書店，1989年），頁192。

43 〔美〕理查德‧謝克納撰，曹路生譯：《環境戲劇》（北京市：中國戲劇出版社，2001年），頁50。

44 〔美〕理查德‧謝克納撰，曹路生譯：《環境戲劇》（北京市：中國戲劇出版社，2001年），頁46。

須的也正是這種距離，通過這種距離，戲劇得以與政治相分離，加強藝術的自律性。從這個意義上來看，藝術系統內的隱性交流不但是可能的，而且是合理的，這樣，對後現代戲劇的直接參與形式的借鑑就應當謹慎。同時，探索戲劇本身是經過精心排練的，每一個步驟與環節都在事先安排中，而現場的直接參與一旦失去觀眾的默契配合，就有可能擾亂這種秩序。更多情況下，現場的參與是以虛假的形式呈現，也即由演員扮演的觀眾參與到戲劇行動中去，當觀眾識破真相之後，可能就在心理上產生更大的疏離感，與導演事先設定的交流目的正好背道而馳。參與形式甚至發展到了生拉硬拽，強迫交流的程度，本來為了加強精神對話的「觀眾參與」，卻變成了一種純工具、純手段，而且是強加於人的、反對話、反交流的手段。

在中國，公式化與概念化是淵源已久、長期困擾劇壇的老問題，由於它的存在，不論是五十年代尊斯坦尼斯拉夫斯基還是八十年代尊布萊希特（包括對後現代戲劇的翻版）都無法帶來戲劇的真正繁榮，因為蘊含於斯坦尼斯拉夫斯基體系與布萊希特理論中的現實主義精髓被我們捨棄了，而僅僅留戀於細枝末節的技術移植。應當警覺的是，在借鑑的過程中，任何先進的理論或體系都可能變成僵化思想的工具。同時在全球化背景下，跨民族的文化資源共享存在著許多陷阱，詹明信指出：「現代主義是一個特定的歷史階段，它自身是一個完整的、全面的文化邏輯體系，因此，從現代主義中抽出某部分或者『技巧』來借鑑是沒有意義的，彷彿現代主義的『技巧』是中性的、沒有價值問題的，因此可以不考慮別的因素如思想和形式上的和諧和功能而加以借鑑。」[45]這段話同樣適用於二十世紀八十年代戲劇探索者，自然他們之中產生了許多富有才華的藝術家，但是形式借鑑中的誤區

45　〔美〕詹明信撰，陳清僑等譯：《晚期資本主義的文化邏輯》（北京市：生活・讀書・新知三聯書店，1997年），頁 277。

卻是我們必須認真思考的。在借鑑與取捨的問題上，魯迅的「拿來主義」所強調的甄別、鑒定，為我所用的精神永遠是必須的。

　　　　　　　　　　——本文原刊於《戲劇藝術》二〇〇四年第六期

對布萊希特「間離效果」理論的再認識

　　布萊希特的「間離效果」[1]理論對二十世紀八十年代中國戲劇的理論與實踐兩個層面都產生過重要影響。但八十年代國人對布萊希特的研究，基本上處於「布萊希特怎麼說，我就怎麼說」的階段，缺乏清醒的認識與批判，其結果導致布萊希特的戲劇理論與中國接受語境的枘鑿，而其精髓也難以得到有效的吸收。九十年代，隨著中國接受布萊希特負面效應的彰顯，西方研究布萊希特成果的引進，中國布萊希特研究者們的視野得到了擴大。王曉華的〈對布萊希特戲劇理論的重新評價〉[2]指出布萊希特理論存在的侷限，認為布萊希特的「間離效果」理論只適用於喜劇；周憲關於布萊希特的系列研究論文從中國語境出發，對接受布萊希特理論所存在的誤區給予應有的批判。[3]二者尤其是後者成為九十年代布萊希特研究中引人矚目的成果。

　　但這些研究成果在我看來仍存留著重要的空白點，其中之一便是對間離與幻覺之間關係的闡析過於籠統，缺少分解與梳理。眾所周知，布萊希特的「間離效果」理論是建立在對戲劇幻覺的批判與破除之上。他突出了間離與幻覺的對立關係，而對二者的相互依存、轉化

1　德文：Verfremdungseffekt，英文：allienaction effect。
2　王曉華：〈對布萊希特戲劇理論的重新評價〉，《外國文學評論》1996年第1期。
3　周憲：〈布萊希特對我們意味著什麼？──布萊希特對中國當代戲劇的影響〉，《戲劇》1996年第4期；〈布萊希特與西方傳統〉，《外國文學評論》1997年第3期；〈布萊希特的敘事劇：對話抑或獨白？〉，《戲劇》1997年第2期；〈布萊希特的誘惑與我們的誤讀〉，《戲劇藝術》1998年第4期。

等多重關係則有意缺省，由於被缺省的關係在既有的研究中沒有得到有效的還原，布萊希特理論形成的邏輯理路，它的偏執及「有用性」也就無法彰顯出來。本文通過「間離」與「幻覺」之間多重關係的逐層梳理，試圖使上述問題得到更深入的闡釋。

一

　　藝術史有這樣一個著名的例子，古希臘畫家邱克西斯畫了一串葡萄，天空中飛過的鴿子都要衝上去啄食，他不無得意地笑了；當他來到另一位畫家帕哈修士的畫室時，看到一塊幕布，伸手就要去揭，帕哈修士拊掌大笑，原來他畫的就是幕布。這個例子意在渲染藝術幻覺的逼真效果及畫家技巧之高妙。但從另一個角度看，它也昭示出一種悖論關係，即幻覺在審美與認識兩個層面迥然相異的價值認定。就藝術欣賞而言，幻覺源於「真實」，源於畫中之物與現實之物的極度相像，畫像欺騙鳥或人正說明畫藝之高超；但以理性認識而論，幻覺導致「虛假」判斷的產生，畫中之物究竟不是實物，葡萄欺騙了鴿子，幕布欺騙了人，因此幻覺在認識層面上是沒有價值的。對藝術幻覺逼真性的讚嘆，往往遮蔽了藝術幻覺可能導致的認識誤區。

　　俄國精神病學家康津斯基界定「幻覺」是一種與外界印象並無直接關係，但對於幻覺產生者卻具有客觀真實性的感覺印象。[4]如果說，繪畫「幻覺」的真幻混淆還僅止於視覺意義上，那麼詩的「幻覺」就關乎諸種社會範疇的認識，由此可以理解柏拉圖對詩的批判。柏拉圖認為，詩人為投合觀眾所好，最喜歡摹仿人心中無理性的部分，在詩的各種摹仿方式中，他抨擊最力的是戲劇摹仿。因為在戲劇摹仿中，摹仿者消隱自己的身分，化身為角色，就可能產生摹仿者與

4　轉引自林同華：《美學心理學》（杭州市：浙江人民出版社，1987年），頁48。

角色的身分混同。當荷馬採用戲劇式摹仿時，他搖身一變成為諸神們，荷馬口中所說就成為諸神所為。因此，觀眾越是信其真，荷馬瀆神的罪過就越嚴重。神的形象被褻瀆，詩對於倫理教化是有害的，從維護城邦秩序出發，柏拉圖意識到，當逼真的幻象運用於藝術創造時，它極可能成為傳播謬誤的溫床，因此決意將詩人逐出理想國。

　　同樣基於對逼真的幻覺剝奪人的理性判斷的警戒，布萊希特說：「就我的知識所及，黑格爾創作了最後一部偉大美學著作，他指出人類具有一種能力，在虛構的現實面前能夠產生和在現實面前同樣的感情。」[5]言外之意，一旦錯誤的意識／行動以逼真的幻覺形態呈現在觀眾面前，它所激起的共鳴就將起到消極的作用。布萊希特的擔心並非沒有根據，西方現實主義戲劇發展到布萊希特時代，已經登峰造極，它出現了三種不同的類型。一是布萊希特所說的自然主義，二是蘇聯的正統的社會主義現實主義，三是帶有資產階級意識形態和娛樂性質的所謂現實主義。布萊希特對這三種尤其是後兩種類型的戲劇是極為不滿的。[6]在後兩種戲劇中，僵化的意識形態、庸俗的大眾趣味，借助合邏輯的結構、形式逼真的演劇形態，藉以激發觀眾的共鳴，「使觀眾再也不能評論，想像和從中受到鼓舞，而是自己置身到劇情中去，僅僅是一起經歷和成為『自然』的一員」[7]。此時，戲劇幻覺無形中充當著錯誤意識形態的幫凶，布萊希特的批判是切中肯綮的。

　　正是基於對戲劇幻覺傳播意識形態的深刻洞察，布萊希特對幻覺從認識層面的否定轉向審美層面的革命。他認為：「觀眾對待能夠改變的人，可以避免的行為，無謂的痛苦等是無需與之發生感情共鳴

5　〔德〕布萊希特撰，丁揚忠譯：〈論實驗戲劇〉，《布萊希特論戲劇》（北京市：中國戲劇出版社，1990年），頁60。

6　參考周憲：〈布萊希特的誘惑與我們的「誤讀」〉，《戲劇藝術》1998年第4期。

7　〔德〕布萊希特撰，景岱靈譯：〈現實主義戲劇和幻覺〉，《布萊希特論戲劇》（北京市：中國戲劇出版社，1990年），頁178。

的。」[8]因此將矛頭對準斯坦尼斯拉夫斯基演劇體系。在他看來，斯坦尼斯拉夫斯基演劇體系是製造戲劇幻覺最有效的武器，「體驗派」的演劇方法增強了演員表演的逼真感，「第四堵牆」的存在使舞臺成為一個封閉的空間，觀眾的「共鳴」心理被激發，面對虛構的舞臺世界，他們信以為真，沉浸於其中不能自拔，因此失去獨立判斷的能力。基於此，布萊希特主張必須抑制幻覺賴以產生的共鳴心理，建立起一套與斯坦尼斯拉夫斯基針鋒相對的導表演方法，即演員不必與角色融為一體，他可以超離角色，實行旁觀式的表演，甚至可以跳出角色，發表議論；各種舞臺元素不必和諧統一，而是相互間離，相互否定；借助字幕、旁白等的不斷插入，糾正、補充舞臺給出的景象。通過間離手段的使用，觀眾的「共鳴」心理受到抑制，幻覺被破壞，從而保持對舞臺的理性審思，「戲劇藝術借此清除了以前各個階段附著在它身上的崇拜殘餘，同時也完成了它幫助解釋世界的階段，進入幫助改變世界的階段」[9]。

　　如果說，布萊希特對斯坦尼斯拉夫斯基演劇體系的批判是針對戲劇幻覺所外現的「逼真性」，那麼他對亞里士多德戲劇美學的批判則針對戲劇幻覺所內含的「必然性」。作為一個崇尚「邏各斯」的思想家，亞里士多德對戲劇結構作出嚴格的規定：「事件的結合要嚴密到這樣一種程度，以至若是挪動或刪減其中的任何一部分就會使整體鬆裂和脫節。」[10]嚴謹的結構體現出事件發展中的必然性，它表現的是帶普遍性的事，也是亞里士多德認為「詩比歷史更可取」的緣由所在。布萊希特對亞里士多德的批判正是立足於對「必然性」的批判。

8　〔德〕布萊希特撰，丁揚忠譯：〈論實驗戲劇〉，《布萊希特論戲劇》（北京市：中國戲劇出版社，1990年），頁60。

9　〔德〕布萊希特撰，丁揚忠譯：〈間離的政治理論〉，《布萊希特論戲劇》（北京市：中國戲劇出版社，1990年），頁176。

10　〔古希臘〕亞里士多德撰，陳中梅譯：《詩學》（北京市：商務印書館，1996年），頁78。

在布萊希特看來，世界並沒有「必然性」、「普遍真理」一類「絕對本質」的存在，世界本身存在著無數的可能，人作為能動的存在，可以改變各種各樣的必然性。而亞里士多德式戲劇表現的卻是必然的事，它只給出一種現實，這種現實看起來好像是無可改變的，它將使觀眾喪失行動的意志，進而喪失改變世界的能力。布萊希特將亞里士多德式戲劇稱為戲劇體戲劇，認為它像迷幻劑一樣麻痺群眾的意志，從而維持了世界的現狀。布萊希特希望通過摧毀戲劇體戲劇中幻覺賴以產生的邏輯鏈條，進而摧毀觀眾對「必然性」的膜拜。他將史詩的「敘述形式」引入戲劇，形成了一種更為開放的史詩體戲劇結構。情節之間嚴密的因果鏈條被打破，從而破壞幻覺的產生，進而阻止「自然而然」、「合情合理」的心理認同，使觀眾意識到人是可變的，世界是可變的，不存在必然性與唯一性。作為一位現代理性孕育出來的思想家，布萊希特對於「必然性」、「普遍性」的批判兆見了二十世紀共通的文化取向。他從亞里士多德對於戲劇結構的嚴格規定中窺見西方邏各斯傳統的僵化與侷限，這是布萊希特的敏銳、深刻之所在。解散完整、嚴密的邏輯結構、凸現生活本身的流程性、片斷性，已然成為二十世紀西方藝術主流取向。

　　布萊希特看到了戲劇幻覺具有將觀眾裏捲其中與藝術景觀發生共鳴的魔力，因此他有理由擔心，一旦戲劇幻覺為虛假、荒謬、偏見所挾制，它對觀眾的認識就可能產生誤導。觀眾愈是信其真，幻覺的危害就越大。歷史地來看，藝術發展中的惰性也往往依附於幻覺而存在。當藝術沿用舊有慣例製造幻覺仍然足以使觀眾信以為真時，它所造成的幻覺卻可能與現實毫不相干，乃至於背道而馳。此時，戲劇幻覺誠如布萊希特所言，導致人們對現實的錯誤認識。現實總是變動不居的，而藝術卻相對地穩定，一旦藝術遵循自身邏輯成為與現實毫無關係的自洽系統時，如何能保證這一系統與現實生活息息相關？這樣看來，布萊希特的「間離效果」對戲劇幻覺的破除也就是對藝術封閉

系統的突破，間離與幻覺之間呈現出的是對立關係。

二

亞里士多德認為：「詩是一種比歷史更富哲學性、更嚴肅的藝術，因為詩傾向於表現帶普遍性的事，而歷史卻傾向於記載具體事件。」[11]後來歌德的「每一種藝術的最高任務即在於通過幻覺，產生一個更高真實的假象」[12]，顯然與亞里士多德所論一脈相承。馬克思主義文藝理論家盧卡契說得更明白，幻覺對藝術來說是本質和固有的，「藝術的效果，即接受者沉浸於作品的行動中和完全進入作品的特殊世界中，全都產生於這樣一個事實，即藝術作品以其特有的品質提供了一種與接受者已有的經驗所不同的對現實更真實、更完整、更生動和更動態的反映，並以接受者的經驗以及對這種經驗的組織和概括為基礎引導他超越自己的經驗界限，達到對現實更具體的深刻洞見」[13]。在這些思想家的認識中，藝術幻覺雖然也是非現實的虛構，但是它並不蒙蔽現實的真相，而是從另一層面上深刻表達出創作個體對現實的真知灼見。

如果說，在布萊希特與後布萊希特的認知視野中，所謂「本質」、「必然性」、「更高真實」等都已成為陳腐的先驗教條，那麼他們大約也不能否認，藝術史有足夠的例子說明對現實的深刻洞察可以通過卓越的藝術幻覺來傳達。以戲劇為例，易卜生、契訶夫等優秀的現實主義大師們曾經運用戲劇幻覺表現出特定時代對現實的最高認識。

---

11 〔古希臘〕亞里士多德撰，陳中梅譯：《詩學》（北京市：商務印書館，1996年），頁81。

12 〔德〕歌德：《詩與真》第三部分第十一卷，林同濟譯，《西方文論選》上卷（上海市：上海譯文出版社，1977年），頁446。

13 〔匈牙利〕盧卡契：〈藝術與客觀真理〉，拉曼・塞爾登編，劉象愚、陳永國等譯：《文學批評理論——從柏拉圖到現在》（北京市：北京大學出版社，2003年），頁54。

亞里士多德式的戲劇結構對於他們並不是先在的邏輯設置，而是劇作家依據對生活的深刻洞察，用以體現人物情感命運走向的特殊形式。實際上，這些戲劇家的創作也早已不是亞里士多德戲劇理論的忠實翻版。優秀的藝術家以對現實的深刻洞察不斷更新戲劇幻覺的面目，從而使戲劇與現實之間保持著生生不息的內在聯繫，也使戲劇幻覺成為觀眾體察現實真相的有效窗口。他們在某一劇作中表現出人物意識／行動的一種可能，並不意味著將他種可能排除在外，優秀的戲劇作品所內含的不確定因素可以喚起觀眾對生活本身的複雜感受，從而豐富劇本所留下的空白。

佛洛伊德認為，幻覺產生的心理機制是「幻想只發生在願望得不到滿足的人身上。幻想的動力是未被滿足的願望」[14]。這是就一般意義的幻覺而言，處於幻覺中的人往往溺於假象不敢正視現實。審美幻覺的產生當然也有願望的因素，但它不僅為迎合願望而營造，優秀的作家有一雙富於洞察力的眼睛，借助想像表達對現實的認識。在科林伍德看來，藝術是一種經驗的形式，一種認識的形式，它借助於想像活動而實現。但他反對把想像活動看作一種任意性很大的無意識活動。當藝術家進行想像時，作為一個思想者，他看守著自己的想像，並通過這種看守，使他有可能把注意力集中到想像的任務上。思想著的自我總是控制著想像的自我，並使一種有意識的藝術想像活動與一個胡思亂想的夢境有所區別。[15]因此，審美幻覺不僅區別於作為現實匱乏之想像補充的日常幻覺，而且有可能揭穿由未滿足的願望激發的日常幻覺的虛妄性，達到對現實真相的體察。作為藝術手段的幻覺是虛構，是擬真，卻不必然意味著認識價值的「假」。它可能是麻醉劑，也可能是醒酒湯，怎麼用，取決於用的人。布萊希特對幻覺藝術的批

---

14 〔奧地利〕佛洛伊德撰，張喚民、陳偉奇譯：〈作家與白日夢〉，《佛洛伊德論美文選》（北京市：知識出版社，1987年）。

15 朱狄：《當代西方美學》（北京市：人民出版社，1984年），頁74。

判顯然只強調認知與審美幻覺的對立關係，而忽略了他們之間的依存
關係。

如果不避粗疏，以摹仿說與表現說對西方紛繁雜出的美學流派進
行歸類，那麼不論是摹仿說，還是表現說，都難以否認一個前提，即
戲劇藝術通過人在舞臺上扮演形象來演繹某種思想、情感、觀念。同
樣，無論是摹仿說，還是表現說，都承認這樣一個事實，藝術不是生
活的複製，它以虛構為主要手段。因此，戲劇乃是一種通過人來扮演
虛構形象的藝術。承認了這一前提，幻覺對於戲劇藝術來說便是與生
俱來，如影隨形。布萊希特認為，將史詩性的因素滲入戲劇中，可以
使觀眾對舞臺演出保持冷靜旁觀的態度。在他的用意中，史詩體戲劇
相較於戲劇體戲劇在結構上相對顯得疏散，可以表現變化多端的現
實，從而打破對現實的固定不變的認識。由此可見，史詩型的戲劇結
構所打破的乃是認識上習以為常的幻覺，並沒有使戲劇的形象性受到
損害。因此，即使「史詩性」結構，也是在建立一種「幻覺」，它展
示出人是可變的，現實是可變的。但是在它所展示的可變中，依然借
助於形象本身給出對生活、人物的一種認識，作家不可能在一部劇作
中給盡對生活所有可能的解釋。

布萊希特最成功的「間離效果」通常表現在那些充分展示出形象
本身矛盾性的劇作中。在內含矛盾的形象中打破對人物、對現象慣常
的認識。如沈黛的好心必須通過隋大的貪婪才能實現；潘蒂拉清醒時
是個剝削狂，酒醉反而成了一個好人；作為母親的大膽媽媽厭惡戰
爭，作為戰爭販子的大膽媽媽卻需要戰爭。在學界既有的研究與接受
中，往往過於注重布萊希特在表演、導演、戲劇結構層面的「間離」
技巧，恰恰忽略了「間離效果」在劇本形象中的體現。後者的「間
離」因為不拋棄形象，也就不導致對審美幻覺的破除，由此也可以見
出布萊希特與易卜生、契訶夫等現實主義藝術大師的內在聯繫。相
反，當布萊希特利用敘述者、歌隊、幻燈片等表現手段促使觀眾對戲

劇舞臺景象進行評價與判斷時，往往使布萊希特個人的聲音凌駕於戲劇形象之上，暴露出史詩性戲劇的「說教」弊端。在布萊希特看來，這種形式能夠激發觀眾對舞臺景象進行價值重估，但事實上，手段並不必然地指向目的。中國舊戲舞臺上，演員對觀眾直接宣講忠義仁孝，從形式上來說也接近於布萊希特的「間離」手法，但這種手段的效果與布萊希特的理論預設卻正好相反，演員對觀眾的宣講是為了讓觀眾更進一步與戲劇幻覺產生共鳴。

　　經驗告訴我們，幻覺對於藝術欣賞之所以必要，在於它是聯繫藝術經驗與觀眾現實經驗的橋梁。接受主義文論大家伊瑟爾認為：「通過幻覺，作品所提供的經驗就更能為我們所理解。」「通過幻覺過程，我們使陌生的經驗與我們想像中的世界結合起來了。」[16]藝術欣賞實際上是利用幻覺在觀眾心理上產生「認同」，進而使欣賞者能夠接收藝術的表意內容。「間離效果」所產生的心理疏離可能產生自觀賞中的某個環節，但如果它無法融入藝術整體使觀眾達到最終認同的話，其表意功能就可能喪失。以《伽利略傳》一九四七年在美國上演為例，該劇的形式被認為是「雜亂而不連貫」，並缺少任何情感高潮。甚至連勞頓這位當時走紅的影星親自登臺演出，結果也未能奏效。間離的手法令人莫名其妙。[17]可見，通過間離手法生硬切斷劇情以及各種舞臺手段之間的無法諧和，可能導致的是欣賞統一性被打斷，理解機制同時受到干擾，則不僅審美的娛悅難以產生，認識的目的同樣難以達到。對此，中國戲劇家徐曉鐘有清醒的認識：「我在國內和國外舞臺上看到一種現象，在運用布萊希特的理論時，過分人為地將『情』和『理』割裂、對立。我發覺，如果割裂『情』『理』的

---

16 王先霈、王又平主編：《文學批評術語詞典》（上海市：上海文藝出版社，1999年），「幻覺」詞條，頁462。

17 〔英〕J.L.斯泰恩：《現代戲劇理論與實踐》（3）（北京市：中國戲劇出版社，2002年），頁720-121。

辯證法，貶低『情』在劇場藝術裡的價值，造成對『情』的忽視，往往會使觀眾對劇場裡的一切冷漠，不僅是情感的冷漠，也導致對理性思索的冷漠。」[18]因此，甚至可以這樣說，「間離效果」的真正實現必須是以戲劇幻覺作為基本依托的。

同時，還應看到，在幻覺型戲劇的觀賞中，觀眾與角色／演員之間並非沒有距離感。布萊希特為了建立「間離效果」理論，認為斯坦尼斯拉夫斯基演劇體系在觀眾與演員之間沒有距離感，這是不對的。實際上，樂池將舞臺與觀眾席隔開，其用意所在是使人們將舞臺上的演出與生活相分離，布洛所定義的「審美距離」也便內含其中。人們喜歡援引觀眾開槍打死扮演伊阿古的演員這一事例說明幻覺型戲劇使觀眾喪失距離感，這是一個極言藝術幻覺愚弄判斷力的例子，與古希臘畫家邱克西斯把另一位畫家所畫的幕布當成實物，其性質是一樣的。但這兩個例子顯然都不足以代表藝術欣賞的一般情況，因為在絕大多數情況下，這種極致的幻覺難以產生。繪畫的平面性特點規定了畫與實物之間存在不可逾越之鴻溝，而開槍打死伊阿古的也僅止於個例。對於藝術欣賞來說，視假如真並非最高境界。新古典主義批評家德·昆西（Q）認為，我們幻覺中的愉悅，正依賴於心靈在藝術與現實的差別之間建立橋梁的努力，當幻覺太圓滿時，這種真正的愉悅就被破壞了。「……我喜歡拋棄自我而進入他的幻象，但我需要那個邊框。我要知道自己看到的實際上不是別的，只是一張畫布或一個簡單的平面。」[19]這同樣可以用來說明觀劇心理，舞臺景象讓觀眾產生了幻覺，但舞臺與現實生活並不完全重合，觀眾知道也需要那個「邊

---

18 徐曉鐘撰：〈反思·兼容·綜合——話劇《桑樹坪紀事》的探索〉，莊浩然、倪宗武選編：《二十世紀中國文學史文論精華·戲劇卷》（石家莊市：河北教育出版社，2000年），頁460。

19 轉引自〔英〕岡布里奇撰，周彦譯：《藝術與幻覺》（長沙市：湖南人民出版社，1987年），頁259-260。

框」的存在。欣賞中存在著的「審美距離」，即布洛所言「距離是通過把客體及其吸引力與人的本身分離開來而獲得的，也是通過使客體擺脫了人本身的實際需要與目的而取得的」[20]，使藝術經驗並不會輕易與現實體驗相混淆。藝術世界與經驗世界所存在的距離恰恰可以提供給觀眾對舞臺景象進行重估的心理空間。因此，布萊希特關於共鳴導致理性退位，幻覺使人遺忘現實的論斷，固然有其現實的針對性，卻不吻合藝術觀賞的一般情況。

　　布萊希特從資本主義戲劇的欺騙性中看到了戲劇幻覺與認識幻覺可能產生的合謀關係，但在邏輯的推演中，他把矛頭指向了一切幻覺型戲劇，希望通過審美層面上的破除幻覺以達到認識層面對於真相的揭示，他忽略或是故意忽略了，真理的揭示及作為方法的「間離效果」同樣可以通過戲劇幻覺來實現，同時布萊希特的戲劇實踐也無法拋棄「幻覺」這一藝術構成手段，這就造成「間離效果」理論上的偏執及布氏理論與實踐的脫節。

三

　　藝術史研究者發現：「幻覺主義藝術是由一個長期的傳統產生的，一旦這種傳統的價值受到那些依賴於天真眼睛的人懷疑時，它就會崩潰。」[21]從理論上看，藝術的假定性是幻覺的由來之途。人們之所以會產生畫與實物的「相似」感或畫中此物「指代」現實彼物的認識，是基於藝術與欣賞者之間的某種通約，依此通約，將畫中的物體假定為現實的物體來接受，由此產生幻覺。當藝術違背了與觀眾之間

20　〔英〕布洛撰，牛耕譯：〈作為藝術因素與審美原則的「心理距離」說〉，《美學譯文》（北京市：中國社會科學出版社，1982年），第2輯，頁96。

21　〔英〕岡布里奇撰，周彥譯：《藝術與幻覺》（長沙市：湖南人民出版社，1987年），頁291。

的欣賞通約時，它的幻覺性即告消失，一個達‧分奇時代的觀眾看到畢加索的畫時一定一臉茫然，因為畢加索破壞了傳統繪畫的技法慣例。但這並不意味著某一類型的藝術比另一類更容易產生幻覺。因此，存在著這樣的奇怪現象，在原始部落被認為「就是」某物的藝術品，在文明人看來也許已經辨別不出是何物，在埃及人看來是再熟悉不過的，在中國人看來卻可能是古怪的。以戲劇而論，中國戲曲的表演在布萊希特眼裡，是「間離的」，但在梅蘭芳那裡，「主觀上還是希望以假亂真的」[22]。

　　藝術的發展是舊有「假定性」不斷被破壞的過程。藝術一旦違反舊的假定性，欣賞者的幻覺便會不同程度地被破壞，「間離效果」產生了，而一旦觀眾認同了新的假定性，陌生的轉成熟悉，則幻覺重又建立。岡布里奇研究發現，「藝術本身成了革新者探究現實的手段，他不能只是與使他按已知繪畫的方式看母題的心理定向鬥爭，還必須積極地但卻是批判地嘗試他的譯解，到處變化著看是否能達到更好的匹配。……他得到的反應很可能是公眾發現它難於釋讀，同樣也就難於接受，因為對按他的視覺世界作的這些新組合加以譯解的人還沒有培養出來。」[23]然而，公眾的難以釋讀只是暫時的，「不論對印象主義繪畫最初有怎樣的抵制，在第一次衝擊減弱後，人們還是學會了釋讀它們。而且，由於學會了這種語言，人們進入了田野與樹林，或從窗戶向外看巴黎的林蔭大道，並且發現了其中的樂趣——視覺世界畢竟還能夠以這種明亮的色塊和小色點的方式去看，於是易位就實現了」[24]。新的藝術範型一旦為人認同，陌生感隨之消失，藝術幻覺重新產生，

---

22 孫惠柱：〈三大戲劇體系審美理想新探〉，《戲劇藝術》1982年第1期。

23 〔英〕岡布里奇撰，周彥譯：《藝術與幻覺》（長沙市：湖南人民出版社，1987年），頁300。

24 〔英〕岡布里奇撰，周彥譯：《藝術與幻覺》（長沙市：湖南人民出版社，1987年），頁300-301。

藝術史的發展便可以看成「幻覺」與「間離」不斷轉化著螺旋上升的
過程。

　　從方法上看,「間離效果」採用的是否定式思維,它溢出常規認
識的槽模,以另一種眼光發現被成規習見遮蔽了的真相。在布萊希特
之前,「間離效果」作為方法曾經廣泛應用於科學、哲學、社會學、
藝術等多種領域,為突破成規,尋求變革,促進發展發揮出巨大的能
量。培根在其《新工具》一書中提倡運用一種「estrangement」(間
離)的方法來達到感知新奇事物並激起「驚異」,以此來對抗「知性
被剝奪的習慣,因為知性必然被日常習慣印象所破壞、曲解和敗
壞」[25]。布萊希特的「間離效果」與之異曲同工;英國詩人雪萊認
為:「詩剝去籠罩在世界上隱蔽的美容上的面紗,使熟悉的事物變成
彷彿不熟悉。」[26]「間離效果」與之也不謀而合。戲劇領域中,卓有
建樹的戲劇家們也無不自覺地運用「間離」手法來達到對既有藝術成
規的突破。

　　以布萊希特之前十九至二十世紀西方戲劇的發展而論,當遵循舊
有的藝術規範所製造出的戲劇幻覺還足以滿足觀眾的審美需求時,左
拉、易卜生、契訶夫、斯坦尼斯拉夫斯基作為時代的藝術先鋒便首當
其衝,向大眾的審美趣味發起挑戰。他們打破審美常規,用新型的藝
術形式表達對現實的審美觀照。左拉力主以一種絕對客觀的自然主義
風格來取代新古典主義的傳奇演繹與程式化表演;後起的易卜生不滿
於左拉「下到陰溝」裡的現實主義,通過對現實生活具有重大意義的
矛盾的提煉以揭示處於矛盾焦點中的人物心理;契訶夫不贊成易卜生
仍帶有佳構劇痕跡的現實主義,極力淡化戲劇的表層衝突,著力表現

---

25 轉引自周憲:〈布萊希特與西方傳統〉,《外國文學評論》1997年第3期。
26 〔聯邦德國〕萊因霍爾德·格里姆:〈陌生化——關於一個概念的本質與起源的幾
　　點見解〉,張黎編選:《布萊希特研究》(北京市:中國社會科學出版社,1984年),
　　頁207。

人物的心理潛流，創造了風格平淡、意味雋永的心理現實主義；與之
合作的導演斯坦尼斯拉夫斯基一掃歐洲舞臺以展現明星個人魅力為目
的的極其誇張、程式化的表演風格，重建一種逼近生活真實形態的演
劇體系。在布萊希特看來，左拉、易卜生、契訶夫、斯坦尼斯拉夫斯
基都應歸入幻覺藝術的製造者，實際上他們都運用了「間離」手法。
這種「間離」手法並不體現為布萊希特闡述的一整套形式規則，而是
根源於否定式思維，即布萊希特所說：「對一個事件或一個人物進行
陌生化，首先很簡單，把事件或人物那些不言自明的，為人熟知的和
一目了然的東西剝去，使人對之產生驚訝和好奇心。」[27]基於這種否
定式思維，藝術家們突破既有的藝術成規，運用新的藝術形式表達對
現實新的審美觀照，因不苟時代流俗，這些藝術對大眾的審美慣性造
成衝擊，「間離效果」自然產生了。藝術對觀眾的意義真正實現了
達‧芬奇所謂「藝術就是『教導人們學會看』」。戲劇史的持續變革與
創新，可以看成是「間離效果」不斷啟用實現的結果。從這個意義上
說，布萊希特對於戲劇幻覺的反叛，究其實質，也只是戲劇幻覺持續
發展、不斷更新的一節鏈環。

　　但必須承認，布萊希特在藝術形式變革上，走得比他的前輩們更
遠，對於在傳統內部局部創新的藝術來說，幻覺的恢復是迅速的，而
對於布萊希特及布萊希特之後的現代戲劇而言，隨著對傳統藝術規範
反叛性的強化，藝術幻覺的修復相較於前者要更困難。但，藝術作品
如果自始至終無法使欣賞者產生認同，那麼，藝術經驗就無法轉化成
欣賞者的個體經驗，藝術作品也就無法對欣賞者產生意義。現代主義
藝術哪怕再主觀，再抽象，再怪誕，一旦它的表意系統為公眾所認
同，新的藝術幻覺的誕生便是必然。以最著名的超現實主義戲劇《烏

27　〔德〕布萊希特撰，丁揚忠譯：〈論實驗戲劇〉，《布萊希特論戲劇》（北京市：中國
　　戲劇出版社，1990年），頁62。

布王》為例,當年它曾給人最怪誕的印象,然而現在人們意識到「人民國家劇院的烏布不再像上世紀末那樣受到學生的嘲笑,也不再是引起大叫『他媽的』的醜劇了;作品由於不是作者想像的、而是他身後的外界形勢而引起了一種真正的、使作者的視野得以百倍地擴展的共鳴」。[28]同樣,在布萊希特自己的戲劇實踐中,也曾出現過使用間離手法演出,結果卻在德國觀眾中產生了強烈的情感反響的例子。[29]可見,當觀眾熟悉並適應了各種間離技巧之後,就很難阻止認同心理的再次產生。在布萊希特之後,西方現代戲劇家自覺地將「間離效果」作為突破傳統戲劇成規的一種有效方法,在戲劇形態的更新上比布萊希特走得更遠,但同樣不能阻止共鳴與認同的產生。荒誕派戲劇《等待戈多》在監獄裡演出並獲得成功時,這部在大眾看來不可理喻的戲劇喚起了囚犯心中強烈的共鳴,共鳴來自於該劇對現有生存狀態的思考真正為人所理解、接受,只有在這時候,劇作家才真正實現了運用荒誕手法(也就是間離手法)的目的。而布萊希特所主張的演員向觀眾說話的直接交流形式在後現代戲劇中被借用時,其目的也是為了讓觀眾更進一步地融入到戲劇情境中去。

　　與前人相比,布萊希特是第一位系統地、自覺地將「間離效果」作為戲劇方法加以闡述,並推行於實踐中,創立了現代戲劇的新形式。這種戲劇形式被布萊希特之後的現代──後現代戲劇家們廣泛借鑑並加以發展。而「間離效果」所閃耀的批判性光芒也使布萊希特的戲劇至今仍保有它旺盛的生命力。但由於布萊希特在理論建立的過程中,混淆了「幻覺」在認識與審美兩個領域的不同性質,將「間離」與「幻覺」簡單地對立,卻忽略了它們之間的「依存」與「轉化」關

28　〔法〕路易‧阿拉貢:〈序〉,《論無邊的現實主義》,〔法〕羅杰‧加洛蒂撰,吳岳添譯:《論無邊的現實主義》(天津市:百花文藝出版社,1998年),頁6-7。

29　〔英〕J.L.斯泰恩撰,劉國彬等譯:《現代戲劇理論與實踐》(3)(北京市:中國戲劇出版社,2002年),頁718。

係，導致其戲劇理論中的諸多偏執及與實踐的自相矛盾之處。布萊希特在其理論發展的後期，自覺糾正了早期理論中的偏頗。他意識到，感情對於敘述體史詩劇同樣重要，幻覺在藝術欣賞中不可絕對廢除，從中，我們也可看到布萊希特對「間離」與「幻覺」的依存、轉化關係的默認。他甚至將敘述體史詩劇改名為辯證史詩體戲劇，這一更名無疑擴大了「間離效果」作為方法的有用性與普適性。

——本文原刊於《貴州師範大學學報》二〇〇五年第四期

理解才能借鑑

——布萊希特之於我們的意義

　　布萊希特首先是一位戲劇家，其次才是戲劇理論家，他不是用先有的理論指揮創作，而是替他的創作尋找依據才創造出理論。大多數中國接受者對布萊希特的了解僅限於道聽途說的「陌生化」、「史詩劇」、「拆除第四堵牆」等幾個概念，這種新型戲劇如果僅僅從理論上去接受極容易失於偏頗。實際上布萊希特的戲劇實踐經常背叛他的理論發明，也因而時時落入自相矛盾的境地，布萊希特並不為此感到難堪，正因為他的理論從實踐中來，也就能不斷地根據實踐來修正。更可貴的是，他反對將自己的理論固化成形式規則以約束創作，他認為形式要在不斷的實踐中形成，因此如果只接觸布萊希特的戲劇理論而不了解他的創作實踐，極可能誘發誤解，也削弱了他之於我們的借鑑意義。在這種情況下，安徽文藝出版社出版的迄今為止國內規模最大的《布萊希特戲劇集》（一套三本，二○○一年版），對進一步了解布萊希特起到了重要的推動作用。張黎先生知人論世的前言，丁揚忠等布萊希特專家值得信任的翻譯，都有助於澄清在一知半解、以訛傳訛中日漸模糊的布萊希特的本真面目。

　　引起爭論最多的「陌生化效果」也是布萊希特為二十世紀奉獻的最大思想財富。「陌生化效果」的實質在於它作為觀察和表現現實的一種特定方法所產生的效力，即用一種新穎的、不為人所熟悉的眼光重新打量一切現象，以便批判地看待迄今為止被認為是理所當然的事物。由於布萊希特認為戲劇不僅是一種藝術更是一種武器，它必須激

起人們對現實的批判態度以喚起改造現實的行動，這使得他千方百計要突破傳統戲劇以共鳴為基礎的審美機制，從而建立起他所謂的科學時代的戲劇。布萊希特將亞里士多德的《詩學》視為傳統戲劇的美學基礎，他的新型戲劇的理論建設便在與《詩學》體系的分道揚鑣中產生。他認為傳統戲劇把觀眾捲入事件使觀眾產生感情，從而消耗能動性，那麼他所創建的新型戲劇就要將事件放在觀眾面前讓觀眾作出判斷以喚起能動性，與此相應，探索了編劇、導演、表演一整套新方法。為區別於亞里士多德式的「戲劇體戲劇」，他將自己的新型戲劇命名為「敘事體史詩劇」。在戲劇體向敘事體轉變中，作者的存在由隱而現，評價事件同時也操縱事件；演員與角色從合二為一轉向一分為二，扮演與觀察同步進行；觀眾對劇情不再休戚相關而是冷眼旁觀，運用理智形成自己的判斷。這種新型戲劇用陌生的手法創造對現實的陌生印象，其目的就在於重審現實、批判現實。為了實現此目的，布萊希特曾經用理智對抗情感，間離對抗共鳴，教育對抗娛樂，揚此抑彼，後來，隨著實踐的發展他漸漸認識到：「史詩性的原則保證觀眾有一種批判的態度，但這種態度是很有感情色彩的。」[1]「在亞里士多德戲劇中，共鳴也是一種思想批判，非亞里士多德式戲劇也希望有充滿感情的批判。」[2]實踐修正了理論，拓寬了理論的生長空間，從而使它更富有彈性。

　　喜劇較諸悲劇無疑是布萊希特更喜歡運用的戲劇樣式，這與他的「陌生化」理論內在溝通。滑稽與陌生化在本質上的親緣關係不用理論家論證也顯而易見，在布萊希特戲劇中，典雅的語詞修飾粗俗的事

1　《貝托爾特‧布萊希特檔案》第227卷宗，第68頁，轉引自〔民主德國〕恩斯特‧舒馬赫：〈論布萊希特戲劇情與理的辯證關係〉，張黎編選：《布萊希特研究》（北京市：中國社會科學出版社，1984年），頁197。

2　《貝托爾特‧布萊希特檔案》第277卷宗，第53頁，轉引自〔民主德國〕恩斯特‧舒馬赫：〈論布萊希特戲劇情與理的辯證關係〉，張黎編選：《布萊希特研究》（北京市：中國社會科學出版社，1984年），頁199。

件，莊重的場面輔以戲謔的語調，重大的事情可能輕描淡寫，無關緊要的內容賦予過分重要的意義，順理成章的結論建立在完全錯誤的前提上，胸有成竹的希望突然成為失望，種種不諧調的因素並置時產生的不僅是滑稽的印象同時也有陌生化效果。實際上，人們認為陌生化理論就是一種將滑稽表現方式產生的藝術態度和藝術效果普遍化的嘗試。在滑稽引發的陌生化效果中，觀眾難以產生認同心理，只好冷靜地觀察著各種奇怪的事物，以便作出自己的判斷。而同時，滑稽又能使人產生特殊的、多層次的愉悅感，「科學時代的戲劇能夠使辯證法變成享樂，合乎邏輯的和跳躍式的發展所帶來的驚愕、各種情況的不穩定性所引起的意外、各種矛盾對立所產生的滑稽，等等，都表現了對人、物和事的生命力的樂趣，而這種樂趣又提高了人的生活技藝和對生活的熱愛」[3]。教育與娛樂在此得到了統一。「滑稽」是把握現實的藝術形式中最為理智的，不論是製造滑稽的效果還是識破滑稽的奧秘都意味著一種智力的優越。在笑聲中，貌似強大、合理、自然的事物暴露出內部的虛弱、怪誕與造作，認識的火花從中迸發。因此，在黑格爾看來，喜劇是引導向其他更高級的「精神」形式過渡的藝術形式。

　　二十世紀八十年代的中國曾經興起一股接受布萊希特的熱潮，先鋒戲劇家們惟布萊希特馬首是瞻，唯恐不先鋒的也就跟著言必稱布萊希特，這其中，除了有借他山之石以攻玉的美好願望，更有一層原因還在於臆想中的布萊希特對中國的文化崇拜。例如，布萊希特對梅蘭芳的盛讚，布萊希特以中國為素材的戲劇，布萊希特襲用中國書名與風格寫成的《墨子──易經》，一切都在證明布萊希特對中國文化的興趣。但不可忽視的現象是：梅蘭芳自己未必認得出布萊希特筆下的他，《墨子──易經》已經公認是用中國瓶裝德國酒，與中國有關的

3　轉引自〔聯邦德國〕萊因霍爾德・格里姆：〈陌生化──關於一個概念的本質與起源的幾點見解〉，張黎編選：《布萊希特研究》（北京市：中國社會科學出版社，1984年），頁235。

《四川好人》、《高加索灰闌記》、《圖蘭朵》距離中國其實遙遠得很，布萊希特在裝備自己的思想武庫時已經運用了他所擅長的陌生化手法。因此，如果說布萊希特與中國沒有什麼關係似乎比說布萊希特與中國關係密切更確切一些，然而這並不妨礙布萊希特進入中國視野，反而有利於我們對布萊希特的接受。因為這樣一來，我們就不至於將布萊希特極富於現代意識的批判精神又還原成了以梅蘭芳為代表的京劇傳統，雖然後者並不失去它的價值，但畢竟是兩碼事。

　　如果對布萊希特「陌生化效果」的理解僅止於一種形式上的奇異，以為只要打破時空順序，在劇中加進唱段、字幕，讓演員跳出角色與觀眾打招呼，或者一個人串演多個角色，就陌生化了，那無異於買櫝還珠；如果不了解布萊希特的新型戲劇其實是一個不斷發展的體系，在他前後論述過程中常有矛盾抵牾之處，而僅僅根據片言隻語就將布萊希特定性，那無異於刻舟求劍。借鑑布萊希特者必須自我提醒的是：形式的奇異如果不是伴隨著富有現代意識的批判立場，不是蘊含著富有智慧的批判技巧，那就實現不了布萊希特運用「陌生化效果」的真正目的。八十年代的「布萊希特熱潮」已經過去十幾年了，在這十幾年間，中國社會與中國話劇所發生的變化正有待我們去進一步認識，當此際，布萊希特「陌生化」理論的意義正在於：運用批判的眼光，從習以為常、向來如此、顯而易見的現象與說法中去發現被遮蔽的事實與真相，這才是這位留刷子頭、抽雪茄菸、喜歡耷拉著眼睛沉思的德國人留給我們最大的精神財富。

精緻藝術與大眾文化如何結合

——賴聲川劇場實踐的啟示

　　中國臺灣戲劇導演賴聲川的劇場作品被譽為「精緻藝術與大眾文化」相結合的典範，探討他的作品如何實現「精緻藝術與大眾文化」的結合，在大陸戲劇日益成為小眾業餘消遣的現實境遇之下，無疑具有重要意義。

一　共通經驗的超越性審視

　　余秋雨評價賴聲川的戲劇「總能彈撥到無數觀眾的心弦」[1]。一般而言，賴聲川的戲不論形式如何先鋒、另類，其精神內容總能接通大眾生活經驗內容，輻射社會重大精神命題，例如兩岸關係、傳統文化的式微、九十年代的精神蛻變、女性身分迷失、婚外戀、出國熱，眷村拆遷等等，這是他的戲獲得廣泛接受的基礎。有些戲還能及時扣搭時代精神脈搏，如《暗戀桃花源》（1986）的創作時間就處於臺灣解嚴與戒嚴的交接時期，其兩岸關係與情感的呈現無疑會在觀眾中產生巨大的反響；《我和我和他和他》創作於一九九八年，呼應著九十年代精神蛻變這一熱門文化議題；系列相聲劇也分別與各自時間節點的重要精神命題產生了或顯或隱的呼應。而那些以特定人群為素材的創

---

[1]　余秋雨：〈總能彈撥到無數觀眾的心弦〉，《賴聲川：劇場》（1）（臺北市：元尊文化企業公司，1999年）。

作如《我們都是這樣長大的》、《摘星》、《紅色的天空》、《寶島一村》
等亦折射出特定人群與整個社會息息相通的聯繫。所以賴聲川的戲不
「窄」，讓戲劇成為「社會公共論壇」是他一再強調的戲劇理念，為
大眾做戲已然成為他的自覺意識。共通的經驗內容與精神命題成為戲
劇與觀眾溝通交流的基礎，那麼，以怎樣的立意來組織這些素材就成
為藝術創意的進取方向。捨此，賴聲川的戲劇相較八點鐘強檔的電視
劇或餐廳裡的脫口秀，也就並無特出之處。使日常現象連接到更深
廣、幽遠的命題上，是賴聲川在戲劇中的超越性追求，為實現這一追
求，他經常借助拼貼這一藝術手段，如《暗戀桃花源》。

　　《暗戀桃花源》是由兩齣戲「暗戀」與「桃花源」拼貼而成。
「暗戀」是那一時代在臺灣現實中處處可遇的情感戲。江濱柳與雲之
凡因大時代的動盪而分離，多年之後，江濱柳仍念念不忘雲之凡，當
生命垂危之際，聽說雲之凡也在臺北，便登出尋人啟事。二人相遇
時，江濱柳才知道，雲之凡早已來到臺北，成家生子，住的地方與他
只有幾個街區之隔，卻幾十年未得相見。這個戲具有一定的巧合性，
濾去這層巧合色彩，像江濱柳這樣痴情想念大陸戀人，卻拗不過時勢
與人情，終於在臺灣結婚生子，落地生根，這樣的事在當時的臺灣真
是太普遍了。只要如實演出這齣戲，就足以刺激觀眾的淚腺，再加上
那個巧合的元素，更增加了悲情的色彩，當然於票房上也更有助益。
對於創作者來說，構造出這樣一齣戲是容易的，因為它如此「寫
實」。那麼，我們要追問的是，一般創作者不容易獲得的思路，即，
將「桃花源」與「暗戀」相互穿插形成拼貼結構，在賴聲川那裡是如
何形成的？

　　「桃花源」對陶淵明的名作《桃花源記》進行了戲說式的改編。
一對搞婚外戀的情人，好不容易結合在一起，女的又放不下被迫離家
出走的丈夫。丈夫老陶在桃花源中見到了一對像極了妻子春花與其情
人袁老闆的白衣男女，與他們度過一段美好時光後，終因難捨春花而

回到武陵，但看到的卻是昔日偷情的情侶早已轉成怨偶，生活如一屋子破爛的尿片。老陶長嘆一聲，再次出走，卻再也找不到回桃花源的路。「桃花源」雖是一齣改編的戲謔搞笑劇，但在婚姻生活難以和諧這一點上依然能夠連接廣大受眾的經驗基礎，而其內含的「現實與桃花源」這一關係命題卻仍延續著原作的精華。那麼將這兩個戲拼貼在一起，它們之間會發生怎樣的化合反應？可以看到，「桃花源」中暗含的現實與理想的關係命題輻射到了「暗戀」中，啟迪「暗戀」的受眾超越悲歡離合的通俗情感層面，進入如何對待人生無常這一哲理範疇。江濱柳的「不忘」與雲之凡的「放下」便成為一種有意味的對比，「桃花源」的主題從中浮現。而「暗戀」的現實質感同樣輻射到了「桃花源」中，使得一個戲謔搞怪故事轉成一個寓言，從而具有政治的，婚戀的，以及人生種種關乎於此的豐富內涵。這樣，一齣極其現實的、覆蓋大眾生活內容與精神內容的戲，在賴聲川的連接下，伸延出一個更幽遠的精神命題並連接到更廣大的經驗空間中去。在這樣的連接之下，這齣戲便具有特殊的品質，它是戲謔的也是悲涼的，淺近的也是深奧的，先鋒的也是通俗的，因此成為華語劇壇的經典。通過連接，讓觀眾在混沌的表象中看清關係所在，使個體的經驗與更廣大的人生相連接，這種方法，在賴聲川的多部戲劇中，反覆地使用著。

　　《回頭是彼岸》中的兩岸探親、婚外戀，《西遊記》中的臺灣當代移民熱潮都是現實中普遍可遇的事件，而這也成為戲劇與觀眾交流的一種基礎，但賴聲川的追求不僅止於此。《回頭是彼岸》中，通過引入之行所寫的武俠故事，現實與彼岸這一關係命題被建構起來。「彼岸」是雲俠求取武林秘笈的那個「彼岸」，也是與臺灣一水之隔的大陸彼岸，還是之行掙脫婚姻樊籠，尋求真愛的感情彼岸。在共通的意義上，「彼岸」是指此在個體所嚮往的理想之境，也正是在這一點上，三條劇情線索實現了互通而獲得了連接之合理性。然而我們看到，在時間流逝中，「彼岸」都與主體的構想產生差異。雲俠思慕彼

岸的武林乾法，然到達之後卻發現「明月山莊」已毀，乾法似有若
無，這場求拜之旅也難以竟成；之行愛戀作家明月，然明月早已不是
雕琢於象牙塔的文藝女青年，而轉成干預社會的激進文學鬥士，他們
的情愛關係也隨之終結；雨虹來臺灣探親，但她既不是之行父親所掛
念的那個「女兒」，而之行也不是雨虹所掛念的那個「弟弟」。這樣，
常與變、真與幻這一哲理命題就被巧妙地編織進通俗情節劇中。《西遊
記》中，臺灣移民熱潮是現實中的常見現象，也是熱點問題，賴聲川
將之與神話小說《西遊記》中孫猴子西渡以求長生不老之術，以及清
末留學生唐三藏向西方求取真知以富國強民這兩條劇情線索相連接，
西遊就不僅只是向西求索，而是象徵著人類發展自我，改造世界的各
個層面的行為。賴聲川通過三者共同的失敗命運探究了追求發展、追
求幸福、追求真理過程中的「捨本逐末、南轅北轍」的精神癥結。

　　賴聲川在其創作中，既立足現實人生，又注重擴大人生經驗，深
化人生感受。他把觀眾切切實實感知的現實生活，與反差度極大的神
話、傳奇故事，或時空久遠的世相相連接，從而上升到一個更深的層
面上探究社會、歷史、人心的諸多命題。在同一齣戲裡，容納完全不
同向度的精神內容，在於賴聲川，無疑是極為大膽的，對觀眾來說，
也是充滿挑戰的。但他的戲絕大多數都不是小眾範圍內的探索，反而
成為具有一定觀眾群的戲，很少遭遇票房毒票。而《暗戀桃花源》更
成為幾十年來華語劇壇常演不衰的戲，這樣的經驗是值得我們思考的。

二　拼貼形式的無障礙接受

　　賴聲川的戲劇就其形式而言，常常是無所依傍的創造，這些形式
在大眾看來，是見所未見的，但它通常並不成為觀眾接受戲劇的障
礙，箇中原因，除了因其所採用的集體即興創造方式激發出演員個體
真切的情感反應，從而實現與觀眾融通無間的交流；還因為賴聲川在

藝術實驗的過程中，非常注重讓形式實驗具有一種易於為人所接受的特性。我們以其戲劇中最常使用的拼貼形式來論說。以上所列舉的《暗戀桃花源》、《回頭是彼岸》、《西遊記》等戲中，拼貼的各個部分都有清晰的情節發展脈絡，整體架構有明晰的意義訴求，這都奠定了觀眾理解的基礎。而在另一些戲裡，如早期的《我們都是這樣長大的》、《摘星》、《變奏巴哈》等，後來的《紅色的天空》、《亂民全講》等，拼貼的各個部分之間的聯繫看起來更加鬆散一些，其意義也不像前一類戲劇那樣明晰，而其結構似乎也不如前者嚴謹。但這些看起來天馬行空的拼貼組合中，仍有賴聲川精心設定的秩序所在。

　　來看他回到臺灣創作的第一部作品：《我們就是這樣長大》。這是一齣以他執教的臺北藝術大學學生在成長歷程中的傷痛與困惑為素材組織而成的戲。這齣戲各個片斷的安排順序是：（1）全體（一）；（2）聯考（一）；（3）尋父（一）；（4）萬華；（5）家教（一）；（6）離婚；（7）分手（一）；（8）舞廳；（9）分手（二）；（10）破產；（11）家教（二）；（12）驚魂；（13）尋父（二）；（14）聯考（二）；（15）全體（二）。這十五個片斷的布局以（8）為中軸，兩邊對稱地展開故事，同一主題的兩個部分被安放在與中軸等距離的位置上，呈現出規則的幾何分布。而那些主題不相同的兩個部分，如（4）與（12），（6）與（10）則在內容上呈現出相關性，前兩個片斷是校園學子在窺見社會陰暗面時的驚駭，後兩個片斷是家庭變故對年輕人的影響。在賴聲川的精心組織之下，這些成長的片斷就不是雜亂無章，而是有序、有機地組合在一起。作為該劇一頭一尾的全體（一）與全體（二）中，全體演員各自訴說一句話，這些話都是日常生活存留於心靈的片影，而組織形式則使人聯想到電視劇或電影的片頭與片尾。這齣戲既是一齣形式規整的戲，但採用的又不是既有的戲劇規則，對觀眾，它既產生觀賞的挑戰性，同時又滿足了他們對於規則的需求。

　　以老人院的生活片斷為素材創作的《紅色的天空》（1994）中，

「自由中的秩序」又呈現出另一種面貌。老人院裡的許多生活瞬間被
導演規劃進春夏秋冬四個季節段。四季的變化吻合老人院的日常時間
步伐，還暗合著生命的階段性進程。「春天」的幾個片斷以「情愛」
為關鍵詞；「夏天」的幾個片斷從人物情緒來看，吻合於夏日的鬱
熱、波動，而就整個人生而言，生之痛苦正如夏之酷熱，生之歡欣亦
只是陽光之下的小曬片刻或夏日夜晚的短暫歡娛；「秋天」中的片斷
共同展示人生行至老年這個階段的種種況味；「冬天」裡有每個老人
對人生的回眸，還有陳太陪同老金走完人生最後一程。四季的劃分使
觀眾對秩序的依賴得到滿足。而小丁的日記與老麥的演唱會在劇中回
環往復地出現，成為全劇重要的黏貼劑，不僅與前後內容緊密相關，
而且應和著各個季節的主題。這樣，一齣內容瑣碎的戲呈現出了嚴謹
的組織與安排。

　　賴聲川在劇場中不會過分地為難觀眾。除了賦予拼貼形式以秩序
感外，他還努力在作品中消除拼貼的生硬感，如《暗戀桃花源》將拼
貼形式形象地演繹為兩個劇團爭搶舞臺；《圓環物語》的循環結構與
其故事發生的地點——臺北圓環取得了形象的一致；《田園之家》的
四戶人家被安排在呈田字格的上下左右四戶公寓房間裡；《千禧夜，
我們說相聲》通過皮不笑於一九〇〇年十二月三十一日在北京戲園子
裡被雷劈中後幻見未來，與沈京炳於二〇〇〇年十二月三十一日在臺
北劇場裡小睡片刻時夢見過去，使得相隔一百年的兩場戲在形式上得
到連接。不要小看導演的這些處理，正是這些通俗的形式設計使得中
常觀賞力的觀眾能夠順暢地接受整齣戲。

三　生活與藝術的連接與脫換

　　在賴聲川戲劇中，許多日常生活中常見的行為、現象經過藝術再
組織後轉成了意味深長的藝術符碼。《亂民全講》中，罵髒話發展成

「母語學」，進而諷刺了社會中專家學者鋪天蓋地的亂象；小林逃避買單一而再、再而三地接替下去，就與層積性的社會逃責相呼應；飛機上四種不同語言的錯誤傳譯被冠名「全球化」，寓指了全球化過程中的文化誤讀現象；《暗戀桃花源》中的三角關係有其政治隱喻，老陶打不開酒瓶訴盡人生的失意；《這一夜，誰來說相聲》中，兩個互不相識卻又不確定他們是否見過面的陌生人，出於禮貌相互寒暄，從而發展出一系列親密的關係，而回到家，卻又對自己家人的身分產生懷疑，這樣的片斷同樣是由日常生活出發，最後卻上升到揭示生存的不確定感這一現代精神層面。

　　甚至在結構形式上，賴聲川也有意識地使形象與寓意相映生輝。《摘星》中的「扛木頭」一段是全部的中點，兩個智障兒童從獨木橋的兩頭同時走上，僵持在橋中心，既應和了智障的主題，同時又與該節是全劇的中點隱隱呼應；《圓環物語》以接龍式的情節設置使作品呈現出圓環式的結構，從而映射現代都市男女情感的錯綜糾葛；《那一夜，我們說相聲》圍繞著相聲這一主題，所設置的場景在時間上不斷往回走，從一九八五年一直倒退到一九〇〇年，空間則橫跨了臺北、重慶與北京三個地方，這樣的回溯式結構暗合著文化追尋的主題。因此，在賴聲川戲劇中，不論是結構還是場景，都呈現出易為觀眾所感知的外觀，而創作者又在這一基礎上脫胎換骨，與更深層的表意內涵相連接。在日常與藝術之間，賴聲川架起一座橋梁，觀眾從經驗的此岸出發，卻被他引到了玄遠的彼岸，這種連接無疑既是對大眾的尊重，也是藝術家訴求的有效表達。

四　戲劇功能的多向度滿足

　　戲劇的功能是多層次的，有娛樂功能、宣洩功能、認識功能、教育功能、治療功能，等等。每個時代意識形態出於自身的需求會對某

一功能作特別地強調，相應地忽視其他功能。當今的藝術家意識到多種功能的並存是戲劇的天性，但在實踐中出於各種原因，或是市場的壓力，或是應制的需要，或是個人的才分，很難將多種功能統一在一起，這樣就出現了嚴肅的戲劇不可親，可親的沒思想，有思想的沒趣，有趣的又太搞笑的。諸種藝術功能無法統一在一起，這與其說使得戲劇很難同時滿足各個社會階層的需求，不如說，它很難滿足觀眾不同向度的需求。

悲喜融合是賴聲川戲劇的招牌風格。悲劇源於體認，是對無法超越的境遇的體認。在賴聲川戲劇中，深度展呈人在現實人生中源於自我，源於他人，或源於社會歷史的種種難以超越的境遇，使得他的很多戲劇都呈現出悲情的色彩，在劇場中很能賺取觀眾的眼淚。亞里士多德曾將悲劇的功能定位為「淨化」（有譯做「宣洩」），賴聲川戲裡的悲情色彩在觀眾情緒上引起的反應等同於此。喜劇是對人生某一具體境遇的超越，賴聲川常借助誇張、變形、歸謬、裝扮等手法創造劇場中的喜劇效果，當人們在劇場中居高臨下地感受到這些藝術形象內在的假、醜、愚時，他獲取了凌駕於對象的超然之感。賴聲川的許多戲劇素材就取自於大眾日常生活，因此，觀眾在劇場中往往產生悲喜交融的複雜感受，因為舞臺上的人生就是他們自己的人生，這種人生既無法超越，但借助於藝術，看清它的內在本質，又獲得了短暫的超然之感。這樣，賴聲川的戲劇就同時實現了娛樂、認識、宣洩等多重功能。

賴聲川曾說過，不願意將劇場變為道場，也就是說，他在戲劇中不願意宣教，說理。但事實上，透過賴聲川的戲劇，我們常能獲得觀看事物的不一樣的視角，這種視角使我們改變了對人生，對境遇的看法。這種功能是認識，也是教育，從認識實現教育。而賴聲川的戲劇還具有另一種功能，即在西方當代戲劇觀念中被反覆強調的治療功能。用戲劇實現心理治療可以從非常專業的心理學角度來加以闡釋，

但我想通過賴聲川的宗教文化背景來說明這個問題。賴聲川多年來修習佛教中的密宗，拋開佛教各個流派的法門分別，其基本理念是共通的。佛法認為世間萬物是由各種因緣和合而成，所以沒有一個固定不變的自性的存在；要破除法執、我執，才能達到究竟涅槃。我們在賴聲川戲劇中，時時可以體悟到這些佛法理念的顯現。在《暗戀桃花源》、《回頭是彼岸》、《十三角關係》等戲中，賴聲川反覆地演繹外在境遇變化之後，刻舟求劍式的主體執著導致的種種錯誤與悲劇。《菩薩之三十七種修行之李爾王》將十四世紀西藏瑜珈士葛西多美所著的修行法本《菩提心》與《李爾王》中的戲劇片斷進行對位並置，針對引發李爾王種種痛苦的因由諸如狂妄、失察、執迷等，均有相關的《菩提心》段落與之形成開解、啟悟的關係。難怪宗薩欽哲仁波切在聽到這齣戲的創意之後，就說，「這是很有趣的嘗試，因為在一般戲劇或電影之中，『病』很少有機會碰到『藥』」[2]。除此之外，像賴聲川的《如夢之夢》、《如影隨形》、《快樂不用學》等新近創作的戲，都貫徹著如何使精神得到解脫的命題。這樣，賴聲川的戲劇在某種意義上，便具有了精神治療的功能。當然，賴聲川反對將劇場變成道場。他認為劇場就是一面櫥窗，至於觀眾在這面櫥窗裡看到了什麼，那取決於他們。可以這樣說，賴聲川在戲劇這面櫥窗裡提供了好看的故事，奉獻了真切的人生體驗，展示了精神紛呈的劇場形式，但你在愉悅地觀賞之後，也即美味地品嚐了那層糖衣之後，回味也許是苦澀的，回想也許是沉甸甸的，而在苦澀與沉甸甸之後，你或許又因「看清」劇中人的精神癥結而在相似的現實境遇中獲得一份超脫的能力與心態。

有人這樣評價，「社會是一個金字塔，我們搞市場的把它分成五層。最底層最大，是逛夜市、看豬哥亮舞臺秀的普通大眾，最上一

2　賴聲川：《賴聲川的創意學》（北京市：中信出版社，2006年），頁233。

層，是精英知識分子。一般來說，藝術作品的市場停留在最上一層，
可是賴聲川就有辦法，作品理念從第一層出發，然後往下賣到第三
層，甚至有的作品可以到第四層，第五層他是吃不到的。」[3]戲劇的
根本屬性在於它是一種大眾藝術，可以有非常小眾的戲劇，但即使在
非常小眾的戲劇裡，溝通最廣大的經驗基礎依然是它所追求的目標，
這個「小眾」只是它的人群數量，並不改變其大眾藝術的性質。因
此，賴聲川的劇場經驗是值得大陸戲劇人借鑑與分享的。

　　　　——本文原刊於《福建師範大學學報》二〇一二年第二期

3　陶慶梅、侯淑儀編著：《剎那中——賴聲川的劇場藝術》（臺北市：時報文化出版企業
　　公司，2003年），頁245。

賴聲川的劇場實踐對福建戲劇發展的借鑑意義

　　當我們說起賴聲川，首先想到他是一位中國臺灣戲劇導演。他被稱為臺灣劇場界的翹楚，由他擔任藝術總監的表演工作坊也成為臺灣唯一能夠靠票房收入來維持生存的民間劇團。但自二〇〇六年以來，隨著他的《暗戀桃花源》以與大陸劇界聯合制作的方式巡演於全國各地，獲得巨大的成功，此後，賴聲川的系列作品在大陸陸續上演，迄今為止，他已成為大陸劇場界舉足輕重的構成因子。

　　戲劇是一種現場演出的藝術，它的功能可以有多種，娛樂、審美、認知、教育等等，但最重要的一種是：經驗、情感與思想的共享。其中，共通經驗又是戲劇產生現場交流最為感性的基礎，它使劇場有可能超越純粹的審美範域，轉成社會公共論壇。賴聲川戲劇的「在地感」非常強，臺灣經驗成就其戲劇的生命線。在賴氏戲劇中，「相聲劇」系列誕生的前後時間跨越二十年，歷經六部作品長盛不衰的演出，其藝術能量的來源除了相聲與戲劇相遇合而產生的藝術魅力之外，還得歸因於這一戲劇類型的就地取材。賴氏相聲劇涉及臺灣的政治、歷史、文化、經濟、生態及人情人性的方方面面，相聲劇在觀演關係上的「開放性」又使其「現場交流」得到極致的發揮，從而使劇場真正產生「社會公共論壇」的功能。而在其他如《暗戀桃花源》、《回頭是彼岸》、《西遊記》、《寶島一村》、《我和我和他和他》等劇中，臺灣經驗也得到不同向度的表達。《暗戀桃花源》中，外省一代對大陸的故土情感；《回頭是彼岸》中關於彼岸的想像與真相的差

異；《西遊記》中的臺灣移民熱潮；《寶島一村》的臺灣眷村生活；
《我和我和他和他》的兩岸關係等，都是對臺灣經驗的提煉與再現。
如此，觀眾進入劇場看到的是與他們的現實生活、切身情感直接相關
的戲劇。如果說，劇場以其直接交流的特質生成難為影視或網絡所取
代的屬性，那麼，對社會生活的共時性言說又使戲劇成為現實的一面
鏡子。藉由這面鏡子，人們看到自己行走於時代的步履遺痕，戲劇的
現實交流意義由此產生。戲劇不再只是業餘生活的消遣之一，而是對
「存在」的反觀，亦成為人類文化的有機構成，這應該是賴聲川戲劇
之所以能夠持久獲得臺灣觀眾青睞的一個重要基礎。

　　從二十世紀八十年代以來，福建的戲劇創作取得輝煌的成績，其
原因主要在於新時期以來思想解放浪潮激起創作者的反思意識與人文
精神的復甦，由此建構了新的價值觀照視野，成就了新時期以來福建
戲劇創作整體的精神高度。但回過來看，福建戲劇創作總體上缺乏一
種鮮明的在地感。這並不等於說，福建戲劇創作者缺乏個性。正相
反，福建籍劇作者具有鮮明的集體個性，表現為：反思意識強烈，抒
情特質濃厚，以及對福建戲劇中「醜」的美學內質的發掘等。但這些
劇作總體上缺乏對當代福建風土人情、生活內涵、人格特質的提煉與
發掘。當然你可以這樣反駁：雖然缺乏對福建地域經驗的表現，但人
類生活的更高層面是相通的，況且創作者本身的地域所屬會自然而然
地生成其劇作的氣質。但如果承認，戲劇是一種大眾藝術，這一特性
除了要求創作者必須在藝術形式上一定程度地適應大眾接受習慣之
外，更切近地表現地域生活經驗也是另一條大眾化路徑。當我們反觀
福建傳統戲劇時會發現，倍受大眾青睞的劇目往往突顯出鮮明的地域
面影。以我熟悉的閩劇而論，《王蓮蓮拜香》、《貽順哥燭蒂》之所以
成為閩劇中的佼佼之作，其原因便在於此。

　　《王蓮蓮拜香》、《貽順哥燭蒂》這些戲本身是虛構的，並非實有
其事，但王蓮蓮與貽順哥身上發散著特有的福州氣味，用評論者的話

來形容就是「蝦油味」，因其性格、言語、行事原則呈現出鮮明的地域特徵，使得福州地區的觀眾（不排除外地觀眾）至今仍然喜歡看它們。而在新時期創作的閩劇當中，像王蓮蓮與貽順哥這樣聞得出福州氣味的人物少了，許多戲雖然仍用方言演出，但其地域面貌變得模糊，就方言的運用來說，同樣呈現出地域感的淡化，當代新編戲劇對民間俗語的使用已經遠不如傳統戲劇潑剌生動。民間俗語是每個地域人際交流特定方式的呈現，映射著每一地域的特定文化符碼，而當代地方戲演出中，雖然在語音中仍保持地方腔調，詞彙卻已然是普通話的直譯了。而「在地感」匱乏更主要體現為「福建經驗」的缺失，即缺少對福建人所行、所遇、所思、所感的聚焦。從總體來看，新時期以來的福建戲劇側重於向歷史取材，表現一段史實，或在遠離現實的歷史背景下，虛構一段故事，觀眾在劇場中很難看到本地當下生活和情感的表現，這也使得那些有著強烈人文氣息的福建戲劇多多少少存在著曲高和寡，叫好不叫座的問題。

　　當然，僅有「在地感」並不足以成就一齣好戲。使「在地經驗」突破自身的地域限制，建構更廣大的精神交流平臺，這應該是戲劇家們更高的追求。同樣以賴聲川的戲劇為例，他的戲在臺灣之外，很少會遇到交流的障礙。《暗戀桃花源》、《千禧夜，我們說相聲》、《寶島一村》這樣直接書寫臺灣經驗的劇目巡演於大陸時，都出現「一票難求」的演出盛況。推究箇中緣由，關鍵在於「連接」。賴聲川往往能將「臺灣經驗」從事件提升到精神層面，從而與更廣大的受眾產生精神連接。《暗戀桃花源》將臺灣外省一代對故土的想望與亙古的桃花源情結相連接，從而使這一命題在政治、人性、哲理不同層面相互映射；《回頭是彼岸》中，兩岸探親的題材與婚外戀、武俠故事相連接，昇華出「常與變、虛與實」這一哲理命題；《西遊記》將臺灣當代移民熱潮，與古典小說《西遊記》中孫猴子西渡以求長生不老之術，以及清末留學生唐三藏向西方求取真知以富國強民相互連接，通

過三者共同的失敗命運探討了對發展、幸福、真理的追求過程中存在的「捨本逐末、南轅北轍」的精神癥結。因此，在如何接通地氣又超越地限這一問題層面上，賴聲川的劇場經驗對福建當代戲劇的發展是具有啟示意義的。如果能夠讓歷史與現實之間產生連接，將現實作為連通觀眾經驗空間的資源，歷史作為擴展觀眾精神向度的手段，在表現福建經驗、福建視域的同時，又能拓展、反觀地域經驗，也許就能產生曲高而不和寡，叫好同時叫座的良好效果。

如果說方言象徵著封閉的地域文化與經驗的承傳，那麼，當代每個地域的語言早就突破了方言的封閉圈子，人群的流通使我們每天生活於由各式各樣的語言織成的多元文化圈中，而語言的雜糅也生動地標示出文化交流嬗變的複雜形態。在賴聲川戲劇中，語言（包括國語、閩南話、客家話、日語譯詞、英語譯詞等等）往往具有文化象徵的意味，它直觀地傳遞出臺灣文化的多元雜糅及歷史層積的面貌。海峽此岸的福建戲劇同樣可以借助對語言的表現建構出獨特的地域文化表達。當然，它需要這樣的前提：對語言的認知從「既定」轉成「生成」，對語言的使用從「純粹」轉成「雜交」，藉此反映出「文化圈」被打破的現實狀態，亦可使現實與歷史重新打成一片，在相互的徵引中，現實反向歷史尋找其超越時代的象徵意味，歷史借助現實重現其並未消逝的意義與生命。質言之，賴聲川的劇場實踐為福建戲劇打開的新思路是：打破固守的區域性界限，在異類的互通與借用中，創造出新鮮的表達資源與活力。

在二十世紀八十年代的臺灣，賴聲川創造的相聲劇引領了臺灣劇場界的風潮。相聲劇不同於傳統的相聲形式，卻汲取了相聲中最重要的藝術元素，當相聲的傳統元素再現於相聲劇中時，卻具有了非常鮮明的現代特徵。那麼，在傳統與現代之間，賴聲川是如何實現他的創造性轉換呢？簡而言之，賴聲川充分挖掘了相聲這種以語言為主要媒介的傳統喜劇的「批判現實性」因子，從而使相聲成為臺灣民眾得以

介入現實，審思現實的最有魅力也最有效力的藝術媒介之一。除了相聲劇，賴聲川戲劇總體上都呈現出悲喜交融的形態，在劇場中常常通過喜劇形式表現對人生、人性辛辣的嘲諷，而嘲諷中不無悲憫情懷。「這個世界，憑理智來領會，是個喜劇；憑感覺來領會，是個悲劇。」（〔英〕沃爾波爾）賴聲川總能在嬉鬧狂肆的表層下蘊含著對人性迷誤，社會失序的觀照，出入之間，觀眾體察到了悲與喜的不同感受。

中國傳統戲劇從總體上來說，是提供給觀眾虛幻心理滿足的傳奇模式，但其中「丑角」行當卻深具自由、解放之要義。「丑」的角色往往在身分與屬性的倒錯之中產生，華服盛裝的貴公子可能品性鄙陋，而衣衫襤褸的乞丐卻可能心地良善，飽讀詩書的秀才可能不明事理，而一字不識的白丁卻可能見識不俗，從中可見「丑」所具有的對社會正統認知的顛覆效能。在「丑」之觀照視野中，向來以職業、等級、財產作為標準的社會評價體系被顛覆了。

一九四九年以後，特別是新時期以來，福建戲劇創作得風氣之先，其重要的原因之一須歸因於「丑」的復活。統觀福建戲劇在全國產生影響的這些作品，會發現，其中「喜劇」占據了很大一部分。莆仙戲《劉賀登基》，高甲戲《玉珠串》、《金魁星》，閩劇《天鵝宴》、《鳳凰蛋》、《貶官記》等等，這些戲劇中的喜劇因子與創作者對各地方劇種中「丑」這一藝術形式、美學基因的再利用關係密切。「丑」具有兩面性，脫冕與加冕的藝術思維形式體現著「等量齊觀」的民間視角，極盡誇張又不失美感的表現形式在傳統與現代的審美認知中達成了一致，但形體表演的過分倚重，縱欲狂歡的肉體化原則亦使「丑」存在著精神衰竭與粗鄙化的可能。由於福建當代戲劇創作者普遍具有較高的文化素養與自覺的藝術革新意識，「丑」之表現往往具有深厚的現代意識，並過濾了傳統戲劇中過分粗俚的表演成分，使之趨於精緻，而在藝術形態上又始終保持並發展了傳統的丑角表現技法，這使福建當代戲劇中的「丑」既傳承於傳統又發展了傳統。如上

所述,「丑」具有對社會正統認知的顛覆效力,而福建戲劇中的喜劇精神並不僅只落實於丑角上,它還呈現為對劇中人事也即人物生活總體情境及人物關係特質的整體性觀照,它與新時期以來思想解放浪潮引領下的反思意識暗合。但絕大多數福建喜劇的取材尚停留於對歷史題材的再闡釋中,雖然歷史劇是另一種意義的現代劇,但歷史劇在對生活內容、人物個性心理的表現上與當代生活畢竟未能完全做到同步同質。如何在保留傳統戲劇藝術形式精華的基礎上,超脫出其形式本身的時代年輪,達成與當代對象的無間融合,這是值得福建戲劇創作者不斷去探索嘗試的一條道路。

賴聲川在美國學習戲劇的期間,觀摹了荷蘭戲劇導演雪雲‧史卓克的集體即興創作,他說,我找到了一種我想做的戲劇。如果說,在雪雲的創作中,賴聲川看到了創作團隊成員之間經驗、思想、情感的融入、共享、互換、交流,那麼,當他回到臺灣之後,對這種方式的應用,就越來越鮮明地帶上臺灣本土的色彩。

從一九八三年開始,在剛回到臺灣的那一兩年,從《我們都是這樣長大的》到《摘星》、《過客》,賴聲川在校園和戲劇同仁的圈子裡激發出參與者們最純粹、最原始的經驗精華,創造出了真切,樸實,現場交流感特別強的戲劇作品。但這些戲劇中的經驗內容畢竟屬於特殊人群,特定人生階段,儘管與觀眾的交流暢通無礙,但其受眾群的範圍是有限的。漸漸地,賴聲川將戲劇的觸角伸向更廣大的人群,轉型自第一部相聲劇《那一夜,我們說相聲》(1985)開始。這齣戲涉及文化傳承的中斷這一問題。賴聲川一開始覺得這個戲只有知識分子才會感興趣,「相聲在臺灣默默地死去,會有多少人來關心這個問題?」但結果卻是,它在大眾之間產生了巨大的反響,不僅劇場票房大賣,還帶動了音像製品的暢銷。那麼,一齣肇因於知識分子文化關懷的戲,為什麼會獲得如此廣大的受眾群?其關鍵在於演員對這齣戲的參與。該劇的演員李立群與李國修藉借豐富的人生歷練和各自對臺

北都市生活的表演「秀」及臺灣殘存的中國傳統戲劇的了解，相當程度地再現了相聲藝術的表演魅力。在當時的臺灣，相聲雖然已經消失，但劇場中再現的這一藝術形式卻以其語言的韻味，逗樂的套路喚起觀眾心中沉睡的文化潛意識。彼時，民眾對大陸的情感為各種政治禁令所壓制，而這齣戲卻為這種情感的釋放成功地找到了一個渠道。而這其中，兩個演員功不可沒。因此，賴聲川由衷地說：演員的水平到哪裡，作品水準就到哪裡？從這部戲往後，賴聲川展開了與臺灣社會各階層、各領域的廣泛合作，他長期堅持的集體即興創作方法所激發的演員個體各不相同的生存體驗成為賴氏戲劇得以伸展進臺灣豐厚的民間土壤的根鬚所在。

在傳統戲劇中，編劇與演員之間的互動是由來已久的傳統，有經驗的編劇在創作時，會充分照顧到演員的表演特長，而演員又以自身的舞臺經驗豐富、充實乃至修正著劇本。這也算是一種原始意義上的集體創作。但這種集體創作方式中的相互關係是較為單一的，也即在既定框架之下，演員個體的舞臺經驗也許會對集體創作有所貢獻，但其人生經驗卻處於沉睡的狀態，或者僅止於根據劇本提供的某一場景進行仿真模擬。因此，激發演員更為豐富的人生礦藏運用於戲劇的集體創作就成為福建戲劇創作另一條可行的發展思路。既需調動演員的劇場經驗，增強藝術的表現力，又需激發演員真切的人生體驗與社會關懷，用以充實，推進戲劇的主題構思、場景建構，當然這需要導演更為出色的組織、提煉、選擇、激發的能力。如果說，賴聲川運用集體即興創作方式使戲劇與臺灣社會維持密切的聯繫，那麼，以上所談到的福建戲劇在地性、現實感匱乏的問題是否也可借助集體即興創作作為解決的路徑之一？

重新回到悲劇

——《親愛的葉蓮娜·謝爾蓋耶夫娜》與我們這個時代

　　葉蓮娜·謝爾蓋耶夫娜死了，這使《親愛的葉蓮娜·謝爾蓋耶夫娜》[1]成為一齣悲劇。

　　四名即將畢業的高中生，為得到老師保管的存放試卷的保險櫃鑰匙，以換掉他們上午考得不理想的試卷，精心策劃、上演了一場殘酷的「遊戲」。這樣的戲其實有多種寫法。學生利誘老師未遂，槍殺老師，這是一種寫法；學生被老師感化，幡然悔悟，這是另一種寫法；老師用巧計脫身，控告學生，這又是一種寫法。然而，這都成為不了悲劇。只有葉蓮娜·謝爾蓋耶夫娜的自殺，使這齣戲成為魯迅先生所說的：「悲劇將人生的有價值的東西毀滅給人看。」（魯迅〈再論雷峰塔的倒掉〉）

　　我們很久沒有看到悲劇了。這個年代，人們都經歷了被言論引導為是，又被事實證明為否的過程，對崇高、價值、意義，我們的態度多了冷嘲與熱諷。我們樂於看到被利益抽去脊梁的「崇高」趴身在地，現出原形，在笑聲中，獲得洩憤的快感與自我解脫的輕鬆。然

---

[1]　《親愛的葉蓮娜·謝爾蓋耶夫娜》是蘇聯女作家柳德米拉·蘇莫夫斯卡雅創作於二十世紀八十年代的代表作。在蘇聯一經上演就引起了巨大的反響，但由於本劇對社會問題準確、深刻的揭示，引起了蘇聯當局的注意，甚至曾一度遭到禁演。解禁之後又迅速在歐洲以及美國、加拿大地區引起了轟動。二〇〇三年，中央戲劇學院、上海戲劇學院、福建人民藝術劇院分別以《青春禁忌游戲》、《青春殘酷遊戲》、《親愛的葉蓮娜·謝爾蓋耶夫娜》為名演出了該劇，一時之間在全國引起極大反響。本文作者看的是福建人民藝術劇院的版本，導演陳大聯。

而，親愛的葉蓮娜‧謝爾蓋耶夫娜使我們善於解構的目光遭遇了挫折。這個衣著寒酸，大齡未婚的女教師也曾為多掙些盧布不得不拼命工作，當她批評學生不該向家長伸手要錢買貴重禮物時，我們曾以為這是她的假惺惺，當學生以暴力相威脅孤身一人的她時，我們也曾以為屈服是早晚的事，但葉蓮娜‧謝爾蓋耶夫娜最終出乎了我們的意料，也出乎了她的學生們的意料。

就價值觀而論，我們也許更相近於瓦洛佳、巴沙、拉拉、維佳們。舞臺上四個雄辯的學生輪番出擊，向他們的老師兜售以實利為原則的價值觀，舞臺下的我們暗中附和：是，沒錯，現實就是如此。我們一次又一次地以為，葉蓮娜山窮水盡了，葉蓮娜理屈詞窮了，但葉蓮娜一次又一次地奮起抗擊，舞臺上可移動的桌子為雙方的進退攻守作了最形象的演繹。「你們這種人我見多了」，「你們也配教我怎麼做人」，葉蓮娜真理在握的磅礴氣勢，使學生們一度承認了自己的失敗。

瓦洛佳說的對，葉蓮娜是安提戈涅型的人物。這樣的人，她所面對的惡勢力越強大，就越能激發起抗惡抗暴的決心與熱情。但葉蓮娜僅僅是現代版的安提戈涅嗎？希臘悲劇中的安提戈涅絕不交出心中的真理，葉蓮娜卻交出了檔案室的鑰匙。

鑰匙代表的是真理嗎？是，又不完全是。

我們相信，當拉拉一語戳穿瓦洛佳的假懺悔時，葉蓮娜的痛苦中包含了幻滅。拉拉說，老師，你要麼交出鑰匙，要麼趕他們出去，你為什麼要和他們說那麼多，你難道不知道他們在捉弄你嗎？葉蓮娜終於啞口無言了，當她失魂落魄地走向自己的臥室時，葉蓮娜的靈魂已經區別於慷慨陳詞的前一瞬間。由此我們可以做出這樣的判斷，葉蓮娜最後交出鑰匙不僅僅是為了使拉拉免於受辱，舉手的一剎那，葉蓮娜同時承認了自己的失敗。

然而葉蓮娜又用死做了最後一次抗爭。這一次抗爭的力量有多大，意義有多大，我們不敢說。明天的太陽照樣升起，可以預想，當

瓦洛佳聽到葉蓮娜的死訊，他只會聳聳肩，攤攤手，做無可奈何，事不干己之狀，然後揚長而去。瓦洛佳代表了生活中某類堅不可摧的人群或原則，這不是用道德教育可以改變得了的，因此，這齣戲的悲劇意義也絕不限於感化或說教。

這齣戲的結構嚴守「三一律」，表導演手法也基本遵循傳統的現實主義。「三一律」在當代戲劇觀的討論中一度顯得落伍，但在這齣戲裡，我們看到「三一律」煥發出的巨大藝術能量，它使悲劇集中到了人的精神層面的交鋒。該劇作者正面展開實利主義者與理想主義者之間的交鋒，不為任何一方辯護，也不讓任何一方輕易退卻，硬碰硬的寫法逼出了靈魂的真與深。實用主義與理想主義的尖銳衝突使人聯想起中國當代的兩部戲劇，一是二十世紀八十年代的《一個死者對生者的訪問》，一是九十年代的《切‧格瓦拉》。前一部戲的作者在表現實利主義者與理想主義者之間的對峙時，並不讓它們產生勢不兩立的衝突，「訪問」形式取消了「拷問」的尖銳與殘忍，靈魂在暴露的同時並沒有遭受拷打，輕易而生的懺悔既失去其深切，原諒也就顯不出應有的分量。而另一部戲《切‧格瓦拉》雖有觀念的激烈衝突，但劇中的人物脫離了存在的具體形式，其表現方式是戲劇的，內容卻是政治抒情詩，是口號文學的當代版。而口號文學的戰鬥性更多只是煽動，而非沉思，煽動獲得了現場力量，沉思卻能將力量帶回家。回觀《親愛的葉蓮娜‧謝爾蓋耶夫娜》，實利主義者與理想主義者的觀念衝突自始至終存在著，作者不讓這種衝突輕易得到化解，而是讓它演化為一場觸目驚心的悲劇，它既體現著對理想的堅持，同時又基於對現實的清醒認知。作者始終將每個人物作為具體的個人來寫，四個學生行動目標一致，但不同的家庭背景、不同的個性特點、不同的人生態度、不同的意志強度產生了個體的差異。而理想主義者葉蓮娜作為活生生的現實存在其個性也並非那麼純粹，她的內心同樣蠢動著向實利屈服的某一瞬間。這樣，人物的心理呈現便有了具體依托，其發展

也有了充足的依據。全劇矛盾突出，節奏逐漸加強，自始至終將觀眾裏挾於劇情的發展中，這樣一齣戲無疑能使觀眾獲得戲劇性的滿足，與人物的情感發生共鳴，但並非如布萊希特所言，幻覺與共鳴就會取消思考，它所引起的思考同樣是深長的。由此可見，好作品與採取哪種表現形式並無必然聯繫。

　　福建人藝的導演陳大聯不願意對葉蓮娜的死作濃墨重彩的渲染，他只給出一個事實，剩下的就交給觀眾自己了。不同的人對葉蓮娜‧謝爾蓋耶夫娜的死將產生不同的理解，價值取向的差異甚至將影響到對這是不是一齣悲劇的判斷。在於我，仍願意將《親愛的葉蓮娜‧謝爾蓋耶夫娜》看成是一齣悲劇。葉蓮娜是用生命殉自己理想的人。不是捍衛，而是殉，我認為這是《親愛的葉蓮娜‧謝爾蓋耶夫娜》與希臘悲劇《安提戈涅》的區別之所在。安提戈涅的反抗行為是悲壯的，而葉蓮娜‧謝爾蓋耶夫娜的反抗行為卻帶上了悲涼，它是我們這個時代的悲劇。

　　相較於《青春禁忌遊戲》或《青春殘酷遊戲》，我更喜歡《親愛的葉蓮娜‧謝爾蓋耶夫娜》這個劇名，並非因為它更忠實於原作，而是因為這個劇名除了模仿出瓦洛佳們甜膩膩的腔調，還應當是對曾經純潔地、誠實地、正直地活過的人的深情呼喚。

　　親愛的葉蓮娜‧謝爾蓋耶夫娜！

戲劇教育：促進身心健康發展的重要手段

　　教育部頒發的《國家藝術課程標準》指出：「基礎教育階段的藝術課程日漸走向綜合，不僅音樂和美術開始交叉融合，戲劇、舞蹈、影視等也進入藝術課堂。」「藝術課程不是各門藝術學科知識技能數量的相加，而是綜合發展學生多方面的藝術能力；藝術課程也不僅僅是培養學生的藝術能力，同時還培養學生的整合創新、開拓貫通和跨域轉換的多種能力，促進人的全面發展。」

　　以上表述說明，藝術教育的目的正由功利性的技能提升轉向對身心健康發展的全面促進。從古至今的藝術實踐證明，戲劇是實現身心全面、健康發展的最重要的藝術手段。戲劇涵納了文學、表演、音樂、舞蹈、美術、服裝、燈光等各藝術門類，除此之外，戲劇活動還可以綜合培養人的各種社會能力，諸如交際、表達、交流、想像、感受、協作、創意，等等。戲劇的綜合性特質使它與現行基礎教育的多科目之間存在著兼容性。除了藝術科目之外，戲劇與語文、政治、思想品德、歷史等學科的教學內容與教育目標顯然有互通之處，而特定類型的戲劇亦可包涵體育、英語、數學、地理、生物、化學等科目。由此可見，戲劇打通了現行基礎教育中學科之間的分界，並使教育達到在運用中學習，在學習後運用的理想狀態。

　　基於中國特定的國情與教育現狀，推行戲劇教育還具有特殊的意義。中國是獨生子女大國。獨生子女因倫理關係簡單化並長期處於眾星捧月式的家庭成長環境，普遍具有如下人格特徵：獨立性差、依賴

性強、精神孤獨、怯懦脆弱、以自我為中心、任性、逆反等。孤立地
對這些問題進行矯正式教育，也許收效並不大，而如果通過戲劇活動
創造教育的綜合生態場，並以其實踐性特質克服說教式教育的空洞
性，就能取得事半功倍的效果。在戲劇活動中，通過編、導、演、宣
傳、管理等部門的協調可以培養溝通、合作能力；通過舞臺表演中角
色之間、各藝術種類之間的配合可以培養傾聽、理解、交流能力；通
過對眾公開的舞臺表演可以培養心理開放能力；通過深入理解、表達
角色可以培養「同理心」與轉化能力，這對獨生子女的如上心理問題
都能產生對症下藥的教育效力。在戲劇活動中逐漸養成的這些能力對
於中國人口素質的提升，顯然具有深遠的意義。

　　有關中美大學生素質教育差異性的研究指出，中國社會環境與學
校環境相互分離，美國社會環境與學校環境相互溝通。造成這種差異
的原因在於中美教育在校園管理、家庭教育、課程設置等方面的不
同，對於中國高等教育來說，這種現狀產生的後果是大學生在走出校
門之後對社會不了解、不適應，以及對社會不良環境缺乏判斷與抵禦
能力，等等。但加強校園與社會的互通並非只是開放校門那麼簡單，
如果校園學子不具備對社會環境的批判與反觀能力，那麼，開放校園
只會增加校園管理與家庭教育的難度。亞里士多德認為，戲劇是「對
一個有一定長度的行為的模仿……」可以說，戲劇創造了一個縮微的
擬真世界，人在社會存在中的各種實踐活動都可以在其中得到仿真性
地試練。二十世紀初期，積極參與到校園戲劇活動的周恩來寫下〈吾
校新劇觀〉，認為，通過戲劇活動，可以「觀一物之結構，而後知萬
象之生理，察一事之組織，而後知人類之精神」。參與到戲劇實踐中
的人，不管是創作，還是管理，都必須對行動的前因與後果，行動中
的人的相互關係有著清晰的認識，從這個意義上說，校園戲劇活動不
但可以促進學生對於社會、人心的了解，同時也可以幫助他們增強對
社會環境的批判、反觀與適應能力。校園戲劇活動的推廣成為溝通校

園與社會的良好通道。

如果說戲劇能夠提升學生綜合素質，進而是國民文化素質已是不爭的認識，但戲劇教育師資力量的匱乏，卻使中國難以在短期之內普及、深化戲劇教育。目前戲劇人才的培養主要依靠專業藝術院校，而藝術院校所培養的也多是從事職業戲劇的藝術人才，而非普及教育所需要的戲劇教育人才。據不完全統計，美國現有一千多所大學（學院）設有戲劇系。此外，相當數量的高校雖然沒有戲劇系，但開設有戲劇藝術欣賞與實踐方面的課程。中國綜合性大學中開設有戲劇專業的為數很少，且其專業傾向多在於學術研究，而非劇場實踐。雖然許多高校活躍著校園戲劇活動，但缺少專業人士的指導，這些戲劇實踐多呈現原生態的質樸、粗糙，同時還存在著劇目原創力薄弱的問題。高校如此，中小學校園內的戲劇教育與戲劇活動更是呈現為總體上的貧弱。

戲劇基礎教育的薄弱深刻地影響到職業戲劇的發展。自二十一世紀以來，隨著文化體制改革的漸次深入，戲劇也迎來了生產、管理、銷售等各個環節的體制改革。文化體制改革的宗旨在於有效激發文化生產力，但長期以來，由於中國戲劇教育基礎的薄弱，針對戲劇生產、管理、銷售等環節的相關體制改革雖取得一定成效，卻未能解決根源性問題，即戲劇編創人才與固定觀劇群體的匱乏，二者都與教育有關。一個在基礎教育乃至在高等教育階段從未接受戲劇薰陶的人難以成長為優秀的戲劇編創人才，同樣，也難以成為固定的戲劇觀賞群體中的一員。戲劇教育師資力量的匱乏導致戲劇基礎教育的薄弱，戲劇基礎教育的薄弱又導致職業戲劇難以獲得長足發展，這其中的怪圈如何打破？充分利用現有戲劇人才資源與硬件設施，建立學校與地方劇團的橫向合作模式，既是促進戲劇教育發展，也是解決職業戲劇困境的一條可行途徑。

全國各地的省、市級劇團蘊藏著編、導、演的豐富人才資源。如

果能夠將這種資源引入高等教育體系，讓地方劇團中的專業戲劇人士對高校戲劇活動進行指導，並配合高校藝術教育活動的開展，開設戲劇公共選修課或是系列戲劇講座，結合劇團長期的劇場實踐經驗，傳授戲劇創作與表演的方法與技巧，普及戲劇欣賞基礎知識，這對提升大學生的戲劇修養並加強高校戲劇活動的專業素養顯然是一條有效的路徑。而對於地方劇團來說，對高校戲劇教育活動的參與也是一個春播種子秋收粟的行為。要讓一個對戲劇一無所知的人走進劇場是不太可能的，只有長期接受戲劇熏陶，並具有豐厚戲劇素養的人才能成為戲劇穩定的接受人群。

　　大學生是一個文化消費力較強，而經濟能力較弱的群體。戲劇演出的現場性決定了其製作的平均成本天然地高於影視，戲劇票比電影票貴是正常的。但在目前的市場運作機制之下，普通的工薪階層已經難以承受戲劇的高票價，更遑論學生一族。雖說大多數戲劇製作方也推出了針對學生消費群體的「學生票」，但量少位差已是公認的現實。在這種情形之下，如何使進劇場看戲成為大學生自覺而又可持續的文化消費選擇？在實現了校園與地方劇團的長期合作關係之後，大學生戲劇消費需求的釋放將使製作方的讓利成為可能，而從長遠來看，養成戲劇消費習慣的學生在離開校園進入社會之後，其消費選擇也將是可持續的。

　　戲劇發展另一廣闊的前景是與基礎教育聯手開拓教育戲劇的空間。當前，中國家庭為教育的投資已達到空前的水平，但戲劇在其中並未占據應有的市場份額。各地劇團如果能夠有意識地以更積極的態度進入到基礎教育之中，為中小學擔任戲劇活動的課外輔導老師，對中小學老師進行戲劇專業培訓，對中小學教育中存在的具體問題進行深入調研，配合學校教育與家庭教育編創相關劇目，為中小學生舉辦戲劇專場、開設戲劇演出季，等等，那麼，不僅能夠充實基礎教育中的師資力量，同時能使戲劇的觀眾群體得到極大拓展，從長遠來看，

也為未來的戲劇發展儲備了創作人才與潛在的觀眾群。

　　戲劇與教育的協同發展需要政府部門進一步的引導與推動。雖然《國家藝術課程標準》已將戲劇納入藝術教育體系之中，但真正落實的學校卻很少。政府如果能夠敦促戲劇在基礎教育中的落實，並成立戲劇教育專項基金，運用於基礎教育中戲劇活動的開展，戲劇知識的普及，並通過合理補助的形式，促使職業劇團以低票價面向學生群體演出，這樣，政府的資助既可加強戲劇教育經費的補給，又可實現戲劇消費渠道的開拓，一舉兩得。

　　專業戲劇藝術院校具有強大的教育人力資源，政府應引導它們加強戲劇教育人才特別是中小學戲劇教育人才的培養，除此之外，綜合性大學對於戲劇教育人才的培養能力不應低估。目前綜合性大學戲劇人才的培養主要傾向於學術研究型，主要原因在於實踐型戲劇師資力量的匱乏。政府如果能夠推出相關政策，鼓勵劇團與高校聯合辦學，擴大戲劇教育師資力量的培養規模，那麼不論對戲劇在基礎教育中的迅速落實，還是職業戲劇的長遠發展，進而是中華民族文化競爭力的總體提升，都將是一個功顯當代，利遠千秋的舉措。

　　　　　　——本文原刊於《中國教育報‧理論周刊》二〇一五年
　　　　　　九月十六日，發表時略有刪節

後記

　　天下凡事有其因由。

　　小時候的我愛熱鬧，常隨大人到村裡的文化宮看戲。農曆十月初十是神誕日，從初一到初十要連演十天戲，謝神且娛人。平日看起來很寬綽的禮堂，因擠滿本村的男女老少與外村聞風而來的戲迷，既悶且熱，以至晚上睡覺因被子蓋過頭被悶到時，所夢及的一定是看戲的情形。後來，老舊的文化宮被告知是危房，戲臺搬到露天剛收割過的稻田上。深秋的天氣涼透了，野曠風生，擠在一起的人群卻以相互的體溫、相共的哀樂擋住風、團住熱，堅持把戲看到底。曲終人散時，總有一些小孩要等到舞臺的道具全部清掉才算看完戲。終於，皇帝的金鑾殿不見了，小姐的後花園不見了，連小販肩頭扛著的插滿糖葫蘆串的草棒也光溜溜了。繁華落盡，寒星罩野，小孩踩著新割過的硬硬的稻草梗回家，沒有人群擋著的風吹到脖子裡冷颼颼的，那顆空掉的心也只有想到明天晚上又要開場的戲，才稍微得到些慰藉。走上戲劇研究這條路最早的因由也許就是這種在中國鄉村到處可見的節慶演劇。後來，讀研、考博、就職，終於將戲劇研究作為從業之本，其中另有許多因緣，不必一一盡述。你我人生，偶然與必然總會經緯交錯，虛實莫辨。

　　二○一六年四月，賴聲川編導的《十三角關係》在福州上演，我的學生去看了。我問他們：在劇場中看戲與看影像紀錄有何不同？看戲過程中挪過位子的同學說，在劇場不同角度看，感覺是很不一樣的；位子前面有障礙物的同學說，那個支架有點討厭，影響了我對劇情的投入；旁邊坐著一個年輕女孩的同學說，當看到劇中男女主人公

鬧離婚先是爭奪女兒再是把女兒當作包袱扔來扔去的時候，全場都在笑只有那個女孩在哭；觀察到中年觀眾與青年觀眾不同反應的同學說，不同年齡段的笑點是不一樣的。

　　學生們的看法很質樸，卻對我有莫大的啟發。臺上是戲，臺下也是戲，臺上之戲與臺下之戲有共鳴、有交會，也有各自伸延開去的獨立空間，這兩種獨立空間又可能在我們難以覺察的某一點上連接起來。二〇一六年的大陸觀眾來看這齣戲，未必知道，劇中的花姐、蔡六木、葉玲之間的三角關係與當時發生於臺灣的一個現實緋聞事件存在著映射關係。「一千個觀眾有一千個哈姆雷特」，這是觀眾的權利，也是他們的真理。觀眾不妨各執其是，作為研究者，既是觀眾之一，又須超越「之一」，看到更多。當然，「多」到如何，受限於機緣也受限於智慧，更多時候我們所以為的「多」，不過是「妄見」而已。如果你有天眼，看得到一齣戲的創作、演出、傳播、接受的全部細節，它會演化成一個豐富駁雜如人類社會的森林網絡，如果你懂得看，從網絡的任一點進去，都可以看到整個森林的內部關聯。當然，這是不可能的，但縮小至某一範圍，又是可能的。這種可能與不可能之間的張力成為吸引研究者與檢測其研究成果的某種向標。

　　感謝福建師範大學文學院的出版資助，感謝福建師大文學院諸多師長長期以來的關懷、幫助與勉勵，無此，就無這本小書的問世，也無個人的點滴成長。感謝戲劇戲曲學學科、現當代文學教研室同仁們的友好與互助，感謝不一一具名的師友們近在身邊或遠在千里的關注。感謝萬卷樓圖書公司的細心審校與專業建議。最後，感謝家人無言的支持，感謝調皮搗蛋兒帶來的一切。

　　　　　　　　　　　　　　　　　　　　　　林　婷
　　　　　　　　　　　　　　　　　二〇一八年八月於六零居

作者簡介

林　婷

　　福建省閩侯縣人，福建師範大學文學院教授，博士生導師，南京大學戲劇戲曲學博士。曾在《文學評論》、《戲劇藝術》、《文藝爭鳴》、《中國教育報》等重要學術期刊與報紙上發表論文三十餘篇。出版論著《准對話‧擬狂歡：1980年代探索戲劇研究》、《剎那緣聚：戲劇的生成》等，曾獲福建省第八屆社會科學優秀成果獎三等獎，主持國家社科基金藝術學項目《20世紀中國現代戲劇的「疾病表現」研究》。

本書簡介

　　本書的研究對象聚焦於中國當代戲劇，因將戲劇視為藝術表達與文化媒介而區分出兩種研究路徑。第一、二部分側重從藝術表達層面解析戲劇的主題、形式、技法與創作者的心靈結構、藝術思維、創作方法之間的相互關係，也輻射至戲劇與時代文化環境及接受者之間的關係；第三、四部分側重從文化媒介層面解析戲劇的表達策略、表現路徑、藝術功用、理論取向如何顯現時代的文化症候。這一類研究更強調戲劇的社會屬性，將戲劇視為社會的投影、文化的標本，研究亦從文本拓展至劇場。

福建師範大學文學院百年學術論叢·第五輯 1702E03

出入之間──當代戲劇研究

作 者	林 婷	
總 策 畫	鄭家建 李建華	
發 行 人	陳滿銘	
總 經 理	梁錦興	
總 編 輯	陳滿銘	
副總編輯	張晏瑞	
編 輯 所	萬卷樓圖書股份有限公司	
排 版	林曉敏	
印 刷	百通科技股份有限公司	
發 行	萬卷樓圖書股份有限公司	

臺北市羅斯福路二段 41 號 6 樓之 3
電話 (02)23216565
傳真 (02)23218698
電郵 SERVICE@WANJUAN.COM.TW
香港經銷 香港聯合書刊物流有限公司
電話 (852)21502100
傳真 (852)23560735

如何購買本書：

1. 劃撥購書，請透過以下郵政劃撥帳號：
   帳號：15624015
   戶名：萬卷樓圖書股份有限公司
2. 轉帳購書，請透過以下帳戶
   合作金庫銀行 古亭分行
   戶名：萬卷樓圖書股份有限公司
   帳號：0877717092596
3. 網路購書，請透過萬卷樓網站
   網址 WWW.WANJUAN.COM.TW

大量購書，請直接聯繫我們，將有專人為
您服務。客服：(02)23216565 分機 610

如有缺頁、破損或裝訂錯誤，請寄回更換
版權所有·翻印必究
Copyright©2019 by WanJuanLou Books CO., Ltd.
All Right Reserved   **Printed in Taiwan**

ISBN 978-986-478-259-8

2019 年 5 月再版
2019 年 1 月初版
定價：新臺幣 500 元

國家圖書館出版品預行編目資料

出入之間：當代戲劇研究 / 林婷著. -- 再
版. -- 臺北市 : 萬卷樓, 2019.05
    面 ； 公分. -- (福建師範大學文學院百
年學術論叢. 第五輯 ；1702E03)
ISBN 978-986-478-259-8(平裝)

1.中國戲劇 2.當代戲劇 3.劇評

820.8   108000663